Nigel McCrery

Das Ende aller Dinge

SERIE PIPER

Zu diesem Buch

Für Dr. Samantha Ryan, Gerichtspathologin von ausgezeichnetem Ruf und hartnäckigem Charakter, wird es eine lange Nacht: Gerade hat sie sich auf der fröhlichen Tanzparty der US Air Force in der Nähe von Cambridge amüsiert, da muss sie erneut zum Flugzeughangar der Amerikaner fahren. Dort wurde die bestialisch zugerichtete Leiche einer Frau gefunden. Der Verdacht fällt auf ihren spurlos verschwundenen Freund. Doch Dr. Ryans Verstand ist so scharf wie ihr Skalpell – und sie findet mit Hilfe eines Botanikers heraus, dass das winzige Pollenkorn, das an der Kleidung der Toten gefunden wurde, nur an wenigen Orten in den Südstaaten Amerikas wächst. Die Anzeichen verdichten sich, dass eine Verbindung zu zahlreichen grausamen Mordfällen in den USA besteht – offensichtlich ein Serienmörder, der wieder zuschlagen wird.

Nigel McCrery, geboren 1953 in London, war selbst neun Jahre bei der Polizei. Der zweite Bildungsweg führte ihn nach Cambridge, wo er am Trinity College studierte. Danach arbeitete er bei der BBC und erfand die erfolgreiche Figur der Dr. Samantha Ryan, der er vier Romane widmete. Er lebt mit seiner Frau und drei Kindern in Nottingham. Im Taschenbuch liegt außerdem vor: »Denn grün ist der Tod«.

Nigel McCrery
Das Ende aller Dinge

Gerichtsmedizinerin Dr. Samantha Ryan

Roman

Aus dem Englischen von
Christian Rendel

Piper München Zürich

Die Übersetzung des Gedichts von William Butler Yeats auf Seite 90 stammt von Gerschon Jarecki.

Von Nigel McCrery liegt in der Serie Piper außerdem vor:
Denn grün ist der Tod (3432)

Ungekürzte Taschenbuchausgabe
Piper Verlag GmbH, München
1. Auflage Dezember 2001
2. Auflage Juni 2002

Titel der englischen Originalausgabe:
»Strange Screams of Death«, Simon & Schuster UK Ltd, London 1997

unter dem Titel:
»Silent Witness. Das Ende aller Dinge«
Umschlag: Büro Hamburg
Isabel Bünermann, Meike Teubner
Foto Umschlagvorderseite: Joss Barratty / BBC
Foto Umschlagrückseite: Jean-François Talivez
Satz: Kalle Giese, Overath
Druck und Bindung: Clausen & Bosse, Leck
Printed in Germany ISBN 3-492-23424-0

www.piper.de

Für Wyn Copson
in Erinnerung an Richard Copson (1921–1987)

Danksagung

Mein Dank geht an: Dr. Helen Witwell, Gerichtspathologin; Professor Bernard Knight, Gerichtspathologe; die FBI-Akademie in Quantico; das Atlanta Police Department; das Atlanta Sheriff's Department; Dr. John Conway, Allgemeinmediziner und Kunsthistoriker; Peter Qu Rose, Botaniker; Sue Andrews, Botanikerin in Kew Gardens; Oliver Crimmond vom Fish Department am Natural History Museum; Militärpolizei und Presseabteilung der US Air Force, Mildenhall, Cambridgeshire. Mit Dank an alle anderen, die mir mit ihrem technischen Wissen bei diesem Buch geholfen haben.

Die Nacht war stürmisch; wo wir schliefen, heult' es …
Ein Wimmern in der Luft, ein Todesstöhnen

Macbeth, 2. Aufzug, 3. Szene

Prolog

St. Mary's Hospital für forensische Psychiatrie, Washington, D.C.

Diesmal hatten sie Glück gehabt. Er war im letzten Moment gesehen worden, als er mit Hilfe einer Strickleiter aus zerrissenen Betttüchern und Vorhängen über eine der Mauern kletterte. Den ersten Wachmann hatte er schwer verletzt und nur durch ihre schiere Überzahl hatten sie ihn schließlich überwältigen können. Viele der Insassen schienen aufgrund ihres Geisteszustandes über übermenschliche Körperkräfte zu verfügen. Christopher Amery war nun schon seit fast fünf Jahren Pfleger in der Anstalt und hatte viele Formen der Geistesgestörtheit gesehen, aber so etwas wie das hier war ihm bisher noch nicht untergekommen.

Das hier machte ihm Angst; es war eine so grenzenlose Wut, dass sie durch und durch böse zu sein schien. Niemand ging zu ihm in die Zelle, wenn es nicht unbedingt sein musste, und auch dann nicht allein. Niemals.

Normalerweise kam Amery gut mit den Gestrandeten der Gesellschaft zurecht, aber er hasste es, sich mit diesem Mann beschäftigen zu müssen. Einen Namen hatte er nicht, jedenfalls keinen, den sie kannten; nur eine Nummer, 2452, und so mussten ihn alle nennen. Nicht dass 2452 immer gewalttätig wäre. Meistens war er ganz ruhig und vernünftig – aber gerade dann, das hatten sie im Lauf der Jahre gelernt und teuer dafür bezahlt, war er am gefährlichsten. In seinem Innern lauerten finstere Dämonen und ein Teil seines Gehirns war ständig mit Plänen und Fantasien beschäftigt. Niemand besuchte ihn jemals und weder schrieb er Briefe, noch bekam er welche. Gelegentlich tauchte eine Truppe Beamter auf und verbrachte einen Tag damit, ihn zu studieren. Danach zogen sie schweigend wieder ab und ließen sich monatelang nicht blicken.

Amery war kein Feigling, aber dieser Bursche verursachte ihm eine Gänsehaut. Wann immer er in die Zelle musste, begann er zu frösteln, und er schaffte es nie, ihm länger als nötig in die rot geränderten Augen zu sehen, bevor er sich mit einem aufsteigenden Gefühl der Übelkeit abwenden musste. Was ihn noch mehr erschreckte, war die Tatsache, dass es noch andere wie diesen in anderen Einrichtungen im Land gab. Amery schauderte, wenn er darüber nachdachte, was wohl passieren würde, wenn je einem von ihnen die Flucht gelänge.

Immer noch schreiend und um sich tretend wurde 2452 zurück in seine Zelle geschleift und die stählerne Tür fiel mit einem dumpfen Schlag hinter ihm ins Schloss.

1

Fulton County, Georgia, USA

Fasziniert beobachtete FBI-Agent Edward Doyle, wie ein Schwarm winziger, leuchtend blauer Fische durch das klare Wasser des Sees schoss und im dichten Schilf Deckung suchte. Mit zusammengekniffenen Augen sah er ihnen nach, aber sie waren verschwunden. Er tauchte sein einstmals weißes Taschentuch ins Wasser, wischte sich damit über sein breitflächiges Gesicht und seinen fleischigen Nacken und stopfte es dann zurück in seine Hosentasche. Es war einer der heißesten Sommer seit Menschengedenken und ihm war entschieden unbehaglich. Nicht dass er die Hitze nicht gemocht hätte – schließlich stammte er aus Kalifornien, wo die meiste Zeit des Jahres die Sonne schien –, doch die Wärme zu Hause war trocken, beinahe einladend. Hier aber war die Hitze feucht und drückend und klebte wie Fieber zäh an seiner Haut.

Doyle war Ende vierzig, ein massiger, schwerfälliger Mann, der mindestens fünfundzwanzig Kilo Übergewicht mit sich herumschleppte. Schon vor Jahren hatte er aufgehört, sich dafür zu interessieren, wie er aussah. Sonderlich attraktiv war er nie gewesen, aber seitdem seine Frau ihn verlassen hatte, ließ er sich völlig gehen. Er redete sich ein, nicht das Aussehen, sondern die Leistungen seien es, was im Leben zählte. Dieser Philosophie war er seither treu geblieben.

Er hob die Hand, um seine Augen vor der Mittagssonne zu schützen. Die Bewegung brachte einen hässlichen Fleck zum Vorschein, wo der Schweiß aus seiner Achselhöhle am Ärmel des schlecht sitzenden Baumwollhemdes herabgeflossen war. Mittlerweile hatte die altersschwache Barkasse das Ufer fast erreicht. Sie lag so tief im Wasser, dass Doyle das

Ende des schwarzen Plastik-Leichensackes sehen konnte. Er war pietätlos auf die Planken gelegt worden und wackelte im Rhythmus der Bootsbewegungen hin und her, als ob sein grausiger Inhalt wieder zum Leben erwacht wäre und herauswollte.

Das Boot war kein offizielles Polizeifahrzeug, sondern es war von dem Mann ausgeliehen worden, der die Leiche entdeckt hatte. Es sah so verwahrlost aus, dass Doyle sich wunderte, warum es nicht sank. Überall an seinem morschen Holzrumpf blätterte die grüne und rote Farbe ab und in der Wand klafften mehrere große Löcher. Offenbar war es eher geeignet, hin und wieder einen Fischer mit seinem Hund zu tragen als die halbe Mannschaft des County-Sheriffs. Der schwächliche Dieselmotor ächzte unter dem Gewicht eines recht rundlichen Gerichtsmediziners und der vier stämmigen Deputys. Doyle fühlte sich immer gleich besser, wenn er jemanden traf oder sah, der noch dicker war als er: eine willkommene Rechtfertigung für seine eigene körperliche Verfassung.

Er fragte sich, warum keiner der Insassen des Bootes daran gedacht zu haben schien, dass der Mörder die Leiche wahrscheinlich mit diesem Boot auf die kleine Insel in der Mitte des Sees gebracht hatte, da es keine anderen Boote in der Nähe gab. Falls es an Bord je irgendwelche verwertbaren Spuren gegeben haben sollte, waren sie jetzt zweifellos gründlich verwischt oder in das morsche Holz getreten und für immer verloren. Aber was konnte man von diesen Provinzlern auch schon erwarten?

Er sah hinüber zu seiner Partnerin Catherine Solheim, die gerade den Hinterwäldler befragte, der die Leiche gefunden hatte. Er saß auf einem Baumstamm und rauchte mit vorgetäuschter Gelassenheit eine selbst gedrehte Zigarette. Es war offensichtlich, dass er es genoss, plötzlich ein wichtiger Mann zu sein. Die Rolle, die er gespielt hatte, war zwar nicht sonderlich dramatisch, aber das würde sich schon finden, wenn er die Geschichte am Abend in seiner Stammkneipe in allen anschaulichen und blutigen Einzelheiten zum Besten gab. Die Leute hier führten ein recht eintöniges Leben und ein Leichenfund, vor allem, wenn es ein Mordopfer war, würde unter den Ortsansässigen für reichlich Gesprächsstoff sorgen. Wahrscheinlich würde der Bursche mit der Geschichte noch jahrelang hausieren gehen.

Die Ankunft eines dunkelblauen Kombis lenkte Doyles Aufmerksamkeit von der Szene ab. Der Wagen hielt an der Uferböschung und heraus stiegen die beiden Männer, die seit einem Jahr jede seiner Bewegungen beobachteten. Mit ihren vorschriftsmäßigen blauen Anzügen und Sonnenbrillen schafften sie es selbst unter diesen Bedingungen, cool auszusehen. Sie machten keinerlei Anstalten, näher zu kommen, sondern lehnten sich gegen die Seite ihres Wagens und schauten herüber.

Als die beiden zum ersten Mal an einem der Mordschauplätze aufgetaucht waren, hatte Doyle sich ihnen in den Weg gestellt und sie gefragt, wer sie seien und, wichtiger noch, in wessen Auftrag sie dort seien. Sie hatten erwidert, wenn er ein Problem mit ihrer Anwesenheit habe, solle er sich bei Mark Bartoc beschweren, seinem Chef beim FBI. Doyle hatte Bartoc bei der ersten Gelegenheit aufgesucht, aber er wurde mit ein paar zweideutigen und abwehrenden Bemerkungen abgespeist, sodass er immer noch nicht mehr wusste. Die beiden Männer tauchten auch am nächsten und an allen folgenden Mordschauplätzen auf, sodass man sich allmählich aneinander gewöhnte, wenn auch ohne Freundlichkeiten auszutauschen. In die Ermittlungen hatten sie sich nie eingemischt, aber Doyle konnte nicht anders, als zu spekulieren, was wohl alles hinter den Kulissen ablaufen mochte.

Er ignorierte seine beiden ungebetenen Gäste und wandte sich wieder dem See zu, während das Boot längsseits am Ufer festmachte. Catherine hatte ihre Vernehmung beendet und kam zu ihrem Partner herüber. Doyle gab sich betont gleichgültig und tat, als bemerkte er sie gar nicht, obwohl ihm in Wirklichkeit keine ihrer Bewegungen entging. Sie war hoch gewachsen und attraktiv; eine von jener neuen Generation höchst intelligenter und motivierter Agenten, die dazu bestimmt waren, bis an die Spitze ihres Berufs vorzudringen. Er konnte nicht anders, als sie zu bewundern – sogar zu begehren –, aber er akzeptierte seine Grenzen und bemühte sich, kühl und distanziert zu bleiben, wann immer sie zusammen waren. Sie hatte ihn hin und wieder ertappt, wenn er sie »unprofessionell« angesehen hatte, sodass er rasch hatte wegschauen müssen; verlegen und peinlich berührt von der Macht, die ihre Jugend und ihr Aussehen über ihn hatten. Immerhin, er war ranghöher als sie und sie musste seinen Anweisungen folgen, jedenfalls fürs Erste. Er genoss die Kontrolle. Eine der kleinen Annehmlichkeiten, die seine Autorität ihm bot.

Der Sheriff und einige seiner Deputys zogen den Leichensack aus dem Boot und warfen ihn achtlos auf die harte Erde am Seeufer. Ein Ende des Sackes ragte ins Wasser.

Doyle fragte den Gerichtsmediziner: »Was können Sie uns sagen?«

Mit einem Zucken seiner mächtigen, runden Schultern antwortete er: »Sie ist tot. Gewalteinwirkung. Wir sehen uns bei der Obduktion.«

Er watschelte in Richtung der beiden Männer in Anzügen davon, die sich jetzt von ihrem Wagen entfernt hatten und auf ihn warteten. Mehr an Informationen hatte Doyle nicht erwartet und er wusste, dass er erst nach der Obduktion mehr erfahren würde. Gereizt schüttelte er den Kopf. Er blickte zu einem der Deputys hinüber und nickte zu dem Leichensack hin. Sein Status in Situationen wie dieser erlaubte es ihm nicht, sich selbst in den Dreck zu knien und den Sack zu öffnen. Der Deputy hockte sich hin und zog den Reißverschluss auf. Zum Vorschein kamen die stark verwesten Überreste einer jungen Frau.

Sie musste schon seit einiger Zeit tot sein. Der Pathologe würde ihnen höchstens eine ungefähre Todeszeit nennen können. Doyle wusste, dass sie nicht mit Sicherheit herausbekommen würden, wie lange sie schon tot war, bis sie sie identifizieren konnten. Dann würde die lange mühselige Arbeit kommen, Zeugenaussagen zu sammeln, um ihre Aktivitäten während ihrer letzten paar Tage oder, wenn sie Glück hatten, Stunden zu rekonstruieren. In einer Welt, die immer desinteressierter und anonymer wurde, würde das einige Zeit dauern und Zeit war wie immer ein knappes Gut. Eines jedoch wusste er bereits jetzt, nach dem ersten Blick auf die erbärmlichen Überreste: Die Obduktion, die für den Nachmittag im Leichenschauhaus von Fulton County angesetzt war, würde bestätigen, dass sie Opfer Nummer zwölf war.

Catherine blickte hinüber zu ihm und nickte, als ob sie seine Gedanken lesen könnte. Das musste er ihr lassen: hart gesotten war sie. Als der Sack geöffnet wurde, waren selbst einige von Georgias härtesten Burschen zurückgewichen oder hatten sich abgewandt und nach Luft gerungen, um die Übelkeit unter Kontrolle zu bekommen. Catherine hingegen hatte gleichmütig dagestanden, aufmerksam und professionell. Das gefiel ihm.

Er hockte sich hin und untersuchte eines der Handgelenke des Mädchens. Obwohl die Leiche einige Zeit im Freien gelegen hatte, war noch genügend Haut über die Knochen gespannt, um ein paar rudimentäre Feststellungen zu treffen. Es waren keinerlei Abschürfungen oder Male von Stricken oder Handschellen zu sehen.

Während der letzten Monate hatte sich das Vorgehen des Killers deutlich verändert. Die ersten Opfer waren gefesselt und geknebelt worden, bevor er sie abschlachtete. Bei den letzten drei jedoch waren keinerlei Hinweise darauf zu erkennen gewesen: Sie waren auf irgendeine Weise wehrlos gemacht worden. Außer dem einen Messerstich im Bauch gab es keine Anzeichen für Gewalt und die toxikologischen Untersuchungen hatten nicht das Geringste ergeben. Wären sich die Morde in ihrer Ausführung nicht so ähnlich gewesen, so hätten sie beinahe von verschiedenen Leuten begangen worden sein können. Deshalb wurde das Profil des Killers, mit dessen Ausarbeitung Doyle viele Monate zugebracht hatte, derzeit völlig überarbeitet, um seine neue Vorgehensweise zu erfassen.

Während er die Leiche untersuchte, nutzten ein paar Fliegen die Chance, aus dem Sack zu entkommen und in die Freiheit davonzusummen. Doyle wusste nicht, ob sie eingeschlossen worden waren, als man den Sack verschlossen hatte, oder ob sie gerade erst geschlüpft waren und aus irgendeinem warmen, dunklen Hohlraum im Innern des verwesenden Leichnams hervorkamen. Er zog daher den Reißverschluss hoch, um etwaige weitere Fluchtwillige in der Dunkelheit einzuschließen.

Dann sah er den Deputy mit dem am wenigsten grünen Gesicht an. »Haben Sie ihre Kleider gefunden?«

Der Deputy nickte. »Sie waren sauber zusammengefaltet, genau wie Sie gesagt haben.«

»Und ihre Schuhe?«

Er schüttelte den Kopf. »Keine Spur davon.«

Doyle spähte über den See hinweg zu der mit Bäumen bewachsenen Insel.

Die Schlagzeilen über die Mordserie hatten sich gegenseitig mit dramatischen und beängstigenden Pseudonymen für den Killer überboten: »Der Schleicher«, »Der Schlitzer«, »Der Killerkannibale«. Doyle vermutete, dass der Killer sich durch solche Spitznamen geschmeichelt fühlte, und vermied es, sie zu benutzen. Wenn er von dem Killer sprechen musste, sagte er einfach nur »er«. Für Doyles Geschmack waren schon zu viele Informationen an die Presse durchgesickert, sowohl über offizielle als auch über inoffizielle Kanäle. Manches hätte zurückgehalten werden sollen, um zu vermeiden, dass jeder Spinner, der genügend Einzelheiten kannte, auf der Matte stand und die Morde gestehen wollte.

Doyle hatte von »ihm« geträumt, seit sie vor zwei Jahren in Arizona die dritte Leiche entdeckt hatten. Die Träume waren düster und bedrohlich und selbst nachdem er erwacht war, wich der Geruch des Todes und der Fäulnis nicht von ihm, sondern blieb noch einen Moment in seinen Nasenhöhlen haften.

Doyle war sich bewusst, dass »er« nur darauf wartete, dass die Spannung in ihm wieder bis fast zum Zerreißen zunahm, bevor »er« wieder eine seiner Fantasien umsetzen und ein weiteres Opfer finden würde. Wie bei den meisten Serienkillern nahmen die Abstände zwischen den Morden, während derer er sein Verlangen unter Kontrolle hatte, immer mehr ab und die Zahl der Opfer stieg immer steiler an.

Das Dröhnen eines B17-Jets, der in geringer Höhe über ihm hinwegschoss, riss ihn aus seinen Gedanken und ließ die glatte Fläche des Sees kräuseln. Doyle blickte auf und sah, wie der silberne Düsenjäger sich in einer Siegesrolle einmal um die eigene Achse drehte und dann beinahe senkrecht aufstieg, um im klaren Türkis des Himmels zu verschwinden.

Plötzlich drang eine Stimme durch das Dröhnen. »Hier! Hierher!«

Einer der Deputys des Sheriffs war gerade aus einer kleinen Baumgruppe hervorgekommen, die das Seeufer überragte. Vor Aufregung tänzelte er beinahe und deutete immer wieder zurück auf die Bäume. Doyle reagierte nicht. Er brauchte nicht erst zu sehen, was der Deputy gefunden hatte. Er wusste bereits, was es war.

Leeminghall US Air Force Base, Cambridgeshire

Der swingende Rhythmus von Glenn Millers »In the Mood« hallte durch den gigantischen Flugzeughangar und lockte die jungen amerikanischen Piloten mit ihren begeisterten Partnerinnen auf die Tanzfläche, um sich ein Stück von dem immer knapper werdenden Platz zu sichern. Sam stieß einen Juchzer aus, als sie federleicht erst in die eine, dann in die andere Richtung herumgewirbelt wurde, bis ihr Partner sie wieder zu sich zog und mühelos über seinen Rücken rollen ließ. Sie hatte keine Kontrolle über das, was mit ihr geschah, und scherte sich auch nicht darum, sondern folgte einfach ihrem Partner und hoffte nur, dass sie keine Bauchlandung auf der Tanzfläche machen würde. Die Sorge war unbegründet. Sie befand sich in fachkundigen Händen.

Die Musik endete. Außer Atem drehte sich Sam um und klatschte der Band Beifall. Vor Begeisterung über den Abend und den Tanz hüpfte sie auf und ab und pfiff wie die anderen Feiernden. Sie sah ihren Tanzpartner Major Robert Hammond an, der die erhobene Faust schwang und beifällig dazu röhrte. Sam war froh, dass sie sich entschlossen hatte mitzukommen. Die Abwechslung von ihrer Routine war entspannend und erfrischend.

Sie war überrascht gewesen, als sie die Einladung zu der Party bekam, und hatte die Karte nach einem ersten beiläufigen Blick darauf tagelang herumliegen lassen. Sie hatte geglaubt, es handele sich um eine halb offizielle Veranstaltung, wie sie gelegentlich organisiert wurden, um Verbindungen zwischen dem Stützpunkt der US Air Force und der örtlichen Bevölkerung zu knüpfen. Erst Trevor Stuart, ihr Kollege und außer ihr der einzige Gerichtspathologe in der Grafschaft, hatte sie wieder neugierig gemacht. Er war schon mehrfach zu solchen Anlässen eingeladen worden und meinte, dort sei »der Bär los« und man könnte mal so richtig einen draufmachen.

Der Stützpunkt Leeminghall lag ungefähr zehn Meilen außerhalb von Cambridge, eine kleine Oase amerikanischen Lebensstils inmitten der englischen Landschaft. Es gab dort ein Baseballfeld, einen Footballplatz und sogar eigene amerikanische Geschäfte und Restaurants. Die Basis bestand schon seit über fünfzig Jahren und war während des Zweiten Weltkrieges einer der wichtigsten Bomberstützpunkte der US Air Force gewesen. Sam ließ ihren Blick über die lachenden, begeisterten Gesichter der Piloten wandern und fragte sich, wie viele junge Männer wohl während des Krieges zu solchen Tanzveranstaltungen gekommen waren, nur um dann irgendwo über Deutschland zu verrecken, wenn ihnen ihre Maschine unter dem Hintern weggeschossen wurde. Zum Glück würden die jungen Männer auf dieser Party wohl auch die nächste noch erleben. Eine Welle der Dankbarkeit gegenüber denen, die ihnen vorausgegangen waren, durchströmte sie.

Sam hatte Bob Hammond auf einem der vielen Kriminologie-Seminare kennen gelernt, mit denen sich ihr Terminkalender immer mehr zu füllen schien. In diesen Seminaren wurde alles behandelt, von Serienkillern und psychologischen Täterprofilen bis hin zur Spurensicherung und Handschriftenanalyse. Da sie eine von fünf weiblichen Gerichtspathologinnen des Home Office in England und Wales war, erwartete man von ihr, dass sie an den meisten dieser Veranstaltungen teilnahm und sich als Beweis für die Gleichstellung der Geschlechter in der Gerichtspathologie sehen ließ. Natürlich war das alles Unsinn, aber sie machte bereitwillig mit und folgte der Parteilinie.

Nach ihrem Vortrag über die Feststellung des Todeszeitpunktes war Hammond während der Kaffeepause auf sie zugekommen und hatte sich vorgestellt. Er war der leitende Offizier der Sicherheitspolizei in Leeminghall und wie bei den meisten Polizisten, ob beim Militär oder sonstwo, war das Aufdecken von Verbrechen für ihn offensichtlich viel mehr als nur ein Job. Als Erstes hatte er ihr eine Frage über einen Punkt in ihrem Vortrag gestellt und sie hatten sich über verschiedene interessante oder ungewöhnliche Fälle unterhalten. Normalerweise hätte Sam sich bald unter irgendeinem Vorwand aus dem Staub gemacht, da solche Gespräche meist vorhersagbar und langweilig waren, doch Hammond hatte etwas Leidenschaftliches an sich; sie spürte es an der Art, wie er über seine Arbeit sprach.

Hammond war Anfang vierzig, groß und gut aussehend, mit einer sportlichen Figur und einem markanten Gesicht. Außerdem hatte er einen lebhaften Sinn für Humor, was Sam immer anziehend fand. Er befand sich im letzten Jahr seiner dreijährigen Stationierungszeit in England und da er oft versetzt worden war, hoffte er nun, für den Rest der Zeit in Leeminghall bleiben zu können.

Sam glaubte ein deutliches Bostoner Näseln in seinem Akzent herauszuhören und war überzeugt, dass er aus New England kommen müsste. Umso überraschter war sie, als er ihr sagte, dass er in Atlanta, Georgia, geboren und aufgewachsen war, und sie fragte sich, wie er seinen unverwechselbaren Südstaaten-Akzent losgeworden war. Ihr eigener Belfaster Akzent war immer noch zu hören, trotz all der Jahre, die sie in England verbracht hatte.

Die Einladung zu der Party hatte für zwei Personen gegolten, doch Tom hatte Dienst und Marcia, ihre Freundin, die im gerichtsmedizinischen Labor in Scrivingdon arbeitete, nahm in Durham an einem Kurs teil. Da somit ihre beiden nahe liegendsten Begleiter nicht verfügbar waren, hatte Sam allein hingehen müssen. Zuerst behagte ihr der Gedanke nicht sehr, doch dann sagte sie sich: Warum nicht? Schließlich war sie eine erwachsene Frau und durchaus in der Lage, sich ihrer Haut zu wehren, falls ein Pilot, der zu tief ins Glas geschaut hatte, ihr gegenüber zudringlich wurde. Sie war sich nicht sicher, ob sie die Aussicht auf einen außergewöhnlichen Abend gelockt hatte – bei dem »der Bär los« sein sollte, wie sie sich lächelnd erinnerte – oder der Wunsch, Bob Hammond in einer geselligen Umgebung wieder zu sehen. Wie auch immer, am Ende nahm sie die Einladung an und verzichtete darauf, ihre Motive allzu eingehend zu analysieren.

Bei ihrer Ankunft war Sam zum Parkplatz dirigiert worden und hatte gleich eine Lücke gefunden. Überall wimmelte es von jungen Leuten auf dem Weg zu der Musik, die aus einem riesigen Flugzeughangar auf der anderen Seite des großen Sportplatzes drang. Sam blieb ein paar Minuten im Wagen sitzen und sah zu, wie die Menge auf den Hangar zuströmte wie die Motten zum Licht. Alle waren sehr jung und sehr lebendig.

Sie klappte die Sonnenblende herunter und warf einen Blick in den Spiegel. Sie hatte sich, wie man so sagt, »gut gehalten«. Sie ging joggen, stemmte Hanteln und achtete auf ihre Ernährung, aber der Lauf der Zeit war nicht aufzuhalten; und sie war realistisch genug, um zu akzeptieren, dass sie den Alterungsprozess vielleicht ein wenig verlangsamen, aber keinesfalls aufhalten konnte.

Der Gedanke weckte in ihr das Gefühl, fehl am Platz zu sein, ein Eindringling in einer Welt der Jugend. Plötzlich erschien ihr die Vorstellung, sich vor dem prasselnden Kaminfeuer mit einem guten Buch und einem Glas Wein zu entspannen, viel verlockender als der Gedanke, sich mitten in einer Schar von Zwanzigjährigen behaupten zu müssen. Solche Gedanken waren ungewöhnlich für Sam. Sie klappte die Sonnenblende wieder hoch, steckte den Zündschlüssel zurück ins Schloss und schickte sich an, die Flucht zu ergreifen.

Ein Klopfen am Seitenfenster ließ sie innehalten, die Hand immer noch am Zündschlüssel. Sie blickte auf und sah Bob Hammond, der sie unter seiner schicken Uniformmütze angrinste. Sam verscheuchte ihre unwillkommenen Gedanken, lächelte zurück, ließ die Autoschlüssel in ihre Handtasche gleiten, öffnete die Fahrertür und stieg aus.

Hammond war sichtlich erfreut, sie zu sehen. »Gerade angekommen?«

Sam nickte verlegen, wie ein ungezogenes Schulmädchen, das bei einem Streich erwischt worden war.

Er sah sich rasch um. »Ganz allein? Ist Tom nicht mitgekommen?«

»Nein, er hat Spätschicht.«

»Das tut mir Leid. Ich hätte ihn gern kennen gelernt.«

Doch weder Hammonds Stimme noch seine Haltung ließen auch nur eine Spur von Enttäuschung erkennen. Er log, was zwar durchsichtig, aber immerhin schmeichelhaft war. Sam fragte sich, woher er überhaupt von Tom wusste; sie hatte gedacht, ihre Beziehung wäre ein wohl gehütetes Geheimnis. Andererseits brauchte sie sich angesichts seines Jobs vielleicht nicht zu wundern, dass er Bescheid wusste.

»Nun«, fuhr er fort, »da sonst niemand da ist, wäre es mir eine Freude, heute Abend Ihr Begleiter zu sein.«

Er hielt ihr seinen Arm hin und Sam hakte sich bei ihm ein. Er sah an ihr herab und sagte: »Übrigens, falls ich es später zu erwähnen vergesse: Sie sehen bezaubernd aus.«

Sam lächelte. Vielleicht würde ihr der Abend doch noch Spaß machen.

Die Band legte ein langsameres Tempo ein und kündigte den letzten Tanz an. Sam erkannte die Melodie: »Moonlight Serenade«. Ihr Vater hatte dieses Stück geliebt. Bob Hammond zog sie näher an sich und lächelte ihr zu. Sam wusste nicht, ob es an den Gefühlen lag, die die Musik in ihr hervorrief, oder einfach an ihrer ungewöhnlichen Stimmung an diesem Abend, aber sie lehnte ihren Kopf an Hammonds Schulter, während er sie langsam über die Tanzfläche führte. Sie dachte daran, wie viele Mädchen aus der Gegend sich wohl während der letzten fünfzig Jahre auf solchen Partys verliebt hatten.

Das Stück ging zu Ende und wurde abrupt von einer Luftalarm-Sirene übertönt, dicht gefolgt von krachenden Explosionen, als leuchtend grüne und rote Feuerwerkskörper rings um den Hangar in die Luft flogen. Lachend und schreiend vor Vergnügen rannten die Leute von der Tanzfläche hinaus ins Freie.

»Klappt immer«, sagte Hammond grinsend. »Die beste Methode, die ich kenne, um einen Saal zu räumen.« Er nahm ihre Hand und führte sie zu einem der Ausgänge.

Erfüllt von den Ereignissen des Abends, ließ sich Mary West halb ziehen und halb tragen, als Airman Ray Strachan, mit dem sie seit ein paar Wochen befreundet war, mit ihr den Hangar verließ. Mary war ein Mädchen aus Little Bonnington, einem Dorf am Rande des Stützpunktes. Sie war vor kurzem achtzehn geworden, zierlich und hübsch, mit einem Schopf naturblonder Haare. An Bewunderern hatte es ihr nie gefehlt, doch sie war bisher kaum aus ihrem Dorf oder der Grafschaft herausgekommen. Vor ein paar Wochen hatte sie Strachan in der Dorfkneipe kennen gelernt und sich sofort in ihn verliebt. Er kam ihr vor wie ein amerikanischer Filmstar, einer von den »jungen Wilden«; er strahlte Selbstbewusstsein und eine Kühnheit aus, die sie aufregend fand. Sie war noch nie so glücklich gewesen.

Obwohl sie ihr ganzes Leben in der Nähe der Basis zugebracht hatte, war sie noch nie auf dem Gelände selbst gewesen. Daher hatte sie Strachans Einladung, mit ihm auf die Hangar-Party zu gehen, sofort angenommen. Ihren Eltern erzählte sie nichts davon, da sie es vermutlich nicht billigen und sie davon abzuhalten versuchen würden, und das konnte nur im Streit enden. Sie wusste nicht, warum ihre Eltern den Stützpunkt und die jungen amerikanischen Piloten so sehr hassten. Sonst waren sie eigentlich ganz vernünftige Leute. Ihre Mutter war sogar einmal mit einem in Leeminghall stationierten Amerikaner befreundet und wohl auch in ihn verliebt gewesen, denn sie wäre beinahe mit ihm in die Staaten gegangen. Aber das war über achtzehn Jahre her und vielleicht hatte Mama vergessen, wie nett die Amerikaner sein konnten. Ihre Eltern waren in dem Glauben, sie sei bei einer Freundin in St. Ives.

Strachan führte sie in einen der großen Hangars. Kaum hatten sie das hintere Ende erreicht, riss er sie an sich, fuhr ihr mit den Händen durchs Haar und küsste sie leidenschaftlich. Dann drängte er sie gegen die Hangarwand.

Sein Gesicht war ganz dicht vor ihrem. Er sah ihr in die Augen und sagte leise: »Ich liebe dich, Mary. Ich habe dich vom ersten Moment an geliebt.«

Sie hörte die Aufrichtigkeit in seiner Stimme und glaubte, dass er die Wahrheit sagte. Ihr Gefühl für ihn wurde stärker. Zärtlich nahm sie seinen Kopf zwischen die Hände und küsste ihn lange. Noch nie hatte sie einen Jungen so geküsst und ihr ganzer Körper kribbelte vor Erregung.

Als Strachans Hände sich langsam an ihren Schenkeln emportasteten, begann sich ihre Leidenschaft in Besorgnis zu verwandeln. Sie hörte nicht auf, ihn zu küssen, aber sie war nicht sicher, ob sie das wollte, was er offensichtlich wollte. Sie hätte es nie zugegeben, aber sie war immer noch Jungfrau. Nicht dass sie prüde gewesen wäre – sie war schon mit einigen Jungen aus dem Dorf gegangen und es hatte ihr immer Spaß gemacht –, aber sie war noch nie »bis zum Letzten« gegangen und wusste nicht genau, ob sie es jetzt wollte. Wie sollte sie ihn bremsen, ohne ihre Beziehung zu gefährden? Sie wollte ihn, aber nicht den Sex; na ja, jedenfalls nicht jetzt, mitten in der Nacht, stehend an einer schmutzigen Wand. So hatte sie es sich nicht erträumt.

Als er an ihrer Unterhose zog, griff sie nach seiner Hand und hielt ihn auf. »Nein, nicht jetzt, nicht hier«, bat sie. »Warte! So ist das nicht richtig.«

Strachan sah sie an und zögerte einen Moment. Doch er hatte nicht vor aufzuhören. Er zog ihre Hände über ihren Kopf, küsste sie leidenschaftlich, um ihren Protest zu ersticken, und schob sein Knie zwischen ihre Beine. Augenblicke später spürte Mary, wie ihr der Slip vom Leib gerissen wurde.

Sam wartete am Eingang, während Dutzende von Partybesuchern durcheinander rufend und lachend, mit vor Vergnügen leuchtenden Gesichtern, aus dem Hangar strömten, um sich auf den Weg nach Hause oder in ihre Quartiere zu machen. Bald war Bob Hammond mit ihrem Mantel wieder zur Stelle und legte ihn ihr um die Schultern. Dann setzte er seine Mütze auf und schob sie in den richtigen militärischen Winkel.

»Ich bringe Sie noch zu Ihrem Wagen.« Bob sprach tief und langsam. Sie fand seine Stimme ungemein sexy.

Als sie den Hangar verließen, kam ein korpulenter, älterer Mann, etwa Ende fünfzig oder Anfang sechzig, auf sie zu. Die geflochtene Schnur an seiner Mütze und die Reihe der farbenfrohen Medaillenbänder an seiner Uniformjacke verrieten, dass er ein bedeutender Mann sein musste, und dessen war er sich offensichtlich bewusst. Mit ausgestreckter Hand schritt er direkt auf Bob Hammond zu. Bob nahm Haltung an und salutierte, bevor er ihm die Hand schüttelte.

»Wieder einmal ein gelungener Abend, Bob. Ich hatte also Recht damit, Sie bei meinem Kommando zu behalten. Das war die beste Verabschiedungsparty, die ich je hatte.«

Hammond antwortete mit dem gebotenen Respekt. »Danke, Sir, und vielen Dank für Ihren Brief. Wir werden Sie alle vermissen.«

Der General lächelte sarkastisch. »Aber sicher doch.« Er

sah Sam an. »Wollen Sie mir denn nicht die junge Dame vorstellen?«

»Das ist Dr. Samantha Ryan, Sir. Sie ist die Gerichtspathologin in der Grafschaft. Sam, dies ist General Arthur Wilmot Brown. Der General ist der Leiter unseres Ost-Kommandos und geht diese Woche in den Ruhestand, nach –«

»– vielen Jahren bei der Air Force«, unterbrach der General. »Ich hätte schon vor Jahren gehen sollen, aber die meinten, sie kämen ohne mich nicht aus.«

»General«, sagte Sam mit einem Nicken.

»Ziemlich ungewöhnlicher Job für eine Frau«, fuhr Brown fort. Er zog die Hand, die er Sam gegeben hatte, zurück und inspizierte sie. »Ich hoffe, Sie haben sich die Hände gewaschen.«

Grinsend wandte er sich an den Offizier, der hinter ihm stand. »Gut zu sehen, dass unsere Jungs immer noch die Hübschesten abkriegen, was, Oberst?«

Oberst Richard Cully war seit fast einem Jahr Kommandant des Stützpunktes Leeminghall. Er war ein Karriere-Offizier, der die Fähigkeit, die richtigen Schachzüge zu machen und die richtigen Leute kennen zu lernen, zur Kunst erhoben hatte. Sam wusste wenig über ihn, aber was sie wusste, gefiel ihr nicht besonders. »Viel Show und wenig dahinter«, schien die Meinung der meisten Leute über ihn zu sein und Sam hatte den Eindruck, dass sie Recht hatten.

Cully nickte und lächelte mit ehrerbietiger Miene.

»Im letzten Krieg war es genauso«, sagte der General. »Immer die nettesten Mädchen.« Er sah Sam an und legte seine Hand seitlich an den Mund, als wäre er im Begriff, ein großes Geheimnis zu verraten. »Ich würde sogar behaupten, dass es hier einige Leute gibt, die eine doppelte Staatsbürgerschaft beanspruchen könnten.« Er lachte laut über seinen eigenen Witz und sah sich dabei zu Cully um, der höflich mitlachte.

Sam sah ihn ohne die Spur eines Lächelns gleichgültig an. Als er sah, dass sein Witz bei ihr nicht angekommen war, verstummte das Lachen des Generals. Er ging peinlich berührt weiter, rasch gefolgt von Cully, der Bob Hammond noch einen finsteren Blick zuwarf, als wäre es seine Schuld, dass der General in solche Verlegenheit gebracht worden war. Hammond hob die Augenbrauen und sah Sam entschuldigend an. Sie lächelte verständnisvoll und ergriff seinen Arm.

Hammond hielt es für diplomatisch, das Benehmen seines Vorgesetzten zu erklären. »General Arthur Wilmot Brown ist der Star der Air Force. Träger der Ehrenmedaille des Kongresses, Silver Stars, dreimal das Purple Heart, As der Asse in Vietnam und ein richtiger amerikanischer Held.«

Sam warf einen viel sagenden Blick auf die linke Seite von Hammonds Uniformjacke, an der fast ebenso viele Auszeichnungen hingen wie an Browns. »Sieht aus, als wären Sie auch ein ziemlicher Held.«

Hammond sah hinab auf seine Brust. »Ach die. Die meisten davon habe ich dafür gekriegt, dass ich in einem Bunker tief unter der Erde gesessen und Befehle an Männer ausgeteilt habe, die tapferer sind als ich.«

»Ich glaube Ihnen kein Wort.«

»Ich bin nicht Brown. Wissen Sie, er ist in Vietnam abgestürzt und hat sich fünfzig Meilen weit durch den Dschungel geschlagen, größtenteils Vietkong-Gebiet, und er hat es tatsächlich zurück zu seinem Stützpunkt geschafft. Stand damals lang und breit in den Zeitungen.«

Sam blickte zu ihm hinauf. »Hört sich nach einem Mordskerl an.«

»Bei uns zu Hause ist er eine Institution. Er fliegt immer noch mit der eigenen Maschine von Stützpunkt zu Stützpunkt. Die Jungs lieben ihn. Für sie ist er John Wayne persönlich. Alle kriechen ihm in den Arsch.« Als er merkte, was er gerade gesagt hatte, räusperte er sich und fügte verlegen hinzu: »Tut mir Leid, ist mir so rausgerutscht.«

Sam lächelte beruhigend. »Keine Sorge, ich bin nicht so empfindlich. Mein Vater war bei der Polizei.«

Erleichtert fuhr Hammond fort: »Die Wahrheit ist, dass er ein Riesenarschloch ist und der größte Angeber seit MacArthur. Er zehrt heute noch von seiner Zeit in Vietnam.«

»Aber Sie nennen ihn trotzdem ›Sir‹?«

»Ja, Ma'am, ich nenne ihn trotzdem ›Sir‹ und wenn es hart auf hart käme, würde ich ihm den Hintern küssen und mich auch noch bei ihm dafür bedanken. Ich wollte Ihnen nur deutlich machen, dass ich nicht alle seine Einstellungen teile.«

Sam lachte leise. Ihr fielen ein paar Oberärzte ein, denen sie in der Vergangenheit jederzeit den Hintern geküsst hätte, wenn sie es auch nie zugegeben hätte.

Es war erheblich kühler geworden, seit sie gekommen war, und obwohl es vom Hangar zum Parkplatz nicht weit war, war Sam froh, ihren Mantel dabei zu haben. Auf dem Parkplatz standen überall Grüppchen von jungen Leuten, die den Abend so lange wie möglich ausdehnen wollten. Hammond grinste zu einem Pärchen hinüber, das so ineinander versunken war, dass es alles um sich her vergessen zu haben schien.

Sam folgte seinem Blick und er sprach seine Gedanken aus: »›Denn bei dem Volk wie bei den Frauen steht immerfort die Jugend oben an.‹«

»Dann stimmt es also immer noch?«

Hammond sah sie verdutzt an.

»Überbezahlt und überlüstern in Übersee?«

Hammonds Lächeln wurde breiter. »Die Bezahlung ist heute nicht mehr so gut.« Er starrte sie an, bis Sam etwas verlegen den Blick abwandte.

Sie hatten ihr Auto erreicht und Sam streckte ihm die Hand entgegen. »Danke für den schönen Abend.«

Hammond nickte und ergriff ihre Hand, doch statt sie zu schütteln, zog er Sam an sich, legte seine andere Hand an ihre Wange und beugte sein Gesicht auf ihres zu. Im letzten Moment drehte Sam ihren Kopf etwas zur Seite, sodass Hammonds ihre Wange küsste statt ihre Lippen.

Sie trat zurück und sah die Enttäuschung in seinem Gesicht. Es tat ihr Leid, ihm wehzutun; sie mochte Hammond.

»Tut mir Leid. Es wäre nicht fair gegenüber Tom. Ich glaube kaum, dass ich mit mehr als einer Beziehung gleichzeitig zurechtkommen würde.«

Hammond nickte, ohne ihre Hand loszulassen. »An dieser Stelle sollte ich wohl sagen, dass er ein Glückspilz ist. Aber das sage ich nicht. Wenn Sie je genug von diesem steifen Briten haben, denken Sie an mich.«

Sam lächelte, gab ihm ihrerseits einen Kuss auf die Wange und flüsterte ihm ins Ohr: »Sie stehen ganz oben auf meiner Liste.«

Froh darüber, dass sein Stolz intakt geblieben war, lächelte Hammond, während Sam in ihren Wagen sprang und in Richtung Haupttor davonrollte. Im Rückspiegel sah sie ihn in der Dunkelheit des Stützpunktes verschwinden.

Sam brauchte etwas mehr als eine Stunde von der Basis zurück zu ihrem Haus. Nachdem sie von der schnurgeraden, gut beleuchteten Autobahn abgebogen war, wurden die Straßen dunkel und schmal, sodass sie nur noch langsam vorankam. Im schwachen dunstigen Licht der Mondsichel sahen die Bäume, die bei Tag so stolz und aufrecht wirkten, verkrüppelt und grotesk aus, wie sie sich tief über ihren Wagen zu beugen schienen und dem wenigen Licht, das der Mond spendete, den Weg versperrten. Äste ragten in ihre Scheinwerferkegel wie lange verkrüppelte Finger, die sich nach ihr ausstreckten, um sie aus der behaglichen Wärme ihres Wagens herauszureißen. So sehr sie diese Landschaft liebte, ihr einfarbiges Aussehen bei Nacht erinnerte sie stets an jene verblichenen Fotos aus der viktorianischen Zeit von Menschen und Orten, die es nicht mehr gab. In solchen Situationen riss sich ihre sonst straff gezügelte Einbildungskraft los und Ängste und abergläubische Vorstellungen aus ihrer Kindheit durchbrachen die Oberfläche der Logik und des Erwachsenseins.

Nach einer Ewigkeit bog Sam von der Straße ab und fuhr den Farmweg zu ihrem Cottage hinauf. Sie musste Schlangenlinien fahren, um den Schlaglöchern auszuweichen, die sich ständig zu vermehren schienen. Sie hatte den Farmer schon mehr als einmal darauf angesprochen. Er hatte sie nett angelächelt, genickt und ihr versichert, dass er sich sofort darum kümmern werde, aber nichts war geschehen – stattdessen wurde es immer schlimmer.

Sie bog in das Tor ein und hielt vor ihrer Haustür. Der Bewegungsmelder schaltete das Licht über dem Eingang ein und beleuchtete die Einfahrt. Als sie aus dem Wagen stieg, tauchte Shaw, ihr stets getreuer Kater, zu ihren Füßen auf und rieb sich an ihren Knöcheln. Sam lächelte und bückte sich, um ihn aufzunehmen.

»Was machst du denn hier draußen?«

Sie streichelte ihn kurz, bevor sie ihren Schlüssel ins Schloss steckte und die Tür öffnete.

Die First Class Airmen Carl Simons und William Johnson hatten die Party verpasst. Der Sergeant vom Dienst tat sein Bestes, um dafür zu sorgen, dass die Sicherheitskräfte des Stützpunktes sich mit den Schichten abwechselten, sodass niemand zu viele Veranstaltungen versäumte, doch diesmal hatten die beiden Militärpolizisten Pech gehabt. Aber so war nun einmal der Lauf der Dinge und sie bemühten sich, es philosophisch zu sehen. Sie hatten draußen gewartet, als die Party zu Ende war, und zugesehen, wie ihre betrunkenen und fröhlichen Fliegerkameraden mit ihren Freundinnen an ihnen vorbeiflanierten, ohne zu verbergen, welche Pläne sie für diesen Abend noch hatten.

Offenbar hatte die Party diesmal mehr als die gewohnte Quote junger gut aussehender Frauen angezogen. Die Organisatoren hatten wohl einige Studentinnen aus Cambridge eingeladen und sogar für einen Sondertransport gesorgt, um sie zur Basis zu bringen. Der Erfolg war unverkennbar. Die beiden Sicherheitsbeamten konnten nur hoffen, dass wenigstens ein paar von ihnen bei Schwestern oder Freundinnen Telefonnummern und Adressen zurückgelassen hatten.

Als der Hangar geräumt war und die lachenden, lärmenden Gäste endlich auf dem Heimweg waren, stießen die beiden Männer einen tiefen Seufzer der Erleichterung und Frustration aus. Erleichterung, dass alles so friedlich abgelaufen war, fast ohne Probleme und ohne Festnahmen, und Frustration darüber, dass ihnen die Gelegenheit, so viele attraktive Frauen kennen zu lernen, entgangen war.

Johnson sah seinen Partner von der Seite an. »So viele Frauen, so wenig Zeit.«

Simons lachte. »Hangar Zwei?«

Johnson grinste verschlagen. »Hangar Zwei.«

Es war ein offenes Geheimnis, dass viele der Flieger sich mit ihren Freundinnen in den Hangar Zwei begaben, wenn sie ungestört sein wollten. Natürlich war es verboten; trotzdem taten es alle. Wenn Johnson und Simons in dieser Nacht keinen Spaß haben durften, dann auch sonst niemand. Entschlossen, für Sitte und Ordnung zu sorgen, schritten die beiden auf den Hangar zu.

Sam zog sich rasch aus und schlüpfte ins Bett. Tom Adams lag bereits tief und gleichmäßig atmend auf dem Rücken, den Kopf leicht zur Seite geneigt. Sie kuschelte sich an ihn, umschlang ihn mit ihren Armen und Beinen und sog die Wärme seines Körpers auf. Obwohl zwischen ihr und Bob Hammond nichts geschehen war, fühlte sie sich ein wenig schuldig, weil sie es insgeheim gewollt und nur ihr Sinn fürs Praktische sie davon abgehalten hatte. Sie hätte sich am liebsten bei Tom für etwas entschuldigt, was gar nicht geschehen war, außer in ihren Gedanken. Dass das Unsinn war, wusste sie selbst, aber sie konnte nicht anders. Sie hatte das Bedürfnis, sich ihrer Beziehung zu vergewissern und sich selbst davon zu überzeugen, dass alles in Ordnung war. Als sie ihren Kopf auf seine Brust legte, hörte sie den langsamen rhythmischen Schlag seines Herzens. Es gab ihr ein Gefühl der Geborgenheit.

Seit fast einem Jahr waren sie nun schon zusammen. Obwohl sie sich immer noch beharrlich weigerte, ihn bei sich einziehen zu lassen, blieb er meistens übers Wochenende und sie genoss seine Gegenwart. Allerdings war sie nicht ganz zufrieden mit der Entwicklung, die ihre Beziehung in letzter Zeit nahm. Oft diskutierten sie stundenlang über ihre »gemeinsame Zukunft«. Er wollte mehr, wollte heiraten und Kinder haben, aber sie war sich nicht sicher, ob sie noch mehr geben konnte, und fühlte sich allmählich unangenehm unter Druck gesetzt.

Abgesehen von ihrem Vater und neuerdings ihrem Neffen Ricky hatte sie noch nie jemandem wirklich nahe gestanden. Selbst ihre Liebe zu ihrer Mutter ging nicht allzu tief. Sie empfand sie fast eher wie eine Verpflichtung, besonders jetzt, da ihre Mutter krank war. Auch zu ihrer Schwester hatte sie keine sehr enge Beziehung, was sie sich mit Bedauern eingestand. Sie waren so verschieden, dass Sam manchmal kaum glauben konnte, dass sie dieselben Eltern hatten. »Du bist deinem Vater zu ähnlich«, war der Vorwurf, der ihr meistens entgegengeschleudert wurde, wenn es zu Hause Reibereien gab. Wenn das stimmte – und das war vermutlich der Fall –, dann war Wyn ihrer Mutter viel zu ähnlich.

Tom regte sich und drehte sich in ihre Richtung, sodass sie auf den Rücken rollte. Er hielt sie eng umschlungen und sah ihr ins Gesicht. Sie spürte seinen schlanken, starken Körper über sich.

»Was glaubst du wohl, wie spät es ist?«

»Keine Ahnung. Bin ich zu früh dran?«

Seine Miene war gespielt streng, wie die eines Vaters, der seine auf Abwege geratene Tochter zurechtweist. »War's schön?«

Sam, die spürte, dass die Frage heikel war, hatte nicht vor, zuzugeben, dass sie auch ohne ihn ihren Spaß gehabt hatte. »Mit dir zusammen wäre es noch schöner gewesen.«

Er durchschaute den Trick, fühlte sich aber trotzdem geschmeichelt. »Dann hast du mich also vermisst?«

Sam fand, dass eine Schmeichelei pro Abend reichte, und sagte mit einem schrägen Lächeln: »Nur am Anfang. Es waren viel zu viele ansehnliche junge Männer da.«

Als er sie anlächelte, vertieften sich die Fältchen um seine Augen. Sein entspanntes Gesicht sank langsam zu ihr herab, wobei seine Lippen ihre streiften, bevor er sanft ihre Brüste küsste und ihre Brustwarzen zwischen Zunge und Zähnen liebkoste. Er war ein guter Liebhaber, stark und dabei sanft, der ihr Wohlgefühl mindestens genauso genoss wie sein eigenes. Er selbst sagte von sich, er habe »die Ruhe weg«, und ließ sich gerne Zeit, jeden Moment voll auszukosten.

Es war spät und Johnson und Simons waren reif für eine Pause. Obwohl sie an den üblichen Stellen an der Rückseite des Hangars und bei den Tribünen rings um das Baseballstadion und das Footballfeld gesucht hatten, war es ihnen nicht gelungen, auch nur ein Pärchen aufzuspüren. Das war ungewöhnlich für eine Hangar-Party. Normalerweise herrschte dann hier so viel Betrieb wie in einem Karnickelstall. Entweder hatten die Mädchen plötzlich die Keuschheit wieder entdeckt oder sie hatten einen etwas bequemeren Ort gefunden. Damit war der Spaß verdorben. Sie hätten gern ein Weilchen zugeschaut und Noten von eins bis zehn für die Leistung des ahnungslosen Pärchens vergeben, um genau im Moment der höchsten Ekstase aus ihrem Versteck hervorzukommen und in donnerndem Befehlston zu fragen: »Was machen Sie denn da, wenn ich fragen darf?«

Das Ergebnis war meistens äußerst erheiternd und brachte etwas Abwechslung in den Abend. Längst hatten sie beschlossen, eines Tages die Vielzahl der Ausreden, die sie zu hören bekamen, in einem Buch zu veröffentlichen, nicht zu reden von den falschen Namen und Adressen, die ihnen Leute gegeben hatten, selbst wenn sie sie persönlich kannten. Heute Nacht jedoch war es anders; die Wache zog sich elend langweilig dahin. Der einzige Hoffnungsschimmer an diesem sonst trostlosen Abend war eine kleine schwarze Abendhandtasche, die sie hinter Hangar Zwei entdeckten. Ein paar Schritte von der Handtasche entfernt fanden sie außerdem einen roten Damenslip, der in Fetzen zerrissen auf dem Boden lag.

Johnson hob ihn mit seinem Gummiknüppel auf. »Da hat es aber jemand eilig gehabt.«

Simons lachte. »Die haben wir wohl nur knapp verpasst.«

»Sieht so aus.«

Während er den Slip am Ende seines Knüppels schwenkte, bemerkte er einen dunklen Fleck an einer Seite. Er betrachtete ihn näher und rieb das dünne Gewebe zwischen seinen Fingern. Sein Verdacht wurde bestätigt: Es war Blut.

»He!«, rief er Simons zu. »An dem Slip ist Blut!«

Simons, der gerade begonnen hatte, die Handtasche zu untersuchen, interessierte sich nicht sonderlich für die Entdeckung seines Partners. »Manchen Frauen ist es egal, wann sie es treiben.«

Johnson nickte zustimmend, aber die Entdeckung hatte ihn irritiert. Er leuchtete mit seiner Taschenlampe herum. Ein dunkler Fleck auf dem kurz gemähten Gras erregte seine Aufmerksamkeit. Obwohl er nicht sehr groß war, kam er ihm merkwürdig vor. Irgendwie passte er nicht dorthin. Er ging hinüber, hockte sich hin und betastete ihn mit der Hand. Es fühlte sich klebrig an. Johnson drehte die Hand herum und beleuchtete mit der Taschenlampe seine Handfläche. Sie war voller Blut.

»Hier drüben ist noch mehr Blut«, sagte er.

»Der Tatort«, sagte sein Partner. »Da haben sie's vermutlich gemacht.«

Johnson war noch nicht beruhigt. »Oder es ist jemand verletzt worden. Wäre nicht das erste Mal.«

Kopfschüttelnd trat Simons zu ihm und leuchtete mit seiner Taschenlampe das Gras ab. Sofort hatte er eine Schlussfolgerung zur Hand. »Das Blut ist nur an einer Stelle. Wenn etwas passiert wäre, warum ist dann keine Blutspur da? Außerdem, wenn so was passiert wäre, hätten wir es längst erfahren.«

Johnson schaute sich noch einmal um und sah, dass sonst keine Spuren zu bemerken waren. Er stand auf. Vermutlich hatte sein Partner Recht. Inzwischen setzte Simons seine Untersuchung der Handtasche fort. Neben den üblichen Utensilien fand er darin eine Eintrittskarte für die Party, ein Portemonnaie mit ungefähr drei Pfund und eine Bus-Dauerkarte, ausgestellt auf den Namen Mary West. Die Adresse lag in der Nähe. Die beiden Männer musterten das Foto.

»Süß«, sagte Simons. »Der würde ich gern mal einen großen Gefallen tun.«

Johnson nickte. »Ich auch. Vielleicht hat sie ja was für 'nen flotten Dreier übrig. Doppelter Spaß und doppelter Geschmack.«

Simons lachte. Für den vergeudeten Abend würden sie sich entschädigen, indem sie dem Mädchen einen Besuch abstatteten, um ihr ein paar peinliche Fragen zu stellen. Mit einem versonnenen Grinsen gingen sie weiter.

Als sie auf dem Weg zum Haupttor und zur Wachstation das Baseballfeld überquerten, bemerkte Johnson ein schwaches Licht in einem der Lagerschuppen auf der anderen Seite des Feldes. Das Licht bewegte sich im Innern des Schuppens, flackerte hin und her, bevor es dann zum Stillstand kam. Die beiden Männer wussten, dass in dem Schuppen außer einer Sammlung abgenutzter Sportgeräte nichts zu finden war. Sie grinsten zufrieden. Offenbar hatten sie wenigstens einen der »bequemeren« Plätze ausfindig gemacht, die die Pärchen neuerdings benutzten.

Während sie rasch auf den Schuppen zugingen, tauchte eine schattenhafte Gestalt in der Tür auf. Offenbar trug sie eine Last, aber sie waren zu weit entfernt, um es genau zu sehen. Johnson richtete den Strahl seiner Taschenlampe auf die Gestalt, doch Einzelheiten konnte er nicht erkennen. Er beschleunigte seinen Schritt und rief. »Bleiben Sie, wo Sie sind, Mister! Wir wissen, wer Sie sind!«

Die Lüge war alt, aber manchmal funktionierte sie. Die Gestalt schien einen Moment zu zögern, als wäre sie verunsichert, doch dann schoss sie in die Dunkelheit des Geländes davon.

Johnson hakte seine Taschenlampe am Gürtel ein und machte sich an die Verfolgung. Seinem Kollegen rief er zu: »Sieh im Schuppen nach!«

Simons rannte hinüber zu der Tür, damit nicht noch jemand entkommen konnte. Laut sagte er: »Kommen Sie raus! Wir wissen, dass Sie da drinnen sind. Sie werden keine Schwierigkeiten bekommen, aber kommen Sie da raus!«

Keine Antwort.

»Nun kommen Sie schon! Ich habe wirklich Besseres zu tun. Bringen Sie mich nicht dazu, hereinzukommen und Sie zu holen. Das würde Ihnen bestimmt nicht gefallen.«

In dem Schuppen blieb es still. Simons zog seinen Gummiknüppel vom Gürtel und schlug damit zweimal kräftig gegen die Tür. »Letzte Gelegenheit.«

Immer noch kein Laut.

»Okay, wenn Sie sich dumm stellen wollen, Ihre Schuld.«

Er stieß die Tür weit auf und trat, den Strahl der Taschenlampe vor sich gerichtet, langsam ein.

Auf der gegenüberliegenden Seite des Feldes war die Gestalt, die Johnson verfolgte, zwischen den Lagerschuppen und Versorgungswaggons am anderen Ende des Stützpunktes verschwunden. Die Jagd war hoffnungslos. Den Namen des Mannes würde er sowieso von dem Mädchen erfahren, das in dem Schuppen gewesen war, sagte sich Johnson. Er steckte den Gummiknüppel zurück in den Gürtel und gab die Verfolgung auf.

»Wir sprechen uns noch, Kumpel, wer immer du bist!«

Nach dieser letzten Warnung machte er kehrt und ging zurück zu dem Schuppen. Wenige Augenblicke später war er wieder an der Stelle, wo sie die Gestalt zuerst gesehen hatten. Wen Simons da drinnen wohl erwischt hatte? Hoffentlich war es das Mädchen, dessen Foto sie auf der Buskarte gesehen hatten. Vielleicht ließ sie sich ja überreden, bei ihren Nachforschungen zu »kooperieren« als Gegenleistung dafür, dass sie die Sache nicht weiter verfolgten. Er grinste erwartungsvoll und beschleunigte seinen Schritt, um nicht den ganzen Spaß seinem Partner zu überlassen.

Simons taumelte rückwärts durch die Tür, als hätte er von einem unsichtbaren Gegner einen Schlag bekommen. Mit einer Drehung sackte er auf die Knie, würgte und erbrach seinen Mageninhalt im hohen Bogen auf das Gras. Alarmiert zog Johnson seine Waffe. Jeder Schatten schien plötzlich eine heimtückische Drohung zu bergen, als er nervös nach dem unheimlichen Angreifer ausschaute. Doch er sah niemanden. Wachsam in die Dunkelheit spähend, hockte er sich neben seinen Freund und legte ihm beschwichtigend die Hand auf die Schulter.

»Menschenskind, Carl, was ist denn los?«

Simons, der immer noch würgte und sich den Magen hielt, brachte keinen Ton heraus. Stattdessen deutete er nur mit zitternder Hand auf die Tür des Schuppens. Langsam ging Johnson hinein, die Pistole am ausgestreckten Arm vor sich, bereit, sofort zu feuern, falls plötzlich etwas oder jemand aus der Dunkelheit im Innern hervorkommen sollte. Schon nach wenigen Schritten spürte er, wie die Sohlen seiner Stiefel am Boden klebten und beim Abheben ein merkwürdiges schmatzendes Geräusch verursachten. Er richtete den Lampenstrahl zu Boden. Johnson packte die Waffe fester und ließ den Strahl der Taschenlampe auf dem Boden der klebrigen Spur folgen, bis er am hinteren Ende des Schuppens auf einen Schopf verfilzter blonder Haare fiel. Die Haare umgaben wie ein makabrer Bilderrahmen das weiße Gesicht einer jungen Frau. Ihr Kopf war in einem unnatürlichen Winkel nach hinten geneigt und leicht zur Seite verdreht. Die halb geöffneten Augen starrten ihn ausdruckslos an und ihr Mund stand weit offen in einem stummen, qualvollen Todesschrei.

Sam lag quer über Toms Brust, streichelte sein Gesicht und fuhr mit ihren Fingern durch sein Haar. Er erwiderte die Liebkosung, indem er ihren Hinterkopf streichelte. Während sie im Halbdunkel lagen, konnte sie förmlich sein Gehirn arbeiten hören, um den richtigen Moment und die richtige Strategie zu finden. In letzter Zeit redeten sie ständig über das Thema, vor allem nach dem Sex, wenn er glaubte, dass ihre Abwehr erlahmt und sie am leichtesten anzugreifen sei. Halb wünschte sie, er wäre Raucher, dann hätte er wenigstens etwas anderes gehabt, worauf er sich konzentrieren konnte. Endlich regte er sich und der unvermeidliche Angriff begann.

»Wie lange sind wir jetzt schon zusammen?«

Meine Güte, wie vorhersagbar er ist, dachte Sam. Laut sagte sie: »Nächsten Monat haben wir Jahrestag.«

»Ein Jahr nächsten Monat.« Er lächelte zu ihr hinunter. »Geht schnell, wenn man etwas genießt, stimmt's?«

Sie nickte auf seiner Brust. »Das längste Jahr meines Lebens.«

Er zog spielerisch an ihren Haaren. »Besten Dank.«

Sam hob den Kopf und lächelte zu ihm hinauf. »Und du? Genießt du es?«

»Ja, aber ich würde es gern noch ein bisschen mehr genießen.«

Sie wusste, was er meinte. »Noch nicht. Ich bin noch nicht so weit.« Sie legte ihren Kopf zurück auf seine Brust und machte sich auf seine endlose Liste guter Gründe gefasst, warum sie heiraten sollten.

»Warum nicht? Wir kommen doch prima miteinander aus, oder? Wir passen in den meisten Bereichen gut zusammen und um ehrlich zu sein, ich vermisse dich. Meine Bude kommt mir jetzt noch leerer vor als früher.«

»Du wirst dich gedulden müssen.«

»Ich gedulde mich jetzt schon ein Jahr. Wie lange soll ich mich denn noch gedulden?«

»Ich weiß es nicht. Bald. Es ist eine wichtige Entscheidung.« Sie sah wieder zu ihm hinauf. »Wenn ich beschließe, mein Leben mit jemandem zu teilen, dann soll es für immer sein. Deshalb möchte ich mir wirklich sicher sein.«

Tom setzte seine verletzte Miene auf. Sam kannte sie schon lange und meistens hatte sie auch den gewünschten Effekt. Nicht dass sie ihn hätte verletzen wollen, aber allmählich hatte sie genug von seiner Beharrlichkeit.

»Es hat nichts mit dir zu tun, es liegt an mir. Vielleicht bin ich schon zu lange allein, schon zu festgefahren in meiner Lebensweise. Gib mir einfach ein bisschen Freiraum und ein bisschen mehr Zeit.«

»Mehr Freiraum, Sam? Ich sehe dich doch sowieso nur am Wochenende und das auch nur, wenn keiner von uns Bereitschaft hat.«

»Dieses Wochenende haben wir beide Bereitschaft und wir sind trotzdem zusammen.«

»Na schön, aber so habe ich mir eine Beziehung eigentlich nicht vorgestellt. Das ist ja, wie wenn man mit einem Mikrowellenofen ausgeht: Wenn's piept, wird abgeschaltet.«

Sie seufzte. Irgendwann musste sie eine Entscheidung treffen, wenn sie ihn nicht verlieren wollte, aber das war ein Dilemma, auf das sie lieber verzichtet hätte. Bevor sie etwas sagen konnte, machte Toms Piepser dem Gespräch ein Ende.

Er sah sie an. »Die Mikrowelle schon wieder.«

Von der Schulglocke gerettet, dachte Sam erleichtert. Sie drehte sich zur Seite und machte ihm Platz, damit er seinen Piepser ablesen und sich übers Bett zum Telefon wälzen konnte. Rasch begann er die Nummer zu wählen. Bevor er an die letzte Ziffer kam, lehnte sich Sam hinüber und knallte die Hand auf die Gabel. Tom blickte überrascht auf.

»Erst mal die Rufnummerübermittlung abschalten, wenn ich bitten darf«, sagte sie. »Ich will nicht, dass jede Pfeife auf dem Revier weiß, mit wem du deine Nächte verbringst.«

Tom nickte verstehend und drückte auf die entsprechende Taste, bevor er weiterwählte.

»Ich gehe duschen«, flüsterte Sam ihm ins Ohr.

Nach den anstrengenden Aktivitäten der Nacht, vom Tanzen auf dem Stützpunkt bis zum Sex mit Tom, fühlte sie sich heiß und klebrig und obwohl es schon spät war, freute sie sich auf das kühle, frische Wasser. Sie wälzte sich aus dem Bett und ging nackt in Richtung Badezimmer. Tom sah ihr nach, während er darauf wartete, dass sein Anruf angenommen wurde. Sie war zwar nicht mehr zwanzig, dachte er, aber mein Gott, sah sie gut aus. Während er ein genießerisches Seufzen von sich gab, meldete sich endlich jemand.

»Detective Inspector Adams. Sie brauchen mich?«

Die Stimme am anderen Ende der Leitung klang kühl und sachlich, typisch für die Leute in der Telefonzentrale.

»Auf dem Luftwaffenstützpunkt der Amis in Leeminghall ist eine Mädchenleiche gefunden worden. Superintendent Farmer ist schon unterwegs und möchte, dass Sie so bald wie möglich zu ihr stoßen.«

Er notierte sich die Einzelheiten in dem Notizbuch, das Sam neben ihrem Bett liegen hatte. »Wissen wir schon, wer sie ist?«

Am anderen Ende der Leitung entstand eine Pause, während der Telefonist seinen Computerbildschirm studierte.

»Das weiß ich noch nicht. Ich versuche aber, so bald wie möglich mehr Informationen zu bekommen.«

»Okay, ich bin gleich da.«

Der Telefonist schien noch nicht ganz zufrieden zu sein. »Entschuldigen Sie, Sir, würde es Ihnen etwas ausmachen, mir zu sagen, von welchem Anschluss aus Sie anrufen? Ich habe offenbar ein Problem mit meinem Computer. Aus irgendeinem Grund wird mir Ihre Nummer nicht angezeigt.«

Tom Adams wusste genau, dass es kein Computerproblem war. »Ja, es würde mir etwas ausmachen, Sie Schnüffler.«

Er knallte den Hörer auf die Gabel, verärgert über die Neugier des Telefonisten, und zwang sich zum Aufstehen. Nachdem er die Seite aus dem Notizbuch gerissen und in seine Hosentasche gesteckt hatte, eilte er zum Badezimmer. Sam stieg gerade aus der Dusche. Er hob ihr Handtuch auf und schaute sie einen Moment lang bewundernd an.

Sam zog die Augenbrauen hoch. »Gibst du mir nun das Handtuch, oder willst du nur dastehen und mich anstarren?«

»Ich will nur dastehen und dich anstarren.«

Sam streckte die Hand aus, nahm ihm das Handtuch weg und wickelte es um sich, während sie zurück ins Schlafzimmer ging.

Er folgte ihr und begann sich anzuziehen. »Ich muss weg. Sie haben eine Mädchenleiche gefunden.«

Sam begann sich abzutrocknen. »Wo?«

»Auf dem Luftwaffenstützpunkt Leeminghall.«

»Was? Da bin ich doch vor ein paar Stunden noch gewesen.«

»Interessante Verwicklung. Das macht dich zur Verdächtigen.«

»Wer ist es? Jemand von der Basis?«

Tom zuckte die Achseln. »Das wissen sie noch nicht.«

»War sie auf der Hangar-Party?«

»Ich sage dir doch, ich weiß es nicht. Ich weiß auch nicht, wie sie getötet wurde, warum sie getötet wurde oder ob sie schon einen Verdächtigen haben. Ich rufe dich später an und erzähle dir alles.«

Während er noch sprach, klingelte das Telefon.

»Wird wohl nicht nötig sein«, sagte Sam. »Ich glaube, sie spielen mein Lied.«

Tom runzelte die Stirn.

»Ich habe auch Bereitschaft, weißt du nicht mehr?«

Er nickte. »Dann warte ich, bis du fertig bist.«

Sam schüttelte den Kopf. »Das tust du nicht. Man müsste kein Genie sein, um sich auszurechnen, was los ist, wenn wir dort zusammen auftauchen würden.«

»Und das darf ja auf keinen Fall sein, nicht wahr?«, sagte er bissig.

Sam ignorierte ihn und nahm den Hörer ab. »Hier Dr. Ryan.«

Hammond hatte sich bis aufs i-Tüpfelchen an die Vorschriften gehalten. Nachdem er die Leiche des Mädchens kurz untersucht hatte, hatte er den Bereich abgesperrt und sofort die örtlichen Zivilbehörden verständigt. Simons' und Johnsons Funde waren beschlagnahmt und in beschrifteten Beuteln gesichert worden und beide hatten eine erste Aussage gemacht. Etwa eine halbe Stunde nach dem Leichenfund traf Oberst Cully ein. Seine üble Laune und beginnende Panik waren ihm anzumerken, als er auf Hammond zumarschierte und ihn anfuhr. »Was zum Teufel ist hier los, Bob?«

Hammond stand stramm und salutierte formell, bevor er antwortete. »Ein totes Mädchen, Sir. Sieht nach Mord aus.«

»Scheiße, das hat uns gerade noch gefehlt, ausgerechnet jetzt, wo der General noch hier ist. Sind Sie sicher, dass es ein Mord ist?«

Hammond nickte.

»Wer ist sie?«

»Das steht noch nicht mit Sicherheit fest, aber wir glauben –«

»Nicht glauben, Bob, herausfinden«, unterbrach ihn Cully. »Bei meiner Glückssträhne ist sie wahrscheinlich mit den Churchills verwandt oder so.«

Hammond sagte ruhig: »Wir glauben, dass es ein Mädchen aus dem Ort namens Mary West ist. Sie war heute Abend auf der Party. Die beiden Männer, die die Leiche gefunden haben, hatten kurz zuvor hinter dem Hangar Zwei das hier entdeckt.«

Er reichte Cully die Buskarte und den zerrissenen Slip. Cully studierte die Buskarte. »Niedlich«, sagte er.

»Jetzt nicht mehr, fürchte ich.«

Cully gab ihm den Ausweis zurück. »Nein, vermutlich nicht. Wie lange wird es dauern, bis Sie Genaueres wissen?«

»Wir tun unser Bestes, Sir. Die örtliche Polizei ist bereits verständigt. Superintendent Farmer ist auf dem Weg hierher und wie ich höre, haben sie einen ihrer uniformierten Beamten zu der Adresse auf der Buskarte geschickt.«

Cully begann erregt auf und ab zu marschieren. Hammond wartete schweigend und ungerührt. Er kannte Cullys Launen schon lange genug, um zu wissen, dass es besser war, ihn gewähren zu lassen.

»Das hat mir gerade noch gefehlt. Jede Zeitung in England wird darüber schreiben. Was sage ich, jede Zeitung in den Staaten! Scheiße, Bob, wie konnten Sie so etwas passieren lassen? Meine Beförderung kann ich mir in den Arsch stecken. Blöde Gans! Warum musste sie sich ausgerechnet auf meiner Basis abmurksen lassen?«

»Ihre Eltern werden sich sicher gebührend entschuldigen, Sir«, sagte Hammond.

Zornig wirbelte Cully herum. Einen Moment lang beäugten sich die beiden Männer, dann trat Cully den Rückzug an. Er kannte Hammond seit Jahren und schätzte ihn. Wenn jemand diesen Schlamassel ausräumen konnte und das auch noch schnell, dann Hammond. Er schien es sich zum Prinzip gemacht zu haben, binnen Wochen nach seinem Dienstantritt auf einem Stützpunkt Kontakt zu allen zivilen Behörden zu knüpfen, und er wusste, wie er sie dazu bringen konnte, zu tun, was er wollte. Es wäre der Gipfel der Dummheit, sich ihn ausgerechnet jetzt zum Feind zu machen.

Cully ging auf den Schuppen zu und duckte sich unter dem Absperrungsband hindurch. »Na, dann wollen wir uns den Schlamassel mal anschauen.«

Hammond versuchte ihn aufzuhalten. »Ich weiß nicht recht, ob ...«

Bevor er seinen Satz beenden konnte, hatte Cully die Tür des Schuppens erreicht und spähte hinein. Hammond sprang hinter ihm her, bemüht, den Schaden, den sein Vorgesetzter am Tatort anrichtete, zu begrenzen.

»Vielleicht ist es besser, wenn Sie nicht hineingehen, Sir. Ich meine, es sieht ziemlich unerfreulich aus.«

Cully ließ sich nicht abschrecken. »Wenn Sie mal in einem richtigen Krieg gekämpft haben, wie in Vietnam, dann dürfen Sie mir Vorträge über unerfreuliche Anblicke halten, Major.« Hammond hatte sowohl in Grenada als auch im Golfkrieg gekämpft, doch Cully ließ oft durchblicken, dass dies für ihn keine richtigen Kriege waren.

»›Ich liebe den Geruch von Napalm am Morgen‹«, murmelte Hammond sarkastisch vor sich hin. Das war Cullys Lieblingszeile aus *Apocalypse Now*.

Rund um den Schuppen waren bereits Bogenlampen aufgestellt worden, deren Licht das Dunkel im Innern erleuchtete. Cully rutschte beinahe auf dem gerinnenden Blut aus, als er quer durch den Schuppen auf die Leiche des Mädchens zuging, während Hammond sich überlegte, welche Ausreden er gegenüber der britischen Polizei vorbringen könnte, wenn sie eintraf.

In Wirklichkeit hatte Cully in Saigon Schreibstubendienst geschoben und nur wenig echte Aktion gesehen. Und das, was er gesehen hatte, hätte ihn auf das hier nicht vorbereiten können. Hammond wusste, dass der Krieg seine ganz eigene Atmosphäre erzeugte. Es war eine gemeinsame Erfahrung und das Wissen, dass man mit allen anderen zusammen drinsteckte und nicht allein, half, einen darauf vorzubereiten, was geschehen, was man zu sehen bekommen mochte und wie man am Ende mit dem Tod fertig wurde.

Hier jedoch, in Friedenszeiten auf einem Stützpunkt inmitten der grünen englischen Landschaft, war Cully nicht bereit für das, was er vor sich sah. Beim Anblick eines toten jungen Mädchens, dessen frisch vergossenes Blut an den Sohlen seiner makellos polierten Schuhe klebte, wurde ihm schwindelig. Er hielt sich am Türrahmen fest, als die Welt sich um ihn zu drehen begann. Hammond sah, wie Cullys Knie nachgaben, packte seinen Vorgesetzten fest unter den Armen und zerrte ihn aus dem Schuppen, bevor er zu Boden gehen konnte. Nicht aus Freundlichkeit oder Respekt gegenüber Cully, sondern wegen der Notwendigkeit, den Zustand des Tatorts unverändert zu erhalten und zu verhindern, dass er noch weiter beschädigt wurde. Schon jetzt hatte Cully seine Fußspuren überall hinterlassen und Hammond wusste, dass das ein schlechtes Licht auf *seine* Professionalität werfen würde, nicht Cullys.

Hammond sah auf seinen Vorgesetzten hinab, der zusammengekrümmt auf dem Boden hockte und stöhnte und zuckte wie ein Betrunkener am Straßenrand. »So, Napalm klebt an Kindern, ja?«, zitierte er innerlich. Immerhin, so war Cully ihm lieber: Zumindest konnte er so keinen Schaden mehr anrichten.

2

Ausnahmsweise war Sam einmal frühzeitig am Tatort. Sie fuhr durch den Hauptkontrollpunkt der Basis mit seinen hohen Wachtürmen und automatischen Toren. Den Wachdienst versahen ein Zivilist und ein Militärpolizist gemeinsam und der Gegensatz zwischen den beiden hätte nicht auffälliger sein können. Der amerikanische Soldat gab in seiner makellosen dunkelgrünen Uniform eine blendende Figur ab. Sein Barett saß in einem verwegenen Winkel seitlich auf seinem Kopf, während er auf der Schulter eine Maschinenpistole balancierte. Der britische Beamte dagegen trug eine schlecht sitzende, dunkelbraune Uniform und den traditionellen, hier aber völlig fehl am Platz wirkenden spitzen Helm, der wackelig auf seinem Kopf saß, und bewaffnet war er nur mit einem langen Holzknüppel, um das Königreich gegen alle Angreifer zu verteidigen. Sam zeigte ihm ihren Ausweis und stellte sich vor: »Dr. Ryan, Pathologin beim Home Office.«

Der Polizist nickte. »Sie werden schon erwartet, Ma'am.«

Er notierte sich ihren Namen, ihren Beruf und die Ankunftszeit und beschrieb ihr dann den Weg zum Parkplatz in der Mitte des Geländes. Sam kannte den Weg natürlich bereits, doch sie hörte höflich zu, bevor sie weiterfuhr. Es kam ihr seltsam vor, dass sie erst vor ein paar Stunden am selben Ort gewesen war, ihren Spaß gehabt und sich auf das nächste Treffen mit Hammond gefreut hatte. Dass es schon so bald und unter so wenig erfreulichen Umständen dazu kommen würde, hatte sie da noch nicht geahnt.

Als sie den Wagen einparkte, sah sie, dass Hammond bereits da war und auf sie wartete. Sie nahm ihre Arzttasche vom Beifahrersitz, stieg aus dem Wagen, schloss die Tür ab und prüfte nach, ob sie zu war. Selbst in Situationen wie dieser achtete Sam immer sehr auf ihre persönliche Sicherheit. Während ihrer zehnjährigen Tätigkeit als Pathologin beim Home Office war ihr Wagen zweimal aufgebrochen und viermal beschädigt worden – und jedes Mal waren Dutzende von Polizisten in der Nähe gewesen. Sie setzte sich in Richtung der hellen Scheinwerfer, die den Tatort markierten, in Bewegung.

Hammond schloss sich ihr an. »Ich hatte gehofft, Sie unter erfreulicheren Umständen wieder zu sehen.«

Sam lächelte ihn an. »Dasselbe hatte ich auch gerade gedacht.« Dann wurde sie sachlich. »Wo wurde die Leiche gefunden?«

»In einem Lagerschuppen hinter einem der Hangars. Ziemlich abgelegen, dort werden nur alte Sportgeräte und dergleichen gelagert.«

»Wer ist sie? Eine von Ihren Leuten?«

»Nein, auf keinen Fall. Wir sind ziemlich sicher, dass sie ein Mädchen hier aus der Gegend ist, eine gewisse Mary West. Kommt aus Little Bonnington, ein paar Meilen von hier. Ihren Eltern zufolge wollte sie heute Abend eigentlich bei einer Freundin in St. Ives sein.«

»Aber sie hat sich klammheimlich aus dem Staub gemacht?«

Hammond nickte. »So ungefähr. Zwei unserer Wachmänner haben hinter einem der Hangars eine Abendhandtasche gefunden. Darin war eine Eintrittskarte für die Party heute Abend und eine Busfahrkarte mit ihrem Foto. Es sieht aus wie sie – na ja, so, wie sie wahrscheinlich ausgesehen hat, als sie noch lebte.«

»Sie waren also drinnen?«

Hammond begriff, dass die Frage heikel war. Abwehrend hob er die Hand. »Nein, Ma'am. So viel haben sogar wir bei der Air Force gelernt, um zu wissen, dass man den Tatort eines Mordes nicht verändern darf.«

Sam nickte. »Gut.«

»Ich habe nur einen Blick durch die Tür geworfen. Das hat mir gereicht.«

Sam fand, dass er nicht einmal das hätte tun sollen, aber sie behielt es für sich.

»Ihre Jungs in den weißen Anzügen von der Spurensicherung sind schon drinnen. Offenbar verstehen sie ihr Handwerk.«

»Das tun sie«, erwiderte Sam ein wenig gereizt. »Irgendwelche Verdächtigen?«

»Einer von unseren Leuten, fürchte ich. Ein junger Airman namens Ray Strachan, Sanitäter. Seinen Stubenkameraden zufolge war er schon seit ein paar Wochen mit ihr befreundet, aber sie wollte es verheimlichen – ihre Eltern haben aus irgendwelchen Gründen etwas gegen Amerikaner. Er hat mit ihr zusammen nach der Party den Hangar verlassen und seitdem hat ihn niemand mehr gesehen.«

»Wohnt er auf dem Stützpunkt?«

»Ja. Wir haben seine Stube durchsucht, aber nichts gefunden. Seine ganze Ausrüstung hat er allerdings zurückgelassen. Offenbar hatte er es sehr eilig. Ein paar von unseren Leuten sind auf der Suche nach ihm.«

»Was ist mit der britischen Polizei?«

»Wir suchen innerhalb des Geländes. Die übernehmen den Rest.«

Als sie den Schauplatz erreichten, bemerkte Sam, dass das Band, mit dem der Bereich abgesperrt war, aus langen, dünnen Flaggentuchstreifen bestand, auf denen in regelmäßigen Abständen die amerikanische Fahne und die Worte »Happy New Year!« aufgedruckt waren. »Ungewöhnliche Absperrung«, bemerkte sie.

Hammond machte ein verlegenes Gesicht. »Etwas anderes hatten wir nicht. Das Band war noch von der Silvesterparty übrig. Solche Dinge passieren nun einmal nicht allzu oft auf der Basis. Ihr Tatort-Spezialist war nicht sehr beeindruckt davon.«

»Kann ich mir denken.«

»Er will etwas Formelleres besorgen. Sollte bald hier sein.«

Sam musste grinsen. Sie konnte sich den Ausdruck auf Colin Flannerys Gesicht vorstellen, als er die amerikanische Version einer Absperrung gesehen hatte. Vorschriften gingen ihm über alles.

Am Schauplatz des Mordes ging es chaotisch zu wie immer, nur schienen sich diesmal doppelt so viele Leute wie sonst einmischen zu wollen. Wie die Ameisen liefen sie eifrig hin und her, jeder seine persönliche Aufgabe erfüllend, mit Taschenlampen und Indizienbeuteln in den kalten Händen. Außer den Tatort-Spezialisten in den weißen Anzügen hatte man auch das übliche Aufgebot an bleichgesichtigen Kriminalbeamten unerwartet aus dem Bett geholt, die nicht besonders glücklich darüber aussahen. Besonders wenn sie am Abend zuvor wieder einmal eines ihrer Saufgelage abgehalten hatten, was ziemlich wahrscheinlich war. Überall gingen Leute von den Spezialeinheiten herum oder knieten am Boden, in der Hoffnung, irgendeinen wichtigen Hinweis zu finden. Sie suchten den ganzen Stützpunkt nach Fingerabdrücken und anderen Spuren ab und stocherten mit langen Stöcken in Büschen und Sträuchern herum. Um die Sache noch zu erschweren, war auch der Sicherheitsdienst der Amerikaner eifrig dabei, Ratschläge zu erteilen, zu beobachten und Anweisungen zu geben. Dies war das größte Ereignis seit Jahren auf der Basis und wenn auch die Untersuchung in die Zuständigkeit der britischen Polizei fiel, wollten sie sich das hier trotzdem nicht entgehen lassen.

Sam blieb am Rande des abgesperrten Bereichs stehen. Flannery kam auf sie zu und reichte ihr einen weißen Schutzanzug. Sie zog ihn rasch über ihre Kleidung und stieg dann in ein Paar Überschuhe.

»Wie weit sind Sie, Colin?«

»Alle Temperaturen sind gemessen, bis auf die der Leiche natürlich. Das wollten wir lieber Ihnen überlassen. Wir haben das Innere indirekt ausgeleuchtet und die Leiche, den Boden und die Wände fotografiert und wir haben drinnen Trittplatten ausgelegt, um den Boden zu schützen.« Trittplatten waren wesentlich für die Untersuchung eines derartigen Mordes. Es waren kleine erhobene Plattformen, meist aus Kunststoff, die über einem Tatort aufgebaut wurden, um eine direkte Berührung des Bodens zu vermeiden, damit die wichtigen Spuren und Indizien, die sich darunter befinden mochten, keinen Schaden nehmen konnten.

»Es waren ein paar Stiefelabdrücke da, aber die stammen wohl von den beiden amerikanischen Polizisten, die sie gefunden haben.«

»Konnten Sie die Stiefel beschaffen?«

Flannery nickte. »Alles eingetütet und beschriftet.«

»Was ist mit der Leiche?«

»Wir haben Beutel über die Hände und Füße gezogen und die frei liegenden Hautflächen abgeklebt, um Rückstände zu sichern. War nicht einfach; sie ist in einem ziemlich üblen Zustand.«

»Okay.«

Sam war begierig, an die Arbeit zu gehen. Sie duckte sich unter der Absperrung hindurch und ging auf den Schuppen zu, doch Flannery war noch nicht ganz fertig.

»Arthur Knight ist noch drinnen. Wird nicht mehr lange dauern. Er sucht die Leiche nach Fingerabdrücken ab.«

Sam signalisierte ihm mit einem Winken, dass sie verstanden hatte, und Flannery ging weiter. Als sie Detective Inspector Tom Adams und Superintendent Harriet Farmer näher kommen sah, straffte sie sich. Doch zu ihrer Überraschung wurde die erste Salve von Anweisungen und Fragen nicht auf sie abgefeuert, sondern auf Hammond, der ihr durch die Absperrung gefolgt war.

»Major Hammond?«, sagte Farmer.

Hammond wandte ihr seine Aufmerksamkeit zu.

»Ich brauche die Namen und die Adressen des gesamten Personals der Basis. Außerdem möchte ich wissen, wer die Basis während der letzten vierundzwanzig Stunden betreten hat, und zwar jede einzelne Person vom General bis zum Müllmann und zur Putzfrau.«

Hammond nickte und zog ein Notizbuch aus seiner Brusttasche.

»Außerdem hätte ich gern die Namen aller Personen, die Zugang zur Basis haben, ob sie kürzlich hier waren oder nicht.«

Hammond schrieb fieberhaft mit, während Farmer fortfuhr. »Des Weiteren, ob es während der letzten drei Monate irgendwelche Verstöße gegen die Sicherheitsvorschriften gegeben hat, sowie die Namen aller Personen, die vor unserer Ankunft am Tatort waren.«

Hammond verzog missmutig das Gesicht. »Ist das wirklich alles notwendig, Superintendent? Ich denke, wir können bereits mutmaßen, wer unser Mörder ist. Sollten wir nicht lieber warten, bis wir ihn haben?«

Farmer starrte ihn an. »Mutmaßungen sind die Mutter der Katastrophe, Major. Sie haben meine Anweisungen und ich wäre Ihnen für Ihre Kooperation dankbar.«

Sie wandte sich von ihm ab und sagte zu Adams: »Tom, sorgen Sie dafür, dass alle Suchtrupps unterwegs sind! Wenn nötig, beordern Sie noch ein paar Leute her. Sind die Flughäfen und Häfen abgedeckt?«

Adams nickte.

»Gut. Dann lassen Sie uns in den umliegenden Dörfern von Haus zu Haus gehen. Vielleicht hält sich Strachan irgendwo dort versteckt.«

»Okay.«

Farmer rief nach Hammond, der gerade eilig in Richtung seines Büros verschwand, um ihre Liste von Anweisungen fortzusetzen. »Ach, Major, ich brauche auch die Namen aller Leute, zu denen Strachan Verbindungen hatte, Freunde, Familie, Leute, mit denen er zusammengearbeitet hat, Mädchen, mit denen er geschlafen hat!«

Er hob bestätigend die Hand und verschwand in der Dunkelheit der Basis. Nach einem Blick auf ihre Uhr sah Farmer Sam an. »Ich bin beeindruckt. Sie waren nur eine halbe Stunde nach Inspector Adams hier.«

Farmer hatte eine unheimliche Gabe, immer zu wissen, was los war, besonders in ihrer eigenen Einheit. Was Sam auf die Palme brachte, war die schnippische Art, mit der sie ihr Wissen zu erkennen zu geben pflegte. Vermutlich gab es ihr ein Gefühl der Macht und Kontrolle.

»Hoffentlich haben Sie keine Tempolimits überschritten«, fuhr die Superintendentin lächelnd fort. Aus irgendeinem Grund schienen ihr Lächeln und ihre Bemerkungen nicht jenen sarkastischen Biss zu haben wie sonst. Vielleicht wurde Sam auch nur allmählich immun gegen Farmers Stil.

Doch jetzt war keine Zeit, um Beziehungen zu analysieren. Sie trat rasch in den Schuppen. Vorsichtig bahnte sie sich den Weg über die Trittplatten hinweg auf Knight zu. Er hockte neben der Leiche, in der einen Hand eine Taschenlampe, in der anderen seine Lupe. Der Schuppen wirkte wie ein Schlachthaus und der Geruch war jetzt schon überwältigend. Das Blut, das aus der Leiche gespritzt und gesickert war, hatte sich über den Boden verteilt wie ein roter Teppich, bevor es vor der Türkante endlich geronnen war. Die Wände, die Decke und die meisten Gegenstände im Raum waren mit Blut verschmiert und bespritzt. An allen Oberflächen übten makabre Muster einen seltsamen Bann aus, wie ein modernes Gemälde der Hölle.

Knight hob den Kopf. »Morgen, Sam. Schön, dich hier zu sehen.«

Sie kauerte sich neben ihn. »Was gefunden?«

»Der Schuppen wimmelt nur so von Abdrücken – da werden wir einiges aussortieren müssen –, aber auf der Leiche ist nur hier ein knapper halber Abdruck.« Er deutete auf eine Stelle an Mary Wests linkem Arm. »Aber der ist auch verschmiert, sodass es schwierig sein dürfte, eine Übereinstimmung zu finden.«

»Auch nicht mit einem Verdächtigen?«

»Kommt drauf an, wie viele Vergleichspunkte wir haben. Die Gerichte stellen sich bei solchen Dingen immer noch ein bisschen an. Andererseits stammt er vielleicht gar nicht von unserem Mörder.« Sein Tonfall wurde sarkastisch. »Du weißt ja, wie gern die Leute helfen.«

»Wir haben eine Liste, wer in dem Schuppen gewesen ist, sodass es nicht zu schwierig sein dürfte, eine Übereinstimmung zu finden.«

»Sicher, wir haben eine Liste, aber ich frage mich, wie viele

Leute wohl einen schnellen Blick hereingeworfen haben, bevor sie damit anfingen, die Liste zu führen.«

Sam nickte missmutig. In einer vollkommenen Welt würde es keine Probleme geben, doch Mordschauplätze waren alles andere als vollkommen und das war jedem Strafverteidiger klar, der sein Geld wert war.

»Hast du ihre Kleidung gesehen?«

Er deutete auf einen verbogenen grauen Plastikstuhl, der neben der Leiche stand. Darauf lagen, sorgsam zusammengefaltet, Mary Wests Rock, Bluse und Jacke und darüber, ebenso ordentlich zusammengelegt, ihr BH, ihre Strumpfbänder und ihre Strümpfe. »Ihr Slip und ihre Schuhe fehlen.«

»Wahrscheinlich draußen.«

»Möglich. Warum sind die Sachen wohl zusammengelegt?«

Sam überlegte einen Moment. »Vielleicht hat sie das getan, damit sie sauber und ordentlich blieben, während sie sich in dem Schuppen vergnügten.«

Knight war skeptisch. »Vielleicht, aber ich finde das merkwürdig. Zu meiner Zeit war es den Leuten vor lauter Leidenschaft egal, wo ihre Klamotten landeten.«

»Und da dachte ich doch glatt, du wärst noch Jungfrau.«

Er blickte auf und lachte. »Okay, ich bin fertig. Sie gehört dir. Ich muss Flannery noch ein paar Hinweise geben, wie die Leiche zu behandeln ist, wenn sie weggebracht wird. Versuch bitte darauf zu achten, dass der eine Abdruck, den wir haben, nicht verwischt wird.«

»Hast du ihn fotografiert?«

Er nickte. »Trotzdem, nichts geht über das Original. Bis später.«

Auf dem Weg zur Tür zögerte Knight einen Moment. Mit einem Nicken zu der Wand über Mary Wests Kopf sagte er: »Vielleicht wirfst du auch mal einen Blick auf das da. Ziemlich seltsam.«

Sie folgte seinem Blick. An der Wand war, offenbar mit Mary Wests Blut, der letzte Buchstabe des griechischen Alphabets aufgemalt, Ω Omega. Seine Bedeutung war Sam sofort offensichtlich. Sie wusste, dass dies das Symbol für »das Ende« war, die Zerstörung der Welt. Seine Gegenwart unter solchen Umständen hatte ein Unheil verkündendes Gewicht. Beim Betreten des Schuppens hatte sie es nicht bemerkt, da sie sich auf Knight und Marys Leiche konzentriert hatte. Sie trat nun näher an das Symbol heran, das einen alten rostigen Nagel umgab. Was sie stutzig machte, war jedoch nicht der Nagel, sondern der weiße Papierstreifen, der daran hing.

Für sich genommen schien nichts Besonderes daran zu sein, doch rings um ihn her waren Blutspritzer. Bis hinauf in die Nähe des Nagels sahen sie ganz normal aus, wie man es erwarten würde. Die Tropfen, die einen flachen Bogen quer über die Wand bildeten, waren unten dicker und wurden nach oben hin dünner, was auf die Bewegungsrichtung des Instrumentes hinwies, von dem sie geschleudert worden waren. Solche Muster entstanden normalerweise durch die Schlagbewegung eines Messers oder eines stumpfen Werkzeuges, von dem Blut wegspritzte, wenn es herumgeschwungen wurde. In diesem Fall jedoch schien ein großer Teil des Musters zu fehlen. Unten, am Anfang des Bogens, waren die Tropfen dicht gestreut; je weiter man der Linie hinauf folgte, desto dünner wurden sie allmählich, was auf die Bewegungsrichtung schließen ließ. Doch kurz vor dem Ende klaffte eine Lücke in dem Bogen, nach der die Linie in ein paar verstreuten Spritzern und Tropfen auslief. Sam konnte nur vermuten, dass an dem Nagel irgendetwas gehangen hatte, vermutlich ein Blatt Papier, das irgendjemand nach dem Mord entfernt hatte. Sie schaute sich auf dem Fußboden um, sah aber nichts, was dieser Gegenstand hätte sein können. Ob Flannery oder einer seiner Spezialisten es entfernt hatte, bevor sie gekommen war? Falls ja, wäre es sehr nachlässig von ihnen, einen kleinen Fetzen zurückzulassen. Nein, schloss sie, das Papier war nach dem Mord abgerissen worden, und zwar ohne die Sorgfalt, die jemand von Flannerys Team dabei hätte walten lassen.

Idealerweise hätte das Reststück an Ort und Stelle fotografiert werden müssen, doch wegen seiner heiklen Position beschloss Sam, es in Verwahrung zu nehmen. Sie holte eine Pinzette aus der Tasche, nahm damit das Stück Papier vom Nagel und steckte es in einen kleinen Klarsichtbeutel, den sie vorsichtig in ihrer Tasche verstaute. Als sie fertig war, wandte sie sich wieder der Leiche des Mädchens zu. Inzwischen war sie allein mit ihr. Einen Moment lang stand sie über ihr, nahm sie von Kopf bis Fuß in Augenschein und zog ihre vorläufigen Schlüsse.

Erkannte sie das Mädchen von der Party her wieder? Möglich, aber sie konnte sich auch irren. Dutzende ähnlicher Mädchen waren gestern Abend dort gewesen, und sie war zu beschäftigt gewesen, um sich an irgendeine von ihnen besonders zu erinnern. Ihr wurde kalt, als sie sich an das Lachen und den Spaß erinnerte, den sie alle gehabt hatten, während dieses arme junge Ding ermordet worden war.

Mary Wests Leiche lag im hinteren Teil des Schuppens. Sie war nackt. Der Kopf lag in Richtung der gegenüberliegenden Wand. Die Bauchdecke war aufgerissen und die Eingeweide quollen hervor. Nach der Blutmenge in dem Schuppen zu urteilen war das Mädchen noch am Leben gewesen, als man ihr das antat. Ihr ganzer Körper war mit gerinnendem Blut bedeckt. Die Wand neben der Leiche und die Überreste einer alten Tischtennisplatte über ihrem Kopf waren mit Blut bespritzt. Auf beiden Flächen hatten sich die Spritzer in lang gezogenen, nach außen hin dünner werdenden Mustern ausgebreitet.

Die Blutspritzer an der Wand brachten Sam zu der Auffassung, dass der Bauch mit einem sehr heftigen, starken Schnitt aufgerissen worden war, der oberhalb des Schambeins begann und bis zum unteren Ende des Brustbeins verlief, wo das Messer durch die Wucht der Bewegung vom Knochen abgeprallt und aufwärts und nach rechts herausgeschwungen war. Sie öffnete ihre Tasche, streifte ein paar Gummihandschuhe über und griff nach ihrem Diktiergerät.

Dann kniete sie neben der Leiche nieder und begann ihre Beobachtungen zu diktieren. »Lagerschuppen, US Air Force Basis Leeminghall, 4.45 Uhr, Sonntag, der 22. Mai 1996.

Ebenfalls anwesend sind Major Bob Hammond von der Sicherheitspolizei der US Air Force, Detective Superintendent Farmer, Detective Inspector Adams, Mr. Colin Flannery, der die Aufsicht über den Tatort führt, und Mr. Arthur Knight, der Fingerabdruck-Spezialist. Die Leiche ist die einer ausgewachsenen Frau weißer Hautfarbe, etwa achtzehn bis zweiundzwanzig Jahre alt.«

Sam fuhr mit den Händen über den Kopf, das Gesicht und den Hals. »Die Leiche fühlt sich noch warm an.« Sie nahm ein Thermometer aus ihrer Tasche und schob es in Marys linke Achselhöhle. Dann griff sie nach dem rechten Arm und bewegte ihn leicht im Kreis herum, bevor sie ihn wieder zurücklegte.

»Keine Anzeichen von Totenstarre. Eine tiefe Wunde, hervorgerufen durch irgendein scharfes Werkzeug, erstreckt sich von ihrem Brustbein bis zum Beginn ihres Schambereichs. Der Bauchraum ist mit grober Gewalt geöffnet worden. Ein großer Teil der inneren Organe – Magen, Dickdarm und Dünndarm – liegen quer über der Leiche; einiges hängt bis auf den Boden herab.«

Derartige Verletzungen hatte Sam schon seit einiger Zeit nicht mehr gesehen und wenn, dann waren sie die Folge eines schweren Autounfalls oder einer Bombenexplosion, bei der Opfer und Mörder normalerweise meilenweit voneinander entfernt waren. Diese Wunden jedoch waren dem Mädchen offensichtlich nicht nur aus der Nähe zugefügt worden, sondern von Angesicht zu Angesicht, mit aller Faszination, die das auf den Killer ausgeübt haben musste.

»Weitere Aussagen können wegen der Schwere der Verletzungen gegenwärtig nicht gemacht werden, aber wie es scheint, sind einige Organe entfernt worden.« Das war ein etwas voreiliges Urteil, aber nach dem, was sie gesehen hatte, war sie sicher, dass sie richtig lag.

Sie stand auf und packte ihre Tasche weg, bevor sie noch einmal auf Mary Wests Leiche hinabschaute. Schon jetzt gab es viele Fragen, auf die sie gerne eine Antwort gehabt hätte. Beinahe konnte sie erraten, was die Polizei dachte. Strachan brachte sie hierher, um mit ihr zu schlafen, sie erhob Einwände, es gab Streit und er vergewaltigte und tötete sie in einem Anfall sexueller Frustration. Aber falls Strachan das getan hatte, hätte er gründlich dafür gesorgt, dass jeder wusste, dass er der Täter war. Zweifellos war er die letzte Person, die mit ihr zusammen gesehen worden war. Wenn er sie vergewaltigt hatte, warum hatte er sich dann so viel Mühe gemacht, ihre Kleidung säuberlich zusammenzufalten? Wie kam ihre Handtasche ans andere Ende des Geländes? Und warum hatte Strachan sie auf so bestialische Weise getötet?

Nein. Dieser Mord war geplant, arrangiert, durchdacht worden. Vielleicht war Mary ausgesucht, beschattet und schließlich brutal ermordet worden. Sam fühlte sich plötzlich von etwas unsagbar Bösem bedroht, als ob etwas von der Aura des Mörders in dem Schuppen zurückgeblieben war. Es war so stark, dass sie sich unwillkürlich im Raum umschaute nach etwas, wovon sie wusste, dass es nicht da war. Ein Schauder lief über ihren Rücken. Dies war nicht das Werk eines liebestollen Soldaten. Dies war etwas viel Unheimlicheres.

In dem Schuppen breitete sich plötzlich eine beengende, bedrohliche Atmosphäre aus. Ihr wurde heiß. Sie nahm ihre Tasche und eilte so hastig hinaus, dass sie dabei beinahe von einer der Trittplatten gefallen wäre.

Draußen war Sam froh, den Strom der frischen Luft auf ihrem Gesicht und in ihren Lungen zu spüren. Einen Moment lang lehnte sie sich gegen den Schuppen und atmete tief durch, bis ihre Benommenheit verflogen war.

»Alles in Ordnung?« Sie spürte Farmers Hand auf ihrem Arm. So etwas hatte sie noch nie getan.

Sam nickte und löste behutsam ihren Arm. »Ja, mir geht es gut. Es ist nur ein bisschen warm da drinnen.«

Farmer nickte. »Etwas herausgefunden?«, fragte sie.

Mit einem Ruck kehrte Sam in die Wirklichkeit zurück. »Noch nicht. Wir müssen sie erst einmal ins Leichenschauhaus bringen.«

»Die Todesursache?«

Sam hatte das Gefühl, irgendetwas sagen zu müssen. »Ohne mich über allzu Offensichtliches auslassen zu wollen – sie ist zweifellos erstochen und ausgeweidet worden, aber das ist so ziemlich alles, was ich Ihnen im Moment sagen kann. Irgendwelche Spuren von der Mordwaffe?«

Farmer schüttelte den Kopf.

»Sie sagten, die Männer hätten ihre Handtasche hinter einem der Hangars gefunden. Haben sie noch irgendetwas anderes entdeckt?«

»Einen Damenslip. Wir nehmen an, dass er Miss West gehört, aber er muss noch identifiziert werden.«

»Ein Slip? Ich welchem Zustand war er?«

»Zerrissen. Sieht aus, als ob ihn ihr jemand vom Leib gerissen hätte. Oh, und etwas Blut war auch daran.«

Je mehr Sam erfuhr, desto mehr Fragen wollte sie stellen. Sie wandte sich an Flannery, der gerade zu ihnen getreten war. »War noch mehr Blut in der Nähe des Slips?«

Er nickte. »Etwas. Wir haben an der Stelle Proben genommen und der Slip ist eingetütet.«

Sam war noch nicht zufrieden. »Wie weit ist es von dem Hangar bis zum Schuppen?«

Flannery überlegte einen Moment. »Zwei- oder dreihundert Meter.«

Ihre Gedanken begannen zu wirbeln. Mary konnte also am Hangar ermordet und ihre Leiche dann zu dem Schuppen getragen worden sein. Aber sie war noch am Leben gewesen, als man sie aufgeschlitzt hatte – dessen war Sam sicher –, und das mit den Kleidern war damit immer noch nicht erklärt. Wenn der Mörder ihr am Hangar den Slip vom Leib gerissen hatte, warum dann nicht auch den Rest ihrer Kleidung? Hatte er sie vielleicht dort vergewaltigt und dann zum Schuppen gezerrt, um sie zu ermorden? Hörte sich wenig plausibel an. Je mehr Sam wusste, desto unklarer wurde ihr alles.

»Sind ihre Schuhe schon gefunden worden?«, fragte sie.

Flannery schüttelte den Kopf. »Wir suchen noch. Sie werden schon auftauchen.«

Für den Moment konnte Sam nichts weiter sagen. Sie wusste, dass sie wie alle anderen die Autopsie würde abwarten müssen, bevor sie mehr erfuhr. Sie schaute auf ihre Uhr. »Autopsie um zehn, wenn das allen recht ist?« Die anderen nickten zustimmend.

Sie streifte ihren Schutzanzug und die Überschuhe ab und gab sie zurück an Flannery. »Colin, ich glaube, Sie müssen den Bauchraum mit Klebeband schließen, damit nichts herausfällt, wenn Sie sie abtransportieren.«

»Kein Problem.« Er rief einen der Tatort-Spezialisten zu sich und ging mit ihm zusammen auf den Schuppen zu.

In den frühen Morgenstunden jenes Tages trottete ein Mann den Feldweg entlang, der zu Sams Cottage führte. Der Taxifahrer hatte keine Lust gehabt, ihn mitten in der Nacht über den holprigen Weg zu chauffieren, sodass der Fahrgast gezwungen war, an der Hauptstraße aus dem Taxi zu steigen und den Rest des Weges zu Fuß zu gehen. Endlich sah er Sams Haus vor sich. Es lag in tiefer Dunkelheit, aber damit hatte er gerechnet. Als er in die Einfahrt einbog, erwachte die Sicherheitsbeleuchtung flackernd zum Leben, blendete ihn für einen Moment und warf seinen Schatten dünn und lang gestreckt hinter ihn.

»Wird nicht lange dauern«, dachte er. Auf dem Weg zur Haustür beschattete er mit der Hand seine Augen, während sie sich an die Helligkeit gewöhnten. Er klopfte laut an und wartete. Als nach einigen Augenblicken keine Reaktion kam, versuchte er es noch einmal. Diesmal drückte er auf die Klingel und hielt den Knopf lange fest. Das laute Schrillen, das durchs ganze Haus hallte, war nicht zu überhören. Nachdem er so lange geklingelt hatte, dass selbst der Teufel davon wach geworden wäre, ließ er den Knopf los und wartete. Immer noch nichts. Kein Licht, keine Schritte, die eilig die Treppe herunterkamen.

Plötzlich flackerte die Beleuchtung wieder und ging aus. Er war in völlige Dunkelheit gehüllt. Entschlossen ging er um das Cottage herum. Der Mond spendete gerade genug

Licht, sodass er sich orientieren konnte. Irgendwo musste es doch ein offenes Fenster geben, einen Riegel, der nicht richtig verschlossen, eine zerbrochene Scheibe, die noch nicht repariert war. Einen Moment lang dachte er daran, eine Scheibe zu zerschlagen, aber dann wurde ihm klar, dass er damit vermutlich einen Alarm auslösen würde. Sein Blick wanderte suchend durch den Garten und fiel auf den Geräteschuppen. Es würde nicht das erste Mal sein, dass er in einem Schuppen schlief; man konnte es sich darin durchaus bequem machen. Er ging hinüber und versuchte die Tür zu öffnen. Sie war nicht verschlossen. Er trat in die Finsternis, schloss die Tür hinter sich, ließ seinen Koffer auf den Boden fallen und setzte sich, um auf Sams Rückkehr zu warten.

Über die dunkel umrissene Landschaft von Cambridgeshire ergoss sich die Morgendämmerung, als Sam nach Hause kam. Ein behagliches Gefühl machte sich in ihr breit, als ihr Range Rover von dem Feldweg in die Einfahrt einbog und sie das vertraute Knirschen des Kiesbelags unter ihren Reifen hörte. Die Sicherheitsbeleuchtung flackerte unsicher, zögerte einen Moment lang und ging dann mit einem scharfen »Ping« aus. Die Einfahrt lag im Dunkel. Sie hatte die Birne schon vor Wochen austauschen wollen, da sie wusste, dass sie das Ende ihrer Lebensdauer erreicht hatte, aber sie war nie dazu gekommen. Tom darum zu bitten hatte keinen Sinn: Er taugte als Heimwerker ungefähr genauso viel wie sie. Sie brauchte einen Handwerker, sagte sie sich. Jemanden, der gelegentlich vorbeikam, um sich um die ärgerlichen Kleinigkeiten zu kümmern, die ersetzt oder repariert werden mussten.

Sie kramte in ihrer Handtasche nach dem Hausschlüssel. Da sie ihre Schwäche kannte, wenn es um Schlüssel ging, bewahrte sie Haus- und Autoschlüssel immer getrennt auf. Nicht dass sie deswegen ihre Schlüssel weniger häufig verlor, aber wenn, dann verlor sie nicht gleich alle auf einmal. Eine Zeit lang hatte sie Ersatzschlüssel unter einem der Steine im Garten deponiert, doch nachdem sie vergessen hatte, welcher Stein es war, hatte sie zugeben müssen, dass dieser Plan auch nicht ohne Fehler war. Das war jetzt sechs Monate her und sie hatte ihn immer noch nicht wieder gefunden.

Schließlich fand sie ihren Haustürschlüssel unter einer Ansammlung von Kaugummipapieren und alten Parkscheinen in einer der zahlreichen Seitentaschen ihrer geräumigen Handtasche. Nachdem sie die Haustür geöffnet hatte, schaltete sie die Dielenbeleuchtung ein, die die niedrige Decke und die unebenen Wände in einladendes Licht tauchte, bevor sie die schwere Eichentür hinter sich ins Schloss fallen ließ und sich dagegen lehnte.

Sie war erschöpft. Es fiel ihr mit den Jahren immer schwerer, sich mitten in der Nacht aus dem Bett zu quälen, um auf irgendeinem Feld im eisigen Wind oder an welchen ungemütlichen Orten auch immer zu arbeiten. Wenn es sich nicht um die häufigen Familiendramen handelte, wurden die Leichen oft an äußerst unwirtlichen Stellen gefunden, da der oder die Mörder versuchten, jedes belastende Material so lange wie möglich zu verbergen.

Sam hatte im Lauf der Jahre gelernt, dass es viel schwieriger war, eine Leiche loszuwerden, als die meisten Leute ahnten. Sie hatte mit Fällen zu tun gehabt, bei denen von Zerstückelung und Vergraben bis hin zu Säurefässern alles versucht worden war, um eine Leiche zu verstecken oder zu vernichten. Fast immer jedoch war irgendetwas zurückgeblieben, um der Polizei einen ersten Anhaltspunkt für die Ermittlungen zu geben.

Müde schleppte sie sich weg von der Tür, hängte ihren Mantel auf und ging durch den Flur in die Küche. Durch das Küchenfenster starrte sie hinaus in den Garten. Was sie in den letzten Stunden erlebt hatte, hätte sie am liebsten abgeschüttelt, von sich geschoben. Zum ersten Mal in ihrem Leben hatte sie etwas wirklich abgrundtief Böses gespürt. Es war fast greifbar gewesen, wie eine unsichtbare Macht, die darauf wartete, sie einzuhüllen und Besitz von ihr zu ergreifen. Wenn sie es sich selbst auch in dem Moment nicht eingestehen wollte, hatte sie doch große Angst gehabt, besonders nachdem Knight sie am Tatort allein gelassen hatte. Kein Wunder, dass sie erschöpft war: Furcht war ermüdender als die anstrengendste körperliche Belastung.

Ein Blick auf die Uhr an der Wand zeigte ihr, dass es kaum Sinn hatte, wieder ins Bett zu gehen. Da es inzwischen hell genug zum Arbeiten war, beschloss sie, sich als Therapie ein wenig Gartenarbeit zu gönnen. Sie tauschte ihre Schuhe gegen Gummistiefel aus und ging hinunter ans andere Ende des Gartens, um die Arbeit fortzusetzen, mit der sie am vergangenen Nachmittag begonnen hatte. Die Veilchen und der Spaten standen immer noch in dem schweren Lehmboden neben dem Loch, das sie bereits vorbereitet hatte.

Da sie normalerweise immer darauf achtete, ihr Werkzeug sauber und gut geölt zu halten, ließ sie es nur äußerst ungern im Garten herumstehen. Doch als Tom angekommen war, hatte er wieder einmal eine seiner albernen Anwandlungen gehabt, war in den Garten gerannt, hatte sie hoch gehoben und hinauf ins Schlafzimmer getragen, grunzend wie Tarzan, wobei er ihr gerade genug Zeit ließ, ihre dreckverschmierten Stiefel abzustreifen. Ihren Protest hatte er ignoriert. Gärtnerei war ihm unwichtig und von Pflanzen verstand er überhaupt nichts.

Sie hockte sich hin und begutachtete die Veilchen. Obwohl sie der Nachmittagssonne ausgesetzt gewesen und daher ein wenig ausgetrocknet waren, schienen sie keine bleibenden Schäden davongetragen zu haben. Sie ging mit der Nase näher an eine der Blüten heran und sog tief ein. Wenn es ihr nur gelänge, diesen lieblichen Duft in Fläschchen abzufüllen, sie würde ein Vermögen damit verdienen können. Sie zog den Spaten aus der Erde und begann das Loch fertig zu graben, das sie begonnen hatte, als sie von ihrem liebestollen Partner unterbrochen wurde.

Das Geräusch aus dem Schuppen war nicht laut, aber deutlich zu hören. Irgendetwas war heruntergefallen oder umgestoßen worden. Sam war überrascht, denn sie achtete sehr auf Ordnung in dem Schuppen. Einen Moment lang stand sie da, sah zu der Holzhütte hinüber und fragte sich, was sie tun sollte. Sonst hätte ein derartiges Geräusch sie nicht aus der Ruhe gebracht, doch nach den Ereignissen der letzten Nacht waren ihre Nerven immer noch angespannt und ein Gruseln überkam sie. Schließlich ging sie, den Spaten hoch erhoben wie einen Speer oder eine Keule, vorsichtig über den Schieferplattenweg hinüber zu dem Schuppen, gefasst auf alles Mögliche, was da durch die windschiefe und kaputte Tür herausgestürmt kommen mochte. Das eine unangenehme Erlebnis in einem Schuppen, das sie heute Nacht gehabt hatte, reichte ihr vollkommen aus.

Als sie den Schuppen erreichte, drehte sie den Kopf und legte ihr Ohr dicht an den Spalt zwischen Tür und Rahmen. Sie lauschte aufmerksam nach einem Hinweis, was dort drinnen lauern mochte. Vermutlich war es irgendein Tier. Seit sie auf dem Land lebte, hatte sie sich an das Repertoire von Geräuschen gewöhnt, das die Tierwelt der Umgebung von sich gab, von Füchsen, die sich anhörten wie weinende Babys, bis zu brünstigen Igeln, deren leidenschaftliches Grunzen klang wie etwas aus einer anderen Welt. Sie beschloss, die Tür des Schuppens aufzureißen und zur Seite wegzutreten, darauf hoffend, dass das, was da drinnen lauerte, seine Chance zur Flucht nutzen und sich aus dem Staub machen würde.

Mit der einen Hand hielt sie den Spaten hoch erhoben, während sie mit der anderen nach dem Riegel griff und sich anschickte, die Tür vor sich aufzuziehen.

Plötzlich packten sie unsichtbare Hände von hinten und hoben sie hoch in die Luft. Sam ließ ihren Spaten fallen. Sie schrie und trat um sich, in der Hoffnung, den Angreifer zu treffen oder von sich zu stoßen. Nach einer Ewigkeit wurde sie wieder auf den Boden gestellt, doch der Klammergriff um ihre Mitte, der sie fest gegen den Körper eines Mannes presste, lockerte sich nicht.

»Schon gut, schon gut. Immer mit der Ruhe, ich bin's, ich bin's!«

Toms Stimme klang ruhig und beschwichtigend, doch Sam fuhr wütend zu ihm herum.

»Wann hörst du endlich auf, dich wie ein zu groß geratener Schuljunge zu benehmen?«, brüllte sie ihn an.

Er zeigte keine Reue. »Beruhige dich. Ich wollte doch nur einen Spaß machen.«

»Du willst immer nur einen Spaß machen! Werde endlich erwachsen! Ich bin doch kein Spielzeug! Dich einfach von hinten an mich anzuschleichen, mitten in der Nacht –«

»Am frühen Morgen«, korrigierte er sie pedantisch.

Sie achtete nicht auf ihn. »– mitten in der Nacht und mich von hinten zu packen, sodass ich zu Tode erschrecke, und dann auch noch zu erwarten, dass ich mich ausschütte vor Lachen! Also, tut mir Leid, aber da fehlt mir der Sinn für Humor!«

Das Geräusch aus dem Schuppen ertönte wieder, diesmal lauter. Wer oder was immer sich darin versteckte, war offensichtlich durch den Streit gestört worden. Tom sah Sam fragend an.

Sie deutete auf den Schuppen und flüsterte: »Da ist irgendwas oder irgendjemand im Gartenhaus.«

Er nickte und bedeutete Sam mit einer Handbewegung zurückzubleiben. Dann riss er mit der anderen Hand die Tür des Schuppens auf und trat hinein. Unmittelbar darauf waren die alarmierenden Geräusche eines Kampfes zu hören.

»Komm her, du Mistkerl!«, fluchte Tom.

Sam hob den Spaten auf, bereit, ihn niedersausen zu lassen, falls jemand anderes als Tom herauskam.

Der Kampf ging weiter.

»Lassen Sie mich los, verdammt noch mal!« Der Akzent war irisch und Sam hatte einen Augenblick lang das Gefühl, die Stimme zu kennen.

»Halt still, du verdammter Ire!«

Die Tür, die sich wegen der schiefen Wand des Schuppens wieder geschlossen hatte, sprang erneut auf und zwei ineinander verkeilte Gestalten taumelten heraus auf den Plattenweg.

»Sam«, keuchte einer der beiden, »sag deinem Riesenaffen von Freund, er soll mich loslassen!«

Sam riss die Augen auf, als sie begriff, wen sie vor sich hatte. »Liam?«, fragte sie.

Tom lockerte seinen Griff und blickte zu ihr hinüber. »Du kennst diesen Idioten?«

Sam nickte. »Sicher.«

Tom ließ Liams Arm los, den er ihm bisher auf dem Rücken hoch gebogen hatte, und stieß ihn vorwärts. Liam stolperte rasch von ihm weg, mitten ins Blumenbeet, und rieb sich mit schmerzverzerrtem Gesicht den Arm.

Tom beäugte ihn weiter argwöhnisch. »Was haben Sie in dem Schuppen gemacht?«

»Mich um meinen eigenen Kram gekümmert, das habe ich in dem Schuppen gemacht!«

Tom trat einen Schritt vor, worauf Liam einen weiteren Schritt zurückwich.

Sam trat hastig zwischen die beiden und fragte: »Warum hast du nicht gesagt, dass du kommst?«

»Habe ich doch«, sagte Liam empört. »Ich habe dir eine Karte geschickt. Es war ein Bild vom Blarney Stone drauf.«

»Sehr passend, aber das ist schon einige Monate her. Und hättest du nicht zu einer passenderen Tageszeit kommen können?«

»Das Flugzeug aus Dublin hatte Verspätung, dadurch habe ich den Zug verpasst und so weiter. Außerdem, du kennst mich ja, ich gehe die Dinge gerne in Ruhe an.«

Sam schüttelte den Kopf und lächelte nachsichtig. »Na, dann raus mit dir aus dem Garten, bevor du noch mehr Schaden anrichtest.«

Als Liam zurück auf den Plattenweg trat, gab Sam ihm einen Kuss auf die Wange. Tom machte ein angewidertes Gesicht. »Schön, dich zu sehen«, sagte sie. »Aber was hast du denn nun in dem Schuppen getrieben?«

»Es war niemand zu Hause und da dachte ich mir, das ist genau der richtige Ort, um mich aufs Ohr zu hauen. Viel Schlaf habe ich freilich nicht bekommen, bei dem verdammten Lärm, den ihr beide gemacht habt.«

Sam blickte hinüber zu Tom und dann zurück zu Liam. Die beiden Männer beäugten sich immer noch argwöhnisch.

»Tom, das ist Liam, ein alter Freund aus Kindertagen. Liam, das ist Tom.«

Sam sah Tom erwartungsvoll an, der den Wink verstand und seine Hand ausstreckte. »Tut mir Leid, dieses Missverständnis. Wir hatten eine schlimme Nacht.«

Liam, der sich immer noch den rechten Arm rieb, nickte. »Ich nehme Ihre Hand an, nur ergreifen kann ich sie nicht, wie Sie sehen.«

Während Tom dies mit einem Nicken quittierte, nutzte Sam den Moment. »Hat jemand Lust auf eine Tasse Tee?«

Die beiden Männer lächelten. Liam sagte zu Tom: »Ob Sie wohl, nachdem Sie meinen Arm beschädigt haben, so nett wären, mein Gepäck mit hineinzubringen?« Er rieb sich den Arm heftiger. Sam musste sich ein Lachen verkneifen, als sie Toms Gesicht sah. Zusammen mit Liam machte sie sich auf den Weg zum Haus, während Tom widerwillig zurück in den Schuppen ging, um den Koffer zu holen.

Obwohl Sam ausnahmsweise früher als nötig im Leichenschauhaus ankam, war Fred bereits dort. Sie wusste, dass er in der Nähe war, kaum dass sie den hellen, sterilen Raum betrat. Er hatte eine Leidenschaft für türkische Zigaretten und rauchte sie, wann immer sich die Gelegenheit bot. In der Leichenhalle war Rauchen streng verboten und sonst ging Fred seinem Bedürfnis nach, indem er direkt vor dem Eingang Stellung bezog.

Sam schlich sich lautlos zu seinem Zimmer und steckte den Kopf durch die Tür. »Morgen, Fred. Noch Tee in der Kanne?«

Fred saß zurückgelehnt in seinem alten Sessel, in einer Hand einen Becher mit dampfendem Tee, in der anderen eine lange schwarze Zigarette und auf dem Schoß eine zerknitterte Zeitschrift. Er sprang auf und drückte seine Zigarette in einem Aschenbecher aus, der bereits voller Stummel war, die von seiner Schuld zeugten. Er sah auf die Uhr. »Sie sind früh dran, Dr. Ryan.«

Sam wusste, dass sie ihn erwischt hatte. »Scheint so.« Sie ging hinüber zum Tisch und hob den Aschenbecher auf. »Wenn die Katze aus dem Haus ist ...?«

Fred war sprachlos, was selten bei ihm vorkam. Endlich fand er die richtigen Worte. »Bereitschaft. Ich musste herkommen, um die Leiche entgegenzunehmen. Als ich fertig war, war es schon zu spät, um noch nach Hause zu gehen, und es war ja niemand hier.«

»Und da dachten Sie, Sie könnten sich ruhig zu Tode rauchen, während Sie warten?«

»So ungefähr. Tut mir Leid.«

Sam kippte die Stummel in den Papierkorb und stellte den Aschenbecher zurück. Da sie in den nächsten Stunden auf Freds Hilfe angewiesen sein würde, beschloss sie, kein Wort über die Sache zu verlieren. Außerdem würde er es wohl ohnehin nicht wieder tun, nachdem er nun einmal erwischt worden war. Und ihre Nachsicht würde ihn für die nächsten Wochen motivieren, erheblich kooperativer zu sein.

»Wie steht es mit dem Tee?«, fragte sie.

Fred wusste nicht recht, was er erwarten sollte. Er mochte Sam, aber er hatte auch schon mehr als einmal ihren Zorn zu spüren bekommen, was nicht sehr angenehm war.

»Ist schon ein bisschen abgestanden. Ich mache eine frische Kanne.«

Er ging hinüber zu dem kleinen Herd, den er sich irgendwie in seinem winzigen Büro installiert hatte, und schaltete ihn ein.

»Wir sind nicht allein.«

Sam verstand nicht, was er meinte. Fred winkte ihr, ihm zu folgen, und ging zur Tür. Als sie neben ihn trat, deutete er zum anderen Ende der Leichenhalle hin. Neben einem Edelstahl-Kühlschrank hockte ein sehr jugendlich aussehender uniformierter Polizeibeamter auf der Kante eines grauen Plastikstuhls. Er schien sich nicht sonderlich wohl zu fühlen.

»Er ist hier, seit sie die Leiche hergebracht haben. Will sich nicht von der Stelle rühren. Ich habe ihn eingeladen, herüberzukommen, um sich ein bisschen zu unterhalten und sich aufzuwärmen, aber er will nichts davon wissen. Irgendetwas mit kontinuierlicher Sicherung oder so.«

»Kontinuierliche Sicherung der Beweismittel. Offenbar nimmt er seinen Job sehr ernst.«

Fred lachte sarkastisch. »Schön zu wissen, dass wenigstens einer von denen das tut. Aber den werden sie auch noch verderben, warten Sie's ab.«

Fred kehrte in sein Zimmer zurück, um den Tee zuzubereiten, während Sam den jungen Beamten beobachtete. Er war neunzehn oder zwanzig Jahre alt und hatte ein frisches, eifriges Gesicht. Wachsam saß er da wie ein kleiner Zinnsoldat, mit aufrechtem Rücken, den Helm ordentlich neben seinen glänzenden Stiefeln auf dem Boden abgesetzt. Er musste noch in der Probezeit sein, vermutete Sam. Wenn es Zeit raubende und langweilige Jobs zu erledigen gab, wurden sie immer den Probanden zugeschustert. Eine Art Initiationsritus. Fred kam wieder an die Tür und rief zu ihm hinüber: »Wie wär's mit einem Tee?«

Er nickte und stand, schüchtern und verlegen, halb auf, bevor er sich wieder setzte. »Vielen Dank. Ohne Zucker, bitte.«

Fred sah Sam an. »Wohl so schon süß genug.«

Sie stieß ihm den Ellbogen in die Rippen. »Ich bin in meinem Büro.«

Sam nutzte die wenigen freien Momente, um ein paar Arbeiten zu erledigen. Sie begann das Diktierband, das sie am Schauplatz des Mordes besprochen hatte, abzuhören. Nach ein paar Minuten kam Fred herein und stellte einen großen Becher Tee neben sie.

»Danke, Fred.«

»Sie haben Besuch.« Während er sprach, klopfte jemand an das innere Bürofenster, und als Sam aufblickte, sah sie Colin Flannery, den Tatort-Manager, neben der Tür stehen.

Sie winkte ihn herein. »Hallo, Colin. Wie wär's mit einem Tee?«

Er schüttelte den Kopf. »Nein, danke. Ich dachte mir, wir unterhalten uns noch kurz über die Prozedur, bevor Sie mit der Obduktion beginnen.«

Anfänglich hatte sie ablehnend auf diese Vorschrift reagiert, die sie nur Zeit zu kosten schien, aber jetzt begann sie allmählich den Nutzen einzusehen. Während der Besprechungen wurde jeder Aspekt der Obduktion abgedeckt, von der Rolle, die jeder der Anwesenden spielen würde, bis zu einer schrittweisen Analyse der Obduktion selbst. Flannery war ein sehr sorgfältiger Mann, sowohl in seinem beruflichen als auch in seinem privaten Leben – »eine Art Langeweiler«, wie Fred es ausdrückte –, sodass die Besprechungen mit ihm meistens noch länger dauerten als sonst. Doch sie war bei mehr als einer Gelegenheit für seine Professionalität dankbar gewesen. Ihm entging nicht viel und deshalb konnte sie seine übergenaue Methodik tolerieren.

Als sie mit der Besprechung fertig waren, hatten sich alle Beteiligten eingefunden. Sam hatte gehofft, vor der Obduktion noch einmal nach oben in ihrem Büro verschwinden zu können, um ihren Terminkalender und ihre Post auf den neuesten Stand zu bringen; ein Privileg, das sie seit mehreren Tagen nicht mehr genossen hatte. Sie wusste, dass Jean, ihre Sekretärin, sich zunehmend Sorgen um den immer größer werdenden Rückstau machte. Die ungeduldigen Blicke, die sie erntete, als sie andeutete, die Leichenhalle verlassen zu wollen, ließen sie diesen Gedanken jedoch rasch zu den Akten legen. Sie streifte ihren Kittel und ihre Stiefel über und bahnte sich einen Weg in den Sezierraum, wo bereits alles vorbereitet war.

Neben Fred war Colin Flannery mit seinem Team anwesend. Sam trat an den Obduktionstisch, auf dem die Überreste von Mary West in einem Leichensack aus schwarzem Plastik lagen. Bevor sie mit ihrem Kommentar begann, warf Sam noch einen Blick auf die Zuschauergalerie. Hinter der schützenden Glasscheibe standen John Dale, der Gerichtsmediziner, Superintendent Farmer und Bob Hammond.

Überrascht registrierte Sam, dass Tom nicht da war. Er hatte ihr Haus verärgert verlassen, nachdem Liam versprochen hatte, dass er bleiben könne, solange er in Cambridge war. Sie hatte versucht, herauszufinden, wie seine Pläne waren, aber er schien nichts darüber sagen zu wollen, solange Tom in der Nähe war. Nur so viel hatte sie herausbekommen, dass er nur für einige Tage in der Stadt war. Solange Liam da war, wollte Sam nicht, dass auch Tom bei ihr übernachtete. Mit äußerster Geduld hatte sie ihm zu erklären versucht, es sei ja nur für ein paar Tage, Liam sei ein alter Freund der Familie und sie sei noch nicht so weit, ihre Beziehung an die große Glocke hängen zu wollen. Doch alle Versuche, Tom zu beschwichtigen, indem sie ihm versprach, es später wieder gutzumachen, hatten seine Stimmung nicht verbessert und am Ende hatte sie es aufgegeben. Er war davongestürmt, wütend auf sie und die Situation, und hatte ihr eine Szene gemacht, die ihr höchst peinlich war. Diese Seite von Toms Charakter hatte sie bisher noch nie erlebt und sie gefiel ihr nicht besonders.

Liam war sehr taktvoll gewesen und hatte so getan, als wäre nichts gewesen, aber das machte es auch nicht besser. Als sie gegangen war, hatte er gerade im Gästezimmer seine Sachen ausgepackt. Er hatte ihr eine Überraschung versprochen, wenn sie zurückkäme. Sie hoffte, dass er keine Dummheiten machen würde; von Männerstreichen hatte sie für diesen Tag schon genug gehabt. Im Moment hatte sie keine Zeit, sich darüber Gedanken zu machen. Sie wusste, sie würde die Sache später wieder einrenken müssen und dieser irritierende Gedanke nagte an ihr.

Mit erhobenen Händen nickte sie Fred zu, der sich daraufhin über den Tisch beugte und den großen Metallreißverschluss des Leichensacks öffnete. Als der Inhalt des Sacks zum Vorschein kam, trat der Fotograf vor. Er dokumentierte das Auspacken der Leiche in allen Stadien. Schließlich wurde der Sack vorsichtig unter der Leiche hervorgezogen und in einen Beweismittelsack gesteckt, der wiederum mit einem Etikett beschriftet und zur Untersuchung abtransportiert wurde.

Nun wurde die zweite Schutzhülle entfernt. Diese bestand aus einem großen durchsichtigen Plastiksack, der eng um die Leiche gewickelt war, um etwaige bisher unentdeckte Schmutzpartikel festzuhalten, die sonst beim Transport von der Leiche hätten abfallen können. Die beschlagene Folie verlieh den Überresten ein surreales, fast beängstigendes Aussehen. Wieder wurden alle nötigen Fotos gemacht. Dann steckte Fred die Plastikfolie in einen Beweismittelsack. Zurück blieb Mary Wests nackter, regloser Körper auf dem kalten Edelstahltisch.

Sam sah erwartungsvoll hinüber zu Flannery. Er nickte seinen Tatort-Spezialisten zu, die daraufhin an den Tisch traten und begannen, mit müheloser Effizienz jeden Teil von Mary Wests Leiche abzutasten.

Das Abtasten lief einfach so ab, dass sie sich normales Klebeband mehrmals um die Hände wickelten und dann damit jeden Quadratzentimeter Hautfläche leicht berührten, um alle Partikel, die sich darauf befanden, aufzunehmen. Mit Freds Hilfe wurde dieser Prozess am ganzen Körper durchgeführt. Sobald ein Stück Klebeband verbraucht war, wanderte es in einen Klarsichtbeutel und der Beamte wickelte sich ein neues Stück um die Hand. Ein dritter Tatort-Spezialist durchwühlte kräftig Mary Wests Haare, sammelte alle Partikel und Fasern in einer kleinen Glasschüssel und wiederholte dann denselben Prozess an ihrer Schambehaarung.

Als Nächstes wurde die Leiche eingehend in Augenschein genommen, zuerst mit Hilfe eines Vergrößerungsglases, dann mit ultravioletten Handlampen. Als die kalten, bläulichen Lichtstrahlen über den Körper tasteten, blitzten alle Partikel, die dem Klebeband entgangen waren, auf der fahlweißen Haut auf wie Leuchtkugeln und wurden entweder mit Klebeband oder mit einer Pinzette vorsichtig entfernt.

Sam sah aufmerksam zu, wie die letzten Partikel von der Leiche abgenommen wurden. Schließlich waren die Männer fertig und schalteten einer nach dem anderen ihre Lampen aus. Unmittelbar bevor der letzte Strahl erlosch, fiel Sam ein winziges Aufblitzen auf. Sie sah es nur für einen Moment und war überzeugt, dass der Beamte, der an diesem Bereich arbeitete, es bemerkt haben musste. Erst als er seine Lampe ausschaltete und offensichtlich wurde, dass es ihm entgangen war, schaltete sie sich ein.

»Entschuldigen Sie.«

Der Beamte blickte auf. Sam trat neben die Leiche. »Da!« Sie deutete auf die Gegend, wo sie den Lichtfunken gesehen hatte. »Können Sie da noch einmal hinleuchten?«

Der Tatort-Spezialist, der unsicher zu sein schien, wie er auf Sams Einmischung reagieren sollte, blickte hinüber zu Flannery, als wartete er auf eine Anweisung. Da Flannery nicht gleich reagierte, nahm Sam dem Mann ungeduldig die Lampe aus der Hand und schaltete sie ein. Tief über die Leiche gebeugt suchte sie den Bereich ab, wo sie das flüchtige Aufblitzen gesehen hatte.

Flannery trat an ihre Seite. »Gibt es ein Problem, Dr. Ryan?«

Sam bedeutete ihm mit der Hand zu schweigen, während sie mit dem Lichtstrahl Mary Wests Arm abtastete. Zuerst war nichts zu entdecken, sodass Sam schon dachte, sie hätte es sich nur eingebildet. Doch dann war es plötzlich wieder da, genauso hell blitzend wie zuvor. Sie wedelte mit ihrer freien Hand und Colin reichte ihr ein Vergrößerungsglas. Endlich konnte sie den Partikel richtig sehen. Er war klein und durchsichtig wie ein Insektenflügel, der glitzerte und seine Farbe veränderte, wenn sie die Lupe bewegte. Rasch blickte sie zu Fred auf, unwillig, das Objekt auch nur für einen Moment aus den Augen zu lassen.

»Skalpell!«

Fred reagierte rasch, indem er ihr die Lampe aus der ausgestreckten Hand nahm und durch ein Skalpell ersetzte. Unter ihrem wachsamen Blick durch das Vergrößerungsglas manövrierte sie die Klinge behutsam unter das Objekt und hob es so langsam von der Hautoberfläche ab. Flannery reichte ihr ein Glasplättchen, auf dem sie es ablegte. Sam wusste instinktiv, dass dieser kleine durchsichtige Partikel wichtig war und behutsam behandelt werden musste. Flannery versiegelte das Plättchen und reichte es einem Beamten, der es eintütete und den Beutel verschloss.

Sam richtete sich auf und wandte sich an Flannery. »Ist Ihr Team fertig?«

Er sah in die Runde und seine Leute nickten. »Sie gehört Ihnen, Dr. Ryan«, sagte er.

Sie blickte hinab auf die Leiche und begann ihren Obduktionskommentar. »Zehn Uhr dreißig, Sonntag, der 22. Mai 1996, Park Hospital, Cambridge. Obduktion von Mary West, einer achtzehnjährigen Frau, deren Leiche heute in den frühen Morgenstunden in einem Lagerschuppen der US Air Force Basis Leeminghall gefunden wurde. Anwesend sind Detective Superintendent Harriet Farmer von der Polizei von Cambridgeshire, Major Robert Hammond als Vertreter der United States Air Force, Tatort-Manager Colin Flannery und Mr. John Dale als Vertreter des Gerichtsmediziners.

Die Leiche ist die einer gesunden weißen Frau. Sie wiegt hundertzwölf Pfund und ist fünf Fuß acht Zoll groß.« Obwohl schon seit einiger Zeit offiziell das metrische System galt, fiel es Sam immer noch schwer, die Maße im Kopf umzurechnen. Sie blieb lieber bei Pfund und Unzen, Fuß und Zoll. Jean würde alles in die »offiziellen« Einheiten umrechnen, wenn sie später den Bericht ins Reine schrieb.

Sam fing mit dem Kopf an und arbeitete sich dann langsam abwärts vor. »Sie hat lange blonde Haare. Am Kopf sind keinerlei Verletzungen vorhanden.« Als sie zum Hals kam, beugte sie sich hinab, um genauer hinzusehen. »Eine Blase von ungefähr drei Zoll Durchmessern befindet sich an der linken Vorderseite des Halses. Sieht aus wie irgendeine Art Verbrühung oder Verbrennung.«

Aus irgendeinem Grund machte die Verletzung sie stutzig. »Könnte ich davon mehrere Fotos haben, bitte?«

Der Fotograf von der Spurensicherung trat vor und nahm die Verletzung aus mehreren verschiedenen Blickwinkeln auf, bevor er an seinen Platz zurückging. Dann führte Sam ein paar rasche Messungen durch. Es war, als wäre der Hals des Mädchens mit etwas Heißem in Berührung gekommen. Nach dem Zustand der Blase zu urteilen war die Verletzung eindeutig vor dem Tod entstanden, doch ob sie etwas mit dem Tod zu tun hatte, war eine andere Frage.

Sie wandte sich der Brust und dem Bauchbereich zu. »Ein langer tiefer Schnitt geht von der Mitte der Brust bis an den Rand des Schambereichs. Nach den unsauberen Schnittkanten zu urteilen hatte das Messer höchstwahrscheinlich eine Art Sägeklinge.« Fred reichte ihr ein Maßband. »Der Schnitt ist zweiundzwanzig Zoll lang. Er wurde auseinander gezogen, um die inneren Organe freizulegen. Ein Teil des Bauchinhalts hängt lose heraus und ist über die Bauchdecke ausgebreitet. Die Organe wurden bewusst aus dem Körper gezogen und geschnitten. Im Moment sind keine weiteren sichtbaren Verletzungen vorhanden.«

Fred hielt ihr eine kleine Edelstahlschale hin, die mehrere lange Wattestäbchen enthielt. Sam nahm eines davon und begann, sämtliche Körperöffnungen zu untersuchen. Jetzt begann ihre eigentliche Arbeit.

Als sie mit der Obduktion fertig war, wollte Sam nur noch ihren Kittel abwerfen, nach Hause gehen und sich unter die heiße Dusche stellen. Sie wollte Wasser über ihren Körper fließen lassen, sich reinigen und das Böse abspülen, mit dem sie sich gerade hatte befassen müssen.

Mit den Jahren stumpften Pathologen gegen das Grauen ab, das der Tod zurückließ. Leichen wurden zu Gegenständen, an denen interessante Merkmale untersucht und erklärt werden mussten. Sam hatte dem Tod in allen Farben und Formen gegenübergestanden, von alten Menschen bis hin zu ganz jungen. Manche starben mit Würde, während andere gegen die Dunkelheit wüteten. Oft hatte sie den Eindruck, dass die Art und Weise, wie Menschen dem Tod begegneten, in ihre Gesichter eingegraben war: als Linien der Gelassenheit, des Zorns oder auch der Überraschung. Manchmal jedoch, wie im Fall von Mary West, stand in den Gesichtern Grauen, Schmerz und Ungläubigkeit geschrieben. Ein solcher Anblick machte sie immer noch schaudern und ließ ihre Nerven erzittern, brachte ihren inneren Rhythmus aus dem

Takt und erforderte einen Akt des Willens, um ihn aus ihrem Geist zu verbannen und ihr inneres Gleichgewicht wiederzuerlangen.

Menschen wurden auf unterschiedliche Arten und aus den unterschiedlichsten Gründen ermordet. Oft konnte Sam das Motiv verstehen, den Grund erkennen, so widerwärtig dieser Grund auch sein mochte, doch das hier ... Das hier sprengte jede Definition, es war das Böse in Reinkultur. Sie fragte sich, wie viel die Zeitungen wohl bereits wussten oder herausfinden würden. Die Presse schien ihre Kontakte überall zu haben, selbst in der Krankenhausbelegschaft und bei der Polizei. Für die Familie des Mädchens würde die Leichenschau traumatisch genug sein, doch wenn die grausigen Einzelheiten auf allen Titelseiten der lokalen und überregionalen Zeitungen ausgebreitet würden, würde es noch unerträglicher werden.

Die Obduktion hatte länger als gewöhnlich gedauert; sie war besonders schwierig gewesen, doch Sam war entschlossen gewesen, nichts zu übersehen. Etwas an dem Tod dieser jungen Frau erfüllte sie gleichzeitig mit Schrecken und Faszination. Sie streifte ihre Stiefel und ihren Kittel ab, warf Letzteren in den Wäschekorb und stieg in ihre Schuhe.

Das Aufräumen überließ sie Fred und dem Team von der Spurensicherung. Eilig verließ sie das Leichenschauhaus und begab sich in ihr Büro im Krankenhaus. Normalerweise hielt sie ihre Obduktionsbesprechungen mit der Polizei in dem kleinen Büro des Leichenschauhauses selbst ab, doch heute verspürte sie den Drang, aus dieser weiß gekachelten, unpersönlichen Umgebung herauszukommen, weg von all dem Grauen, das Mary Wests unheimlicher Tod umgab.

3

Als Sam ihr Büro erreichte, waren Farmer und Hammond bereits eingetroffen und hatten es sich bequem gemacht. Sie schlürften den Tee, den Jean ihnen gebracht hatte, und sahen sehr entspannt aus. Für sie war das, was sich gerade ereignet hatte, trotz aller Grausigkeit Routine. Sam wusste, dass sie selbst eigentlich genauso hätte empfinden müssen und dass es unprofessionell war, sich von einem Fall emotional vereinnahmen zu lassen, aber diesmal konnte sie nicht anders.

Sie sah Farmer an. »Wo ist Inspector Adams?«

»Er konnte es nicht einrichten. Offenbar ist er mit anderen Ermittlungen beschäftigt.«

Obwohl sie sich um Beherrschung bemühte, konnte Sam ein Stirnrunzeln nicht unterdrücken – sie hoffte, dass Farmer es nicht bemerken würde. Tom benahm sich wirklich kindisch, fand sie.

Jean war fertig damit, die Erfrischungen für die Gäste zu servieren, und wandte sich zum Gehen. »Auf dem Tisch steht eine Tasse Kamillentee.« Sie sagte es in beruhigendem Ton, als ob sie Sams Gemütslage vollkommen erfasst hatte.

Farmer setzte ihre Tasse ab und sah Sam erwartungsvoll an. »Nun, was können Sie uns sagen?«

Hammond sagte nichts, doch seine Miene verriet, dass ihm dieselbe Frage unter den Nägeln brannte, er aber zu höflich oder zu feinfühlig für Hackordnungen war, um in Farmers Gegenwart das Gespräch zu eröffnen.

Sam beschloss, es rasch hinter sich zu bringen. »Der Tod wurde durch die offensichtlichen Verletzungen ihrer Bauchdecke und die dann folgenden massiven inneren Verletzungen verursacht. Es muss sich um ein großes Messer gehandelt haben, über sechs Zoll lang, möglicherweise mit einer gezahnten Klinge. Ein Jagdmesser vielleicht? Der Bauchinhalt wurde aus der Bauchhöhle geschnitten und gezogen und beide Nieren wurden entfernt, vermutlich mit demselben Messer –«

»Dann war es also jemand, der etwas davon verstand?«, unterbrach Farmer.

»Vielleicht, aber dazu braucht man nur ein paar Grundkenntnisse in Anatomie und die kann man sich in jeder halbwegs gut ausgestatteten Stadtbücherei verschaffen. Echte Fachkenntnisse waren nicht vorhanden. Es wurde alles ziemlich grob gemacht. Wir haben es hier nicht mit einem Transplantationschirurgen zu tun.«

Farmer wandte sich an Hammond. »Ihr Strachan ist doch Sanitäter, nicht wahr?« Hammond nickte, und sie fuhr fort: »Dann dürfte er also über Grundkenntnisse in Anatomie verfügen?«

»Das nehme ich an, ja«, erwiderte Hammond.

Farmer nickte zufrieden.

Sam fuhr fort: »An Mary Wests Hals befindet sich eine Verletzung, etwa hier.« Sie berührte mit einem Finger ihre Halsseite. »Sie sieht aus wie eine Verbrennung. Ich habe mich gefragt, ob Sie wohl herausfinden könnten, ob sie während der letzten zwei Tage irgendeinen Unfall oder dergleichen hatte?«

»Ist das von Bedeutung?«

»Ich weiß nicht. Vielleicht. Darum frage ich danach. Ich wüsste gerne, was da passiert ist, der Vollständigkeit halber. Es ist eine ungewöhnliche Verletzung, aber im Moment ist mir der Zusammenhang mit dem Mord noch nicht klar.«

»Ich werde sehen, was ich herausfinden kann.«

Sam dankte ihr mit einem Nicken und fuhr fort: »Da keine der Nieren am Tatort gefunden wurde, muss unser Mörder sie wohl mitgenommen haben.«

»Warum sollte er das tun?«, warf Hammond ein.

Sam zuckte die Achseln, sah Farmer an und sagte mit mehr als nur einem Anflug von Ironie in der Stimme: »Ich bin Pathologin, keine Detektivin. Das fällt mehr in Ihren Bereich, Superintendent Farmer, nicht wahr?«

Hammond wandte sich Farmer zu und sie sagte: »Einer Ihrer Militärpolizisten hat in seiner Aussage angegeben, er glaube gesehen zu haben, dass die Gestalt, die von dem Schuppen wegrannte, einen Beutel bei sich trug. Darin werden sie sich befunden haben.«

Hammond schüttelte ungläubig den Kopf.

Farmer wandte ihre Aufmerksamkeit wieder Sam zu. »Gibt es nicht so etwas wie einen Transplantations-Schwarzmarkt? Sie wissen schon, Organe für Bares?«

Angewidert sagte Sam: »Wenn es so ist, wird derjenige, der Mary Wests Nieren bekommt, dabei mächtig übers Ohr gehauen. Es kommt nicht nur auf die Einpflanzung der Organe an, sondern auch auf die Entnahme und die verlief in diesem Fall ziemlich grobschlächtig.«

Farmer wechselte das Thema. »Wurde sie vergewaltigt?«

»Ich denke ja. Jedenfalls weisen die Innenwände der Vagina Abschürfungen und Risse auf, was darauf schließen lässt, dass der Sex unter Zwang erfolgte, nicht freiwillig.«

»Gibt es Samenspuren?«

»Ein wenig.«

»Genug für einen Vergleich?«

»Nicht mein Fachgebiet, aber ich denke schon.«

Farmer sah zufrieden aus. »Nun, damit dürfte sich die Sache klären lassen.«

Hammond schaltete sich wieder ein. »Aber wie wollen Sie einen Vergleich anstellen, wenn sie Strachan nicht finden?«

»Er ist allein in einem fremden Land und hat keinen Ort, wo er hingehen kann. Wir werden ihn schon finden, aber selbst wenn das einige Zeit dauert, können wir sicherlich einen Quervergleich mit seinen Eltern anstellen, falls sie noch leben und einverstanden sind. Und wenn nicht, finden wir sicher einen anderen Familienangehörigen, der bereit ist, uns zu helfen. Es wäre nicht das erste Mal.«

Farmer griff wieder nach ihrer Tasse und lächelte ihn kühl über den Rand hinweg an. »Wir können doch sicher auf die Mitarbeit unserer amerikanischen Kollegen zählen, nicht wahr?«

Sam hatte ihren Spaß an dem Geplänkel zwischen Hammond und Farmer, doch sie erkannte, dass es nicht aus dem

Ruder laufen durfte. Sie schaltete sich rasch ein, bevor der Ton zu bissig wurde. »Kennen Sie Strachan?«

»Nein. Es ist ein großer Stützpunkt und ich lerne am schnellsten die bösen Jungs und Mädels kennen. Er hat sich anscheinend nichts Großes zuschulden kommen lassen. Die meisten Leute, die ihn kennen, halten ihn offenbar für ziemlich in Ordnung. Bestimmt nicht für einen Burschen, der so etwas anstellen würde.«

»Das war Christie auch nicht«, warf Farmer ein.

Da Hammond die Anspielung nicht verstand, half Sam ihm aus: »Ein berüchtigter britischer Mörder.«

Hammond nickte. Sam fuhr fort: »Ist er sehr groß?«

»Nein, eigentlich nicht. Klein und ziemlich drahtig, wie ich höre. Warum?«

»Die Blutspuren auf dem Slip und hinter Hangar Zwei deuten vermutlich darauf hin, dass sie dort angegriffen und dann zu dem Schuppen getragen oder geschleift wurde.«

»Sie war ja nicht sonderlich dick oder schwer.«

»Trotzdem, ein totes Gewicht, also schwer zu bewegen.«

»Wenn dem so wäre«, wandte Farmer ein, »und angesichts der Art, wie sie ermordet würde, müssten wir dann nicht eine Blutspur vom Hangar zu dem Schuppen gefunden haben – besonders wenn wir bedenken, wie viel Blut am Schauplatz war?«

»Das hängt davon ab, wie schwer sie verletzt war. Ich bin sicher, dass der Mord erst in dem Schuppen stattfand.«

»Ihre Kleidung war nicht beschädigt und es gibt keine großen Blutflecken, wie man es erwarten würde.«

»Vergessen Sie nicht, dass sie Sex hatten«, sagte Sam. »Sie könnte nackt gewesen sein.«

»Ziemlich unwahrscheinlich, dass er ein nacktes Mädchen zum Schuppen getragen hat, dann zurückgegangen ist, um ihre Kleider zu holen, sie säuberlich neben ihr zusammenzufalten und sie dann zu ermorden.«

Hammond nickte nachdenklich und wechselte, da ihm nichts mehr einfiel, das Thema. »Superintendent, würden Sie mir Bescheid geben, wenn Strachan gefunden wurde? Er ist immer noch ein amerikanischer Bürger und wird vermutlich alle Hilfe und allen Rat brauchen, die er bekommen kann.«

»Das sehen Mary Wests Eltern sicher auch so.«

Hammond fand Farmers Sarkasmus alles andere als amüsant, bemühte sich aber, es nicht zu zeigen.

»Keine Sorge«, fuhr Farmer fort, »Ihre Leute haben bereits Kontakt zu meinen Leuten aufgenommen, wie Sie drüben sagen.« Sie wandte sich wieder an Sam. »Noch irgendetwas?«

»Abgesehen von der Tatsache, dass sie nach einem sehr gefährlichen Mann suchen, wird der Rest in meinem Bericht stehen.«

»Gut, nun, in diesem Fall sollte ich mich lieber auf den Weg machen.«

Farmer und Hammond standen auf, aber Sam war noch nicht ganz fertig. »Wie viel werden Sie der Presse mitteilen?« Das hatte natürlich nichts mit ihr zu tun und eine solche Frage fiel auch nicht in ihre Befugnis, aber sie stellte sie trotzdem.

»Nur das, was sie wissen muss, um uns zu unterstützen«, sagte Farmer. »Falls Strachan nicht bald aufgegriffen wird, müssen wir möglicherweise einen öffentlichen Fahndungsaufruf erlassen.«

Hammond runzelte die Stirn. »Wird das nicht seine Aussichten auf einen fairen Prozess gefährden? Das würde sich ja so anhören, als wäre seine Schuld bereits erwiesen.«

Farmer sah ihn kalt an. »Dann lassen Sie uns hoffen, dass wir ihn bald erwischen. Es wäre mir äußerst unangenehm, Ihrem ausgeprägten Sinn für Fairness in die Quere zu kommen. In der Zwischenzeit lassen Sie uns beten, dass nicht noch ein paar Leichen in der Gegend gefunden werden, während wir uns in bedächtiger Rücksichtnahme üben.«

Hammond beschloss, Farmer nicht weiter zu reizen und um des Friedens und der weiteren Zusammenarbeit willen nichts mehr zu sagen.

Farmer wandte sich an Sam. »Vielen Dank für Ihre Erläuterungen, Dr. Ryan. Sie waren wie immer sehr aufschlussreich.«

Sam lächelte sie kühl an. »Jederzeit, Superintendent, das wissen Sie ja.«

»Nett, Sie kennen gelernt zu haben, Major«, fuhr Farmer zu Hammond gewandt fort. Sie streckte ihm die Hand entgegen und er ergriff sie. »Ich bin sicher, wir werden uns in den nächsten Wochen häufiger begegnen.«

»Ich freue mich darauf, Superintendent.«

Sobald sie außer Sicht war, setzte sich Hammond wieder. Offensichtlich beschäftigte ihn noch etwas.

»Gibt es noch etwas, das ich Ihnen zu sagen vergessen habe?«, fragte sie.

»Nein, keineswegs. Ich fand Ihre Erläuterung erstklassig. Ich frage mich nur, ob es wohl möglich wäre, dass ich eine Kopie des Autopsieberichtes bekomme.«

Sam horchte auf. »Wozu?«

»Nun, ein englisches Mädchen wurde auf amerikanischem Hoheitsgebiet umgebracht. Das wird eine Menge Fragen geben. Ich hätte einfach gern die richtigen Antworten.«

»Das darf ich nicht. Nun ja, jedenfalls nicht ohne Erlaubnis.«

»Das ist mir klar, und ich möchte unsere Freundschaft auch nicht ausnutzen ...«

»Aber Sie werden es trotzdem tun.«

Ein wehmütiges schwaches Lächeln ging über Hammonds Gesicht. »Jawohl.«

Sam überraschte sich selbst damit, dass sie einlenkte. Es erschien nur vernünftig und auf dem Dienstweg würde es eine Ewigkeit dauern. »Von mir haben Sie die Kopie nicht, okay?«

»Es bleibt unser Geheimnis. Vielen Dank.«

»Ich werde Jean sagen, dass sie sie morgen an Sie abschicken soll.«

»Ginge es einfacher und schneller, wenn ich einen Wagen schicken würde?«

Sam nickte. »Wie Sie möchten.«

»Wegen dieser Frage über Strachan ...«

»Über seine medizinischen Kenntnisse?«

»Ja. Er müsste sich mit den Grundlagen der ersten Hilfe auskennen. Er könnte vermutlich ein Herz in Gang bringen und Leute am Atmen halten, aber das dürfte so ziemlich alles sein.«

»Es ist seine Fähigkeit, Leute am Atmen zu hindern, die mir Sorgen macht«, gab Sam trocken zurück.

Hammond lächelte und wechselte das Thema. »Wissen Sie was? Nächsten Monat ist wieder eine Hangar-Party auf der Basis, und ich habe mich ...«

»Gefragt, ob ich nicht Lust hätte zu kommen? Klingt nach Beamtenbestechung.«

Hammond wurde plötzlich verlegen. »Nein, hören Sie, so war das nicht gemeint; es ist nur, dass wir so viel Spaß hatten ...«

Sam erlöste ihn. »Ich muss sehen, ob Tom arbeitet oder nicht. Geben Sie mir das Datum und ich sage Ihnen Bescheid.«

»Und wenn er nicht arbeitet?«

Ein lautes Klopfen an der Tür ersparte Sam eine Antwort. Jean trat ein und brachte einen Stapel Akten mit Sams Terminkalender oben drauf. Sie schien überrascht zu sein, dass Hammond noch da war. »Oh, Entschuldigung, ich dachte, Sie wären schon alle gegangen. Ich komme später wieder.«

Sam hielt sie zurück. »Nein, schon gut, Jean. Major Hammond wollte gerade aufbrechen.«

Hammond verstand den Wink und erhob sich. »Tja, ich muss mich auf den Weg machen. Ich nehme an, wir sehen uns schon bald wieder, Dr. Ryan.«

Sam wiegte den Kopf. »Vielleicht.«

Er lächelte sie an. Sie spielte ein Spielchen mit ihm, aber das störte ihn nicht. Nachdem er sich seine Air-Force-Mütze auf dem Kopf zurechtgerückt und Jean höflich zugenickt hatte, ging er hinaus. Sam musste unwillkürlich daran denken, dass Tom Adams womöglich Recht hatte. Vielleicht war sie wirklich süchtig nach hübschen Gesichtern.

Der Morgen war schon fortgeschritten, als Hammond wieder in Leeminghall eintraf. Das Haupttor der Basis war von einer Armee von Presse- und Fernsehreportern belagert, die sich um seinen Wagen drängten und neugierig hereinspähten, um zu sehen, ob er jemand Wichtiges war, mit dem sich zu reden lohnte. Zum Glück war niemand dabei, der ihn erkannt oder eine Ahnung gehabt hätte, wer er war, sodass er ohne allzu große Probleme durchkam. Er parkte den Wagen vor der Offiziersmesse und ging rasch über das Baseballfeld hinweg zu seinem Büro.

Sobald er die Tür des Büros öffnete, spürte er eine ungewöhnliche Atmosphäre und registrierte, dass etwas nicht stimmte. Der Eindruck war so stark, dass er sich nicht einmal die Mühe machte, seine Mütze abzuziehen. Er sah zu seiner Assistentin Sergeant Jenny Groves hinüber, die sofort aufstand.

»Nun?«, fragte er.

Groves arbeitete seit etwas mehr als einem Jahr für ihn und sie wusste inzwischen, dass er Ärger riechen konnte. Sie begann ihre Erklärung nervös mit einer Entschuldigung. »Ich habe versucht, Sie per Handy zu erreichen, Sir, aber es war nicht an.«

Hammond hatte sein Telefon während der Obduktion abgeschaltet, um die Prozedur nicht zu stören, und vergessen, es wieder einzuschalten.

»Was gibt's denn, Jenny?«

Sie holte tief Luft und blickte starr geradeaus, als wollte sie ihm aus Sorge um seine Reaktion nicht in die Augen sehen. »Oberst Cully lässt grüßen, Sir, und würde Sie gerne in seinem Büro sprechen.«

»Wann?«

»Sobald Sie wieder hier sind, Sir. Äh, jetzt.«

Hammond seufzte, lächelte sie beruhigend an und ging. Für den Weg quer durch die Basis zu Cullys Büro brauchte er fünf Minuten. Als er an den zahlreichen Airmen und Airwomen vorbeikam, die um diese Tageszeit auf dem Stützpunkt umherschwärmten, und die vielen militärischen

Grüße erwiderte, spürte er die Spannung, die auf ihnen lag. Er sah die Beunruhigung in ihren Augen, wenn sie in seinem Gesicht nach einem Anhaltspunkt für die Ereignisse der letzten Nacht suchten. Wie die meisten uniformierten Militärangehörigen waren sie stolz auf ihre Einheiten und wenn einer aus ihren Reihen sich etwas zuschulden kommen ließ, empfanden sie, dass es auf sie alle zurückfiel.

Ihm fiel die Vergewaltigung eines japanischen Mädchens vor einiger Zeit ein. Die Leute aus der Umgebung gaben nicht allein dem Täter die Schuld, sondern der gesamten US Air Force. Während der letzten fünfzig Jahre waren die Beziehungen zwischen den Einheimischen und der Basis gut gewesen. Schließlich brachte sie der Region wirtschaftlichen Wohlstand und etliche verbanden sich sogar durch Heirat mit der einheimischen Bevölkerung. Jetzt war diese Beziehung bedroht und alle machten sich Sorgen. Cully würde das besser wissen als die meisten anderen. Bevor er das Kommando über die Basis übernommen hatte, hatte er einem offiziellen Inspektorenteam angehört, das sowohl in Amerika als auch in Europa von einer Air Force Basis zur anderen reiste und Berichte über ihre Effizienz erstellte.

Als er Cully Büro erreichte, wurde er von einem sehr nervösen Leutnant sofort hineingeführt.

»Major Hammond, Sir.« Der Leutnant machte auf dem Absatz kehrt und schloss die Tür hinter sich.

Cully stand mit dem Rücken zur Tür und blickte durch eines der Bürofenster hinaus auf das Gelände. Hammond nahm Haltung an und salutierte. Cully konnte ihn zwar nicht sehen, aber er wusste, dass er darauf lauschte.

Ohne einen Muskel zu regen, sagte Cully. »Haben Sie die Zeitungen gesehen?« Von seinem zuvor fast hysterischen Tonfall war nichts mehr übrig; er war einer intensiven, erzwungenen Ruhe gewichen.

Hammond wusste, dass Cully jeden Augenblick explodieren konnte; er musste also vorsichtig sein. »Ich hatte noch keine Gelegenheit, Sir.«

Ohne sich umzudrehen, deutete Cully auf seinen Schreibtisch, auf dem mehrere ungeöffnete Boulevard-Zeitungen lagen. Man brauchte sie nicht aufzuschlagen: Die Titelseiten reichten völlig. Hammond nahm zwei davon in die Hand und las die Schlagzeilen: »MÄDCHEN AUF AMERIKANISCHER BASIS AUFGESCHLITZT«, »AMERIKANISCHER RIPPER GEHT IN CAMBRIDGE UM«. Die anderen Zeitungen hatten ähnliche Schlagzeilen. Woher die Presse so schnell ihre Informationen bekommen hatte, konnte er sich nicht vorstellen. Doch irgendwie hatten sie es geschafft und das war ein weiteres Problem, mit dem fertig zu werden Cully von ihm erwarten würde. Auch Farmer würde ziemlich sauer sein, wenn sie das las.

Cully sagte: »Offenbar sind die Zeitungen zu Hause auch voll davon. Schlechte Neuigkeiten verbreiten sich schnell. Ich habe für die Basis eine Ausgangssperre angeordnet. Niemand darf ohne guten Grund hinein oder hinaus.«

Von diesem Befehl wusste Hammond noch nichts, aber es erklärte die beunruhigten Blicke, die er geerntet hatte. »Es wird Gras darüber wachsen«, sagte er. »Das tut es immer.«

»Vielleicht«, sagte Cully angespannt, »aber nicht, ehe es mich vernichtet hat, Bob.«

Hammond begriff, dass es hoffnungslos war. Cully war an der Grenze und nichts, was er jetzt sagte, würde ihn zurückbringen können.

»Wissen Sie, wie lange es dauert, Bob?«

»Sir?«

»Dahin zu kommen, wo ich bin. Wissen Sie, wie lange das dauert?«

»Nein, Sir.«

»Zwanzig Jahre. Zwanzig Jahre harter Arbeit, zwanzig Jahre alle richtigen Schalter umgelegt, gewusst, mit wem man reden muss ...«

»Ein Arschloch gewesen.« Hammond hatte es nur tonlos vor sich hin geflüstert, doch Cully hatte sich gerade umgedreht und sah ihn an, während er es sagte.

»Entschuldigung, Major, was haben Sie gesagt?«

»Es muss sehr hart gewesen sein, Sir.«

»Es war sehr hart. Meine Güte, ich habe sogar die Tochter des Generals geheiratet.«

Die Art, wie Cully von seiner Frau sprach, als wäre sie nur irgendein Anhängsel seiner Karriere, ein weiterer Stern auf seiner Schulter, ein weiterer Streifen an seinem Ärmel, war Hammond zuwider. Er kannte Sarah Cully, eine intelligente, attraktive Frau, die jeden, dem sie begegnete, bezauberte. Wie sie ausgerechnet an Cully geraten war, konnte er sich beim besten Willen nicht vorstellen. Doch sie waren seit über fünfzehn Jahren verheiratet; also musste er doch seine Qualitäten haben. Außerdem, was verstand *er* schon davon, nach einer Scheidung und zwei gescheiterten langfristigen Beziehungen?

»Wissen Sie, was ich wollte, Bob? Wissen Sie, was ich wollte?« Cully hatte die lästige Angewohnheit, alles zweimal zu sagen, als wolle er seine eigene Wichtigkeit unterstreichen oder seinen Gesprächspartner totschlagen mit dem, was er zu sagen hatte.

»Nein, Sir.« Freilich war er sicher, dass Cully es ihm verraten würde.

»Ich wollte ganz nach oben, an die Spitze, ins Weiße Haus. Verdammt, ich kann von Glück reden, wenn ich jetzt noch ins Scheißhaus darf.« Cully deutete wütend auf seinen Schreibtisch. »Sehen Sie diesen Schreibtisch, Bob, sehen Sie ihn? Genau da kriege ich die Arschkarte. Morgen kommt sogar der beschissene Botschafter, bloß weil so eine blöde kleine Schlampe sich ausgerechnet auf meiner Basis abmurksen lassen muss.« Er war dabei, wieder hysterisch zu werden.

Ich werde der Familie Ihre Beileidswünsche ausrichten, Herr Oberst, Sir, dachte Hammond. Das mit dem Botschafter hörte er freilich zum ersten Mal und er wusste, dass er schnell handeln musste. Als Chef der Stützpunktpolizei war er für alle Sicherheitsfragen verantwortlich, einschließlich der Besuche von Würdenträgern.

»Wann wird der Botschafter erwartet, Sir?«

»Weiß der Teufel. Fragen Sie meinen Adjutanten – der hat alle Einzelheiten.« Cully hatte sich wieder beruhigt. Er setzte sich in seinen breitlehnigen Sessel und sah mit einer erbärmlichen Miene zu Hammond hinauf. Hätte Hammond ihn nicht so sehr verabscheut, er hätte vielleicht sogar Mitleid mit ihm verspürt, aber er tat es nicht.

»Wir müssen diese Scheiße in Ordnung bringen, Bob, um unser beider willen.«

Hammond registrierte die verhüllte Drohung, doch sie beunruhigte ihn nicht. Ihm hatten schon ganz andere Vorgesetzte gedroht als Cully. Er würde die Sache klären – das tat er immer –, aber nicht für Cully. Cully hatte schon zu viel von ihm verlangt.

»Ich bin sicher, dass das gelingen wird, Sir.«

»Ist Strachan schon gefasst?«

»Nein, Sir, noch nicht, aber die britische Polizei ist sicher, dass sie ihn erwischen wird, und die verstehen was von ihrem Fach. Er hat nichts, wo er hingehen könnte.«

»Meinen Sie? Mein Gott, die Engländer tragen ja nicht einmal Waffen.«

Es klopfte an der Tür und Cullys Adjutant trat ein. »Sir, die beiden Herren von der Botschaft sind hier. Sie sagten, Sie wollten sofort benachrichtigt werden, sobald sie eintreffen.«

Cully musterte Hammond, der keine Regung zeigte. »Führen Sie sie herein.«

Der Adjutant verschwand wieder im Vorzimmer und machte Platz für zwei Diplomaten in dunkelblauen Anzügen.

Dank Trevor Stuart, der ihre Nachmittagstermine übernahm, und Jeans Hilfe schaffte es Sam, den Papierberg bemerkenswert zügig durchzuarbeiten und ausnahmsweise einmal früh zu Hause zu sein. Sie hatte bereits ihre Pläne für solche unverhofften freien Stunden und wollte mit der Gartenarbeit weitermachen. Als sie in ihre Einfahrt einbog, ging flackernd die Sicherheitsbeleuchtung an. Im Augenblick war sie zwar nicht nötig, aber Sam war froh, dass sie wieder funktionierte. Es war wohl ein Wackelkontakt, dachte sie. Sie musste wirklich dringend einen Handwerker holen. Sie nahm ihre Tasche vom Beifahrersitz und ging den Kiesweg entlang hinters Haus. Die Gartenzimmertür war bereits offen und davor stand ein verdrecktes Paar Gummistiefel.

Sobald sie die Küche betrat, nahm sie den Duft von Irish Stew wahr. Das hatte sie seit Jahren nicht mehr gerochen. Sie sah sofort, dass der Tisch bereits gedeckt war. In der Mitte standen ein Strauß Wildblumen und eine zum Atmen geöffnete Flasche Rotwein.

Liam kam herein. »Schön, dass du da bist«, sagte er und küsste sie auf die Wange.

»Sehr hübsch, das alles. Was wird es mich kosten?«

»Ein paar Tage Kost und Logis, das ist alles. Ich finde, du machst ein gutes Geschäft«, lächelte er.

Sam lächelte zurück. Während er den Inhalt des Topfes inspizierte, zog sie ihren Mantel aus und ging nach vorn in die Diele, um ihn aufzuhängen.

»Woher wusstest du, wann ich nach Hause komme?«, rief sie zu ihm zurück.

»Ich habe in deinem Büro angerufen und mit – Jean, nicht wahr? – gesprochen. Sehr nette Frau. Sie hat es mir gesagt. War sehr neugierig, wer ich bin und wo ich übernachte.«

Sam zuckte zusammen. Sie kam zurück in die Küche. »Ja, sicher, ist nur verständlich. Was hast du ihr gesagt?«

»Die Wahrheit natürlich.«

»Welche, deine Wahrheit oder die wirkliche Wahrheit?«

»Dass wir ein altes Liebespaar sind, das entschlossen ist, dort weiterzumachen, wo wir vor vielen Jahren aufgehört haben.«

Sam starrte ihn an.

»Andererseits habe ich vielleicht auch nur gesagt, ich sei zu einem Besuch hier und würde in ein paar Tagen nach Irland zurückkehren.«

Sam lächelte. Bei Liam konnte sie sich nie sicher sein. Was immer er gesagt hatte, inzwischen musste es sich im Krankenhaus herumgesprochen haben, verbreitet durch die gute alte »Erzähl's-nicht-weiter-aber«-Methode.

»Tja, damit wäre ich wohl als scharlachrote Hure gebrandmarkt.«

»Gut, dann hast du ja nichts mehr zu verlieren. Schlaf mit mir.« Er grinste sie schalkhaft an.

Sie ignorierte die Aufforderung. »Hat jemand angerufen?« Sie hoffte, dass Tom versucht hatte, Kontakt zu ihr aufzunehmen.

»Nicht dass ich wüsste, aber ich war die meiste Zeit draußen.«

Der Anrufbeantworter blinkte nicht; also hatte offensichtlich niemand angerufen, während er draußen war.

Sam ging hinüber zum Herd, wo das Irish Stew leise vor sich hin brodelte, und hielt vorsichtig ihre Nase darüber. »Riecht köstlich. Wie lange braucht es noch?«

»Warum, hast du einen Termin?«

»Nein, aber ich hatte vor, noch ein bisschen im Garten zu arbeiten.«

Liam schaute aus dem Fenster. »Ach, meinst du das bisschen Arbeit, das da hinten noch zu tun war?« Sam folgte erstaunt seinem Blick. »Habe ich schon gemacht. Gleich heute Morgen. Die Pflanzen habe ich auch eingesetzt. Ich nehme an, du wolltest sie da haben, wo du sie abgestellt hattest?«

Sam war überrumpelt und wusste nicht recht, ob sie dankbar oder verärgert sein sollte. Natürlich war sie froh, dass es erledigt war, aber sie hatte sich eigentlich darauf gefreut, es selbst zu machen. Gartenarbeit war das Einzige, wobei sie sich richtig entspannen und Dinge durchdenken konnte. Doch sie kam zu dem Schluss, dass es undankbar wäre, beleidigt zu sein: Er hatte ihr nur einen Gefallen tun wollen. Es gab noch hundert andere Dinge, die zu tun waren.

»Danke. Ich weiß nicht, was ich sagen soll.«

»Danke dürfte reichen«, sagte Liam gut gelaunt. »Die Sicherheitsbeleuchtung habe ich auch repariert, du darfst also zweimal danke sagen.«

Wieder war sie verblüfft. Das schien ihr heute Abend öfter zu passieren. »Wirklich? Du warst das?«

»Gib mir einen Schraubenzieher oder einen Kochlöffel und ich kann zaubern. Und jetzt setz dich, es gibt Essen.«

Sam ging hinüber zum Tisch, um den Wein einzuschenken, während Liam die Teller mit dem Stew füllte.

Eine Stunde später, nachdem sie beide leicht angetrunken und angenehm gesättigt waren, machten sie sich entspannt im Wohnzimmer über den Rest des Brandys her. Sam streichelte ihren Kater Shaw. Liam massierte Sams nackte Füße, die auf seinem Schoß lagen.

»Haben deine Mutter und deine Schwester mir inzwischen verziehen?«, fragte er.

»Wyn schon und Mummy ist zu krank, um sich daran zu erinnern oder darum zu scheren.«

»Ich habe gehört, dass es ihr nicht gut geht. Also keine Besserung?«

»Es wird immer schlimmer. Es gibt keine Besserung.«

»Das tut mir Leid.«

Sam wechselte das Thema, bevor das Gespräch zu tief schürfend wurde. »Nun erzähl doch mal, warum bist du hier? Doch sicher nicht nur, um mich zu besuchen.«

»Nun, fast, aber nicht ganz.«

»Also?«

Liam hatte schon immer auch bei den einfachsten Fragen gern um den heißen Brei herumgeredet. »Ich bewerbe mich auf eine Dozentenstelle am St. Michael's College.«

»Was willst du denn da machen?«, fragte sie verblüfft.

Die Frage schien ihn zu überraschen. »Lyrik natürlich.«

Sie wusste, dass er schon immer Lyrik gelesen und geschrieben hatte, doch dass es ihm so ernst damit war, hatte sie nicht geahnt. »Ich bin beeindruckt. Ich dachte, das wäre nur ein Hobby von dir.«

»War es auch, aber als ich mit der Reiserei aufhörte, wurde mir klar, dass ich mir meinen Lebensunterhalt verdienen musste, wenn ich nicht verhungern wollte, und so habe ich mich entschlossen, Lyrik zu unterrichten.«

»Meinst du, du bekommst sie?«

»Die Stelle? Das bilde ich mir nicht ein, was natürlich bedeutet, dass ich in aller Ruhe da hineingehen und denen genau das sagen kann, was ich denke.«

»Das kommt sicher gut an.«

»Wenn die mich wollen, können sie mich kriegen, mit irischen Warzen und allem Drum und Dran.«

Sam musste über sein Selbstvertrauen lächeln. Es hatte etwas Unschuldiges an sich.

»Ich meine mich zu erinnern«, sagte er, »dass deine Nase immer in einem Buch von Shaw steckte.«

Sie zitierte: »Die liebste Freude einer Frau ist es, des Mannes Dünkel zu verwunden.«

Liam grinste und hielt ein anderes Zitat dagegen: »Die einzige Möglichkeit für eine Frau, sich anständig zu versorgen, ist es, gut zu einem Mann zu sein, der es sich leisten kann, gut zu ihr zu sein.«

»Dann würde ich mit dir also meine Zeit verschwenden.«

»Im Augenblick vielleicht, aber eines Tages wirst du mich anbetteln, zu mir zurückkommen zu dürfen.«

Sie lachte, biss aber nicht an seinen Köder an.

Er versuchte es noch einmal. »Ich weiß nicht, ob Frauen überhaupt lieben. Ich möchte es bezweifeln. Sie bemitleiden die Männer.«

Sam war zum ersten Mal seit Monaten entspannt. Sie genoss Liams Gesellschaft, wie sie es schon früher getan hatte, als sie als Jugendliche gemeinsam den ersten Vorgeschmack der Liebe kosteten. Heute erschien alles ziemlich albern, aber damals – oh, welche Intensität. Nichts war dem seither ganz gleichgekommen.

»Wie wäre es mit etwas, das du geschrieben hast?«, schlug sie vor.

»Bist du sicher? Es wird dir vielleicht nicht gefallen und das könnte mein Stolz nicht ertragen.«

»Es wird mir gefallen, ich verspreche es.«

Er war noch nicht überzeugt. »Versuchen wir es erst einmal mit Yeats.«

Nun steh ich auf und gehe, nach Innisfree ich geh,
Dort mach ich eine Hütte, aus Lehm und Rohr gebaut:
Dort will ich Bohnen reihen, ein Bienkorb steht im Klee,
Und allein sein im Schlag, der von Bienen laut.«

Sam hatte mit den Jahren vergessen, wie schön Liams Stimme klang. Wie ein warmer Wasserfall spülte sie über sie hinweg und durch sie hindurch. Sie ließ sich tiefer in die Polster des Sofas sinken und legte ihren Kopf auf die Kissen, um zu lauschen und jedes Wort in sich dringen zu lassen.

»Dort werd ich Frieden spüren, denn der fällt langsam ein,
Herab von Morgenschleiern, hin wo die Grille singt;
Mittnacht ist dort ganz Flimmer, Mittag ein Purpurschein,
Und Abend voll von des Hänflings Schwing.

Nun steh ich auf und gehe, denn stets bei Nacht und Tag
Hör ich Seewasser lecken am Strand mit dunklem Ton;
Wenn auf der Straß' ich stehe, auf grauem Steinbelag,
Im Kern des Herzens hör ich's schon.«

Die letzten Zeilen hörte Sam nicht mehr, denn der Schlaf hatte ihren müden Geist endlich überwältigt und ihm Ruhe verschafft.

Die feuchte Nase von Shaw, der sich an Sams Gesicht rieb, weckte sie. Erschrocken schlug sie die Augen auf und wusste zunächst nicht, wo sie war. Erst nach ein paar Augenblicken fand sie sich wieder zurecht. Sie lag immer noch auf dem Sofa, auf dem sie am Abend zuvor eingeschlafen war, aber jetzt in eine verknäulte Decke gehüllt. Einen Moment lang blieb sie liegen, um ihre Gedanken zu sammeln und Shaw zu streicheln, der sich auf ihrem Bauch niedergelassen hatte und die unverhoffte Aufmerksamkeit sichtlich genoss.

Sie fühlte sich heute Morgen nicht gerade frisch und tatendurstig. Nie wieder, beschloss sie, na ja, jedenfalls bis zum nächsten Mal. Sie hatte Alkohol noch nie sehr gut vertragen. Die drei Gläser Brandy nach all dem Wein zum Essen waren erheblich mehr, als sie sonst trank. Sie sah hinüber zu der alten Schuluhr, die neben dem Kamin hing. Neun Uhr dreißig. Es dauerte einen Moment, bis ihr dämmerte, dass sie um zehn Uhr ihren Dienst antreten musste. Sie warf die Decke zurück, sodass Shaw mit ausgestreckten Pfoten quer durchs Zimmer flog, und sprang in großen Sätzen die Treppe hinauf, um zu duschen.

Da sie den frühmorgendlichen Stoßverkehr verpasst hatte, kam sie sogar früher im Krankenhaus an als erwartet, wenn auch nicht früh genug, um ihren Dienst pünktlich antreten zu können. Liam hatte noch geschlafen, als sie ging. Sein Vorstellungsgespräch war erst um zwei; also hatte sie ihren Wecker auf elf Uhr gestellt und neben dem Bett platziert. Liam war schon immer ein Nachtmensch gewesen, der den ganzen Tag verschlafen und die Nacht gespielt hatte. Schön zu wissen, dachte sie, dass manche Dinge sich nie veränderten. Ihr blieb gerade noch Zeit genug, ihm auf dem Küchentisch einen Zettel zu hinterlassen, auf dem sie ihm Glück wünschte. Trotz seiner Tollkühnheit würde er nervös sein, vermutete sie, und die Nachricht schien ihr zu passen:

> Das Geheimnis des Heldentums: nie das Leben
> von der Furcht vor seinem Ende prägen zu lassen.
> Alles Liebe, Sam. XX

Fred hatte alles fertig und bereitete schon die erste Leiche vor, die auf einem der sechs Edelstahltische der Leichenhalle lag.

Während sie ihren Kittel und ihre Stiefel überstreifte, fragte sie: »Irgendwelche schwierigen Fälle, Fred?«

»Eigentlich nicht. Zwei Herzanfälle, ein Verdacht auf Schlaganfall und ein paar bösartige Tumore.«

»Wären Sie wohl so nett, mir einen Schnellkaffee zu machen? Mein Mund fühlt sich an wie ein Handschuh von innen.«

»Die Sünden des Fleisches werden euch verfolgen. Lass ab, o Sünder, lass ab von deinen bösen Wegen, damit nicht der Herr ...« Seine Stimme verebbte, als er in seinem Zimmer verschwand.

Diese Autopsien konnten eine Weile dauern, schätzte Sam. Sie hatte nicht vor, irgendwelche Rekorde zu brechen, aber sie wollte zügig fertig werden, damit sie noch ins wissenschaftliche Labor fahren und mit Marcia reden konnte. Vielleicht hatte sie dort bereits herausgefunden, was das für ein Partikel war, den sie auf Mary Wests Körper gefunden hatte. Während sie in die erste Leiche einschnitt, dachte sie daran, was für ein Glück sie hatte. Während der letzten Woche war es außerordentlich heiß gewesen und unter solchen Bedingungen starben normalerweise die Leute wie die Fliegen. Zu heiß oder zu kalt und hin waren sie. Aus irgendeinem Grund hatte der Andrang dieses Jahr noch nicht eingesetzt, aber sie zweifelte nicht daran, dass er noch kommen würde. Mit einem Seufzen fing sie an, ihre Notizen zu diktieren.

Hammond hatte schon früh einen Wagen zum Krankenhaus geschickt, um Sams Bericht abholen zu lassen, in der Hoffnung, dass sie ihn schon fertig hatte. Er hätte sich keine Sorgen zu machen brauchen. Als der Fahrer eintraf, lag der Bericht bereits gebunden und abholbereit da.

Während Hammond ihn rasch durchlas, machte er sich Notizen zu den »interessanteren« Aspekten. Dann griff er nach dem grünen Formular, das seit zwei Tagen in seinem Eingangsfach lag, und begann es auszufüllen.

Jeder Mord, der auf amerikanischem Boden begangen wurde, wo auch immer dieser Boden sich befinden mochte, musste der FBI-Akademie in Quantico gemeldet werden, um in das Erfassungsprogramm für Gewaltkriminalität, meist Vi-Cap genannt, aufgenommen zu werden. Der Gedanke dahinter war, ein internationales Informationsnetz bezüglich bestimmter Verbrechensformen wie Mord, Vergewaltigung und Terrorismus zu schaffen, die auf amerikanischem Hoheitsgebiet begangen wurden oder bei denen Täter oder Opfer amerikanische Staatsangehörige waren. Die Aktivitäten des international tätigen deutschen Serienmörders Jack Unterweger, der in verschiedenen Ländern einschließlich der USA mehrere Frauen ermordet hatte, hatten gezeigt, wie wichtig ein solches internationales Herangehen an die Schwerstkriminalität war.

Er brauchte etwas mehr als eine Stunde, um das Formular auszufüllen und einen Bericht zu verfassen, der die Aspekte des Falles aufführte, die er für wichtig hielt, die aber von dem Formular nicht abgedeckt wurden. Als er fertig war, ging er hinüber zum Faxgerät und schickte den Bericht ab.

Nachdem er den Bericht durchgegangen war, schaute er auf die Uhr. In wenigen Stunden würde der Botschafter hier sein und dafür war noch einiges vorzubereiten. Er setzte sich die Mütze auf, zog die Jacke seiner Gala-Uniform ordentlich zurecht und beschloss, noch einen letzten Inspektionsgang durch die Basis zu machen, für alle Fälle.

Am frühen Nachmittag parkte Sam vor dem forensischen Labor in Scrivingdon. Als sie aus dem Wagen stieg, war sie plötzlich von dem ohrenbetäubenden Lärm unzähliger Vögel umgeben. Da Scrivingdon gebaut worden war, bevor die Umweltbewegung Einfluss gewonnen hatte, lag es inmitten eines alten Waldgebietes. Der Block war von einem hohen Metallzaun mit Stacheldraht an der Oberkante umgeben. Es gab nur einen Weg hinein oder hinaus und der wurde ständig von zwei uniformierten Sicherheitsbeamten bewacht. Scrivingdon war nicht nur das Zentrum der forensischen Analytik für den östlichen Distrikt, sondern kümmerte sich auch um alle Schusswaffenuntersuchungen außerhalb von London. Infolgedessen beherbergte es in einem Safe unterhalb der Labors ein riesiges Waffenarsenal.

Sam bahnte sich ihren Weg zum Empfangsbereich und trug sich ein. Nachdem sie diverse, zunehmend ausgeklügeltere High-Tech-Sicherheitschecks durchlaufen hatte, gelangte sie endlich in Marcia Evans' Labor.

Marcia erwartete sie bereits. »Hallo, Sam. Der Kaffee ist schon fertig.« Sie reichte ihr einen dampfend heißen Becher und die beiden gingen hinüber zu einem der Labortische, auf dem Marcia an Mary Wests Kleidern und den Partikeln, die auf der Leiche gefunden worden waren, arbeitete.

»Was Interessantes gefunden?«, fragte Sam.

Marcia griff nach einer Kladde und überflog ihre Aufzeichnungen. »Ein paar Kleinigkeiten. Der Fingerabdruck, den Knight auf der Leiche gefunden hat, war verschmiert und wenn er an den anderen Abdrücken aus dem Schuppen Freude haben will, wird er eine Menge Vergleichsabdrücke nehmen müssen. Die meisten Fußabdrücke stammen von den Air-Force-Polizisten, die die Leiche gefunden haben, obwohl es auch einige andere gibt, die noch identifiziert werden müssen – vermutlich Schaulustige. Und das Blut, das hinter dem Hangar gefunden wurde: Es stammt nicht von Mary West.«

Sam sah sie überrascht an.

»Falsche Blutgruppe. Interessanterweise ist es dieselbe wie die von Strachan.«

»Woher weißt du das?«

»Ich habe in der Basis angerufen. Sehr hilfsbereite Leute. Leider ist es eine sehr häufige Blutgruppe: 0. Mary West hatte AB.«

Sam warf ein: »Dann besteht also immer noch die Möglichkeit, dass es nicht sein Blut war?«

Marcia nickte. »Durchaus. Aber um sicher zu sein, müssen wir die DNS-Auswertung abwarten.«

Was hatte Strachans Blut dort zu suchen? Vielleicht hatte Mary West ihn verletzt, als sie sich wehrte. Wenn es so war, musste er ziemlich schwer verletzt worden sein – für eine kleine Verletzung war es zu viel Blut gewesen – und wenn er schwer verletzt war, glaubte sie kaum, dass er irgendwo anders hinlaufen würde als ins nächste Krankenhaus. Wenn er das jedoch getan hatte, wie kam es, dass keine Blutspur zu sehen war, wie Farmer bemerkt hatte? Warum war das Blut nur an einer Stelle zu finden? Warum? Warum? Warum? Die Fragen begannen sich in Sams Kopf zu drehen, doch Marcia unterbrach ihre Gedanken.

»Komm und sieh dir das hier an.«

Sie winkte Sam zur anderen Seite des Labors hinüber und überprüfte die Brennweite eines Mikroskops auf einem der Tische; dann bedeutete sie Sam hindurchzusehen. Sam hielt ihr Auge an das Okular. Unter der starken Vergrößerung schien sich eine andere Welt vor ihr aufzutun. Sie sah ein seltsames Objekt, dreieckig, die Linien zwischen den Ecken waren nicht gerade, sondern konvex. Die Oberfläche erinnerte sie an eine Zitronenschale, zerfurcht, rau und uneben. An jeder der drei Ecken schien der Gegenstand aufgeborsten zu sein wie der Krater eines gewaltigen Vulkans, nur in Miniatur. Sam erkannte an dem Aussehen und der Struktur, dass sie ein Pollenkörnchen vor sich hatte; so etwas hatte sie schon oft gesehen, sowohl in ihrem Beruf als auch im Zuge ihrer Gartenleidenschaft. Sie wusste auch, dass mit Hilfe von Pollenfasern schon mehr als ein Kriminalfall gelöst worden war, und hoffte, dass dies der Durchbruch sein könnte, nach dem sie suchten.

»Das ist ein Pollenkorn, aber ich habe keine Ahnung, welche Art.«

Marcia nahm ihren Platz am Mikroskop ein. »Schade eigentlich. Wir nämlich auch nicht. Eins ist sicher, es stammt nicht von einer einheimischen Pflanze.«

»Die Leute halten sich alle möglichen exotischen Pflanzen, sei es in Gewächshäusern, Wintergärten oder auch in ihrem Wohnzimmer.«

»Möglich. Wahrscheinlicher ist aber, dass es vom Wind getragen wurde.«

»War sie in letzter Zeit im Ausland?«

Marcia zuckte mit den Schultern. »Das weiß ich noch nicht. Die Polizei überprüft das.«

»Und Strachan?«

»Das wird auch überprüft. Sie schicken uns heute Nachmittag seine Kleider her, damit wir sehen, was wir finden können. Wenn wir ein identisches Pollenkorn finden und die DNS übereinstimmt, dürfte der Fall klar sein.«

»Wer arbeitet daran, die Pollen zu identifizieren?«

»Wir werden ein paar Proben hinunter nach Kew Gardens schicken, um zu sehen, was denen dazu einfällt.«

»Willst du es nicht bei Professor Osbourne versuchen?«

»Ich dachte, der wäre im Ruhestand.«

»Ist er auch, aber du kennst ja den Spruch –«

»Alte Botaniker sterben niemals«, warf Marcia ein, »sie keimen nur aus.«

»Er hält immer noch ab und zu Vorträge. Meistens kannst du ihn drüben im Botanischen Garten antreffen.«

»Die meisten Proben sind bereits unterwegs nach Kew, aber wenn du meinst, dass es etwas bringt, habe ich immer noch ein paar, die du ihm zeigen könntest.«

Marcia ging hinüber zu einem kleinen Behälter mit gläsernen Objektträgern und begann sie zu durchsuchen, während Sam sich im Labor umschaute.

»Gibt's was zu dem Schmetterlingsflügel, den ich auf der Leiche gefunden habe?«, fragte sie.

Marcia fand, wonach sie suchte. Sie zog einen der Objektträger aus dem Kasten und reichte ihn Sam. »Den hätte ich gern wieder, wenn du damit fertig bist.«

Sam nickte und verstaute den Objektträger vorsichtig in ihrer Handtasche. Dann blickte sie wieder zu Marcia auf und fragte noch einmal: »Was ist mit dem Schmetterlingsflügel?«

Marcia wandte sich wieder dem Kasten zu und holte einen zweiten Träger hervor. »Ich hab's schon beim ersten Mal gehört. Immer mit der Ruhe.«

Sie legte den Objektträger unter das Mikroskop, schaute durchs Okular und stellte die Brennweite ein. »Noch so ein Mysterium. Aber ein Schmetterlingsflügel ist es nicht, so viel kann ich dir schon sagen.«

Sie trat zurück und ließ Sam ans Mikroskop. Was sie dort sah, verwirrte sie einen Moment lang. Es war, als schaute sie auf ein Bruchstück eines blauen Sommerhimmels. Die Farbe war ein klares, helles Türkis, das trotz der Durchsichtigkeit des Objekts nach außen strahlte. Mit seiner ovalen Form und seinen feinen gekreuzten Linien, die wie Spinnweben aussahen, wirkte es so exotisch wie ein Paradiesvogel oder irgendein anderes wundersames Geschöpf aus einem weit entfernten Land. Unter dem Mikroskop war es ein überwältigend schönes Objekt, das man kaum auf der kalten grauen Haut einer Leiche erwarten würde.

»Und was das ist, weißt du auch nicht?«

Marcia schüttelte den Kopf. »Ich habe keine besonders gute Woche, was? Nein, ich habe wirklich keine Ahnung, was das ist.«

»Was wirst du damit machen?«

»Ich habe es fotografieren lassen und überallhin Abzüge geschickt, in der Hoffnung, dass irgendjemand es erkennen wird, aber wie lange das dauern wird, darüber kann man nur spekulieren.«

»Hoffen wir nur, dass der Mörder sich zurückhält, bis wir wissen, was es ist.«

»Etwas habe ich allerdings identifizieren können.«

Marcia nahm ein Foto von einem der Tische und zeigte es Sam. Es war eine extreme Vergrößerung einiger dünner Faserstränge.

»Woher stammen die?«

Marcia griff nach einem großen Plastiksack und hielt ihn hoch. »Die habe ich hier drin gefunden. Der lag in einer Ecke des Schuppens. Bei drei der Fasern sind wir ziemlich sicher, dass sie von einer amerikanischen Air-Force-Uniform stammen –«

»Meinst du, er hat den Sack über seiner Uniform getragen, während er den Mord beging?«, unterbrach Sam. Sie war skeptisch, doch Marcia hatte eine plausible Antwort parat.

»Nein. Ich vermute, er hat wahrscheinlich seine Kleidung in den Sack gesteckt, bevor er den Mord beging, damit sie kein Blut abbekommt. Wir haben noch einige andere Fasern entdeckt, aber wir wissen noch nicht genau, woher sie stammen. Das kriegen wir aber auch noch raus.«

Sam musterte den Plastiksack und kehrte in Gedanken zurück zu der Zeit, die sie in dem Schuppen verbracht hatte. »War bei den Beweisstücken irgendein blutverschmiertes Blatt Papier?«

Marcia überflog die Liste der Beweisstücke. »Nur der Fetzen, den du an diesem Nagel gefunden hast.«

Sam nickte und warf noch einen letzten Blick durch das Mikroskop auf das ungewöhnliche Objekt, das sie an Mary Wests Leiche gefunden hatte. Das Fehlen des Zettels überraschte sie. Offensichtlich gab es noch viele Rätsel zu lösen.

Detective Sergeant Chalky White ging auf Detective Inspector Adams zu und schob ihm einen weiteren Stapel ausgefüllter Formulare zu. Adams warf einen Blick darauf und seufzte. »Ist das alles?«

White lächelte. »Fürs Erste.«

»Wie weit sind wir?«

»Die Haus-zu-Haus-Befragungen und Suchaktionen in der unmittelbaren Umgebung sind abgeschlossen. Im Moment weiten wir die Suche gerade aus.«

»Irgendwelche Spuren?«

White schüttelte den Kopf. »Nicht die geringste, Sir. Er ist irgendwo untergetaucht.«

»Was ist mit Presse, Fernsehen und Radio?«

»Es wurde lokal und landesweit darüber berichtet, Sir. Für *Crime Watch* ist es noch ein bisschen früh.«

»Wahrscheinlich hat er sich bei irgendeiner Tussi eingenistet, die ihn für völlig harmlos hält«, brummte Adams. »Danke, Chalky.«

Er wusste nicht recht, was ihn mehr ärgerte: die bisher erfolglose Suche nach Strachan oder Sams Verhalten ihm gegenüber. Was musste er tun, fragte er sich, was machte er falsch? Im Bett passten sie sehr gut zusammen – na ja, jedenfalls hatte sie sich noch nie beklagt, ganz im Gegenteil sogar. Wenn sie ausgingen oder miteinander allein waren, genossen sie das Zusammensein. Vielleicht dachte sie immer nur kurzfristig: Liebe als Genussmittel. Der Beruf schien für sie alles zu sein. Wusste sie denn nicht, dass das Leben noch mehr zu bieten hatte als Leichen und Autopsien? Wo blieben Liebe, Familie, Erinnerungen? All diese Dinge schienen an ihr vorbeizugehen. Eines Tages würde sie es bereuen, dachte er, wenn sie alt und im Ruhestand war und sich niemand mehr für sie interessierte.

Er versuchte sich wieder auf die Aussagen zu konzentrieren, ohne recht zu wissen, was er entdecken sollte, das den anderen entgangen war. Heutzutage gab es Computer, die Dinge ausfindig machten, Widersprüche aufspürten, Alibis verglichen und Unwesentliches aussortierten. Manchmal fragte er sich, ob es in ein paar Jahren noch einen Platz für die alten Streifenpolizisten geben würde oder ob sie durch Robocop-Maschinen ersetzt werden würden, in voller Rüstung und unfehlbar.

Er verstand eigentlich nicht, wozu eigens ein Ermittlungsraum eingerichtet worden war, wo sie doch einen Verdächtigen hatten, der durch die Indizien massiv belastet wurde. Aber vermutlich musste dem Gesetz Genüge getan werden. Er nahm sich die nächste Aussage vor, in der Strachan beschrieben wurde. Die meisten sagten, er sei ein »prima Kerl«, der so etwas nie tun würde, obwohl natürlich auch einer oder zwei dabei waren, die meinten, sie hätten schon immer den Verdacht gehabt, dass etwas mit ihm nicht stimmte.

Adams war in seiner Laufbahn schon vielen Mördern begegnet und Strachan schien tatsächlich nicht in irgendeine der Schablonen zu passen. Er war kein Einzelgänger. Im Gegenteil, er schien einer der beliebtesten Airmen auf der Basis zu sein. Er hatte jede Menge Freundinnen, seine Vorgesetzten bescheinigten ihm Reife und sagten ihm eine erfolgreiche Zukunft voraus.

Die interessantesten Aussagen jedoch stammten von früheren Freundinnen. Zwar warfen sie Strachan nicht ausdrücklich Vergewaltigung vor, aber sie machten deutlich, dass er jemand war, der kein Nein als Antwort akzeptierte und ziemlich drängend und aggressiv werden konnte. Doch von dort bis zu einem Mord war es ein weiter Weg, dachte Adams, und erst recht bis zu einem Mord, der mit einer solchen Brutalität begangen wurde wie der an Mary West. Dafür musste eine ganz besondere Geistesverfassung verantwortlich sein.

Plötzlich wurde seine Konzentration durch eine Hand unterbrochen, die sich sanft auf seine Schulter legte. Er drehte den Kopf ein wenig und blickte auf zu Detective Constable Liz Fenwick. Sie war seit etwas über sechs Monaten bei der Einheit und hatte sich als willkommener Zuwachs erwiesen.

Sie war eine große, schlanke Frau von Ende zwanzig, mit einem dichten Schopf langer aschblonder Haare. Außerdem hatte sie ein Paar Beine, die gar kein Ende zu nehmen schienen, und scheute sich auch nicht, sie zu zeigen, trotz Farmers ständiger Bemerkungen über ihren »flittigen« Kleidergeschmack. Biss hatte sie auch und die Großmäuler in der Einheit hatte sie schon bald auf ihre Plätze verwiesen – ohne sich Feinde zu machen, was kein einfacher Balanceakt war. Überdies war Liz eine gute Polizistin. Sie war nicht nur bei einer Anzahl wichtiger Verhaftungen beteiligt gewesen, sondern hatte auch auf eigene Faust schon einige Ganoven zu fassen bekommen.

Sie lächelte zu ihm hinab. »Nur noch die Arbeit im Sinn, Sir? Wie wär's mit einem Mittagessen in flüssiger Form?«

Während sie sprach, bemerkte Adams, wie die anderen Kollegen im Raum die Ohren spitzten. Liz war beliebt, aber ständig von Gerüchten und Klatsch umgeben, wovon das meiste Unsinn war und mehr mit den sexuellen Fantasien und Unzulänglichkeiten der Kollegen zu tun hatte als mit Liz selbst. Er starrte die anderen abweisend an, bis sie den Blick abwandten, doch er konnte förmlich ihre Ohren zucken sehen, so sehr strengten sie sich an, kein Wort zu verpassen.

Da er nicht in Stimmung für ihre Kleine-Jungs-Spielchen war, beschloss er, es ihnen leicht zu machen, und sagte laut und deutlich: »Ja, ich würde gern mit Ihnen essen gehen, Liz. Wie wär's mit dem Eagle?«

Einen Moment lang war sie verdattert, doch dann spürte sie die wachsende Spannung im Raum und spielte mit. »Nein, ich kenne etwas viel Ausgefalleneres und Intimeres, Sir.«

Sie lächelten sich kurz an, dann zog Adams seine Jacke über und sie verließen den Ermittlungsraum.

Es war bereits elf Uhr, als Edward Doyle zur Arbeit erschien. Solheim und der Rest des Teams waren schon da, frisch und glatt wie Schaufensterpuppen in der Innenstadt. Catherine Solheim blickte auf und winkte ihm kurz zu. Er suchte nach einer Andeutung von Sarkasmus in der Geste, fand aber keine.

Den Abend zuvor hatte er in einer Bar verbracht und war lange geblieben, hatte geklönt und in Stammtischlaune die Welt in Ordnung gebracht. Er hatte sich geschworen, früh ins Bett zu gehen, aber das tat er jeden Abend und trotzdem wurde es immer spät. Sein Bett war, wie seine Wohnung – und überhaupt sein Leben –, kalt und leer und es erschien ihm nicht sehr verlockend, sich in seiner Einsamkeit zu suhlen. In der Bar hatte er wenigstens die Gesellschaft anderer Leute. Früher hatte er regelmäßig länger gearbeitet, denn er war in seiner Arbeit aufgegangen und hatte sich auszeichnen wollen. Als aber der Erfolg ausblieb, hatte er das Interesse verloren und tat nur noch, was er musste. Andere, wie die schneidigen, attraktiven Solheims dieser Welt, kamen und überholten ihn. Leute, die er ausgebildet hatte, waren jetzt bereits seine Vorgesetzten. Er war auf dem Abstellgleis, saß an seinem letzten Fall und hatte nichts mehr vor sich.

Er zog die Nachrichten, Briefe und Faxe aus seinem Eingangskorb und ging sie in aller Ruhe durch. Indem er sich auf seinem Stuhl zurücklehnte und die Brennweite seiner Augen veränderte, konnte er so tun, als läse er seine Post, und dabei in Wirklichkeit Catherine beobachten.

Sie war elegant wie immer, gekleidet in einem schwarzen Designerrock und einer weißen Bluse. Die Bluse war hauchdünn und im Gegenlicht des Fensters konnte man mühelos hindurchsehen. Der Rock war an den Beinen hochgerutscht, wie immer, wenn sie sich hinsetzte, und hatte ihre Schenkel und den Saum ihrer Strümpfe freigelegt. Er war sich nicht sicher, ob sie das mit Absicht tat oder ob es nur eine zwangsläufige Folge der gegenwärtigen Vorliebe für kurze Röcke war.

Als Catherine plötzlich zu ihm herübersah, merkte Doyle, dass er sich schon viel zu lange mit der kurzen Nachricht beschäftigte, die er vor sich hatte. Er legte sie zurück und griff nach dem nächsten Papier. Dabei erwiderte er Catherines Blick gerade lange genug, um sein Desinteresse an ihrer erwartungsvollen Miene zu demonstrieren.

Die Nachricht bestand aus einem gefaxten Vi-Cap-Formular von einem Major Hammond von der Air Force aus einem Ort namens Leeminghall in England. Doyle erinnerte sich noch schmerzlich an die Zeit, bevor das Vi-Cap-System eingerichtet worden war. Es hätte einen gewaltigen Unterschied ausgemacht, als in New York David Berowitz und in Atlanta Wayne Williams ihre Morde verübten und die Polizei über ein Jahr brauchte, bis sie endlich der Tatsache ins Gesicht sah, dass sie es mit Serienkillern zu tun hatte.

Doyle las das Fax lustlos durch und wartete auf den richtigen Moment, um seine Augen wieder auf Catherine Solheims Körper fokussieren zu können. Als er an den Abschnitt kam, in dem der *Modus Operandi* des Killers beschrieben wurde, setzte er sich plötzlich kerzengerade auf. Er las den Abschnitt ein zweites, dann ein drittes Mal.

Catherine bemerkte die Veränderung an ihm und rief herüber: »Alles in Ordnung?«

Er wedelte mit dem Fax in ihre Richtung. »Kommen Sie her und lesen Sie das.«

Während er ihr das Fax reichte, griff er zum Telefon und tippte eine Nummer ein. »Hi, hier ist Edward Doyle, Abteilung für Verhaltensforschung. Ich brauche zwei Flugtickets nach England mit der nächsten erreichbaren Maschine ... Nicht vor morgen? ... Dann muss uns das reichen ... Vielen Dank.«

Er legte auf und sah Catherine an, die immer noch auf das Fax starrte.

»Was denken Sie?«, fragte er.

Sie legte das Fax auf den Tisch. »Ich denke, unser Mann hat angefangen, global zu handeln.«

4

Es war schon später Vormittag, als Adams erwachte. Er blinzelte mühsam und rieb sich den Schlaf aus den Augenwinkeln, während er versuchte, seine Umgebung wahrzunehmen und seine Gedanken zu sammeln. Den Blick an die Zimmerdecke gerichtet, versuchte er sich an die Ereignisse des vergangenen Abends zu erinnern. Die Decke sah ungewohnt aus – sie war tapeziert, nicht geweißt, wie sie es eigentlich hätte sein müssen.

Erst als ihr schlanker, weicher Körper sich neben ihm regte, fiel ihm ein, wo er war, und wichtiger noch, mit wem er zusammen war. Langsam wandte er ihr seinen Kopf zu und versuchte den Restalkohol zu ignorieren, der wie ein Dämon mit einem Hammer gnadenlos in seinem Kopf trommelte, wann immer er sich bewegte. Er war schon einige Male in seinem Leben neben fremden Frauen aufgewacht und da er manchmal zu betrunken war, um vor dem folgenden Morgen zu bemerken, wie sie aussahen, hatte er ein paar üble Überraschungen erlebt.

Liz Fenwick lag auf dem Rücken, einen Arm an der Seite, den anderen über ihrem Kopf. Die dünne Daunendecke, die sie beide bedeckte, war von ihrem Oberkörper abgerutscht. Ihr Haar lag wild zerwühlt über ihrem Gesicht und auf dem Kissen.

Adams richtete sich auf einen Ellbogen auf und sah auf sie hinab. Sie war zweifellos schön und jung, sehr jung. Sie war alles, wovon ein Mann in seinem Alter nur träumen konnte, besonders wenn er sich den gefährlichen mittleren Jahren näherte. Während er sich langsam zurück aufs Kissen sinken ließ, fragte er sich, worauf er sich da eingelassen hatte. Wie die meisten Männer in der Einheit hatte er ein Auge auf Liz geworfen, seit sie da war, doch anders als die anderen hatte er sein Interesse hinter einer Maske distanzierter Höflichkeit verborgen. Er begann sich zu fragen, ob irgendjemand merken würde, was passiert war. Falls ja, würde zweifellos Farmer Wind davon bekommen und dann würde einer von ihnen unweigerlich die Einheit verlassen müssen und er war sich keineswegs sicher, wer das sein würde.

Sein Kater verschlimmerte sich und ein ominöses Rumoren in seinem Magen zwang ihn zum Handeln. Vorsichtig setzte er sich auf und schwang seine Beine aus dem Bett. Die Bewegung irritierte Liz, die suchend ihre Hand über das Bett nach der Wärme seines Körpers ausstreckte, bevor sie wieder unter dem Kissen verschwand, als sie merkte, dass er weg war. Adams hatte nie die Absicht gehabt, mit ihr ins Bett zu gehen; irgendwie war es einfach passiert. Es musste ein Zusammenwirken von Alkohol, Verlangen und, wie er zugeben musste, Rachlust gewesen sein.

Seit er mit Sam zusammen war, war er nie fremdgegangen, trotz der Gelegenheiten, die sich oft geboten hatten. Sie waren ein Paar und seine Zukunft, so dachte er, gehörte ihr. Auch wenn sie aus unterschiedlichen Welten stammten, hatte er sich stets damit getröstet, dass Gegensätze sich anzogen und dass es schon seltsamere Beziehungen gegeben hatte. In letzter Zeit jedoch waren ihm Zweifel an den Grundlagen ihrer Beziehung gekommen. Er hatte begonnen, sich zu fragen, wie tief die Gefühle wirklich waren und ob auf Sams Seite echte Verbundenheit vorhanden war. Deshalb hatte er angefangen, sie zu einer tieferen Hingabe zu drängen, um die Stärke ihrer Gefühle für ihn zu testen. Früher oder später, das wusste er, würde das zu einer Krise führen und der Ungewissheit ein Ende machen.

Als er sich an die Ereignisse des vergangenen Abends erinnerte, schämte er sich ein wenig. Er hatte Liz wehgetan, als sie sich liebten. Es war, als hätten sich all sein Zorn und Frust in seinem Penis gestaut, und er hatte ihn wie eine Waffe benutzt, um seine Wut abzureagieren. Noch während sie leidenschaftlich miteinander verschlungen im Bett waren, wusste er, dass Liz' Schreie nicht nur auf ihre sexuelle Ekstase zurückzuführen waren. Er hatte ihr wehgetan und was ihn noch mehr erschreckte – er hatte es genossen.

Als der Sturm vorüber war, war sie nicht wütend auf ihn gewesen: wäre sie es gewesen, so hätte er sich besser gefühlt. Sie hatte sich über seinen Körper abgerollt, ihm mit den Händen sanft über die Brust gestrichen und gefragt: »Was hatte das denn zu bedeuten?« In ihrer Stimme war kein Vorwurf zu hören, nur Verständnis. »Läuft es nicht so gut mit Dr. Ryan?«

Ihr Tiefblick beunruhigte ihn und er wusste nicht, was er sagen sollte; also blieb er schweigend liegen, während sie ihn küsste und streichelte. Schließlich sagte er: »Es tut mir wirklich Leid.«

»Was – dass du so heftig warst?«

»Dass ich dir wehgetan habe.«

»Es hat mir Spaß gemacht.«

Er war nicht sicher, ob sie es wirklich so meinte oder dies nur sagte, damit er sich besser fühlte. Aber es half. Von diesem Moment an war ihm klar, dass Liz ihn vermutlich glücklicher machen würde, als Sam es je konnte. Er und Sam waren zu verschieden, zu weit auseinander und auf der Suche nach zu verschiedenen Dingen. Liz dagegen kam von derselben Straßenseite wie er und seine Bedürfnisse und Sehnsüchte würden immer dieselben sein wie ihre. Er fing an, sich zu fragen, warum er darum kämpfte, Sam zu halten. War das Leben nicht zu kurz dafür?

Er schleppte sich ins Bad, drehte die Dusche an und stellte die Temperatur ein. Dann stieg er hinein und ließ das Wasser über Gesicht und Körper rinnen. Nie zuvor war er so unsicher gewesen, was er von seinem Leben erwartete. Das konnte nur die Zeit entscheiden, dachte er.

Die Tür der Duschkabine ging auf und Liz trat zu ihm unter den warmen Wasserfall. Sie legte ihm die Arme um den Hals, küsste seinen nassen Mund und fuhr ihm mit der Zunge über die Lippen, während sie eines ihrer Beine um seine Taille schlang.

»Wollen wir es noch einmal versuchen? Diesmal mit Gefühl.«

Er schob sie sanft gegen die gekachelte Wand und schlang ihr anderes Bein um seine Taille. Diesmal war er nicht wütend. Diesmal wollte er sie wirklich.

Der Dienstag war im Grunde Sams freier Tag. Es war der einzige Tag, an dem sie nicht in der Leichenhalle arbeiten musste, und wenn keine Termine vor Gericht und keine Außeneinsätze anlagen, nutzte sie ihn meistens, um ihre Berichte und ihre Post aufzuarbeiten und um sich auf bevorstehende Gerichtsverhandlungen vorzubereiten.

Die Auftritte vor Gericht waren ein wichtiger Teil der Tätigkeit jedes Pathologen und dabei kam es vor allem darauf an, die Beweislage korrekt darzustellen. Sie hatte schon oft erlebt, dass Anklagen gescheitert waren, weil unerfahrene oder inkompetente wissenschaftliche Gutachter ihre Ergebnisse vor Gericht präsentiert hatten. Selbst Wissenschaftler und Pathologen, die Stunden damit verbrachten, alle Indizien zu studieren, sodass die Beweislage sowohl akkurat als auch aussagekräftig war, konnten erleben, wie sie im Kreuzverhör durch einen cleveren gegnerischen Anwalt zunichte gemacht wurde, wenn es ihm gelang, in den Köpfen ungeschulter Geschworener Zweifel zu wecken. Ein Pathologe musste die Beweise so einfach darstellen, dass sie allgemein verständlich waren, aber nicht so einfach, dass sie ihre wissenschaftliche Basis verloren.

Auch das Aufkommen von Pathologen, die man anheuern konnte, war ein Trend, der ihr Sorgen machte. Die meisten Pathologen, die von der Verteidigung hinzugezogen wurden, gaben eine zutreffende Darstellung ihrer Befunde ab, wenn auch vielleicht mit einer etwas anderen Interpretation. In letzter Zeit jedoch schien es immer mehr Pathologen zu geben, die genau das aussagten, was die Verteidigung hören wollte, um die Expertenmeinung der Pathologen des Home Office anzuzweifeln. Es war eine Besorgnis erregende Situation, die die Glaubwürdigkeit pathologischer Gutachten vor Gericht gründlich untergraben konnte.

Jemand klopfte hart an Sams Bürotür. Daher glaubte sie zuerst, dass es ein Polizist sein müsste. »Herein!«, rief sie.

Im Türspalt erschien das lächelnde Gesicht von Trevor Stuart. »Morgen, Sam.«

Sam fragte sich, was diese Höflichkeit zu bedeuten hatte. Meistens kam Trevor einfach hereingestürmt, als ob er damit rechnete, dass sie in ihrem Büro irgendetwas »im Schilde führte«. »Sieht dir gar nicht ähnlich anzuklopfen«, sagte sie trocken.

Er schaute sich rasch im Zimmer um und schien sich zu entspannen, als er feststellte, dass außer Sam niemand da war. »Ach, letztes Mal hat mir die Dämonenkönigin die Hölle heiß gemacht. Ich erhole mich jetzt noch davon. Sie war nicht draußen an ihrem Schreibtisch und da dachte ich, wahrscheinlich lauert sie hier drinnen und wartet darauf, mich anzuspringen.«

»Dämonenkönigin« war Trevors Spitzname für Jean. Sie hatten schon häufig die Klingen gekreuzt, wobei er immer den Kürzeren zu ziehen schien.

Sam lachte. »Du bist in Sicherheit, sie hat heute frei.«

Erleichterung machte sich auf seinem Gesicht breit, und sein Selbstvertrauen kehrte zurück, als er das Zimmer durchquerte und sich einen Stuhl heranzog. Trotz aller Mühe und trotz Jeans starker Bedenken gegen seine Moralvorstellungen konnte Sam nicht anders, als Trevor zu mögen. Der Mittvierziger war groß, schlank und gut aussehend, hatte feine Gesichtszüge und pechschwarze Haare (sie rätselte immer noch, ob die Farbe natürlich war oder aus der Flasche kam). Obwohl er zum zweiten Mal »glücklich« verheiratet war, war er ein ziemlicher Schürzenjäger und dabei alles andere als erfolglos. Wie seine Frau damit zurechtkam, wusste Sam nicht, aber sie blieben zusammen und schienen durchaus glücklich zu sein.

Sam wartete, bis er sich gesetzt hatte, bevor sie das Wort ergriff. »Danke, dass du neulich meine Liste übernommen hast.«

»Gern geschehen. Du bist ja auch oft genug für mich eingesprungen. Wie kommst du mit dem Mord auf der Air-Force-Basis voran? Ziemlich üble Sache, wie ich höre.«

»Ich habe meinen Teil getan. Jetzt ist es Sache der Polizei.«

Trevor lachte ungläubig auf und starrte sie eingehend an.

Sie runzelte die Stirn. »Was ist denn?«

»Ich gucke nur, ob deine Nase schon wächst.«

Er hatte nicht ganz Unrecht, das musste sie zugeben. »Na ja, ich finde schon, dass der Fall ein paar interessante Aspekte hat.«

»Denen nachzugehen für dich natürlich eine Ehrensache ist.«

»So ungefähr.«

»Und? Was hast du herausgefunden?«

Sie musterte ihn eine Weile und fragte sich, ob es ratsam war, irgendjemandem zu erzählen, wie sehr sie dieser Fall interessierte und dass dieses Interesse sich weit über die Leichenhalle hinaus erstreckte. Schließlich zog sie eine Schreibtischschublade auf und holte einen offiziell aussehenden Aktenordner hervor. Daraus entnahm sie vier große Fotos, die sie Trevor reichte.

»Was fällt dir zu diesen Fotos ein, o erhabener Meister?«

Er sah sich die Bilder an. Jedes davon zeigte in Großaufnahme die Brandblase, die Sam auf Mary Wests Hals gefunden hatte.

Bei dem letzten Foto hielt Trevor inne. »Das mit dem ›erhabenen Meister‹ gefällt mir. Können wir das vielleicht beibehalten?«

»Kommt drauf an, was du mir sagst.«

Ermutigt zog er ein kleines Augenglas aus der Tasche und begann das Foto eingehend zu studieren. Trotz seines verwegenen Rufs war Trevor Stuart ein erstklassiger Pathologe, der über einen scharfen Blick und einen noch schärferen Verstand verfügte. Sam bezweifelte, dass das Krankenhaus ihn so lange toleriert hätte, wenn das nicht so gewesen wäre.

»Das ist ein Brandmal, vermutlich durch eine Art Elektroschock verursacht.«

»Ich bin beeindruckt. Wie kommst du zu diesem Schluss?«

»Erinnerst du dich an den Jungen, der letzten Monat ums

Leben kam, als er seinen Drachen vom Starkstromkabel herunterziehen wollte?«

Sam nickte.

»Der hatte ähnliche Male am ganzen Körper.«

»Aber das hier ist nur ein einziges.«

»Stimmt, aber es ist trotzdem ein Brandmal. Bist du sicher, dass es im Zusammenhang mit dem Mord steht? Könnte ja auch vorher passiert sein – ein Unfall zu Hause oder so.«

»Farmer will das gerade für mich überprüfen. Aber an einer so seltsamen Stelle?«

»So ist das nun mal mit Unfällen, sonst wären es keine. Lass mich wissen, was dabei herauskommt. Vielleicht lässt sich ja ein kleiner Artikel daraus machen, wer weiß.«

Sam nahm die Fotos vom Schreibtisch und sah sie noch einmal durch. Was er gesagt hatte, machte sie stutzig.

Trevor stand auf. »Hör mal, wo wir gerade von Listen sprachen – ob du wohl meine übernehmen könntest?«

Sam lehnte sich auf ihrem Stuhl zurück. »Warum?«

»Ich organisiere einen Vortrag von ein paar Bürgerrechtlern in der *Union Society*. Bürger gegen Folter oder so ähnlich.«

»Du und Politik? Demnächst fängst du womöglich noch an, Labour zu wählen.«

»Tue ich bereits, Mädchen, tue ich bereits. Also, darf ich das als ein Ja auffassen?«

»Ja.«

»Hervorragend. Jetzt sollte ich wohl eigentlich über den Schreibtisch springen und dich küssen; aber bei meinem Glück wäre das vermutlich das Stichwort für die Dämonenkönigin, hereinzustürmen und mich zu kastrieren, freier Tag hin oder her.«

»Wenn sie es nicht täte, würde ich es tun.«

Trevor verzog sein Gesicht zu einer schmerzlichen Miene und ging. Nachdenklich wandte sich Sam wieder den Fotos zu.

Für Hammond ging ein langer anstrengender Tag zu Ende. Der Botschafter, Seine Exzellenz Henry Strong, war länger geblieben als erwartet. Normalerweise war Hammond von Politikern nicht sonderlich beeindruckt und glaubte, dass sie, wenn sie nicht gerade Babys küssten, ihnen die Bonbons klauten. Strong dagegen schien so etwas wie ein echtes Herz zu haben. Als sie im Haus der Wests ankamen, war ihnen von den Eltern und anderen Familienangehörigen ein eiskalter Wind der Feindseligkeit entgegengeschlagen.

Strong hatte alle – seine eigenen Berater und sogar General Brown, der seine Abreise in die Staaten und in den Ruhestand um ein paar Tage verschoben hatte – gebeten, draußen zu warten, während er allein ins Haus ging. Das Treffen sollte eigentlich nur dreißig Minuten dauern, doch er war zweieinhalb Stunden später immer noch drinnen. Schließlich wurde einer der Assistenten so sehr von der Sorge um das Wohlergehen des Botschafters übermannt, dass er seinen ganzen Mut zusammenraffte und der ausdrücklichen Anweisung seines Chefs zuwiderhandelte. Er marschierte zur Haustür und klopfte, nur um von Strong persönlich nach einem barschen Rüffel wieder weggeschickt zu werden. Eine halbe Stunde später kam der Botschafter endlich heraus. Er verabschiedete sich von jedem der Familie mit einer Umarmung, von Mrs. West sogar mit einem Kuss auf die Wange. Auf dem Weg zurück zum Wagen hätte Hammond schwören können, dass der alte Mann Tränen in den Augen hatte.

Nachdem Strong seinen Besuch bei den Wests beendet hatte, bestand er darauf, mit den beiden Männern zu reden, die Marys Leiche gefunden hatten. Hammond hatte gehofft, dass Strachan bis dahin in Gewahrsam sein würde, doch trotz aller Anstrengungen der britischen Polizei war er immer noch auf der Flucht und sorgte dafür, dass die Story nicht von den Titelseiten der Zeitungen verschwand. Mit etwas Glück konnte der Besuch des Botschafters zumindest die bissigsten Leitartikel, besonders in den Boulevardblättern, ein wenig entschärfen.

Als Nächstes unternahm der Botschafter eine allgemeine Inspektion der Basis und nahm sich dabei sogar Zeit, mit einigen verblüfften Airmen, die einen freien Tag mit ihren Familien genossen, ein paar Bälle zu schlagen und sich von ihnen schließlich zum Picknick und zu mehreren Flaschen *Root Beer* einladen zu lassen. Brown und Cully, die für ihn ein üppiges Bankett in der Offiziersmesse arrangiert hatten, machten notgedrungen mit, aber es war unübersehbar, dass sie nicht mit dem Herzen bei der Sache waren und weniger Interesse an dem Spiel hatten als daran, ihre Fotos in die amerikanischen Zeitungen zu bekommen.

Nach dem Spiel bestand der Botschafter darauf, dass sie beim Lebensmittelladen der Basis vorbeifuhren und eine Kiste *Root Beer* und andere Getränke besorgten, um zu ersetzen, was sie getrunken hatten. Wer Cully nicht kannte, bemerkte vielleicht nichts von der blinden Wut, die sich hinter seinem falschen Lächeln verbarg, doch Hammond sah es und konnte sich einer gewissen amüsierten Befriedigung nicht erwehren.

Schließlich brach der Botschafter zur allgemeinen Erleichterung in Begleitung von General Brown und Oberst Cully auf, um an einem Bankett mit anschließendem Chorkonzert im King's College teilzunehmen. Als der Konvoi durch das Tor rollte, schob Hammond seine Mütze in den Nacken und seufzte erleichtert auf. Jetzt, wo Cully weg war, konnte er sich vielleicht einen ruhigen Abend vor dem Fernseher genehmigen, um den New York Yankees dabei zuzusehen, wie sie auf dem Weg zum Superbowl die Miami Dolphins zur Schnecke machten. Freilich träumte er jedes Jahr davon und meistens wurde er enttäuscht. Als er sich zum Gehen wandte, stand seine Assistentin Jenny Groves vor ihm.

Sie salutierte schneidig und reichte ihm einen Zettel. »Das ist heute Morgen für Sie gekommen, Sir. Leider kann ich es Ihnen jetzt erst geben, wegen des Botschafters und so. Tut mir Leid.«

Die Nachricht kam von der Abteilung für Verhaltensforschung des FBI in Quantico. Sie lautete: »Agenten Edward Doyle und Catherine Solheim treffen um 20.50 Uhr Ortszeit am Flughafen Gatwick ein. Bitten um Abholung zur Leeminghall Airbase. Möchten Major Hammond und jede weitere mit dem Mord an Mary West befasste Person befragen.«

Hammond sah auf die Uhr. Es war kurz vor vier. Er beschloss, die beiden selbst abzuholen und herauszufinden, was los war, bevor Cully seine Nase in die Sache steckte.

Zu Jenny gewandt sagte er: »Lassen Sie zwei Zimmer in der Offiziersmesse für unsere Gäste vorbereiten.«

»Wie lange werden sie bleiben, Sir?«

»Keine Ahnung, reservieren Sie die Zimmer lieber auf unbestimmte Zeit. Falls es Probleme geben sollte, versuchen Sie, sie in einem Hotel in Cambridge unterzubringen.«

Sie nickte, salutierte, drehte sich auf dem Absatz um und ging über das Gelände zur Offiziersmesse. Hammond betrachtete den Zettel. Da war etwas faul, oberfaul. Hochrangige FBI-Agenten wie diese würden sich normalerweise nicht in einen lokalen Mordfall hineinhängen, so grausam er auch sein mochte. Da ging etwas Ernstes vor und er wollte wissen, was es war. Rasch machte er sich auf den Weg zu seinem Wagen.

Sam hatte sich mit Professor Clive Osbourne in dessen Räumen im hinteren Teil des botanischen Gartens der Stadt verabredet. Obwohl Osbourne seit Menschengedenken an der Universität gelehrt hatte, hatte er es immer vorgezogen, außerhalb zu wohnen, nachdem er sich irgendwann Mitte der dreißiger Jahre mit seinem alten College über eine lang vergessene akademische Streitfrage entzweit hatte. Dennoch gehörte er immer noch zum College wie die uralten Mauern, aus denen es erbaut war. In seiner auffälligen Kleidung, die im Stil ebenso alt war wie an Jahren, konnte er von Uneingeweihten leicht mit einem der vielen eleganten Stadtstreicher verwechselt werden, die durch die schmalen Straßen streiften.

Nach Auskunft der alten und ehrwürdigen Gilde der College-Pförtner, der Quelle aller Informationen und Gerüchte an der Universität, war Osbourne bereits weit über siebzig, doch er war immer noch eine imposante Gestalt. Sein dünner, ungelenker Körper, hoch gewachsen und aufrecht, balancierte unsicher auf seinen krummen Beinen. Auch sein Gesicht war lang und dünn, was seine lange, spitze Nase um so stärker betonte, auf der eine goldrandige Halbbrille wackelte, über die er hinwegzublicken pflegte, wann immer er sprach. Er war ein leidenschaftlicher Gewohnheitsmensch und mochte sich seine tägliche Routine von niemandem durcheinander bringen lassen, nicht einmal von Sam, die er seit Jahren kannte und mochte – soweit er jemanden überhaupt mögen konnte.

Sam hatte beschlossen, dem Verkehrsgestank der Straßen zu entfliehen und den Weg durch den botanischen Garten zu nehmen. Es war eine schöne, ruhige Umgebung, ein Gelände, das man stundenlang durchwandern konnte, um sich an der Vielfalt der Pflanzen und Blumen zu erfreuen. Der Weg war zwar länger, aber viel angenehmer und interessanter. Während sie durch die Reihen der Pflanzen und Sträucher schlenderte, blieb sie hin und wieder stehen, um an einer Blüte zu schnuppern oder sich den Namen eines Gewächses einzuprägen. Sie war schon seit einiger Zeit nicht mehr im Garten gewesen und bedauerte es sehr. Wenn irgendetwas ihr die Gewissheit gab, dass ihr Geruchssinn noch richtig funktionierte und nicht durch die verschiedenen chemischen Aromen in der Leichenhalle zerstört war, dann war es dieser Garten der Düfte.

Schließlich riss sie sich von den Pflanzen los und überquerte die Straße zu Osbournes Behausung. Er erwartete sie bereits und öffnete die Tür, bevor sie noch Zeit zum Anklopfen fand. Überrascht schaute Sam ihn an.

»Ich habe Sie vom Fenster aus beobachtet«, erklärte er. »Dachte mir schon, dass Sie durch den Garten kommen würden. Wie ich sehe, haben Sie Ihre sechs Sinne noch?« Er tippte sich auf den Nasenflügel.

»Ja, vielen Dank.«

»Gut. Ich glaube, ich habe gefunden, was Sie suchen. Kommen Sie mit.«

Er ging mit Riesenschritten auf seinen dürren Beinen vor ihr den Korridor entlang. Während er in sein Arbeitszimmer verschwand, schloss Sam die Wohnungstür und folgte ihm erwartungsvoll.

Osbourne zog einen Band von dem obersten Brett seines alten ächzenden Bücherregals und ließ ihn mit einem dumpfen Schlag auf den großen Eichentisch in der Mitte des Zimmers fallen. Dann schlug er ihn auf und begann mit dem Daumen die Seiten flattern zu lassen.

»Hier drin habe ich es gefunden. Ziemlich altes Buch, aber immer noch das Beste, das je über das Thema geschrieben wurde.«

Sam trat zu ihm an den Tisch. »Von wem ist es?«

Er blinzelte zu ihr herab, als sei er verdutzt über die Frage. »Von mir natürlich.«

Seine Stimme klang völlig ernsthaft. Sam unterdrückte mühsam ein Grinsen.

Ohne auf sie zu achten, blätterte er weiter in dem Buch. »Hier ist es. Interessant, sehr interessant.«

Sam legte einen dringlichen Unterton in ihre Stimme, um die Prozedur etwas zu beschleunigen. »Etwas Ungewöhnliches?«

Es funktionierte nicht. Eigentlich hatte sie auch nicht daran geglaubt. Sie musste wohl oder übel warten, bis er in seinem eigenen gemächlichen Tempo zur Sache kam.

»Nicht ungewöhnlich. Interessant, aber nicht ungewöhnlich.« Er überdachte seine Worte und schien es sich dann anders zu überlegen. »Andererseits vielleicht doch, vielleicht doch – für Cambridge wenigstens. Ich zeige es Ihnen.«

Er deutete auf die aufgeschlagene Doppelseite. »Ich glaube, das ist es, was Sie suchen.«

Auf der einen Seite war eine große Karte der USA zu sehen, auf der die Namen einiger der südlichen Staaten fett hervorgehoben waren. Auf der gegenüberliegenden Seite befanden sich Zeichnungen und Fotos einer Pflanze mit langen ovalen Blättern und kleinen runden Früchten. Daneben gab es mehrere vergrößerte Aufnahmen der Pollenkörner der Pflanze. Sie waren identisch mit denen, die Sam zuvor unter Marcias Mikroskoplinse gesehen hatte. Die Bezeichnung der

Pflanze lautete: »*Myrica cerifera*, geruchlose Wachsmyrte aus der Familie der Myricagewächse«.

Sam betrachtete die Bilder eingehend.

»Tut mir Leid, dass die Fotos in Schwarzweiß sind«, sagte Osbourne. »Wenn sie farbig wären, könnten Sie sehen, dass die Pflanze gelbe, körnige, gepunktete Blätter mit einem wachsartigen Überzug hat.«

Selbst hier in der privaten Umgebung seines eigenen Arbeitszimmers hörte er sich an, als hielte er einen Vortrag vor Studenten im ersten Semester.

»Sie blüht zwischen Februar und Juli, je nachdem, in welchem Staat sie wächst.«

»Dann ist sie hier bei uns also nicht heimisch?«

»Richtig. Vorwiegend in den südlichen Staaten Nordamerikas. Sie finden sie in Buschmooren, nichtangeschwemmten sauren Sümpfen, Kiefernwaldsenken, Hochmooren, Zypressensümpfen und ähnlichen Orten.«

Er fuhr mit dem Finger über die Karte. »Die beste Chance, sie zu finden, hat man in Georgia, Alabama, im südlichen Mississippi oder auch nahe der Halbinsel von Florida.«

»Und Sie sind sicher, dass sie hier nirgends gezüchtet wird?«

»Ziemlich sicher. Es wäre schwierig, sehr schwierig; man bräuchte einen Experten und ich bin sicher, wenn jemand versuchen wollte, sie hier einzuführen, hätte er entweder mit Janet Blackwood in Kew Gardens oder mit mir Kontakt aufgenommen.«

»Dann glauben Sie also, dass der Mörder Amerikaner ist?«, fragte Sam.

»Mit größter Wahrscheinlichkeit. Das würde alles erklären, wissen Sie. War er in letzter Zeit auf Heimaturlaub?«

Sie schüttelte den Kopf. Allmählich war ihr die Sache etwas peinlich, als hätte sie nur die Hälfte der Informationen mitgebracht und würde nun seine Zeit vergeuden. »Weiß ich nicht«, sagte sie. »Tut mir Leid. Ich werde sehen, was ich herausfinden kann.«

Er sah sie lange und eindringlich über seine Brille hinweg an. »Denken Sie daran, jeder Kontakt hinterlässt eine Spur.«

Der Ausspruch von Edmond Locard war ihr wohl bekannt und es ärgerte sie, dass Osbourne ihn ihr vorhielt, als wäre sie eine kleine Amateurin in der Gegenwart eines großen Meisters der Kriminologie. Locard hatte unter dem großen Alexandre Lacassagne an der Universität von Lyon gearbeitet, bis er 1910 ging, um das einflussreiche Polizeilaboratorium aufzubauen. Dort erweiterte er Lacassagnes Methoden und begann die forensische Medizin auf immer neue Wissenschaftsgebiete anzuwenden. Infolgedessen wurde sein Name mit vielen berühmten Kriminalfällen in Zusammenhang gebracht. Durch die Lektüre von Locards *Trait de criminalistique* – wenn es auch inzwischen als überholt galt – war Sams Leidenschaft für diese Wissenschaft geweckt worden und sie hatte beschlossen, forensische Pathologin zu werden.

Sie studierte die Karte genauer. »Ein ziemlich großes Gebiet. Gibt es in den Pollen keinen Hinweis, der das ein bisschen eingrenzen könnte?«

»Eigentlich nicht. Es ist, was es ist. Es sei denn, Sie hätten noch etwas anderes? Dann könnten wir das Gebiet vielleicht über einen Quervergleich ein wenig eingrenzen.« Er hielt einen Moment inne und es war ihm anzusehen, dass sein Gehirn auf Hochtouren arbeitete. »Vielleicht sogar stark eingrenzen.«

Sam griff in ihre Tasche und holte eines der Fotos von dem türkisfarbenen Objekt hervor, das sie an Mary Wests Leiche entdeckt hatte. »Das hier habe ich an der Leiche gefunden. Etwas Ähnliches habe ich noch nie gesehen. Was halten Sie davon?«

Osbourne musterte das Foto eingehend und hob die Brille hoch, um besser zu sehen. »Sieht so aus, als hätten Sie ein Paar Elfenflügel gefunden. Wo steckt der Rest von ihr?«

Sam lächelte. »Das wüsste ich selbst gern.«

Er studierte das Foto noch eine Weile. »Tut mir Leid, da kann ich Ihnen nicht helfen. Das Einzige, was ich mit Sicherheit sagen kann, ist, dass es von keiner Pflanze stammt. Wahrscheinlich von einem Tier, aber vielleicht auch nicht.«

Er zuckte die Achseln und reichte ihr das Bild zurück. Nach einem letzten Blick darauf steckte sie es zurück in ihre Tasche und fragte sich, was in aller Welt sie als Nächstes tun sollte.

Der Verkehr rund um den Flughafen Gatwick war so chaotisch wie immer und Hammond wechselte von einer Fahrspur auf die andere. Als er sich auf den Weg gemacht hatte, hatte er geglaubt, reichlich Zeit zu haben, um den Flughafen rechtzeitig zu erreichen und vielleicht sogar noch einen Kaffee zu trinken. Doch er hatte nicht mit dem normalen Zeitverlust durch Baustellen, Unfälle und britische Lastwagen gerechnet, die aus irgendeinem rätselhaften Grund mit beängstigender Häufigkeit ihre Ladung quer über die Straße verschütteten.

Es war früher Abend und als er endlich seinen Wagen in einem der mehrstöckigen Parkhäuser abstellte und in Richtung der internationalen Ankunftshalle rannte, hatte er sich bereits um mehr als eine Stunde verspätet. Da er nicht wusste, wie die beiden FBI-Agenten aussahen, und keine Lust hatte, sich mit einem Namensschild an der Brust aufzustellen wie ein Firmenchauffeur, war er in Uniform geblieben und hoffte, dass nicht allzu viele Majors der US Air Force auf dieselbe Idee gekommen waren.

Er blickte auf zur Informationstafel und betete, dass die Maschine Verspätung hatte. Das kam oft vor, sodass er immer noch eine Chance hatte, sein Gesicht zu wahren. Doch er hatte kein Glück: Die Maschine war nicht nur pünktlich gelandet, sondern sogar ein bisschen zu früh – was, gelinde gesagt, ungewöhnlich war. Ganz offensichtlich war dies nicht sein Tag. Die Passagiere mussten schon vor einiger Zeit von Bord gegangen sein und seine Gäste warteten entweder irgendwo auf dem Flughafen auf ihn oder sie waren bereits aufgebrochen und unterwegs nach Cambridge. Er musterte die Leute, die im Wartebereich saßen oder standen, in der Hoffnung, zwei von ihnen würden ihm zuwinken oder auf ihn zukommen oder sonst irgendwie zu erkennen geben, dass sie die Leute waren, die er abholen wollte. Kein Glück. Er ertappte sich dabei, wie er mit den Zähnen knirschte; eine schlechte Angewohnheit von ihm, wenn er angespannt oder erregt war. Angesichts der jüngsten Ereignisse wunderte er sich, dass er überhaupt noch Zähne hatte.

Während er ratlos dastand und überlegte, ob er die Agenten ausrufen lassen sollte, spürte er, wie ihm eine Hand fest auf die linke Schulter tippte.

»Major Hammond?«

Er wusste sofort, dass sie es waren. Die Stimme klang träge und lässig und hatte einen unverkennbaren Südstaatenklang. Hammond drehte sich um und sah sich einem Riesen von Mann gegenüber, mindestens einsneunzig groß und breit wie ein Schrank.

Der Mann streckte ihm eine riesige Hand entgegen. »Edward Doyle, FBI. Major Hammond, nehme ich an?«

Hammond ergriff die angebotene Hand. Selbst für einen so großen Mann war Doyles Händedruck überraschend kräftig, als versuche er bereits, die Fronten abzuklären und klarzustellen, wer der Boss war.

Hammond entzog seine Hand dem Klammergriff. »Ja. Die Uniform verrät mich auch jedes Mal, was?« Er versuchte ein Lächeln, doch es wurde nicht erwidert. Offensichtlich spielte Doyle mit ihm – schließlich war er Psychologe und Psycho-Spielchen waren sein täglich Brot. Da Hammond im Augenblick wenig dagegen tun konnte, beschloss er, es dabei bewenden zu lassen und später seine eigenen Spielchen zu spielen.

»Tut mir Leid, dass ich so spät komme. Der Verkehr hier ist genauso schlimm wie in L.A.«

Doyle sah ihn mit unbewegter Miene an. Offenbar war er nicht an Entschuldigungen interessiert. Er stellte seine Partnerin vor. »Dies ist Agent Catherine Solheim. Sie wird mit uns an dem Fall arbeiten.« Es hörte sich an, als ob ihm ihre Gegenwart lästig wäre.

Hammond hatte sie zuerst nicht bemerkt, da sie hinter Doyles massiger Gestalt verborgen gewesen war, doch sobald sie dahinter zum Vorschein kam, war er beeindruckt. Es war ein langer Flug von den Staaten hierher und die meisten Leute waren müde und sahen ziemlich erledigt aus, wenn sie aus der Maschine stiegen. Nicht so diese Frau. Sie sah so frisch und unzerknittert aus, als ob sie gerade auf dem Weg zur Arbeit wäre. Schön war sie außerdem, hoch gewachsen und kultiviert und jedes Kleidungsstück, jeder Make-up-Strich und jedes Haar saß genau so, dass die größtmögliche Wirkung erzielt wurde.

Hammond schüttelte ihr die Hand. »Major Hammond. Erfreut, Sie kennen zu lernen.«

Sie lächelte ihn herzlich an. »Ganz meinerseits. Sie sehen großartig aus in Ihrer Uniform.«

Ihr Selbstvertrauen und ihre freimütige Art standen in einem überraschenden Gegensatz zu Doyles Miesepetrigkeit. Hammond sah sie genauer an. Ihr Gesicht war glatt und faltenlos und er konnte sich nicht erinnern, jemals so blaue Augen gesehen zu haben. Er vergaß, ihre Hand wieder loszulassen, weshalb sie gezwungen war, sie ihm sanft, aber bestimmt zu entziehen. Hammond bemerkte sein Benehmen und trat verlegen einen Schritt zurück.

Doch er erholte sich rasch. »Ich habe für Sie beide Zimmer in der Offiziersmesse auf der Basis reservieren lassen, solange Sie bei uns sind. Die Unterkunft ist ziemlich gut, besser als die meisten Hotels. Ich denke, Sie werden es dort sehr angenehm haben. Haben Sie Gepäck?«

Doyle deutete mit dem Daumen nach hinten. »Auf dem Kofferkuli. Ich gehe ihn holen. Wo ist Ihr Wagen?«

»Gleich auf der anderen Straßenseite, nur ein paar Minuten von hier.«

Doyle nickte und ging davon. Als Hammond ihm nachsah, bemerkte er, dass er weniger ging als schwerfällig humpelte.

»Er ist kein Mann von vielen Worten«, sagte Catherine Solheim entschuldigend.

»Dafür einer mit gewichtigem Auftreten.«

Agent Solheim zog viel sagend die Augenbrauen hoch. Sie drehten sich um und sahen Doyle entgegen, der langsam zu ihnen zurückkehrte.

Als Sam in ihre Einfahrt einbog, bemerkte sie, dass Toms Wagen vor dem Eingang stand. Von ihm selbst war nichts zu sehen. Sie war froh, dass Liam in Cambridge und nicht hier gewesen war, um Tom zu begrüßen. Sein Sinn für Humor lag Tom vermutlich überhaupt nicht und das hätte sicherlich zu noch mehr unliebsamen Konfrontationen geführt.

Sie parkte neben Toms Vauxhall und stieg aus dem Wagen. Als sie an seinem Auto vorbeiging, befühlte sie unwillkürlich die Motorhaube. Sie war noch warm; er konnte noch nicht lange hier sein. Zeit, sich zu küssen und zu versöhnen, dachte sie. Sie nahm Shaw, der wie üblich an der Haustür herumlungerte und auf sein Futter wartete, auf den Arm und ging hinein. Da Tom schon seit einiger Zeit einen Hausschlüssel hatte, nahm sie an, dass er es sich irgendwo drinnen bequem gemacht hatte, und rief: »Tom! Tom, bist du da? Wo steckst du?«

Es kam keine Antwort. Sie ging durch den Flur in die Küche und schaute aus dem Fenster. Draußen auf einem Holzbalken am unteren Ende des Gartens saß Tom und blickte über die Felder hinweg zum Wald.

Sie ging über den Plattenweg zu ihm. »Lange nicht gesehen. Wo bist du gewesen?« Sie setzte sich neben ihn auf den Balken und küsste ihn auf die Wange.

Er lächelte sie an. »Weißt du noch? Auf diesem Balken habe ich dich zum ersten Mal geküsst.«

»Beinahe geküsst. Wie ich mich erinnere, hast du einen Anruf von Farmer bekommen und mich frustriert, frierend und allein in diesem großen, dunklen Garten sitzen lassen.«

»Du hast Recht, jetzt fällt es mir wieder ein. Aber ich wusste ja, dass du groß genug bist, um auf dich selbst aufzupassen.«

»Zum ersten Mal geküsst hast du mich, als du mich vom Krankenhaus abholen kamst.«

Tom nickte. »Wunderbare Erinnerung, wunderbarer Kuss.«

Sam folgte seinem Blick über die Felder hinweg zum Wald. Sie kannte ihn lange genug, um zu wissen, dass er bisher nur Smalltalk machte und etwas viel Ernsteres auf dem Herzen hatte. Sie beschloss, die Sache auf den Punkt zu bringen. »Also, wo liegt das Problem?«

Er zuckte die Achseln, als widerstrebte es ihm, darüber zu reden.

Sie verlegte sich aufs Raten. »Liam ist nur ein Freund, weißt du, jemand aus meiner Vergangenheit, der hin und wieder einmal auftaucht. Es ist nichts zwischen uns.«

Er hob einen kleinen Stein auf und schleuderte ihn hart gegen den Holzzaun, der Sams Garten begrenzte. »Es ist nicht seinetwegen, jedenfalls nicht direkt, obwohl er mir wahrscheinlich die Augen dafür geöffnet hat, wie die Situation wirklich aussieht.«

Sam starrte ihn an, aber er wollte ihrem Blick nicht begegnen. Ein unbehagliches, fast panikartiges Gefühl stieg in ihr auf. Sie wusste genau, was er sagen wollte, mochte es sich aber noch nicht eingestehen.

»Und wie sieht die Situation wirklich aus?«

Er wandte sich zu ihr um. »Es betrifft uns beide. Wir kommen nicht weiter und das wird wohl auch so bleiben, oder?«

»Ich bin glücklich damit, so wie es ist.«

Seine Stimme wurde fester. »Nun, ich nicht. Ich will mehr. Du magst das für selbstsüchtig von mir halten, aber so empfinde ich nun einmal.«

Sam ertappte sich dabei, dass sie Fragen stellte, auf die sie bereits die Antwort kannte. »Was meinst du mit ›mehr‹?«

Jetzt drehte er sich ganz zu ihr um, wie um dem, was er sagen wollte, mehr Nachdruck zu geben. »Ich will dich, die ganze Zeit über, nicht nur am Wochenende und ab und zu abends. Ich will zu dir nach Hause kommen oder da sein, wenn du nach Hause kommst. Mit dir aufwachen, mit dir schlafen gehen, mit dir essen ...«

Sie lächelte ihn an. »Meinst du, das wäre eine gute Idee, wo ich doch so oft abgerufen werde?«

Er erwiderte ihr Lächeln nicht. »Mir ist es ernst.«

»Tut mir Leid, ich wollte es nicht ins Lächerliche ziehen.«

»Doch, wolltest du. Das ist deine Art, mit Beziehungen umzugehen. Immer mit der Ruhe und alles schön auf Abstand halten. Nur nicht zu ernst werden, nur nicht zu verbindlich, nur nicht auf irgendetwas einlassen, das deine kostbare Karriere und deinen Lebensstil gefährden könnte.«

Ein betretenes Schweigen trat ein. Dieses eine Mal wusste Sam nicht, was sie sagen sollte. Sie wollte ihn nicht verlieren. Sie war glücklich mit ihm, fühlte sich wohl in seiner Gegenwart. Schließlich hörte sie sich selbst sagen: »Du kannst einziehen, wenn du willst. Immer dableiben und mit mir leben.«

Es war ein Zugeständnis, von dem sie nicht geglaubt hatte, dass sie es je machen würde, und ihr war bewusst, dass sie ihm selbst jetzt keine volle Hingabe anbot. Tom sah sie einen Moment lang eindringlich an und Sam dachte schon, er würde sie gleich küssen und dann auf den Armen ins Haus tragen, um sie zu lieben und über seine Pläne für die Zukunft zu reden. Sie irrte sich.

»Das reicht nicht mehr. Es sollte eigentlich gar nicht nötig sein, dass ich diese Diskussion mit dir führe. Eigentlich solltest du mich auch so wollen.«

»Ich will dich ja, sonst würde ich nicht –«

»Dann heirate mich, lass uns Kinder haben und werde Teil einer Familie, unserer Familie. Das ist es nämlich, was ich will.«

Sam schluckte schwer. Ihre Gedanken überschlugen sich, sie suchte nach den richtigen Worten, einem Weg, einem Ausweg, einem Kompromiss.

Tom sah sie an, als könnte er ihre Gedanken lesen. »Schon gut. Du brauchst nicht in Panik zu geraten.«

Seine unmittelbare Einsicht in ihr Dilemma überrumpelte sie. »Ich bin nicht in Panik.«

»Bist du doch. Ich sehe es in deinen Augen. Selbst wenn du jetzt ja sagen würdest, würdest du es später bereuen und dann könnte es sehr schwer für uns werden. Wir sind zu verschieden. Du brauchst ganz andere Dinge und wir sind so weit zusammen gegangen, wie wir können.«

»Es tut mir Leid. Es ist meine Schuld.«

»Niemand ist schuld. Es kommt einfach daher, dass wir so sind, wie wir sind.«

Sam bemühte sich, es zu begreifen. »Gibt es jemanden anderes?«

»Nein«, log er, »es gibt niemanden. Es war sehr schön mit dir. Ich werde es nie vergessen.«

Sam nickte, zu erschüttert, um sprechen zu können. Eine Hälfte von ihr wollte ihre Arme um seinen Hals schlingen und allem zustimmen, was er wollte, während die andere Hälfte wusste, dass er Recht hatte. Hätte sie sich in letzter Zeit ernsthafte Gedanken über ihre Beziehung gemacht, so wäre sie zu demselben Schluss gelangt, aber sie war zu beschäftigt gewesen, und ihre Arbeit war, wie immer, zu interessant und fesselnd. Ihre Beziehung war einfach bequem genug gewesen, um keine weitere Analyse erforderlich zu machen, und darum hatte sie sie auch nicht analysiert. Die leisen Misstöne, die in letzter Zeit zwischen ihnen aufgekommen waren, hatten ihre Gefühle nicht so sehr belastet, dass sie ihre Konzentration auf ihre Arbeit gestört hätten, und so hatte sie die Warnsignale ignoriert.

Tom stand auf und sah zu ihr hinab. »Wir sehen uns.«

Sam nickte nur, fest entschlossen, ihre Gefühle im Zaum zu halten. Sie zwang sich, nicht aufzublicken oder ihm nachzusehen, und heftete stattdessen ihren Blick durch den Schleier ihrer Tränen hindurch fest auf den fernen Wald.

Als Tom um die Ecke des Hauses bog, kam ihm Liam entgegen. Er nickte ihm zu, sagte aber nichts.

Liam versuchte ein Gespräch anzufangen. »Ist Sam im ...?«

Tom ignorierte ihn, ging weiter, sprang in seinen Wagen und fuhr davon. Liam ging ums Haus in den Garten. Unten am Ende des Plattenweges sah er Sam sitzen, den Kopf auf die Hände gestützt. Er ging zu ihr, setzte sich auf den Balken und legte ihr den Arm um die Schultern. Er konnte sich ziemlich gut vorstellen, was passiert war.

»Na, war der große Schwarze Mann böse zu dir?«

Sam schüttelte den Kopf. »Ich war böse zu dem großen Schwarzen Mann. Verdammt, was mache ich bloß mit meinem Leben, Liam? Was mache ich bloß?«

Sie vergrub ihr Gesicht an seiner Schulter und er drückte sie fester an sich. So etwas hatte er selbst schon ein paar Mal erlebt und er wusste, dass es nichts gab, das er hätte sagen oder tun können. Sie musste erst einmal alles herauslassen und dann selbst damit fertig werden, zu ihrer Zeit.

Frank Strachan beobachtete, wie seine Frau den Ärmel ihres Sommerkleides hoch krempelte und der weiße, gut gepolsterte Arm darunter zum Vorschein kam. Sie schien immer noch unter Schock zu stehen und unfähig zu sein, die Ungeheuerlichkeit zu erfassen, die ihnen die beiden FBI-Agenten soeben über ihren Sohn offenbart hatten.

Seit fast dreißig Jahren waren sie verheiratet, aber in einem solchen Zustand hatte er seine Frau noch nie erlebt. Ihr Gesicht war weiß, ausdruckslos und schlaff, als ob sie sich vom Leben mitziehen ließ, ohne tatsächlich zu leben. Er wusste, dass seine Kraft für sie beide würde reichen müssen. Der FBI-Agent an seiner Seite drückte behutsam die Nadel in seinen Arm und die Spritze begann sich mit Blut zu füllen. Der Einstich wurde mit einem Antiseptikum abgerieben und dann mit einem Pflaster verklebt. Als es vorbei war, stand Frank auf, setzte sich zu seiner Frau aufs Sofa, nahm ihre Hand und streichelte sie sanft.

Der Tag hatte eigentlich nicht schlecht angefangen. Er war endlich dazu gekommen, den Zaun vor dem Haus zu reparieren, während Helen in der Küche Kuchen und Gebäck für den Sonntag vorbereitete, den die Familie bei ihnen verbringe würde. Sie hatten drei Söhne und zwei Töchter. Ray, der Jüngste, war der Einzige, der weit entfernt war, doch schon im nächsten Jahr würde er zurückkehren und inzwischen hielt er per Telefon und Brief regelmäßig Kontakt zu ihnen. Die anderen Kinder wohnten in der Nähe und kamen regelmäßig mitsamt den heiß geliebten Enkelkindern zu Besuch. Die größte Hoffnung, die Frank und Helen hegten, war, lange genug zu leben, um sie aufwachsen zu sehen und vielleicht sogar noch Urgroßeltern zu werden.

Die beiden FBI-Agenten waren gegen Mittag erschienen, zusammen mit Ed Chiasson, dem örtlichen Sheriff, mit dem die Familie seit Jahren bekannt war. Er stellte die Besucher vor und alle gingen zusammen ins Haus. Als die Agenten ihnen von dem Mord und von der Rolle erzählten, die ihr Sohn dabei vermutlich gespielt hatte, war Helen leichenblass geworden und beinahe in Ohnmacht gefallen.

Gut, dass Chiasson dabei war. Er mochte der Sheriff sein, aber gleichzeitig war er ein freundliches, vertrautes Gesicht und genau das brauchten sie in diesem Augenblick. Er hatte schon ihren ältesten Sohn Abraham benachrichtigt, der etwa fünfzehn Meilen entfernt wohnte. Abraham war bereits unterwegs.

Nicht nur das Grauenhafte, was die FBI-Agenten ihnen mitteilten, brachte sie aus der Fassung, sondern auch ein überwältigendes Gefühl der Schuld. Sie waren diejenigen, die Ray erzogen hatten; also mussten sie auch die Fehler gemacht haben, die dazu geführt hatten, dass er zum Mörder wurde. Frank brachte es kaum über sich, darüber nachzudenken. Es dauerte eine Weile, bis ihnen der ganze Schrecken dessen, was sie hörten, aufging, doch als es so weit war, war es mehr, als sie ertragen konnten.

Helen war still geworden. In Franks Kopf kreisten unaufhörlich immer wieder dieselben Fragen. Sein Verstand weigerte sich zu akzeptieren, was man ihm gerade eröffnet hatte. Es hieß zwar, Ray sei lediglich ein Verdächtiger in dem Mordfall, doch aus dem Tonfall der Agenten ging klar hervor, dass er der einzige Verdächtige war und dass sie sicher waren, dass er den Mord tatsächlich begangen hatte.

Von allen Menschen auf der Welt hätte man von Ray am wenigsten geglaubt, dass er einen Mord begehen würde; andererseits, dachte Frank, gäbe es keine Mörder, wenn man sie so leicht erkennen könnte. Er gab sich alle Mühe, seine Gefühle zu beherrschen und rational zu denken, aber es war nicht leicht. Als Jugendlicher war Ray ein bisschen wild gewesen, aber nicht auf Besorgnis erregende Weise. Er hatte nie Probleme mit der Polizei gehabt und, soweit sie wussten, niemals Drogen genommen. Die meiste Energie hatte er in den Sport gesteckt. Auf dem College hatte er sowohl Football als auch Baseball gespielt, zum Stolz der ganzen Familie. Es war Sheriff Ed Chiasson gewesen, der Ray geholfen hatte, in die Air Force zu kommen. Sie hatten eine Abschiedsparty veranstaltet und Ed war mit seiner Frau gekommen. Es war ein wunderbarer Tag gewesen.

Und jetzt das. Sie hatten sein Zimmer durchsucht und sogar ein paar seiner alten Schulbücher mitgenommen. Dann hatten sie Dutzende von Fragen gestellt, nicht nur über den Mord in England, sondern auch über andere, die hier in den Vereinigten Staaten begangen worden waren. Führte Ray ein Tagebuch? Was machte er, wenn er zu Hause war? Hatte er ein normales Sexleben? Sie wollten die Namen und Adressen seiner früheren Freundinnen. Sie brachten es sogar fertig zu fragen, ob Ray als Kind misshandelt oder geschlagen worden war. Für was für eine Familie hielten diese Leute sie?

Ed versuchte ihn zu beschwichtigen, doch Frank wurde immer wütender. Schließlich hatten die FBI-Agenten um eine Blutprobe gebeten, damit sie einen DNS-Vergleich anstellen konnten, der Rays Schuld ein für allemal beweisen würde. Zuerst wollte Frank nicht mitmachen, nicht mithelfen, seinen Sohn hinter Gitter zu bringen. Doch Ed machte ihnen klar, dass er dadurch genauso gut Rays Unschuld erweisen könnte, und überzeugte sie davon, die Ermittlungen zu unterstützen. Frank dachte an das ermordete Mädchen und registrierte mit Überraschung und Entsetzen, dass er Wut darüber empfand, dass sie so töricht und unachtsam gewesen war, sich ermorden zu lassen und seinem Sohn solche Schwierigkeiten zu machen.

5

Sam gab sich Mühe, alles gut zu organisieren. Sie hatte sich eine lange Liste gemacht, die sie Punkt für Punkt abhakte, während sie die Sachen für das Picknick einpackte.

Auf dem Küchentisch stand eine kleine Kühlbox aus Plastik, bis zum Rand gefüllt mit einem ausländischen Bier in hohen farbenfrohen Dosen, nach dem Liam süchtig zu sein schien. An der Box lehnte Sams grün-goldene Harrods-Tasche, unförmig verzogen durch die Thermosflaschen mit Tee und Kaffee, die sie achtlos hineingeschoben hatte. Und schließlich der altersschwache, elegante Picknickkorb, in dem die Teller und das Besteck säuberlich zwischen den Sandwiches, Salaten und Erdbeeren eingebettet waren. Sam hakte die letzten Punkte auf ihrer Liste ab; dann war sie fertig.

Sie hatte eigentlich keine Lust zu dem Unternehmen, aber das Picknick war schon seit Wochen geplant und die ganze Familie würde enttäuscht sein, wenn sie nicht mitkam. Am liebsten wäre sie in der Einsamkeit und heiteren Stille ihres Gartens untergetaucht. Sie brauchte Zeit für sich selbst, um über ihre Trauer hinwegzukommen, sich über ihre Gedanken und Gefühle klar zu werden, um die Leere und Einsamkeit in ihrem Leben verstehen zu können.

Die eigentliche Schwierigkeit war, dass Tom Recht hatte: Ihre Beziehung hätte sich vielleicht noch eine Weile über Wasser halten können, aber nicht mehr lange. Es verwirrte und ärgerte sie, dass sie sich von törichten und unbegründeten Emotionen bestimmen ließ. Wenn es um ihre Arbeit ging, war sie selbstsüchtig. Sie war ihr wichtig und alles andere kam an zweiter Stelle.

War das denn so falsch? Konnte sie nicht sowohl einen Beruf als auch ein Privatleben haben? Die Männer konnten das doch schon seit langem; warum also nicht auch eine Frau? Nicht dass sie grundsätzlich gegen den Gedanken einer verbindlichen Beziehung gewesen wäre, aber jetzt war sie noch nicht bereit dazu. Vorher gab es noch so viel, was sie erreichen wollte. Beziehungen erforderten Zeit und Energie. Sie konnten einen völlig vereinnahmen und emotional herausfordern, und dazu hatte sie im Moment einfach nicht die Zeit. Vielleicht hatte sie aber auch nur noch nicht die richtige Person gefunden.

Diese und hundert andere Gedanken kreisten immer wieder in ihrem Kopf, während sie sich selbst, Tom und die Gesellschaft im Allgemeinen analysierte. Sie hatte es schon mit ein wenig Konsumtherapie versucht und sich ein neues Sommerkleid gekauft, aber das hatte nicht geholfen. Ihr erster Impuls war gewesen, es Tom zeigen zu wollen, und dann war sie deswegen wütend auf sich selbst gewesen. Selbst ihr geliebter Garten litt unter Vernachlässigung und das war ihr noch nie zuvor passiert. Es war zum Erbarmen. Sie benahm sich wie ein kleines Mädchen, das gerade den ersten Freund verloren und beschlossen hatte, ein großes Drama aus der Sache zu machen.

Sie musste sich zusammenreißen. Diese Gefühle würden vergehen, das wusste sie, aber im Augenblick ... Schon der Anblick des Holzbalkens in ihrem Garten brachte sie aus der Fassung, sodass sie beschlossen hatte, ihn zu entfernen und durch eine Holzbank zu ersetzen. Heute würden die Männer kommen, um ihn abzuholen, und sie war froh, nicht hier zu sein und dabei zusehen zu müssen.

Ihre Gedanken wurden unterbrochen, als Liam in die Küche stürmte, die Haare noch nass vom Duschen. »Komm, bist du fertig? Wir sind schon ziemlich spät dran.«

Und das, dachte Sam, aus dem Mund eines Mannes, der sich vor ganzen dreißig Minuten aus dem Bett gewälzt hatte. Liam schnappte sich die Kühlbox und den Picknickkorb und eilte zur Haustür, wobei er beinahe auf Shaw trat und alle Katzen verfluchte. Sam raffte die restlichen Taschen zusammen und folgte ihm.

Wenigstens war es ein schöner Tag. Die Luft war frisch und duftete nach Sommer, die Sonne schien und es war kein

Wölkchen am Himmel zu sehen. Als sie die Taschen hinten im Wagen verstaute und das Schiebedach öffnete, begann sich ihre Laune zu bessern, und in ihr kam die Hoffnung auf, doch noch Spaß an der Sache zu haben.

Nachdem sie den Wagen am New Court abgestellt hatten, gingen Sam und Liam zurück über den Platz und hinaus in Richtung Trinity Bridge. Kurz bevor sie die Brücke erreichten, bogen sie nach links auf einen schmalen Feldweg ein, der am Cam entlang verlief und sie zu den hölzernen Bootshäusern hinter dem Trinity College führte.

Der Rest der Familie war bereits da. Ihr Neffe Ricky saß mit seiner neuesten Freundin Tracy auf der Bank. Sie schleuderte Steine weit hinaus ins Wasser und beobachtete, wie sich die Wellen in immer größer werdenden Kreisen ausbreiteten. Sams Mutter saß auf einem alten Plastikstuhl im Schatten einer Weide, deren Äste um sie her tief herabhingen und ins Wasser eintauchten. Sie trug ihr bestes Sommerkleid und einen breitkrempigen Strohhut. Das letzte Mal hatte Sam sie auf Wyns Hochzeit damit gesehen und das war schon einige Jahre her. Der Hut hatte schon damals furchtbar ausgesehen und das Alter hatte ihn nicht besser gemacht. Immerhin, er tat seinen Dienst.

Wyn dagegen sah wunderbar aus. Sam hatte sie schon seit einigen Wochen nicht gesehen. Sie wusste, dass ihre Schwester eine Diät machte, doch der dramatische Gewichtsverlust überraschte sie, und zudem hatte sie sich die Haare aufhellen und kurz schneiden lassen. Auch sie trug ein offenbar neues Sommerkleid, lang und dünn, mit einem Blumenmuster in Pastellfarben.

Sam begrüßte sie mit einem herzlichen Kuss. »Du siehst fantastisch aus.«

Sie trat bewundernd einen Schritt zurück, während Wyn sich einmal auf der Stelle drehte. »Größe zwölf – und ich musste mich nicht einmal hineinzwängen.«

Sam lächelte über ihre Freude. »Demnächst kannst du dir wieder meine Kleider leihen.«

»Deine Kleider leihen? Soweit ich mich erinnere, hast du

dir immer meine geliehen. Wo ist Tom? Ich dachte, er kommt auch mit?«

Für einen Moment war Sam sprachlos und suchte nach einer nicht zu lahmen Ausrede, um Wyn nicht sagen zu müssen, was passiert war. Sie hatte keine Lust, Erklärungen abzugeben, jedenfalls im Moment noch nicht.

Liam rettete sie, indem er plötzlich um die Ecke des Bootshauses kam und bewundernd sagte: »Größe zwölf? Ich finde, das sieht eher nach zehn aus.«

Wyn sah ihn an. »Da höre ich doch eine Stimme aus der Vergangenheit, doppelt so laut und immer noch voller –«

Er unterbrach sie mit einem raschen Kuss. »Charme?«

Sie lächelte, sagte: »So ungefähr«, und küsste ihn zurück. Liam nutzte die Gelegenheit, hob sie vom Boden hoch und wirbelte sie herum. »Schön, dich wieder zu sehen, Wyn Ryan. Mein Gott, sieh mal, ich komme immer noch mit den Armen um dich herum.«

Wyn lachte schallend. So hatte Sam ihre Schwester schon seit Jahren nicht mehr lachen hören. Sie war froh, dass sie sich gut verstanden; was das anging, hatte sie nämlich Bedenken gehabt. Liam war ihr erster Freund gewesen, aber er war Protestant, während sie katholisch war, sodass die Beziehung unweigerlich in beiden Familien auf heftigen Widerstand stoßen musste. Liams Mutter hatte sogar einen Privatdetektiv angeheuert, um die beiden beschatten zu lassen. Nachdem er sie aufgespürt hatte, hatte er Liams Eltern angerufen und sie waren auf der Stelle zusammen mit Sams Mutter aufgetaucht.

Dann war Liam aufs Internat nach England geschickt worden. Es war nicht einfach gewesen, den Kontakt zu halten, doch mit Hilfe einiger Freunde hatte er gelegentlich eine Karte oder einen Brief durchschmuggeln können. Erst viele Jahre später, als Sam studierte und beide nicht mehr unter dem Einfluss ihrer Familien standen, konnten sie sich wieder sehen.

Sie hatten versucht, ihre Beziehung wieder aufleben zu lassen, aber die Leidenschaft war verflogen. Die Zeit hatte sie beide verändert; die Unschuld der Jugend war der Wirklichkeit ihres beginnenden Erwachsenenlebens gewichen. Beide erkannten, dass es nie wieder so sein konnte wie früher, und da sie nun »reife Erwachsene« waren, beschlossen sie, Freunde zu bleiben.

Daher hatte Sam über ein Jahr lang nichts mehr von ihm gehört. Danach tauchte er von Zeit zu Zeit auf, um über ihr Leben auf dem Laufenden zu bleiben und ihr von seinem zu erzählen, bevor er wieder verschwand bis zum nächsten Mal, wann immer das sein mochte. Gelegentlich erreichte sie eine Postkarte aus irgendeiner fernen Weltgegend und sie überlegte, was er wohl treiben mochte, aber es war stets nur ein flüchtiger Gedanke inmitten dringenderer Dinge.

Sam ging hinüber zu der Weide, ergriff die Hand ihrer Mutter und hockte sich neben ihr hin. Sie saß teilnahmslos da und blickte zu einem Mückenschwarm am Ufer hinüber, dessen Tanz für einen Moment ihre Aufmerksamkeit fesselte.

»Hallo, Mummy. Du siehst sehr sommerlich aus.«

Einen Moment lang wandte ihre Mutter das Gesicht ihrer jüngeren Tochter zu, doch in ihren Augen gab es keinen Funken des Wiedererkennens, nur Leere.

Ricky kam herüber und setzte sich neben Sam. »Es wird von Tag zu Tag schlimmer mit ihr«, sagte er leise. »Sie weiß nicht einmal mehr, wer ich bin. Mama wird das nicht mehr lange allein schaffen.«

Sam wusste nicht recht, ob die Bemerkung ihres Neffen als Kritik an ihr gemeint war oder nur Sorge um seine Großmutter ausdrückte.

»Ich weiß noch, wie sie gesund war«, fuhr er fort. »Sie jammerte eine Menge herum, aber man konnte auch seinen Spaß mit ihr haben. Ich habe immer Vier gewinnt und Schiffeversenken mit ihr gespielt.«

Sam erinnerte sich, wie sie als Kind dieselben Spiele mit ihrer Mutter gespielt hatte.

»Und jetzt kannst du dir nicht mal mehr selber den Hintern abwischen, Oma, stimmt's?« Er küsste die Hand der alten Dame und legte sie ihr sanft zurück auf den Schoß.

Traurig sagte Sam: »Es ist eine Tragödie, dass das passiert ist, nicht wahr, Ricky?«

Er blickte auf in das ausdruckslose Gesicht seiner Großmutter. »Wenn ich je so werden sollte, Tante Sam, dann tötest du mich, ja? Mach meinem Elend ein Ende; spritze mir irgendetwas Giftiges in den Arm. Dir wird schon etwas einfallen.«

Sie spürte, dass er es ernst meinte und keine scherzhafte Antwort dulden würde. Ricky war in einer ungewöhnlichen Stimmung, aber Sams katholische Erziehung hatte in ihr einen starken Glauben an die Heiligkeit des Lebens begründet und sie konnte seiner Bitte nicht zustimmen, so hypothetisch sie auch sein mochte.

»Wo Leben ist, da ist auch Hoffnung«, sagte sie ausweichend. »Jedes Leben ist kostbar.«

»Das ist Blödsinn, das weißt du genau. Oma ist gestorben, als sie diese Krankheit bekam. Jetzt geht es nur noch darum, wann wir sie begraben.«

Der Kahn wurde kräftig gegen das Ufer geschoben und festgehalten, während die Familie mit all ihrem Gepäck an Bord kletterte und sich auf die Sitzbänke verteilte. Ricky und Tracy saßen ganz vorn und ließen ihre Füße in das grüne Wasser baumeln. Wyn und ihre Mutter nahmen mit dem Gesicht in Fahrtrichtung hinten Platz, während Sam die vordere Bank mit einer Ansammlung von Kühlboxen, Picknickkörben und Plastiktüten teilte. Liam stand am Heck des Kahns, den Stecken in der Hand, und schob sie vom Ufer weg.

Sam war überrascht, wie geschickt Liam mit dem Stecken umging. Ohne einem der unerfahrenen Kahnfahrer, die sich im Zickzack den Fluss hinauf und hinab mühten und dabei in einem Dutzend Sprachen aufgeregt durcheinander riefen, zu nahe zu kommen, steuerte er das Boot nicht nur geradeaus, sondern auch glatt über die Wasserfläche. Sie fuhren vorbei am King's College mit seiner imposanten Kapelle und weiter den Fluss entlang auf die baufällige Holzbrücke von

Queen's zu. Sam lehnte sich zurück gegen die Kissen, genoss die warmen Strahlen der Sonne auf ihrem Gesicht und ließ die Fingerspitzen über die kühle Wasserfläche gleiten. Sie schloss die Augen und ließ sich sanft treiben.

Hammond erschien frühzeitig in der Offiziersmesse, um mit seinen beiden Gästen zu frühstücken. Bei einer Mahlzeit fiel es ihm immer leichter herauszubekommen, was er wissen wollte. Die informelle Umgebung führte dazu, dass die Leute oft ihre Deckung teilweise aufgaben und so leichter zu durchschauen waren.

Normalerweise vermied er es, an Wochenenden zu arbeiten, und überließ diese zweifelhafte Ehre lieber den unteren Rängen. Doch Cully, der immer paranoider wurde, hatte ihm befohlen, sich an die beiden Agenten zu kleben »wie Fliegen an einen Kuhfladen«. Der Oberst hatte entsetzliche Angst davor, dass ihm eine Nachlässigkeit zur Last gelegt werden könnte, und offensichtlich war es Hammonds Job, die beiden Ermittler in die richtige Richtung zu steuern und jede Kritik an Cully und der Basis im Keim zu ersticken.

Wegen Catherine Solheim machte er sich nicht allzu viele Gedanken. Sie war zwar eifrig, aber noch jung und unerfahren und stand im Schatten ihres Partners. Doyle jedoch, das war ein anderes Kaliber. Er mochte den Mann zwar nicht, hatte aber rasch den Eindruck gewonnen, dass er nicht nur hartnäckig, sondern auch scharfsinnig und hellwach war. Das Leben würde nicht einfach sein während der nächsten Tage, vielleicht sogar Wochen.

Hammond begab sich direkt zu Agent Solheims Zimmer. Doyle war beschäftigt – er hatte ihn an einem der Tische sitzen und warten sehen, als er an der Messe vorbeikam. Er klopfte an Solheims Tür und wartete. Augenblicke später wurde die Tür weit geöffnet. Vor ihm stand Catherine Solheim und hielt mit einer Hand ein kurzes weißes Handtuch vor sich, während sie sich mit der anderen das tropfnasse Haar aus dem Gesicht wischte. Um Anstand schien sie sich nicht zu scheren. Hammonds Augen klebten schier an ihrem

Körper. Ihren langen braunen Beine schienen unendlich zu sein; das dünne Handtuch schmiegte sich um ihren schlanken, feuchten Leib und wölbte sich sanft über ihren Brüsten. Hinter ihr, an der gegenüberliegenden Wand des Zimmers, hing ein großer Spiegel, in dem Hammond ihren nackten Rücken und ihren schmalen, festen Po sehen konnte.

Ihm verschlug es die Sprache. Sie sah durch ihre Haare, die in wirren Strähnen um ihren Kopf hingen und an ihrem Gesicht klebten, zu ihm hoch.

»Major Hammond?« Ihre Stimme weckte ihn aus seiner Trance.

Sie schien überrascht zu sein, ihn zu sehen. »Wir waren zum Frühstück verabredet«, erinnerte er sie. »Aber wenn das ein Problem ist ...?«

»Tut mir Leid, bitte verzeihen Sie. Ich glaube, die Zeitverschiebung macht mir etwas zu schaffen. Geben Sie mir zehn Minuten, dann bin ich unten.«

Hammond heftete seinen Blick auf ihr Gesicht, um sie – und sich selbst – nicht in weitere Verlegenheit zu bringen. »Dann bis gleich.«

Sie schob sich ein paar Haarsträhnen aus der Stirn und lächelte. Selbst ohne Make-up war sie umwerfend schön. »Gut«, sagte sie, »bis dann.«

Hammond nickte steif, machte auf dem Absatz kehrt wie ein kleiner Zinnsoldat und ging den Korridor hinab. Er atmete tief durch. Ob sie wohl immer so die Tür aufmachte? Oder war das eine Sondervorstellung extra für ihn gewesen?

Catherine sah ihm nach. Sie mochte Hammond. Sie hatte schon immer eine Schwäche für ältere Männer gehabt; wahrscheinlich ein leichter Vaterkomplex, dachte sie. Er war groß, stark und offensichtlich intelligent und für einen Mann in den mittleren Jahren bemerkenswert gut in Form. Sie schloss die Tür ihres Zimmers und ließ das Handtuch zu Boden fallen, um sich im Spiegel anzuschauen. Dass sie gut aussah, wusste sie. Mit ihrem Aussehen hatte sie schon immer die Macht gehabt, die meisten Männer zu manipulieren; selbst manche Frauen, wenn auch seltener. Oft, wenn sie im Bett lag, versuchte sie sich auszurechnen, ob ihr Aussehen ihr wohl lange genug erhalten bleiben würde, um an die Spitze zu kommen. Das Rennen war knapp, aber sie war sicher, dass sie es schaffen würde.

Zum Glück war sie überdies mit einem scharfen Verstand gesegnet, weshalb sie sich sicher war, so lange wie nötig an der Spitze bleiben zu können, wenn sie ihr Endziel erst einmal erreicht hatte. Ihr Vater hatte ihr einen »unterschwelligen Ehrgeiz« bescheinigt. Er hatte Recht und solange niemand wusste, wie weit ihr Ehrgeiz reichte, würde sie es schaffen.

Das Frühstück war ein totaler Reinfall. Doyle blieb während der ganzen Mahlzeit wortkarg, während Catherine munter darüber plauderte, wie gerne sie sich Cambridge anschauen würde, bis Hammond den Wink verstand und sich anbot, ihr die Sehenswürdigkeiten zu zeigen. Er war nicht sicher, ob sie mit ihm flirtete oder nicht, aber was auch immer ihre Motive sein mochten, er freute sich auf das Unternehmen.

Als das Frühstück endlich beendet war, eskortierte Hammond die beiden Agenten in sein Büro.

»Weiß die hiesige Polizei, dass Sie hier sind?«, fragte er.

Doyle zwängte seine massige Gestalt in einen von Hammonds Bürosesseln. »Nein, noch nicht. Wir hatten gehofft, hier recht bald wieder verschwinden zu können. Das muss ja nicht an die große Glocke gehängt werden.«

In Wirklichkeit wollte Doyle auf keinen Fall, dass die britischen Behörden darauf aufmerksam wurden, dass sie es mit einem gefürchteten Serienmörder zu tun hatten. Er erinnerte sich mit Zittern an den Fall Ted Bundy, wo dem Team, das ihm auf den Fersen war, die Lorbeeren gestohlen wurden, als andere Beamten den Täter verhafteten. Eines der Dinge, die der Fall Bundy die Behörden gelehrt hatte, war, dass ein Serienmörder mit jeder Tat geschickter wurde, und das deutete für Doyle darauf hin, dass sein Mann so gefährlich war wie sonst kaum jemand.

Er wollte diesen Mann unbedingt schnappen. Serienmorde waren für die britische Polizei ein ungewohntes

Phänomen, da sie, soweit er wusste, noch nichts erlebt hatte, was mit der Epidemie vergleichbar gewesen wäre, die in den letzten Jahrzehnten über Amerika hereingebrochen war. Aber dumm war sie nicht und wenn die hiesigen Ermittler etwas Glück hatten, konnte es ihm passieren, dass für ihn nur noch die Krumen auf dem Teller übrig blieben.

Bundy hatte Doyle kurz vor seiner Hinrichtung 1989 erzählt, dass Serienmörder, entgegen der Meinung vieler Psychologen, nicht den unbewussten Wunsch hatten, gefangen zu werden. Sie neigten nicht dazu, subtile Hinweise zu hinterlassen, in der Hoffnung, die Polizei werde sie erwischen und daran hindern, wieder zu morden. Sie töteten gern. Töten war das, was ihnen Befriedigung verschaffte. Viele empfanden den Reiz, berüchtigt zu sein und die Polizei auszutricksen, als zusätzlichen Bonus. Wenn »sein Mörder« einen Fehler machte, so hoffte Doyle, würde er, Doyle, der Einzige sein, der zur Stelle war, um Nutzen daraus zu ziehen. Das war sein Fall und sein Mann und den würde er sich von niemandem wegnehmen lassen.

Eine Frage beschäftigte ihn noch. Er wandte sich an Hammond. »Haben noch irgendwelche anderen ... Behörden ... wegen dieses Falles Kontakt zu Ihnen aufgenommen?«

Hammond sah ihm ohne zu zögern direkt ins Gesicht. Doyle gab sich Mühe, sich nichts anmerken zu lassen. »Wer zum Beispiel?«

»Keine Ahnung. Wer auch immer. Jemand von der Botschaft vielleicht, der Fragen zu dem Fall gestellt hat?«

Hammond schüttelte den Kopf. »Nein, niemand. Um ehrlich zu sein, wir sind ein bisschen überrascht, dass sich das FBI für einen Fall interessiert, der so weit von zu Hause entfernt ist.«

Falls er log, konnte Doyle keine Anzeichen dafür entdecken. Er lehnte sich auf dem Sessel zurück.

Hammond reichte Doyle Sams Autopsiebericht, Strachans Personalakte und alle Aussagen von Angehörigen der Basis, die er aufgenommen hatte, aber das schien ihn nicht zufrieden zu stellen.

»Sind das alle Zeugenaussagen, die Sie haben?«

»Den Rest hat die Polizei.«

»Haben wir Kopien?«

Hammond schüttelte wieder den Kopf.

»Warum nicht?«

Doyles Tonfall passte Hammond nicht, aber er antwortete höflich. »Der Fall ist Sache der hiesigen Polizei. Wir haben keine Jurisdiktion.«

»Besteht die Möglichkeit, Einblick in die Aussagen zu bekommen?«

»Ich könnte mich erkundigen, aber sie werden wissen wollen, warum.«

»Was ist mit den beiden Wachleuten, die die Leiche gefunden haben?«

»Deren Aussagen habe ich. Wenn Sie wollen, können Sie sie befragen. Soll ich das arrangieren?«

»Tun Sie das bitte.«

Hammond nickte und Doyle wandte sich ohne ein Wort des Dankes wieder den Akten zu. Er blätterte zuerst Sams Autopsiebericht über Mary West durch, hielt ab und zu inne, um einen Abschnitt genauer zu studieren und Stichpunkte in seinem kleinen schwarzen Notizbuch festzuhalten und dann die Seite an Catherine Solheim weiterzureichen. Sie las jede Seite rasch durch und legte sie zurück in den Ordner, während sie auf die nächste wartete. Besonders enthusiastisch wirkte sie nicht, fand Hammond; es schien, als verspräche sie sich nicht viel davon, dass sie und Doyle sich an den Ermittlungen beteiligten.

Doyle blickte von dem Ordner auf. »Dem Autopsiebericht scheinen keine Fotos beizuliegen.«

»Ich habe die Akte inoffiziell von Dr. Ryan erhalten. Sie ist als Pathologin für die staatlichen Behörden tätig. Wir haben uns verständigt ...«

Aha, eine »Sie«, dachte Doyle. Was Hammond wohl mit »verständigt« meinte? Wahrscheinlich schlief er mit ihr. Doyle mochte Typen wie Hammond nicht; er war ihm bei weitem zu glatt. Nach seiner Erfahrung waren Männer wie er nur Fassade und nichts dahinter. Das zeigte auch die Tatsache, dass er es nicht einmal fertig gebracht hatte, sich die Aussagen von der britischen Polizei zu verschaffen. Und dass Hammond so gut mit Catherine zurechtzukommen schien, gefiel ihm auch nicht. Sie war zum Arbeiten hier, nicht um mit einem sexgierigen Air-Force-Major einen Stadtbummel zu machen. Er würde ihr unter vier Augen ein paar deutliche Worte sagen müssen. Falls Hammond sie in der Zwischenzeit anbaggern sollte, würde es Ärger geben.

»Besteht die Möglichkeit, dass wir uns die Leiche ansehen?«, fuhr Doyle fort.

»Schwierig – zumindest ohne das Wissen der hiesigen Polizei. Wenn Sie auf deren Kooperation Wert legen, werden Sie ihnen erzählen müssen, warum Sie hier sind.«

»Sie sagten, Sie hätten sich mit dieser Dr. Ryan verständigt. Können Sie nicht ›arrangieren‹, dass wir uns die Leiche inoffiziell anschauen? Sie haben doch sicher bei ihr einen Stein im Brett.«

Doyles Worte trieften vor Sarkasmus und Hammond spürte, wie Zorn in ihm aufstieg. Er unterdrückte ihn.

»Ich glaube, Dr. Ryan hat sich weit genug hinausgewagt«, sagte er. »Ich möchte auf keinen Fall, dass sie sich Schwierigkeiten einhandelt. Außerdem möchte ich auch meine guten Beziehungen zur hiesigen Polizei nicht aufs Spiel setzen. Das hier ist nicht der erste und letzte Fall, in dem ich auf sie angewiesen bin, und bisher waren sie immer sehr hilfreich.«

Doch so leicht ließ Doyle sich nicht abwimmeln. »Nun, schauen Sie, was Sie tun können. In Washington wird man das sicher zu schätzen wissen.«

Hammond wusste, dass Doyle bluffte, aber er war unsicher, wie viel politische Hebelwirkung er tatsächlich hatte.

Endlich klappte Doyle den Ordner zu und lehnte sich im Sessel zurück. »Jetzt würde ich gerne den Tatort sehen, wenn es nicht zu viele Umstände macht.«

Hammond seufzte resigniert. Dies versprach wieder ein schlechter Tag zu werden.

Der Ausflug hinter den Colleges entlang und weiter nach Grantchester führte durch eine der schönsten Gegenden in England, fand Sam, und Grantchester selbst war für sie die Perle in einer Grafschaft, die für ihre schönen anheimelnden Dörfer berühmt war. Berühmt gemacht hatte es der Dichter Rupert Brooke in *Das alte Pfarrhaus, Grantchester.* Brooke, eine der leuchtendsten Gestalten seiner Zeit, war 1915 als gefeierter junger Dichter während des Gallipoli-Feldzuges ums Leben gekommen.

Die Fahrt dauerte etwa eine Stunde. Nachdem alle am Ufer waren, wurden die Decken ausgebreitet und mit Speisen und Getränken bedeckt. Bevor sie noch alle Teller belegen konnten, hatten sich Ricky und Tracy mit Sandwiches und Chips versorgt und gingen dann hinunter ans Flussufer, wo Ricky seine Angel abgelegt hatte. Sam war nicht sicher, ob zur Zeit Angelsaison war, aber es schien ihnen solchen Spaß zu machen, dass sie beschloss, nichts zu sagen.

Nachdem Ricky und Tracy sich selbstständig gemacht hatten, konnten sie zu dritt in Erinnerungen an ihre Zeit in Belfast schwelgen. Gemeinsam fielen ihnen eine Menge Dinge ein. Leute, Orte, peinliche Vorfälle. Sam lachte, bis ihr die Tränen an den Wangen hinunterliefen. Schließlich stand Wyn auf und beschloss, mit ihrer Mutter einen kleinen Spaziergang am Ufer zu machen.

Als sie die Hand der alten Dame nahm, sagte sie zu Sam: »Weißt du, manchmal frage ich mich, was wohl in ihrem Kopf vorgeht. Sie redet auch oft über die alten Zeiten, als wäre sie mittendrin und wartete darauf, dass Paps nach Hause kommt.«

»Vielleicht ist es so. Es war ihre glücklichste Zeit.«

Während Wyn sich mit ihrer Mutter entfernte, sprang Sam auf, ließ Liam zurück, der an seiner Bierdose nippte und gedankenversunken hinter Wyn hersah, und ging den Grashang hinab zu Ricky und Tracy.

»Na, was gefangen?«

Ricky hielt einen großen Fisch hoch, der sich noch in seinen Händen wand. »Ich habe einen Barsch. Ganz schön groß, was?«

»Was hast du damit vor?«

»Ich werfe ihn zurück.«

»Wie, du willst ihn nicht am Lagerfeuer braten?«

»Diesmal nicht, aber das werde ich demnächst wohl öfter tun.«

»Warum?«

»Ich ... wir« – er deutete auf Tracy – »wir gehen weg. Hat Mum dir nichts erzählt?«

»Nein. Wo wollt ihr denn hin?«

»Rund um die Welt, mit dem Rucksack. Das wird toll.«

Sam dachte daran, dass Ricky immer noch Probleme hatte, ihr Haus zu finden, wenn er sie besuchte. Die Vorstellung, dass er nur mit einer Landkarte und den Sternen als Führer rund um die Welt reisen wollte, erfüllte sie mit einem Anflug von Panik.

»Dazu bist du doch noch nicht alt genug, oder?«

»Ich bin neunzehn. In dem Alter warst du schon von zu Hause weg, hat mir Mum erzählt.«

»Das war etwas anderes. Ich bin auf die Universität gegangen, nicht auf eine ungewisse Reise durch gottverlassene Länder. Wie willst du das bezahlen?«

»Ich habe gespart. Dürfte so etwa reichen.«

»So etwa! Du wirst jeden Penny brauchen, den du kriegen kannst. Und was ist, wenn du in Schwierigkeiten kommst, krank wirst, dich verirrst? Es gibt tausend Dinge, die schief gehen können.«

»Tracys Vater arbeitet bei einer Versicherung. Er schneidert uns eine Police zurecht, die uns absichert.«

Sam wollte ihn packen, ihn an sich drücken und ihm sagen, dass er nicht gehen dürfe, aber sie wusste, dass es sinnlos war. Eine Hälfte von ihr wusste, dass es ihm gut tun würde, während die andere Hälfte Angst um ihn hatte. Ricky warf den Barsch zurück in den Fluss und Sam sah ihn davonschwimmen und im grünen Wasser verschwinden.

Ricky legte seinen Arm um sie, als spürte er, was sie dachte. »Mir wird schon nichts passieren, Tante Sam, wirklich. Ich muss das machen, einfach um zu sehen, ob ich es schaffe. Wenn ich zurückkomme, werde ich ein ganz anderer geworden sein.«

Sam strich ihm übers Haar. »Hauptsache, du kommst zurück.«

Mit all seinen Fehlern war er doch für Sam das, was einem eigenen Kind am nächsten kam, und selbst wenn er ihr Sohn gewesen wäre, hätte sie sich keine größeren Sorgen um ihn machen können.

Hammond führte seine beiden Gäste über das Gelände der Basis zu dem Lagerschuppen, in dem Mary West gefunden worden war. Er war immer noch versiegelt und ein Wachsoldat schritt davor auf und ab, um Eindringlinge und Schaulustige fern zu halten. Als er Hammond sah, nahm der Soldat Haltung an und salutierte schneidig. Hammond erwiderte den Salut, bevor er das Absperrungsband anhob und seine Begleiter geduckt hindurchgehen ließ. Doyle richtete sich auf, betrachtete den Schuppen und ließ seinen Blick dann langsam über das umliegende Gelände wandern. Schon der Anblick der Umgebung ließ ihn zu einigen Schlussfolgerungen kommen.

»Der Schuppen diente als eine Art Lagerraum für Sportgeräte, Zeug, das kaputt oder überholt war«, sagte Hammond.

»War er verschlossen?«

»Das hätte er sein sollen, aber das Schloss ist vor einiger Zeit kaputt gegangen und jeder dachte sich: ›Wer klaut schon kaputte Sportgeräte?‹ Deshalb stand das immer ganz unten auf der Liste.«

Doyle ging schleppend auf den Schuppen zu. Catherine wollte ihm folgen, doch Doyle hielt sie mit einer erhobenen Hand auf. »Warten Sie hier. Ich schätze, dass sowieso schon viel zu viele Leute mit ihren Schlammstiefeln da drinnen herumgestapft sind.«

Sie gehorchte. Sie wusste aus Erfahrung, dass Diskussionen keinen Sinn hatten. Außer mit Doyle zu schlafen – und allein bei dem Gedanken wurde ihr schon übel –, hatte sie alles in ihrer Macht Stehende getan, um ihn kooperativer und hilfsbereiter zu stimmen, aber er war nun einmal ein kampflustiger alter Haudegen, dessen ganzes Leben sich um seine Arbeit drehte. Außerdem wusste sie, dass er in ihr mehr die Rivalin als die Kollegin sah und nicht zögern würde, sie aufs Kreuz zu legen, wenn er konnte. Nun, das Spielchen konnte man auch zu zweit spielen …

Sie beobachtete, wie er bedächtig das Dach und die Wände inspizierte, dann den Boden rund um den Schuppen. Er brachte immer seine eigene Kamera mit und fotografierte jede Einzelheit. Sie wusste nicht genau, was er da fotografierte und warum, und wahrscheinlich würde sie es auch nie herausfinden. Dann untersuchte Doyle alle Aspekte der Umgebung, einschließlich des Lichteinfalls, und machte noch mehr Fotos.

Hammond trat vor, stellte sich neben sie und sah unter dem hochglanzpolierten Schirm seiner Mütze hinweg zu ihr hinab. »Wie halten Sie es mit dem nur aus?«

Sie lächelte. »Dafür werde ich bezahlt. Und für das, was er mir beibringen kann, was im Moment nicht sehr viel ist.«

Hammond nickte nachdenklich. »Wann möchten Sie Ihren Ausflug nach Cambridge machen?«

»Das wird abends sein müssen, wenn Doyle mit mir fertig ist.«

»Kein Problem. Also wann?«

»Können wir das nicht spontan entscheiden?«

»Sicher. Wie wäre es mit einem Abendessen hinterher? Mal etwas Besseres als in der Kantine.«

»Und hinterher zu Ihnen auf einen Schlaftrunk und einen Blick in Ihre Briefmarkensammlung?«

Ihre direkte Art verschlug Hammond die Sprache. »Ich sammle keine Briefmarken.«

»Gut, das erspart Zeit.« Sie lächelte ihn schelmisch an und er erwiderte das Lächeln. Während er wieder geradeaus blickte, um Doyle bei der Arbeit zuzusehen, lief ein erwartungsvoller Schauer durch seinen Körper.

Der Schuppen war alt; vermutlich stammte er noch aus Kriegszeiten. Seine Betonwände waren fleckig und rissig und das Dach sah aus, als würde es beim nächsten kräftigen Windstoß davonfliegen. Nach seiner ersten Untersuchung trat Doyle ein. Zufrieden registrierte er, dass die britische Polizei immerhin so umsichtig gewesen war, Trittplatten auszulegen; hoffentlich hatten sie auch daran gedacht, sie zu benutzen.

Sobald er den Schuppen betrat, wusste Doyle, dass »er« hier gewesen war. Dazu brauchte er keine groß an die Wände geschriebenen Indizien. Er konnte ihn beinahe riechen, konnte seine bösartige Präsenz spüren. Der Schuppen war leer; jeder lose Gegenstand war für die Spurensicherung entfernt worden. Das kleine Fenster am anderen Ende war mit einem Film silbernen Fingerabdruckpuders bedeckt, das von den Abdruckexperten großzügig aufgetragen worden war. Wände und Decke waren mit Blut beschmiert und auf dem Boden hatte es sich in rissigen geronnenen Pfützen gesammelt.

Die Position des toten Mädchens war auf dem Boden markiert worden. Aus dem Bericht der Pathologin wusste er, dass Mary West mit dem Gesicht nach oben gefunden worden war. Er studierte den Verlauf der Blutspritzer und versuchte seine eigenen Schlussfolgerungen zu ziehen, wie der Mord abgelaufen war. Wie die anderen Opfer war sie noch am Leben gewesen, als der Mörder anfing, sie mit dem Messer zu bearbeiten, und wie üblich waren überall Spritzer, Kleckse und Verschmierungen zu sehen.

Er zog seine kleine Kamera aus der Jackentasche. Er hatte schon immer lieber seine eigenen Fotos gemacht, da er niemandem sonst zutraute, es richtig zu machen, schon gar nicht den Briten. Die Kamera war zwar klein, hatte aber ein gutes Objektiv, und die Abzüge waren immer von hoher Qualität. Er machte mehrere Aufnahmen der Blutflecken und fertigte in seinem Notizbuch rasch eine Skizze des Tatorts an.

Die lange Wand am anderen Ende des Schuppens interessierte ihn am meisten und er machte mehrere Aufnahmen von dem Omega-Symbol. Nachdem er auch die Blutspritzer dokumentiert hatte, machte er sich daran, Bilder von allen Teilen des Schuppens zu machen, vom Fußboden bis zur Decke, von der Rückseite der Tür bis zu den Fenstern. Mindestens einmal legte er einen neuen Film ein. Als er endlich überzeugt war, nichts übersehen zu haben, trat er wieder hinaus ins Sonnenlicht.

Catherine stand da, wo er sie zurückgelassen hatte. Missmutig registrierte Doyle, dass Hammond dicht neben ihr stand.

Er ging auf die beiden zu. »Gibt es eine Liste aller Leute, die in dem Schuppen waren, nachdem die Leiche entdeckt worden war?«

»Die gibt es sicherlich –« fing Hammond an.

»Aber die Polizei hat sie«, unterbrach Doyle barsch.

Hammond konnte nur nicken. »Ich glaube wirklich, dass es ratsam wäre, die Polizei wissen zu lassen, dass Sie hier sind«, sagte er. »Ich bin sicher, sie werden gern zur Zusammenarbeit bereit sein, besonders wenn sie erst einmal erfahren, worum es hier eigentlich geht.«

Doyle ignorierte die Bemerkung. »Wissen wir, ob sie Strachan auf der Spur sind?«

»Nein, aber sie tun, was sie können.«

»Was nicht genug zu sein scheint, sonst wäre er wohl inzwischen gefasst.«

»Sie werden ihn kriegen.«

»Nun, hoffen wir, dass er nicht noch so eine arme harmlose Göre ausweidet, bevor sie ihn haben.«

Obwohl Doyle nicht glaubte, dass Strachan sein Mann war, wusste er aus bitterer Erfahrung, dass man nie jemanden von einer Ermittlung ausschließen durfte und dass häufig genug der nahe liegendste Verdächtige der Richtige war. Nur eines wusste er genau, besonders nachdem er Ryans Bericht gelesen und den Schuppen inspiziert hatte: Wer immer diesen Mord begangen hatte, war derselbe Mann, nach dem er schon lange suchte.

»An wen sollte ich mich wenden?«, fragte er.

»Wegen des Mordes?«

Doyle nickte.

»Superintendent Farmer ist für den Fall verantwortlich«, sagte Hammond.

»Wie ist der so?«

»Wie ich höre, ist *sie* sehr gut. Zwar kompromisslos, aber effizient.«

»Sie!« Doyle hatte keine Lust, sich schon wieder mit so einer cleveren Frau auseinander setzen zu müssen. Diese Frauen machten ihm zu schaffen; sie hatten eine unheimliche Gabe, ihn zu lesen wie ein aufgeschlagenes Buch, und das gefiel ihm nicht. Seine Frau war auch so clever gewesen. Zwanzig Jahre lang hatte sie ihm das Leben schwer gemacht, dann hatte sie ihn verlassen. So waren clevere Frauen. Er würde auf der Hut sein müssen.

Zu Hammond sagte er: »Vielleicht sollten Sie besser eine Besprechung vereinbaren. Irgendwann diese Woche wäre mir recht.«

»Ich werde sehen, was ich tun kann.«

Doyle dankte ihm mit einem Nicken. Hammond registrierte, dass der Mann zum ersten Mal, seit sie sich begegnet waren, so etwas wie Höflichkeit zeigte. Vielleicht machte er Fortschritte.

»Ist Ihnen in dem Schuppen irgendetwas Ungewöhnliches, Seltsames, Unerwartetes aufgefallen?«

»Nun ja, es war ein Mord, also war es insgesamt ziemlich ungewöhnlich. Meinen Sie das auf dem Kopf stehende Hufeisen?« Hammond war sich wohl bewusst, dass Doyle versuchte, ihm eine Information zu entlocken, ohne zu viel preiszugeben.

»Nein, damit habe ich gerechnet. Sonst irgendetwas? Etwas Schriftliches? Irgendeine Nachricht?«

»Nein, nichts dergleichen, glaube ich. Falls doch, müsste die Polizei etwas darüber wissen.«

Diesmal zögerte Hammond jedoch ein wenig mit seiner Antwort und sowohl Doyle als auch Catherine bemerkten es. Beiden Agenten entging nicht, dass er log, doch zumindest im Augenblick konnten sie sich nicht erklären, warum. Doyle beschloss, es auf sich beruhen zu lassen und abzuwarten, was sich später entwickeln würde. Er wechselte das Thema.

»Ob wir wohl jetzt mit den beiden Wachmännern reden könnten, die die Leiche gefunden haben?«

»Ich habe sie rufen lassen, als wir losgegangen sind. Sie müssten inzwischen in meinem Büro sein. Ich bringe Sie hin.«

»Wir« – Doyle deutete auf Catherine – »würden lieber allein mit ihnen reden, wenn Ihnen das recht ist.«

Hammond spürte, wie er nervös wurde. Das sah ihm nicht ähnlich, passte überhaupt nicht zu ihm und er versuchte es zu verbergen. Hoffentlich hatten sie sein Zögern nicht bemerkt. Er hätte es besser wissen müssen.

»Schön. Wenn Sie fertig sind, finden Sie mich in Oberst Cullys Büro.« Er salutierte und ging rasch davon.

Catherine und Doyle wechselten einen Blick. Da stimmte etwas nicht.

Es war ein herrlicher Tag gewesen und zu Sams Freude hatten ihn alle in vollen Zügen genossen. Nachdem Wyn mit ihrer Mutter zurückgekehrt war, hatten sie den restlichen Kaffee getrunken und mit dem Zusammenpacken begonnen. Wyn rief Ricky und Tracy. Die beiden kamen am Ufer entlang auf sie zu und warfen im Vorbeigehen die Angelrute auf den Boden des Kahns. Es waren noch etwa ein halbes Dutzend Sandwiches übrig, die Sam Ricky anbot.

»Mach sie nieder oder verfüttere sie an die Enten.«

»Enten? Nur über meine Leiche! Schließlich bin ich noch im Wachstum.«

Er streckte die Hand aus und schnappte sich den ganzen Stapel vom Teller. Als er die Hand zurückzog, bemerkte Sam es. Nur für einen Sekundenbruchteil sah sie es, wie ein aufblitzendes Licht, ein Spiegelsignal. Sie erkannte es sofort und ließ, als fürchte sie, es zu verlieren, den Teller fallen, den sie in der Hand hatte, um Rickys Handgelenk zu packen. Die Bewegung kam so plötzlich und heftig, dass Ricky völlig überrascht war.

»Okay, okay«, protestierte er. »Ich gebe sie den Enten. So großen Hunger habe ich auch wieder nicht.«

»Um Himmels willen, Ricky, halt endlich still!«

Immer noch sein Handgelenk fest umklammernd, zog sie ihn hinüber zum Picknickkorb. Ricky war verwirrt und schaute Hilfe suchend zu seiner Mutter hinüber.

Wyn, die von Sams Verhalten ebenso überrascht war wie alle anderen, fragte: »Was ist denn los, Sam?«

Als die beiden den Picknickkorb erreichten, beugte sich Sam hinab, nahm ein sauberes Messer und kratzte damit über Rickys Hand. Ricky schloss die Augen und schaute weg. Offenbar rechnete er damit, dass seine Tante ihm in die Hand schneiden würde.

»Ganz still, Ricky. Du hast da etwas an der Hand.«

Allmählich bekam Ricky es mit der Angst zu tun: Der Gesichtsausdruck seiner Tante sagte ihm, dass sie nicht scherzte. Mehrere Male kratzte sie mit dem Messer über sein Handgelenk und seine Handfläche, bevor sie ihn endlich losließ. Sichtlich befriedigt betrachtete sie eingehend die Oberfläche des Messers, bis sie gefunden hatte, was sie suchte.

Sie zeigte es Ricky und fragte: »Was glaubst du, was das ist?«

Als sie ihm das Messer vors Gesicht hielt, wich Ricky zurück, als hätte er Angst, dass ihm etwas von der Klinge des Messers entgegenspringen und ihn beißen würde. Nachdem er den Mut zusammengerafft hatte, genau hinzusehen, konnte er nichts erkennen.

»Da ist nichts.«

Sam neigte das Messer leicht zur Seite, sodass das Licht sich am Rand des Gegenstandes fing. »Die kleinen silbrigen Partikel entlang der Klinge. Weißt du, was das ist?«

Ricky war überrascht, seine »superschlaue« Tante eine so dumme Frage stellen zu hören. »Klar weiß ich das.«

»Und?«, fragte sie ungeduldig. »Was ist es?«

»Fischschuppen, wahrscheinlich von dem Barsch, den ich gefangen habe. Die bleiben manchmal an den Händen kleben. Aber die sind doch nicht gefährlich. Oder doch?«

Sam betrachtete ihren Fund. Fischschuppen. So etwas Alltägliches, Gewöhnliches. Die Entdeckung versetzte ihr beinahe einen Schock. Es war ein weiteres Teil des Puzzles.

Der Montag konnte für Sam gar nicht schnell genug kommen. Selbst ihre Trauer über die Trennung von Tom war im Eifer des Gefechts vergessen. Sie hatte Trevor Stuart angerufen und ihn trotz seines anfänglichen Protestes überredet, ihre Vormittagsliste zu übernehmen. Ohne auf ihre Post zu achten, die unter dem Briefschlitz lag, lief sie hinaus zu ihrem Wagen.

Der Verkehr in Cambridge, wie überall im Land, war furchtbar, besonders montagmorgens. Der schlimmste Tag des Jahres war Anfang Oktober, wenn Tausende erwartungsvoller Studenten mit ihren noch erwartungsvolleren Familien zum Beginn des akademischen Jahres eintrafen. Es war der Tag der stolzgeschwellten Brüste und der guten Ratschläge, wobei die Studenten so schnell wie möglich ihre Familien loswerden, den Kragenknopf aufmachen und endlich nach Herzenslust Student sein wollten. Die Staus, die dadurch entstanden, dass sich die Bevölkerung der Stadt für einen Tag beinahe verdoppelte, führten zu manchen Katastrophen, besonders für die Ortsansässigen. Die meisten »Townies« – wie die Einwohner, die keinem College angehörten, von den Studenten genannt wurden – und Dozenten blieben lieber zu Hause und warteten, bis das Chaos vorüber war. Einmal im Jahr konnte Sam es ertragen, aber mittlerweile drängten sich immer mehr Autos in den immer enger werdenden Raum, weshalb schon fast an jedem Werktag ähnliche Zustände herrschten.

An diesem Morgen brauchte sie ungefähr anderthalb Stunden, um mit ihrer Beute, die sie inzwischen säuberlich auf einen Objektträger plaziert und versiegelt hatte, das forensische Labor in Scrivingdon zu erreichen. Auf dem Weg durch die Korridore zu Marcias Labor betete sie, dass Marcia da sein würde. Sie hatte das ganze Wochenende über versucht, sie anzurufen, jedoch nur den Anrufbeantworter erreicht, und Marcia hatte nicht zurückgerufen.

Sam sank das Herz hinab, als sie durch die verglaste Tür schaute und sah, dass Marcia nicht drinnen war und nichts darauf hindeutete, dass sie heute schon gearbeitet hatte. Doch dann tat es einen Sprung, als sie sich zum Gehen wandte und plötzlich ihrer Freundin gegenüberstand.

»Marcia, du bist ja doch hier!«

»Wo sollte ich sonst sein?«

»Ich war mir nicht sicher, da du nicht zurückgerufen hast.«

Marcia hatte zwei Becher Kaffee in der Hand. Einen davon reichte sie Sam. »Ich war bei meinem Bruder in London. Ich bin am Sonntag erst spätabends nach Hause gekommen und dachte mir, dass du bestimmt nicht um Mitternacht angerufen werden willst. Ich wollte dich heute Vormittag anrufen.«

Sie stieß die Labortür auf und die beiden Frauen gingen hinein.

»Was ist denn so dringend, dass du dich am Montagmorgen durch den Verkehr hierher quälst?«

Triumphierend zog Sam den Objektträger aus ihrer Handtasche. »Ich glaube, ich habe herausgefunden, was das für ein Objekt war, das ich an Mary Wests Leiche gefunden habe.«

Marcia nickte.

»Soll ich es dir zeigen?«

Marcia nippte ungerührt an ihrem Kaffee. »Klar, wenn's sein muss.«

Sam war verdutzt. Normalerweise war Marcia ebenso begeistert von ihrer Arbeit wie Sam; heute jedoch machte sie einen sehr gedämpften Eindruck. Sam schob den Objektträger unter das Mikroskop, stellte es scharf und trat zurück, damit Marcia durch das Okular sehen konnte. Marcia schaute ein paar Sekunden lang hindurch und stellte die Brennweite etwas nach, bevor sie sich wieder aufrichtete.

»Fischschuppen.«

Sam war verblüfft.

»Nach den gelben und schwarzen Linien zu urteilen würde ich sagen, sie stammen von einem hier in der Nähe gefangenen Flussbarsch.« Sie lächelte viel sagend zu Sam hinüber.

Marcia war gut, dachte Sam, aber das war ein bisschen zu viel. »Wie zum Geier hast du das alles herausgekriegt?«

»Elementar, mein lieber Watson. Nur ein wenig angeborenes Genie. Ach ja, und dann war ich am Freitag in der Fischabteilung des naturgeschichtlichen Museums. Deswegen war ich weg.«

»Sagtest du nicht, du wärst bei deinem Bruder gewesen?«

»War ich auch, hinterher. Jedenfalls habe ich dort einen sehr netten Kerl kennen gelernt, Nigel Butterworth. Der hat mir in einer einfachen Lektion alles beigebracht, was eine Frau heutzutage über Fische und ihre Schuppen wissen sollte.«

»Aber woher wusstest du, dass es ein Barsch hier aus der Gegend war?«

»Das mit der Gegend war nur Glück, aber dass es ein Barsch war, war nicht geraten. Zufällig war das eines der Beispiele, die Butterworth mir gezeigt hat.«

»Tja«, sagte Sam, der ein wenig der Wind aus den Segeln genommen war. »Was hat dieser Mr. Butterworth dir denn noch alles erzählt?«

Marcia holte einen Objektträger aus einem Behälter am andere Ende des Labors und schob ihn unter das Mikroskop. »Schau dir das mal an.«

Sam rieb sich kurz die Augen, bevor sie in das Okular sah. Sie erkannte das Objekt sofort wieder. Es sah aus wie ein metallisch-blauer Elfenflügel. »Das ist die Schuppe, die ich bei der Autopsie gefunden habe.«

»Nein, das ist eine Probe, die Butterworth mir im Museum überlassen hat, aber es ist derselbe Fisch. Was du gefunden hast, war eine Schuppe von einem *Lepomis auritus* – unter Freunden auch Rotbrust-Sonnenbarsch genannt.«

»Noch nie gehört.«

»Überrascht mich nicht. Das ist schon etwas Seltenes. Bei uns ist er nicht heimisch.« Während sie sprach, schaltete Marcia wieder auf den Objektträger mit der Flussbarsch-Schuppe um. Die beiden unterschieden sich drastisch.

»Die meisten britischen Fischarten haben zyklische Schuppen. Wenn du dir dein Objekt genau anschaust, wirst du merken, dass die Schuppen ungebrochene Kreislinien mit einem relativ glatten Rand haben. Die Farbe ist ebenfalls ein Hinweis. Achte auf die dünnen gelben und schwarzen Streifen, die für Flussbarsche charakteristisch sind. Nicht viele einheimische Fische weisen ein so leuchtendes Blau auf.« Sie schaltete zurück zu der *Lepomis*-Schuppe. »Jetzt wirf noch einmal einen Blick auf die Sonnenbarsch-Schuppen. Sie sind kettenförmig. Die Ringe sind von einer Zahnreihe über das eine Ende durchbrochen und die Oberfläche ist viel unebener.«

Ohne den Blick von dem Objektträger abzuwenden, stellte Sam ihre Frage. »Wo kommen die her?«

»Aus den Südstaaten der USA, vor allem Alabama und Georgia. Man findet sie häufig im Brackwasser in Sumpfgegenden. Die Kinder dort fangen sie und benutzen sie als Köder oder braten sie in der Pfanne. Für etwas anderes sind sie ein bisschen zu klein.«

Schließlich blickte Sam auf. »Die Pollenkörner, die an den Kleidern gefunden wurden, stammen von der *Myrica cerifera*. Die kommt auch nur in den Südstaaten vor – Georgia, Mississippi und Alabama.«

»Ich kann mir nicht vorstellen, dass unser Killer den ganzen Weg von den Staaten hierher gekommen ist, ohne sich wenigstens einmal die Hände zu waschen.«

»Nein, aber er könnte die Schuppen an irgendetwas hinterlassen haben, ohne es zu merken, und bekam sie dann an die Hände, als er den Gegenstand wieder benutzte.«

»Jeder Kontakt hinterlässt eine Spur?«

Sam nickte eifrig, doch Marcia war noch nicht ganz überzeugt. »Scheint mir unwahrscheinlich.«

»Nicht so unwahrscheinlich, wie du denkst. Das ist alles schon mal vorgekommen.«

»Hört sich an, als ob ein Besuch bei den ›alten Jungs‹ angebracht wäre.«

Sam wandte sich wieder dem Mikroskop zu. »Vielleicht. Wir werden sehen, was passiert, wenn sie Strachan erwischen.«

Marcia trank ihren Kaffee aus. »*Falls* sie Strachan erwischen.«

6

»Guten Abend und willkommen im Alten Gemeinschaftsraum des Waddington College.« Dr. Christopher Dudleys Stimme klang kräftig, aber sanft. Das Einzige, was den Wohlklang seiner Rede gelegentlich störte, war seine Unfähigkeit, das R auszusprechen. Hoch gewachsen und hager, wirkte er wie das Urbild eines Kunstkritikers, von den weichen Schuhen bis hinauf zur Krawatte mit ihren leuchtend roten Punkten. »Dieser Abend ist sozusagen eine Premiere, sowohl für das College als auch für die Art Society. Statt der Deutung eines der großen Meister durch einen bekannten Kunstkritiker oder Kunsthistoriker zu lauschen, haben wir heute Abend als Referentin eine Gerichtspathologin bei uns.«

Er wandte sich um und verbeugte sich leicht vor Sam. Sam lächelte ein wenig nervös und rutschte auf ihrem Stuhl herum. Sie hielt zwar öfter Vorträge, aber das hier war etwas ganz anderes. Dies waren keine Medizinstudenten, die sich den Vortrag einer qualifizierten Fachfrau anhörten. Ihr Publikum bestand aus professionellen Kunstkritikern, Kunsthistorikern und Kennern aus allen Bereichen, von Höhlenmalerei bis Picasso; Leuten, die sich ihr ganzes Leben lang immer nur mit Kunst beschäftigten. Und hier saß sie, eine komplette Amateurin, eine interessierte Beobachterin, und sollte ihr Urteil über eines der berühmtesten Gemälde der Welt abgeben. Bronzinos *Allegorie mit Venus und Cupido* hing schon in der Nationalgalerie, solange Sam sich erinnern konnte. Früher hatte sie oft davor gesessen und jede Linie, jeden Pinselstrich studiert, bis sie das Gemälde so gründlich kannte wie sich selbst. Warum sie das Bild so sehr liebte, konnte sie nicht erklären; es war einfach so.

Dr. Dudley fuhr fort: »Wie viele von Ihnen bereits wissen, ist Dr. Ryan als Pathologin für das Home Office in Cambridge tätig und war an der Aufklärung einiger der Aufsehen erregendsten Mordfälle der letzten Jahre beteiligt. Heute Abend jedoch wird sie ihren Scharfblick auf eines der großen Werke der Renaissance richten, die *Allegorie mit Venus und Cupido* von Bronzino.« Er wies auf einen großformatigen Druck des Gemäldes, der direkt hinter dem Pult auf eine Tafel geheftet worden war.

»Dr. Ryans Ansichten zu dem Gemälde sind ebenso umstritten wie interessant; vor allem jedoch, denke ich, werden Sie sie erfrischend finden. Lassen Sie mich Ihnen also ohne weitere Vorreden die Referentin des heutigen Abends vorstellen: Dr. Samantha Ryan.«

Er applaudierte zusammen mit dem Publikum, während er Platz für Sam machte und zu seinem Stuhl ging. Doch als Sam aufstand, sprang auch Dr. Dudley wieder auf die Beine. »Es tut mir schrecklich Leid, nur noch eine Kleinigkeit ...« Sam verschränkte die Hände vor sich und wartete. »Im Fellows' Garden stehen nach dem Vortrag Getränke bereit. Wenn wir uns also unsere Fragen bis dann aufsparen könnten, wäre das sicher sehr hilfreich – und kühler obendrein. Vielen Dank.«

Er winkte Sam entschuldigend zu und kehrte zu seinem Platz zurück. Sie trat ans Rednerpult und nippte an einem Glas Wasser, das neben ihr auf einem Tisch stand. Ihr Blick wanderte durch den Raum. Er war zum Bersten gefüllt – über zweihundert Leute saßen und standen dicht gedrängt bis an die Wände. Was sie wohl von ihr halten würden? Ziemlich weit vorne bemerkte sie Hammond. Neben ihm saß eine sehr attraktive Frau von Ende zwanzig und neben dieser ein dicker, finster dreinblickender Mann, schätzungsweise Mitte fünfzig. Ohne zu wissen, warum, gewann sie den Eindruck, dass sie alle zusammengehörten. Zwei Reihen dahinter saß Liam. Sie freute sich, dass er gekommen war und dass es zumindest ein freundliches Gesicht gab, auf das sie sich konzentrieren konnte.

Sie räusperte sich. »Guten Abend und vielen Dank, dass Sie gekommen sind. Sicher würden die meisten von Ihnen viel lieber am Flussufer sitzen und sich mit einem Bier erfrischen. Um so mehr weiß ich Ihre Anwesenheit zu schätzen.«

Sie schaute sich wieder im Raum um. Immerhin, die meisten ihrer Zuhörer lächelten höflich.

»Unsere Hauptinformationsquelle zu dem Gemälde stammt von Vasari aus dem Jahre 1586. Er war damals Leiter des künstlerischen Projekts von Herzog Cosimo in Florenz. Seit jener Zeit hat es keine ernst zu nehmenden Meinungsverschiedenheiten bezüglich der Personifizierung der Venus, des Cupido oder der Zeit gegeben.« Sie wandte sich dem Bild zu und deutete auf die drei Bereiche, von denen sie sprach. »Die unterschiedlichen Interpretationen des Gemäldes hängen zum großen Teil von den verschiedenen Identitäten ab, die der Autor den drei Nebenfiguren zuschreibt.«

Trotz aller Anstrengung spürte Doyle, wie ihm die Augenlider schwer wurden. Er hatte sich noch nicht ganz von der Reise erholt und so fit und gesund wie früher war er auch nicht mehr. Der Saal war gerammelt voll. Offenbar war sie eine gefragte Frau, dachte er, aber wovon sie da redete, war ihm schleierhaft. Ihm war heiß. Es war unnatürlich, so viele Leute gleichzeitig in einen Raum zu pferchen. Zwar waren alle Fenster geöffnet worden, aber das half auch nicht viel. Was war mit der verdammten Klimaanlage los? Er zog sein Taschentuch hervor und wischte sich Gesicht und Hals ab. Catherines Blick in seine Richtung entging ihm nicht – hoffentlich fing er nicht an zu riechen. Er steckte das Taschentuch zurück und versuchte sich wieder zu konzentrieren.

»Somit hob Vasari in seiner Interpretation des Bildes hervor, dass die Liebe sehr widersprüchlich sei. Meine Behauptung ist, dass Bronzino die Liebe als gefährlich darstellte, sogar tödlich.«

Sam wurde es allmählich unangenehm heiß. Warum hatte man keinen Ventilator bereitgestellt? Aber sie sprach unbeirrt weiter. »Vor der Renaissance basierten das Studium und die Praxis der Medizin jahrhundertelang auf verfälschten Versionen der galenischen Prinzipien, der Lehre der arabischen Schule des Avicenna und dem stoischen Vertrauen auf die

Astrologie, der Neuinterpretation der klassischen Texte von Hippokrates und Galen sowie dem neuen Interesse an einer rationalen Methodik.«

Es hatte keinen Sinn, dachte Doyle. Wenn es noch wärmer würde, müsste er den Saal verlassen. Das wäre zwar unhöflich, aber immer noch besser, als ohnmächtig zusammenzubrechen. Hätte er auch nur ein Wort von dem, was Dr. Ryan sagte, verstanden, hätte ihm das vielleicht geholfen, seine Gedanken von seinem Unbehagen abzulenken; aber er verstand nichts und so blieb ihm nichts übrig, als sich mit sich selbst zu beschäftigen.

Inzwischen war Sam richtig in Fahrt. »Der erste entscheidende Test für dieses neue Zeitalter der Medizin kam mit der großen Syphilis-Epidemie, die im 16. Jahrhundert, vermutlich von heimwärts ziehenden Armeen mitgeschleppt, über Europa hinwegzog. Alles Mögliche wurde dafür verantwortlich gemacht, von einer Strafe Gottes bis hin zu einer bestimmten Konstellation der Planeten. Einer der aufgeklärteren Männer jener Zeit jedoch, Giovanni de Vigo, der Leibarzt von Papst Julius II., erkannte schließlich, dass die Krankheit durch den Geschlechtsakt mit einem infizierten Partner übertragen wurde. In seiner *Practica in arte chirurgica copiosa*, die 1514 in Venedig veröffentlicht wurde, beschrieb er genauestens den Verlauf der Krankheit: die Verdunkelung der Hautfarbe, Kopfschmerzen, Magenkrämpfe und schließlich die Schwellungen mit harten Beulen oder Knoten.«

Inzwischen verstand Doyle zwar etwas von dem, was sie sagte, aber es war zu spät. Er kam mühsam auf die Beine, schob sich an seinen Sitznachbarn vorbei und marschierte eilig aus dem Raum. In seinem Kopf schwirrte es und einen Moment lang glaubte er schon, er würde es nicht schaffen. Endlich war er draußen und setzte sich, die Hand am Geländer, in der Nähe des Eingangs auf die Stufen, um gierig seine Lungen mit Luft zu füllen. Wenige Augenblicke später war Catherine neben ihm und legte ihm den Arm um die Schultern. Es war das erste Mal, dass sie ihm gegenüber so etwas wie menschliche Wärme zeigte.

»Alles okay, Ed? Sie sehen beschissen aus. Soll ich einen Krankenwagen rufen?«

Doyle winkte ab. »Nein, nein, es geht schon. Es war nur so verdammt heiß da drinnen.«

Ein Pförtner in grauer Livree und Melone trat auf sie zu. »Geht es Ihnen gut, Sir?«

Doyle nickte und der Portier reichte ihm ein großes Glas kaltes Wasser. »An Ihrer Stelle würde ich nur daran nippen, Sir.«

Doyle ignorierte den Rat und ließ sich das ganze Wasser mit ein paar Schlucken durch die Kehle laufen, bevor er das Glas ohne ein Wort des Dankes zurückgab.

Catherine sprang für ihn ein. »Vielen Dank, das war sehr freundlich.«

Der Pförtner deutete eine Verbeugung an. »Wenn Sie noch etwas brauchen, ich bin gleich hinter der Tür.«

Doyle rülpste laut und wandte sich an Catherine. »Gehen Sie nur wieder hinein. Ich komme schon klar. Wir treffen uns hier draußen, wenn sie fertig ist.«

»Sind Sie sicher?«

»Ja, ganz sicher. Bis später.«

Catherine stand auf und ging zurück in den Saal, während Doyle auf den Stufen sitzen blieb und sich bemühte, seine Haltung und seine Gesichtsfarbe zurückzugewinnen.

Sam war nicht entgangen, wie der dicke Mann zwei Sitze neben Hammond sich stolpernd und rempelnd einen Weg aus dem Saal gebahnt hatte. Einen Moment lang überlegte sie, ob sie ihm folgen und ihn fragen sollte, ob er Hilfe brauche. Sein Gesicht sah aschgrau aus, und sie war nicht sicher, ob er einen Herzanfall hatte oder nur unter der Hitze litt. Die Entscheidung wurde ihr abgenommen, als die Frau, die neben ihm saß, ihm nach draußen folgte. Falls es etwas Ernstes war, würde sie sicher zurückkommen und Hilfe holen. Als sie wenig später wieder hereinkam, war Sam beruhigt, dass es nur die Hitze gewesen war. Sie setzte ihren Vortrag fort.

»Die Figur am rechten Rand des Bildes ist in einer halbembryonalen Stellung dargestellt. Ihre Hand ist fest gegen den Kopf gepresst, der Mund steht weit offen und die Halsmuskeln sind angespannt. Offensichtlich hat die Gestalt Schmerzen. Zudem werden Sie bemerken, dass die Haut der Figur verdunkelt ist und die Augen gerötet sind. Wir können weiter beobachten, dass mehrere Zähne fehlen.«

Als Catherine sich wieder setzte, beuge sich Hammond zu ihr hinüber und flüsterte ihr ins Ohr: »Wie geht es ihm?«

»Gut.«

»Schade. Ich dachte schon, es wäre ein Herzanfall.«

»Wunschdenken.«

»Wie wär's mit morgen Abend?«

»Unser Ausflug?«

Hammond nickte.

»Hört sich gut an«, flüsterte sie. »Meinen Sie, Sie schaffen das bei der Hitze?«

»Ich bin schon in heißeren Gegenden als Cambridge herumgelaufen.«

Catherine sah ihm direkt in die Augen. »An das Herumlaufen hatte ich dabei weniger gedacht.«

Hammond schluckte schwer, sagte aber nichts mehr, da ein nachdrückliches »Psst!« der Umsitzenden ihre Aufmerksamkeit wieder nach vorn lenkte.

»An seinen Fingern fallen die periartikulären Gelenkschwellungen und Anzeichen für eitrige Blutungen auf. Außerdem gibt es Hinweise auf Haarausfall, dargestellt durch die Haare, die wir hier und hier sehen.« Sie deutete auf die linke Wange und die rechte Schulter der Figur. »All diese Stigmata stehen, wie wir gesehen haben, im Zusammenhang mit Syphilis oder ihrer Behandlung im 16. Jahrhundert. Aus diesen Gründen komme ich zu dem Schluss, dass Bronzino uns nicht sagen wollte, dass die Liebe widersprüchlich sei, sondern dass sie zur Geißel im Europa des 16. Jahrhunderts werden konnte, zur Syphilis. Ich danke Ihnen.«

Dr. Dudley sprang auf und führte den Applaus an. Lächelnd wandte er sich Sam zu, während er in die Hände klatschte.

»Bravo, Bravo!«

Als der Applaus verebbte, drehte sich Dudley wieder zum Publikum um. Überall im Saal schossen Hände empor und wetteiferten um seine Aufmerksamkeit, um die erste Frage stellen zu können. Doch Dr. Dudley ließ sich nicht erweichen und winkte ab.

»Zunächst möchte ich Dr. Ryan im Namen der Art Society, und sicherlich ebenso im Namen aller Anwesenden, meinen Dank für eine der interessantesten und ungewöhnlichsten Deutungen eines alten Meisters aussprechen, die ich je gehört habe. Es geschieht nicht oft, dass eine so kleine Gesellschaft wie die unsere in den Genuss einer so erfrischend neuartigen Sichtweise kommt.« Er verbeugte sich vor Sam, die ihn anlächelte. »Wie ich zuvor bereits sagte, stehen im Fellows' Garden Getränke bereit und dort können Sie auch Ihre Fragen an Dr. Ryan richten. Sie hat uns freundlicherweise Kopien ihres Vortrags zur Verfügung gestellt, die Ihnen der Pförtner auf Wunsch am Ausgang gerne aushändigen wird. Zur Erinnerung darf ich Sie noch auf das nächste Treffen unserer Gesellschaft am 2. September hinweisen, bei dem Mr. William Melville einen Vortrag über das Aufkommen afrikanischer Kunst im europäischen Kontext halten wird. Vielen Dank.«

Während sich der Saal mit dem üblichen Klappern und Scharren von Stühlen leerte, wandte sich Dr. Dudley an Sam. »Wunderbar, wirklich wunderbar. Sie können sehr zufrieden sein.«

Das herzliche Lob machte Sam ein wenig verlegen, aber sie freute sich, dass ihr Vortrag so gut angekommen war.

Adams wurde leicht schlecht, als er die Anweisung erhielt, sich im Büro von Superintendent Farmer zu melden. Das war nichts Ungewöhnliches und normalerweise hätte es ihm auch nichts ausgemacht. Aber wie er hörte, hatte sie gleichzeitig auch Detective Constable Fenwick zu sich beordert.

Obwohl er keine Zweifel hatte, dass es richtig gewesen war, die Beziehung mit Sam zu beenden, war er keineswegs überzeugt, dass er sich gleich in eine neue mit Liz stürzen sollte – seine Motive dafür, sich mit Liz einzulassen, waren ihm nicht ganz klar. Dafür sprachen ihr Alter, ihr Aussehen und, wie er zugeben musste, ihr Enthusiasmus. Er konnte sich nicht erinnern, Sex jemals so intensiv und so genussvoll erlebt zu haben. Dagegen sprach die Tatsache, dass sie nicht nur zusammenarbeiten mussten, sondern dass er auch noch ihr Vorgesetzter war.

Andererseits fand er es sehr nett, wie sie ihn im Bett »Sir« nannte. Liz hatte sich angewöhnt, im Büro in Gegenwart anderer Kollegen heimlich mit ihm zu flirten. Sie zeigte ein bisschen zu viel Bein, beugte sich über seinen Schreibtisch, sodass er in ihren Ausschnitt schauen konnte, und hatte ihm gelegentlich an den Hintern gepackt und kräftig zugedrückt. Einmal hatte sie sogar versucht, ihn in einem der Abstellräume zum Sex zu bewegen, und erst aufgegeben, als sie vor der Tür Stimmen hörten. Dummerweise schien Farmer Wind von der Sache bekommen zu haben. Sie war strikt gegen jede Beziehung in ihrem Team, die nicht ausschließlich beruflich war, und hatte bisher kein Hehl aus ihrer Abneigung gegen Liz gemacht. Doch da Liz die einzige Frau im Team war, konnte Farmer sie nicht loswerden, zumindest vorläufig nicht.

Als hätte er sie durch seine Gedanken herbeigerufen, kam Liz ins Zimmer. Das leichte Kostüm, das sie anhatte, stand ihr hervorragend. Vielleicht wollte sie sichergehen, dass es nicht sie erwischen würde, falls einer von ihnen gehen musste. Typisch. Zur Hölle mit den Frauen; sie würden noch sein Tod sein.

Zusammen gingen sie den Flur entlang zu Farmers Büro.

Liz sprach es als Erste aus. »Glaubst du, sie weiß etwas?«

Adams zuckte die Achseln. Sie hatten das Büro erreicht und er klopfte an. Von drinnen ertönte laut und deutlich Farmers Stimme. »Herein!«

Adams hielt Liz die Tür auf, beide traten ein und blieben respektvoll stehen. Farmer warf ihnen einen kurzen Blick zu, ohne den Stift aus dem Mund zu nehmen, auf dem sie gerade kaute, und deutete dann auf die beiden Sessel vor ihrem Schreibtisch.

»Nun setzen Sie sich doch; das Büro sieht ja ganz unordentlich aus, wenn Sie so herumstehen.«

Sie gehorchten sofort und setzten sich hin wie zwei Schulkinder. Farmer überflog noch einmal ihre Papiere, wie um ihr Gedächtnis aufzufrischen.

»Ich habe eine Nachricht der FBI-Akademie in Quantico erhalten. Sie schicken zwei Agenten her, Doyle und Solheim – klingt wie aus einer amerikanischen Krimiserie. Jedenfalls kommen sie her, um uns in dem Fall Mary West zu helfen.«

Ein Schauder der Erleichterung durchlief Adams' Körper. Er warf Liz einen verstohlenen Blick zu, die sich ebenfalls zu entspannen schien. Trotzdem fragte er sich, wie lange er solche Situationen noch ertragen konnte und ob ihm trotz allem Sex sein innerer Seelenfrieden nicht wichtiger war als ihre Beziehung.

Farmer fuhr fort: »Ich weiß nicht, wie Sie beide das sehen, aber mir kommt es ziemlich komisch vor, dass das FBI sich erstens in etwas hineinhängt, was doch eigentlich nur ein lokaler Mordfall ist, und zweitens, dass sie dazu zwei Agenten von der Abteilung für Verhaltensforschung in Quantico herschicken, also, wenn ich es richtig verstehe, von einer Elite-Einheit, die sich mit Schwerstkriminalität und, ich wage es kaum auszusprechen, mit der Aufklärung von Serienmorden beschäftigt.«

Adams runzelte die Stirn. »Dann glauben Sie also, Ma'am, dass der Mord an Mary West komplizierter ist, als wir dachten?«

Farmer nickte. »Das dürfte wohl feststehen.«

»Hat uns das FBI irgendwelche weiteren Informationen zukommen lassen?«

»Nicht die geringsten. Deswegen sind Sie beide hier.«

Liz nahm all ihren Mut zusammen und schaltete sich in das Gespräch ein. Nicht dass sie Angst vor Farmer gehabt hätte, aber angesichts des Einflusses, den sie auf ihre beruflichen Aussichten hatte, konnte sie eine gewisse Nervosität nicht abschütteln.

»Wann kommen die beiden an, Ma'am? Sollen wir sie abholen?«

»Sie sind bereits hier. Offenbar sind sie schon vor einigen Tagen eingetroffen und halten sich in Leeminghall auf. Wie es scheint, haben sie es auch für nötig gehalten, die Amerikaner lange vor uns über ihr Kommen zu informieren. Major Hammond wird Ihr Kontaktmann auf dem Stützpunkt sein.« Farmers Miene wurde sehr ernst. »Ich möchte, dass Sie herausfinden, was da los ist. Wenn wir es mit einem Serienmörder zu tun haben, möchte ich es wissen, bevor noch so ein armes Mädchen mit aufgeschlitztem Bauch endet.«

Adams spürte, wie die Spannung zurückkehrte. »Und wenn es so ist?«

»Dann ist die Kacke am Dampfen und die Amerikaner werden eine volle Ladung davon abkriegen. Irgendeine Spur von Strachan?«

»Nichts, Ma'am, und allmählich gehen uns die Ideen aus.«

»Was ist mit Interpol? Vielleicht hat er es zum Kontinent geschafft.«

»Schon erledigt, Ma'am. Wir haben auch alle Fähren- und Tunnelpassagiere überprüft. Null.«

Farmer lehnte sich in ihrem Sessel zurück. »Falls Sie ihn kriegen, will ich keinen von den Yankees in seiner Nähe haben, bevor ich ihn gründlich vernommen habe.«

»Könnte schwierig werden, Ma'am«, sagte Adams besonnen. »Schließlich ist er amerikanischer Staatsbürger.«

Farmer beugte sich über ihren Schreibtisch und ihre Augen verengten sich. »Außerdem ist er auch ein amerikanischer Mörder, soweit es mich betrifft. Wenn er in mein Land kommt und einen Mord begeht, kann er von mir aus aus Timbuktu oder weiß der Geier woher kommen, er gehört mir. Habe ich mich klar ausgedrückt?«

Adams und Fenwick nickten. Farmer war keine Person, mit der man sich gerne stritt, am wenigsten in ihrer gegenwärtigen Stimmung.

»Na, dann raus mit Ihnen und ich erwarte regelmäßig Ihren Bericht.«

Liz und Adams standen auf und wandten sich zum Gehen.

»Detective Constable Fenwick.« Farmers Stimme schoss wie ein Pfeil durch den Raum, als Adams die Tür öffnete. Liz drehte sich zu ihrer Vorgesetzten um. »Hübsches Kostüm. Weiter so. Offensichtlich hat Tom einen guten Einfluss auf Sie.«

Liz verbarg ihre Verlegenheit. »Vielen Dank, Ma'am.«

»Allerdings« – Farmers Miene war hart und streng – »schlage ich vor, dass Sie Ihre sexuellen Aktivitäten aufs Schlafzimmer beschränken und aus meinen Abstellkammern heraushalten. Das wäre alles.«

Adams spürte, wie ihm das Herz in die Hose sank, während er Liz durch die Tür schob.

Doyle hatte noch nie zuvor etwas getrunken, worin Gurke und Pfefferminze enthalten waren. Er war Biertrinker, aber das hier erinnerte an Limonade und die Leute um ihn herum sahen auch eher nach typischen Limonadentrinkern aus. Er hatte sich ein kühles Plätzchen unter einem der größten Bäume im Garten ausgesucht. Hier war er einigermaßen von der Sonne abgeschirmt und vor der schlimmsten Hitze geschützt. Hammond und Solheim standen ein paar Meter von ihm entfernt und unterhielten sich leise – wahrscheinlich über ihn, wie er aus den Blicken schloss, die sie gelegentlich in seine Richtung warfen.

Er blickte über die Rasenfläche voller Menschen mit ihren hellen Anzügen, fließenden Kleidern und bleichen Gesichtern. Er mochte die Briten nicht besonders. Nicht dass er sich als rassistisch oder auf andere Weise als politisch unkorrekt betrachtet hätte. Um Rassist zu sein, musste man diese oder jene Gruppe in der Gesellschaft aufgrund ihrer ethnischen Ursprünge hassen. Doyle dagegen hasste alle und jeden – damit dürfte er aus dem Schneider sein, sagte er sich.

Dr. Ryan war eine Überraschung für ihn gewesen. Er hatte nicht erwartet, dass sie so attraktiv sein würde, sondern angenommen, dass Hammond lediglich die Gelegenheit genutzt hatte, einer armen vertrockneten Jungfer ein paar Insider-

Informationen zu entlocken. Doch davon war Dr. Ryan weit entfernt: zierlich und schlank, mit einem sympathischen Gesicht und einer unterschwellig erotischen Ausstrahlung. Hammond war in seiner Achtung gestiegen. Catherine übte eine gewisse animalische Anziehungskraft auf ihn aus, aber Dr. Ryan, nun, das war eine richtige Frau. Die konnte einem bestimmt nicht nur nachts das Bett warm halten, sondern garantiert auch ein hervorragendes Essen zubereiten. Wenn sie einen Fehler hatte, dann den, dass sie bei weitem zu schlau war.

Die drei Amerikaner hatten gewartet, bis der Andrang der Leute, die ihr Fragen stellen wollten, nachgelassen hatte, bevor sie zu ihr hinübergingen. Als sie bei ihr ankamen, unterhielt sie sich immer noch mit Dr. Dudley und einem ziemlich ungepflegt aussehenden jungen Mann, den sie Liam nannte.

Sie schien sich zu freuen, Hammond zu sehen. »Bob!« Sie beugte sich vor und begrüßte ihn mit einem Kuss auf die Wange – das gehörte wohl zur »Verständigung«, dachte Doyle. »Ich wusste gar nicht, dass Sie sich für Kunstgeschichte interessieren.«

»Nur wenn Sie damit zu tun haben.«

»Schmeichler.«

Doyle wandte sich an Dr. Dudley, der immer noch neben Dr. Ryan stand. Sie hatten wichtige, vertrauliche Dinge zu erörtern und das Letzte, was Doyle gebrauchen konnte, waren neugierige Außenstehende, die dabei zuhörten. Er sah Dudley mit unbewegter Miene direkt in die Augen. In welche Richtung Dudley auch auszuweichen versuchte, Doyle nagelte ihn mit seinem Blick fest, bis ihn Unbehagen und schließlich Verlegenheit beschlich.

Liam beobachtete Doyle geringschätzig. Er hasste Leute, die andere einschüchterten, wie es Doyle offenbar gerne tat. Er legte Dudley den Arm um die Schultern und zog ihn von der Gruppe weg.

»Nun, Dr. Dudley, was halten Sie von der These, die irische Kunst sei die Grundlage aller Magie?« Im Gehen warf

Liam noch einen finsteren Blick zurück zu Doyle, um deutlich zu machen, dass zumindest er sich nicht von ihm einschüchtern ließ.

Nachdem sie weg waren, wandte Hammond seine Aufmerksamkeit seinen beiden Begleitern zu. »Darf ich Ihnen die Agenten Edward Doyle und Catherine Solheim von der Abteilung für Verhaltensforschung im FBI-Hauptquartier in Quantico vorstellen?«

Sam schüttelte den beiden die Hand. »Da bin ich aber wirklich sehr beeindruckt. Da ich kaum glaube, dass Sie gekommen sind, um sich meinen Vortrag über die Kunst der Renaissance anzuhören, kann ich nur annehmen, dass Ihr Besuch mit dem Fall Mary West zu tun hat.«

Sie sah zu Doyle auf. Er war ein Hüne von einem Mann mit rötlichem Gesicht und schlecht sitzendem Anzug, der aus jeder Pore seiner Haut zu schwitzen schien.

Verlegen wie ein kleiner Junge, der mit Taschen voller gestohlener Äpfel erwischt wurde, erwiderte er: »Wir haben ein Interesse an dem Fall, ja.«

»Muss ein ziemlich brennendes Interesse sein, wenn Sie dafür Tausende von Meilen gereist sind. Gibt es etwas, das ich wissen sollte?«

Hammond kam Doyle zu Hilfe. »Ich glaube, es wäre besser, wenn wir dieses Gespräch ein wenig abseits der anderen Leute fortsetzen würden.«

Sam nickte, die drei nahmen ihre Getränke und die Teller mit Sandwiches und zogen sich auf das Studentengelände zurück. Sie suchte einen abgeschiedenen Flecken auf dem Rasen aus und fand einen Baum, unter den Doyle sich setzen konnte. Das Wetter war herrlich, aber nicht jedem bekam es so gut wie Sam, wie die sich zügig füllenden Kühlschränke in der Leichenhalle zeigten.

Sam wartete, bis Doyle es sich umständlich bequem gemacht hatte, und sagte dann: »Wollen wir zur Sache kommen?«

Doyle begann: »Vor ungefähr zehn Jahren war ich mit der Untersuchung einer Reihe von Mordfällen befasst, die in verschiedenen Staaten begangen worden waren. Zuerst sahen die Behörden keinen Zusammenhang zwischen ihnen, doch allmählich wurde durch die Anwendung von Vi-Cap – das ist unser Computer – ein Muster erkennbar, das deutlich machte, dass wir vermutlich auf der Suche nach ein und demselben Mörder waren.«

»Für wie viele Morde ist er Ihrer Meinung nach verantwortlich?«

»So ungefähr zwölf.«

»›Ungefähr‹? Warum sind Sie nicht sicher?«

»Manche der Leichen wurden erst gefunden, als die Opfer bereits eine Weile vermisst waren, und viele Beweise wurden durch die Elemente und durch Tiere oder Insekten zerstört. Wir müssen uns auf Vermutungen stützen, aber es können noch drei oder vier mehr sein.«

Sams Interesse nahm immer mehr zu. »Was für ein Muster hat Ihr Vi-Cap herausgefunden?«

»Alle Opfer starben oder verschwanden in der Nähe von Stützpunkten der US Air Force. Alle wurden erstochen, vermutlich mit einer gezahnten Klinge, und ihre Nieren wurden entfernt.«

»Und jetzt glauben Sie, Ihr Mörder hat einen Ausflug über den Teich gemacht?«

»Ja, obwohl ich das erst genau sagen kann, wenn ich die Leiche und die Fotos vom Tatort gesehen habe.«

Er log, da er einen Vorwand wollte, um sich die relevanten Informationen und Dokumente zu verschaffen.

Hammond schaltete sich ein: »Deshalb haben wir uns gefragt, ob …«

»Ich Ihnen Mary Wests Leiche und die Fotos zeigen würde?«

Hammond nickte. Doyle und Solheim schwiegen und überließen es ihm, mit Dr. Ryan zu verhandeln.

»Weiß Superintendent Farmer, dass Sie hier sind?«, fragte sie.

»Ja«, sagte Doyle. »Wir sind für morgen Nachmittag mit ihr verabredet.«

»Wenn es so ist, kann das dann nicht bis dahin warten?«

»Lieber nicht. Je eher ich herausfinde, was passiert ist, desto schneller kann ich reagieren und hoffentlich verhindern, dass noch ein Mord passiert.«

Doyle steckte in einem merkwürdigen Dilemma. Natürlich hoffte er, dass es keinen weiteren Mord geben würde. So hart gesotten war er nicht, dass er irgendjemandem einen solchen Tod wünschte. Andererseits machten sie, auch wenn sie das Gefühl hatten, ihrem Mann auf den Fersen zu sein, so langsame Fortschritte, dass er sich fragte, ob sie überhaupt eine Chance hatten, ihn zu schnappen, falls er nicht wieder mordete.

Sam unterbrach seine Gedanken. »Was ist mit Strachan?«

Doyle stocherte zwischen seinen Zähnen herum, um ein Stück von seinem Sandwich zu entfernen. »Na ja, man soll nie nie sagen, aber sein Profil passt wohl kaum zu der Person, nach der wir suchen.«

»Dann glauben Sie nicht, dass er es war?«

»Das habe ich nicht gesagt. Profile sind fehlbar, wie alle anderen Methoden der Verbrechensaufklärung auch. Fehler sind auch früher schon vorgekommen. Im Moment würde ich ihn noch nicht ganz ausschließen.«

»Wo kommt er her?«

Doyle schwieg einen Moment und kaute an seinem Sandwich. Das mussten die kleinsten Sandwiches sein, die er in seinem Leben gesehen hatte. Es stimmte schon, was man über die Briten sagte: Sie waren ausgesprochene Geizhälse.

»Er ist in New York geboren und aufgewachsen.«

»Irgendwelche Verbindungen in die Südstaaten, sagen wir nach Georgia?«

Doyle sah sie fragend an. »Nicht dass ich wüsste. Warum? Wissen Sie etwas, das wir nicht wissen?«

Sam schüttelte den Kopf. Noch war sie nicht bereit, ihn an ihren Entdeckungen teilhaben zu lassen. Stattdessen frage sie: »Wurden die anderen Opfer vergewaltigt?«

Doyle verneinte.

»Mary West schon.«

»Ich weiß, ich habe es in Ihrem Bericht gelesen. Es passt nicht ganz ins Bild, aber unmöglich ist es auch nicht. Serienmörder sind auch nicht berechenbarer als andere Leute. Nur sind manche cleverer als andere.«

»Und deshalb sind sie fähig, ihre Methoden zu ändern.«

»Sicher. Sie wollen nicht alle geschnappt werden. Und sie brauchen nur eines der vielen Bücher zu lesen, die meine geschätzten Kollegen geschrieben haben, um die meisten von uns an der Nase herumzuführen. Sie ändern ihr Vorgehen, ihre bevorzugten Tatorte, ihre typischen Opfer. Dadurch wird es schwer, die Morde überhaupt in einen Zusammenhang zu bringen, geschweige denn, den Mistkerl zu schnappen.«

»Vielleicht gehört Strachan ja zu den ganz Cleveren. Deshalb hat die Polizei ihn auch noch nicht gefunden.«

»Vielleicht. Nach den Informationen, die ich gerade vom Bureau bekommen habe, dürfte er zumindest zu einer Vergewaltigung fähig sein. Wie ich höre, konnten Sie dem Mädchen ein paar Spermaproben entnehmen. Wann bekommen Sie die DNS-Resultate?«

Sam zuckte die Achseln. »Sie haben oberste Priorität. Aber es kann trotzdem eine Weile dauern. So etwas kann man nicht beschleunigen, sonst läuft man Gefahr, die Proben zu kontaminieren.«

Normalerweise hätte Sam sie ohne entsprechende Genehmigung nicht einmal in die Nähe der Leichenhalle gelassen. Sie hielt zwar nicht viel von sinnloser Bürokratie – was ihr schon manche Schwierigkeiten eingebracht hatte – und war oft frustriert über die Verzögerungen, die durch die Notwendigkeit entstanden, sich ans Protokoll zu halten, aber Vertraulichkeit und Sicherheit nahm sie durchaus ernst. In diesem Fall jedoch lagen die Dinge anders. Diesmal brauchten Polizei und Öffentlichkeit jedes bisschen Hilfe, das sie bekommen konnten, sei es durch offizielle oder inoffizielle Kanäle.

»Wie wahrscheinlich ist es, dass er wieder zuschlagen wird?«, fragte sie.

»Wer weiß? Die Abstände zwischen den Morden sind in letzter Zeit kürzer geworden. Darüber, wie kurz sie noch werden könnten, kann man nur spekulieren.«

Sam zögerte. »Sie werden sich mit einer Sichtuntersuchung begnügen müssen.«

Doyle dankte ihr mit einem Nicken. »Mehr wird nicht nötig sein, damit ich Bescheid weiß.«

»Wann würde es Ihnen passen?«

»Von mir aus jetzt gleich, wenn es Ihnen recht ist?« Er hatte das Gefühl, dass jetzt ein geeigneter Moment war, um sich in Höflichkeit zu üben.

»Gut. Je früher, desto besser.«

Doyle beschloss, sein Glück noch ein wenig zu beanspruchen. »Und die Fotos vom Tatort? Könnte ich die auch sehen?«

»Nachdem Sie sich die Leiche angesehen haben, wenn Sie wollen. Sie sind in meinem Büro.«

Er machte ein zufriedenes Gesicht. »Sehr gut.«

Sam suchte ihre Sachen zusammen und machte sich zum Gehen bereit. Bevor sie ging, sah sie jedem der Amerikaner eindringlich in die Augen. »Das bleibt unter uns«, sagte sie mit Nachdruck. »Kein Wort darüber, zu niemandem.«

Hammond und seine beiden Begleiter nickten.

»Bob, Sie kennen ja den Weg.«

Er nickte wieder.

»Okay, wir treffen uns dort.«

Es war über eine Stunde her, seit Detective Constable Fenwick und Detective Inspector Adams auf dem Stützpunkt eingetroffen waren, und sie saßen immer noch vor Oberst Cullys Büro und warteten. Weder Hammond noch die FBI-Agenten waren auf der Basis und niemand schien zu wissen, wo sie sich aufhielten. Adams war jedoch überzeugt, dass Cully oder seine Adjutanten genau Bescheid wussten.

Allmählich bereute er, nicht angerufen zu haben, bevor er hergekommen war. Er hatte gehofft, sie kalt erwischen und überrumpeln zu können. Meistens brachte das gute Ergebnisse. Bei geschulten FBI-Agenten hätte es vielleicht nicht so gut funktioniert, aber einen Versuch wäre es wert gewesen.

Sie waren schon auf dem Weg nach draußen gewesen, als sie eine Nachricht vom Kommandanten der Basis erreichte. Ein hoch gewachsener Soldat in schneidiger grüner Uniform, eine Maschinenpistole am Riemen über der Schulter, hatte sie aufgehalten und gebeten, zum Büro des Basis-Kommandanten zurückzukommen, der sie erwarte. Die Einladung konnten sie schlecht ausschlagen, also taten sie, was man ihnen sagte. Als sie ankamen, war Cully nicht da, und Adams war ziemlich sauer, da sie auf seine Aufforderung hin zurückgekehrt waren. Er wusste, dass es eines dieser schwachsinnigen Rangspiele war, die man den Offizieren in der Ausbildung beibrachte, um zu zeigen, wer die Zügel in der Hand hatte. Auf so etwas konnte er im Moment gerne verzichten.

Während Liz schweigend dasaß und aus dem Fenster starrte – wahrscheinlich grübelte sie darüber, was Farmer wusste oder vermutete und welche Auswirkungen das auf ihre Laufbahn haben würde –, blätterte Adams in ein paar amerikanischen Zeitschriften, die auf einem eleganten Couchtisch in der Mitte des Empfangszimmers lagen. Cullys Sekretärin hatte die beiden mit Kaffee versorgt, den Adams jedoch ungenießbar fand und stehen ließ. Er war versucht, um Tee zu bitten, aber das wäre wohl unhöflich und bei weitem zu britisch gewesen.

Endlich betrat die hagere Gestalt von Oberst Cully das Büro. Adams und Fenwick erhoben sich, während Cully seine Mütze an einen Haken hinter der Tür hängte und sein Jackett ordentlich zurechtzupfte. Als er endlich mit seinem Äußeren zufrieden war, wandte er sich den beiden Kriminalbeamten zu und stellte sich vor. »Ich bin Oberst Cully, der Basis-Kommandant.« Er begrüßte sie mit einem festen Händedruck. »Bitte entschuldigen Sie die Verspätung. Mir ist in letzter Sekunde etwas dazwischengekommen. Kommt leider manchmal vor, so etwas.«

Er trat zurück und winkte ihnen, ihm in sein Büro zu folgen. »Kaffee?«

»Nein, danke«, erwiderte Adams rasch. »Wir haben gerade einen getrunken.«

Cully bot ihnen Stühle an und nahm seinen Platz hinter dem großen Eichenschreibtisch am Ende des Raumes ein.

Adams beschloss, abzuwarten, was der Oberst wollte. Er brauchte sich nicht lange zu gedulden.

»Ich nehme an, Sie sind wegen des Mary-West-Mordes hier? Tragisch, furchtbar tragisch. Wir tun für die Familie, was wir können, wissen Sie. Schon eine Spur von Strachan?«

Cully hörte sich ungefähr so aufrichtig an wie ein Gameshow-Moderator, fand Adams, aber er sagte nur: »Nein, nichts. Er ist untergetaucht. Aber irgendwann muss er ja wieder an die Oberfläche, Sir, und dann werden wir auf ihn warten.«

»Das werden Sie, da bin ich ganz sicher.«

»Wie lange sind die FBI-Agenten schon hier, Sir?«, fragte Fenwick.

Cully lehnte sich in seinem Sessel zurück. »Erst ein paar Tage. Sie hätten sich schon früher gemeldet, aber ich glaube, sie hatten noch ein wenig mit der Zeitverschiebung zu kämpfen. Das steckt man nicht so leicht weg, wenn man nicht hart gesotten ist«, sagte er und warf sich in die Brust.

»Finden Sie es nicht etwas übertrieben, zwei FBI-Agenten hinzuzuziehen, wo es doch eigentlich nur um einen lokalen Mordfall geht, Sir?«

»Nun, Inspektor, ich glaube, dass Washington die Sache in einem ziemlich düsteren Licht sieht. Amerikanischer Air-Force-Soldat ermordet britisches Mädchen. Das kommt nicht gut an, schon gar nicht nach dieser Sache in Japan. Vermutlich liegt denen genauso sehr daran, die Sache zu klären, wie Ihnen.«

»Es ist Wahljahr in den Staaten, nicht wahr, Sir?«

Cully nickte.

»Da macht es sich schließlich gut, ein bisschen härter gegen das Verbrechen vorzugehen, stimmt's?«

Cully versteifte sich. »Ich bin sicher, dass das nichts damit zu tun hat.«

»Warum hat das FBI dann zwei seiner Top-Agenten aus der Abteilung für Verhaltensforschung hergeschickt? Hören Sie, Sir, wenn da etwas vor sich geht, wovon wir nichts wissen, dann werden Sie feststellen, dass wir das auch in einem sehr düsteren Licht sehen.«

»Das glaube ich nicht, Inspektor. Es geht wohl nur um eine Unterstützung über den Ozean hinweg, aber darüber reden Sie am besten mit den Agenten selbst.«

»Das haben wir vor, Sir. Ich hatte nur gehofft, Sie könnten uns vielleicht etwas Zeit ersparen.«

Cully fühlte sich unbehaglich. So hatte er sich das Gespräch mit den beiden eigentlich nicht vorgestellt. Er wollte Informationen von ihnen haben, nicht ausgefragt werden.

»Wann rechnen Sie mit ihrer Rückkehr?«, fragte Adams.

»Das kommt darauf an, wie lange der Vortrag dauert. So etwas kann sich hinziehen, Sie kennen das ja.«

»Was für ein Vortrag, Sir? Wo?«

Die Schärfe in ihrer Stimme machte Cully klar, dass er sich verplappert hatte. Doch jetzt gab es kein Zurück mehr. »Der Vortrag, den Dr. Ryan im Waddington College hält. Irgendetwas über Kunstgeschichte. Ich wäre selbst gern hingegangen, aber mein Terminkalender hat es nicht zugelassen.«

Tom erinnerte sich, dass Sam ihm davon erzählt hatte. Einmal hatte er sie um ein Uhr nachts dabei erwischt, wie sie daran arbeitete. Er hatte sie hoch heben und ins Bett tragen müssen, sonst hätte sie die ganze Nacht daran gesessen. Es war eine schöne Erinnerung und gleichzeitig eine, von der er wünschte, sie vergessen zu können.

Er rief sich zurück in die Gegenwart. »Wann sollte der Vortrag zu Ende sein, Sir?«

»Ich habe keine Ahnung, aber wenn Sie im College anrufen, kann man Ihnen dort sicher Auskunft geben. Ich glaube, es sollte hinterher noch Getränke geben. Hört sich alles sehr britisch an.«

Auf diese Auskunft war Adams im Grunde nicht mehr angewiesen; er konnte sich auch so schon denken, wo Sam sein würde. Er erhob sich. »Vielen Dank, dass Sie uns empfangen haben, Herr Oberst. Ich bin sicher, wir werden uns in den nächsten Wochen noch öfter begegnen.«

Cully fand, dass sich das wie eine Drohung anhörte, und erwiderte: »Ich habe keinerlei Jurisdiktion über das Vorgehen der FBI-Agenten. Sie sind völlig auf sich allein gestellt. Ich hoffe doch, es gibt kein Problem?«

Adams schüttelte ihm die Hand, ohne zu antworten, und die beiden Kriminalbeamten verließen das Büro.

Als sie draußen waren, griff Cully nach dem Telefon. »Geben Sie mir die Nummer des Waddington College.«

Sam hatte Fred mit dem Handy von unterwegs angerufen und gefragt, ob es ihm etwas ausmachen würde, mitzuhelfen. Bezahlen konnte sie ihm nichts dafür, aber sie bot ihm an, ihm die doppelte Zeit freizugeben, und das schien ihn zu überzeugen. Fred wohnte in einem kleinen Häuschen etwa eine Meile vom Krankenhaus entfernt und kam jeden Tag mit dem Fahrrad, egal, wie das Wetter war. Er war ein komischer Kauz, aber Sam mochte ihn.

Als Sam und die anderen eintrafen, war er bereits in der Leichenhalle und hatte Mary Wests Leiche in Position gebracht. Nachdem sie sich rasch umgezogen hatten, betraten sie die Halle. Doyle ging geradewegs auf die Leiche zu und begann mit seiner Untersuchung. Er sprach in einen kleinen Kassettenrecorder, den er aus seiner geräumigen Hosentasche hervorzog.

Sam erinnerte ihn noch einmal an die Regeln: »Nicht vergessen: nur Sicht.«

Doyle nickte und fuhr fort: »Die Leiche ist die einer weißen Frau, etwa zwanzig Jahre alt. Gewicht und Größe durchschnittlich, Ernährungszustand gut ...«

Sam wartete und beobachtete ihn, während er seine kurze, aber präzise Untersuchung durchführte. Als er an den Hals des Mädchens kam, nahm er sich viel Zeit, um das kleine Brandmal zu beschreiben, das Sam während der Autopsie bemerkt hatte.

»Haben Sie eine Idee, was die Ursache dafür sein könnte?«, fragte er.

»Ich hatte gehofft, Sie könnten mir das sagen.«

Er wandte sich wieder dem Brandmal zu. »Ich habe so etwas schon einmal gesehen, zumindest etwas sehr Ähnliches. An einigen der anderen Leichen, denen, die noch nicht zu stark verwest waren.«

Sam trat an seine Seite. »Es sieht aus wie eine Verbrennung, aber wir konnten bisher nicht feststellen, wodurch sie verursacht wurde.«

»Könnte sein, aber das müssen wir genau herausfinden.«

Sam war beeindruckt. Trotz seiner unförmigen Gestalt war er sehr beweglich und zeigte sogar so etwas wie Ehrfurcht im Umgang mit der Leiche. Hin und wieder unterbrach er sich, um Sam eine Frage zu stellen, und machte erst wieder weiter, wenn ihre Antwort ihn zufrieden stellte. Die ganze Prozedur dauerte etwa zwanzig Minuten und Sam fiel nichts ein, das er übersehen hätte. Dann schaltete er seinen Kassettenrecorder aus und begann sich umzuziehen, während Fred die Leiche wieder wegbrachte.

Doyle warf seine Handschuhe in den Mülleimer und wandte sich an Sam. »Darf ich jetzt einen Blick auf die Fotos vom Tatort werfen?«

Sie nickte und führte das Team aus der Leichenhalle hinauf in ihr Büro. Als die Tür des Fahrstuhls sich schloss, fragte sie: »Nun? War es Ihr Mörder?«

Doyle bewegte sich nicht. Er war sich schon zuvor ziemlich sicher gewesen, aber jetzt war der letzte Zweifel verschwunden. »Oh ja, er war es.«

Als sie das Büro betraten, ging Sam direkt auf ihr Regal zu, zog den richtigen Ordner heraus und entnahm ihm die relevanten Fotos. Die Hälfte davon reichte sie Doyle, die andere Hälfte Catherine Solheim. Die beiden gingen damit hinüber zu Sams Schreibtisch und begannen sie langsam zu sichten und gegenseitig auszutauschen, während Hammond und Sam zusahen.

Nach einigen Minuten durchbrach Doyles ungeduldige Stimme die Stille. »Sind das alle?«

»Das glaube ich kaum. Die meisten hat die Polizei.«

Doyle nickte sichtlich enttäuscht.

»Wenn Sie mir einen Tipp geben, wonach Sie suchen, könnte ich Ihnen vielleicht weiterhelfen«, schlug Sam vor.

»An jedem anderen Tatort wurde eine Nachricht gefunden. Seltsam, dass hier keine war.«

»Was für eine Nachricht?«

»Tut mir Leid, aber das ist vertraulich. Nehmen Sie's nicht persönlich, aber das ist die einzige kleine Information, die ich der Presse vorenthalten konnte. Das hilft, die Spinner auszusortieren, wenn sie mit ihren Geständnissen ankommen.«

Obwohl Sam ein wenig verärgert war, nach all der inoffiziellen Hilfe, die sie Doyle geleistet hatte, konnte sie seinen Standpunkt verstehen. Sie beschloss, ihm zu sagen, was sie gefunden hatte. »Da war etwas.«

Doyle sah sie eindringlich an.

»Ich glaube, dass an einem alten Nagel über Mary Wests Kopf ein Zettel hing. Ein kleiner Fetzen Papier hing noch daran, als ob jemand den Zettel abgerissen hätte.«

»Woher wissen Sie, dass das kein alter Zettel war?«

»Aufgrund des Musters der Blutspritzer rund um den Zettel. Da stimmte etwas nicht. Ich bin sicher, dass der Zettel dort hing, als sie ermordet wurde.« Doyle nickte anerkennend.

»Wer könnte ihn abgerissen haben?«

Sam hatte keine Ahnung. »Ihr Mörder?«

»Warum hat er ihn dann überhaupt erst hingehängt?«

Er hatte Recht. Es war ein unsinniger Gedanke.

»Wer war noch alles in dem Schuppen, nachdem die Leiche gefunden worden war?«

»Die beiden Männer von der Militärpolizei.«

»Die habe ich befragt. Wenn die etwas zu verbergen hatten, würde ich es inzwischen wissen.«

»Die Leute von der Spurensicherung.«

»Könnten die den Zettel mitgenommen haben?«

Sam schüttelte den Kopf. »Nicht ohne jemandem etwas zu sagen.«

»Sonst noch jemand?«

Sie zuckte die Achseln. »Die Polizei müsste eine vollständige Liste haben.«

»Könnte es sein, dass die jemanden übersehen haben?«

»Nicht, nachdem sie selbst dort waren. Davor vielleicht schon. Die interne Polizei der Basis müsste ihre eigene Liste haben.«

Beide wandten sich an Hammond. »Die haben wir an die britische Polizei übergeben«, sagte er. »Auf der Liste standen außer dem Oberst und mir nur die beiden Männer, die die Leiche gefunden haben. Tut mir Leid, mehr kann ich Ihnen auch nicht sagen.«

Wieder hatte Doyle das sichere Gefühl, dass Hammond etwas verbarg. Zuvor war er darüber hinweggegangen, doch die Zeit verstrich und er musste die Wahrheit herausbekommen. Er wollte Hammond nicht gleich hier in die Enge treiben, aber lange würde er es nicht mehr aufschieben können.

Sam wechselte das Thema. »Sind von Ihren Opfern welche in der Gegend von Atlanta, Georgia, gefunden worden?«

Sie hatte schon früher eine ähnliche Frage gestellt und Doyle war begierig, den Grund zu erfahren. »Zwei, einschließlich der Letzten. Warum?«

»Wir haben an der Kleidung des Mädchens ein paar Pollenkörner gefunden, die von einem Busch stammen, der offenbar nur in dieser Gegend wächst, und eine Schuppe von einem Fisch, der offensichtlich auch nur in den Sümpfen dort anzutreffen ist.«

Doyle war überrascht, erfreut und wütend zur gleichen Zeit. Er knurrte Sam an: »Warum haben Sie davon bisher nichts erwähnt, verdammt noch mal?«

So durfte niemand mit Sam reden; nicht in ihrem eigenen Büro und nicht, nachdem sie sich so weit für ihn hinausgelehnt hatte. »Weil ich Sie gerade eben zum ersten Mal gesehen habe. Die britische Polizei weiß davon. Also, wenn Sie gleich nach Ihrer Ankunft mit denen Kontakt aufgenommen hätten, anstatt sich ins Hemd zu machen, dass ein Haufen Engländer Ihnen die Show stehlen könnte, weil sie Ihren

Serienkiller schnappen«, sagte sie bissig, »dann hätten Sie es vielleicht ein bisschen früher erfahren.«

Doyle sperrte den Mund auf und Hammond und Solheim konnten sich ein Grinsen nicht verkneifen. Doyle begriff, dass er zu weit gegangen war, und da er sich jemanden, der ihm so nützlich sein konnte, nicht zum Feind machen wollte, versuchte er die Wogen zu glätten. »Okay, das hätten wir tun sollen; aber es war eine lange beschwerliche Reise, diesen Mistkerl zu verfolgen. Ich bin für morgen mit Superintendent Farmer verabredet.«

»Gut, dann können Sie sich ja von ihr auf den neuesten Stand der Dinge bringen lassen.«

Doyle nickte. Zum ersten Mal seit neun Jahren begannen die Wolken, die seinen Killer stets umgeben hatten, sich zu verziehen. Schade nur, dass ausgerechnet eine Frau den entscheidenden Beitrag dazu geleistet hatte. Seine Gedanken wurden durch ein lautes Klopfen an der Tür unterbrochen. Zwei Polizeibeamte betraten das Büro.

Tom Adams sah hinüber zu Sam, die nicht sehr erfreut zu sein schien, ihn zu sehen. »Na, Sam, wieder mal deine alten Tricks?«

Der Gestank der Toiletten in der Sporthalle war grauenhaft und schien mit jedem Tag schlimmer zu werden. Endlich, nachdem das Basketball-Finale ausfallen musste, weil die Umkleideräume unbenutzbar geworden waren, hatte man einen Klempner kommen lassen.

Jim Smith war seit vierzig Jahren als Klempner in dieser Gegend tätig und allmählich dachte er ernsthaft an den Ruhestand. Es gab Gerüchte, nach denen der amerikanische Luftwaffenstützpunkt im Zuge der allgemeinen Kürzungen geschlossen werden sollte. Da er genau wie die anderen Bewohner der Gegend auf den Umsatz durch das Personal der Basis angewiesen war, dachte er daran aufzuhören, solange es noch gut lief.

Er versuchte die Verstopfung in der Herrentoilette zu beseitigen, doch obwohl er schon Stunden damit zugebracht und seinen ganzen Einfallsreichtum aufgeboten hatte, war er noch keinen Schritt weitergekommen. Schließlich blieb ihm wohl nichts anderes mehr übrig, als hinunter in die Kanalisation zu steigen und zu sehen, wo das Problem lag. Er zog die Klappe des Wartungsschachtes hoch und begann hinabzusteigen. Wenigstens war das Kanalisationsrohr groß genug.

Nachdem er die Leiter hinabgestiegen war, leuchtete er mit seiner Taschenlampe herum, bis er das Austrittsrohr der Halle gefunden hatte. Er kauerte sich davor und leuchtete in das Rohr hinein. Schon nach einem oder zwei Metern fiel der Strahl auf ein großes dunkles Hindernis. Zumindest hatte er die Ursache des Problems gefunden. Er kroch in das Rohr und packte den Gegenstand. Er fühlte sich an wie ein nasser Stoffballen, eng zusammengerollt und dann fest in das Rohr gestopft. Irgendjemand hatte da wohl einen etwas seltsamen Sinn für Humor, dachte er. Er zog daran und zu seiner Überraschung löste er sich sofort.

Durch die plötzliche Beseitigung des Hindernisses und die Wucht des Abwassers, das sofort durch das Rohr strömte, wurde Jim im hohen Bogen rückwärts gegen die gegenüberliegende Wand geschleudert, sodass ihm die Luft wegblieb. Schon während er an dem Hindernis gezogen hatte, war ihm bewusst geworden, was für eine Riesendummheit er da machte. Auf allen vieren kauernd, nach Atem ringend und würgend von der Ladung abgestandenen Abwassers, die er ins Gesicht bekommen hatte, hob er seine Taschenlampe auf und leuchtete wieder hinein, um zu sehen, ob die Verstopfung vollständig beseitigt war. Als er seine Hand vorschob, traf sie auf etwas gleichzeitig Festes und Weiches. Es konnten hundert verschiedene Dinge sein, eines davon unangenehmer als das andere.

Jim Smith wischte sich den Schleim aus den Augen und blickte hinab auf seine Hand, die fest über dem weit aufgerissenen Mund des Kopfes lag, während seine Finger in die leeren Höhlen griffen, die einst Ray Strachans Augen gewesen waren. Zum ersten Mal in seinem Leben schrie Jim Smith vor purem Entsetzen.

7

Sam war schon an manchen ungewöhnlichen Tatorten gewesen, doch das Innere eines unterirdischen Kanalsystems war selbst für sie eine Premiere. Sie traf gleichzeitig mit Tom Adams und dem Rest des Mord-Sonderkommandos ein, nachdem sie die Nachricht zusammen mit Adams in ihrem Büro erhalten hatte.

Der Anruf war keinen Moment zu früh gekommen und hatte verhindert, was sich sonst zu einer hässlichen Szene hätte auswachsen können. Sam konnte sich nicht erinnern, Tom je so wütend gesehen zu haben. Er tobte und schrie zwar nicht, aber sein Gesicht verriet, wie sehr er um Beherrschung ringen musste. Sie wusste, dass sie sich ihm irgendwann stellen und erklären musste, warum sie die Vorschriften übertreten und Doyle die Leiche von Mary West hatte untersuchen lassen; doch das wollte sie so lange wie möglich hinausschieben, um ihm Zeit zu geben, sich zu beruhigen und sich selbst eine passende Erklärung zurechtzulegen.

Als sie durch das Haupttor der Basis fuhren, überkam Sam ein starkes Déjà-vu-Gefühl. Wie beim letzten Mal waren Colin Flannery und sein Team bereits da und liefen herum wie weiße Ameisen, um Bereiche mit Bändern abzusperren, Scheinwerfer aufzustellen und Trittplatten auszulegen. Es mochte chaotisch aussehen, aber hinter dem Gewimmel steckte ein eingeübtes, beeindruckendes System.

Flannery reichte ihr den üblichen weißen Schutzanzug, ein Paar Gummistiefel, eine Haube und Gesichtsmaske. »Es ist ziemlich übel da unten«, sagte er. »Wir wollen doch nicht, dass Sie sich irgendwas einfangen, oder?«

Sam lächelte ihn an, doch innerlich stöhnte sie. Sie hasste Gesichtsmasken; darunter war es heiß und unbehaglich. Sie hatte sich schon oft gefragt, wie Chirurgen das ständig aushielten, besonders während der längeren komplizierteren Operationen, die sie durchführten.

Der Abflussschacht war ungefähr drei Meter tief und endete in einem Abwasserrohr, das unten entlanglief. Eine Metallleiter war hinabgelassen worden, über die Sam mit Flannerys Hilfe langsam hinunterkletterte. Als sie den Boden des Schachtes erreichte, stieg sie auf eine der fest eingeklemmten Plastikplatten, die Flannerys Team rund um Strachans Leiche ausgelegt hatte.

Die Gewalt des freigesetzten Abwasserstroms hatte die Leiche aus dem Rohr gespült. Nun lag sie verdreht auf dem Boden des Schachtes. Strachans Arme hingen lose über seinem Kopf, seine Beine waren mit Gewalt nach hinten und am Rücken hochgebogen wie in einer grausigen Yoga-Position. Er sah aus wie eine makabre Stoffpuppe, die von einem verzogenen Kind in einem Anfall unbeherrschter Wut in den Schacht geworfen worden war.

Sam suchte rasch Wände und Fußboden nach dem Omega-Zeichen oder einem Zettel ab. Es war nichts zu sehen. Sie öffnete ihre Tasche und nahm ihr Notizbuch und einen Stift heraus. Einen Kassettenrecorder zu benutzen hatte keinen Sinn; durch die Maske wäre kein Wort zu verstehen. Schon jetzt hatte ihre Nase zu jucken begonnen wie ein gebrochenes Bein in Gips.

Der Bewegungsspielraum war sehr klein. Bei jeder Bewegung stieß sie an Wände oder Boden und beschmierte sich den Anzug mit dem dunklen Schleim, der alles bedeckte. Er klebte an den Wänden und tropfte langsam in den Schacht hinab wie Sirup von einem Löffel.

Obwohl Strachan erst seit ungefähr einer Woche vermisst wurde, war seine Leiche bereits stark verwest. An einigen Stellen hatten auch die zahllosen Ratten, die in dem Kanalisationssystem lebten, an ihm genagt. Sam konnte sie hören, während sie arbeitete, wie sie quietschend und kratzend gegen dieses Eindringen in ihren Lebensraum protestierten. Die starken Scheinwerfer, die in dem Schacht aufgebaut worden waren, hielten die Tiere fürs Erste auf Abstand, aber Sam fragte sich, wie lange diese Wirkung anhalten würde. Ratten waren mutige, hartnäckige Geschöpfe, die sich an nahezu jede Situation schnell anpassen konnten. Sie erinnerte sich an Geschichten von Kriminalbeamten und Tatort-Spezialisten, die sie mit Spaten und Knüppeln von Leichen hatten verjagen müssen. »Ratten, so groß wie mein Kopf«, hatte ein Spurensicherer beteuert. Sie schauderte innerlich und hoffte, hier wieder verschwinden zu können, bevor die Ratten zurückkehrten, um ihre begonnene Mahlzeit fortzusetzen.

Die Leiche war nicht nur stark verwest, sondern auch mit einer dicken Schicht des Schleims bedeckt, die den gesamten Schacht einkleidete, und das machte die erste Untersuchung sehr schwierig. Da sie nicht riskieren durfte, Spuren zu beseitigen, konnte Sam die Bereiche, die sie untersuchen wollte, nicht abwischen. Sie begann zu schreiben.

»Abwassersystem unter der US-Air-Force-Basis Leeminghall, 22.42 Uhr, 30. Mai 1996. Die Leiche ist die eines männlichen Weißen, vermutlich Airman Ray Strachan. Die Überreste sind stark verwest und wurden von Nagetieren angegangen, wahrscheinlich Ratten.«

Vorsichtig drehte sie seinen Kopf hin und her und suchte nach Verletzungen. »An der linken Kopfseite befindet sich ein Loch von« – sie nahm mit einem kleinen durchsichtigen Lineal Maß – »einem halben Zoll Durchmesser, möglicherweise eine Schusswunde. Um sicherzugehen, werde ich eine genauere Untersuchung vornehmen müssen.«

Sie wandte sich dem nächsten Punkt zu. »Neben dem Kopf des Opfers befindet sich eine durchsichtige Plastiktüte, zum Teil unter dem Kopf eingeklemmt.« Sie öffnete sie ein wenig mit dem Lineal. »Das Innere der Tüte ist stark mit Blut verschmiert.«

Obwohl sie es nur vermuten konnte, war sie sicher, dass die Tüte Strachan über den Kopf gestülpt worden war, nachdem man ihn erschossen hatte. Das konnte das Fehlen von Blutspuren am Fundort und auf dem Weg dorthin erklären. Sie warf einen Blick auf den Rest der Leiche, doch angesichts des Zustandes der Überreste konnte sie im Moment kaum noch etwas tun. Sie würde bis zur Autopsie warten müssen.

Während sie begann, ihre Ausrüstung wieder einzupacken, bemerkte sie plötzlich eine huschende Bewegung am entgegengesetzten Ende eines der langen Rohre. Sie sah es nur für einen Sekundenbruchteil, als es von dem Zwielicht erfasst wurde, das aus dem Kanalisationsschacht in die Rohre drang; dann war es, was immer es war, wieder in der Dunkelheit verschwunden. Aber das reichte: Ohne auch nur ihre Tasche richtig zu verschließen, sprang sie auf die erste Sprosse der Leiter und kletterte hoch, so schnell sie konnte, dankbar für die helfenden Hände zweier weiß gekleideter Tatort-Spezialisten, die sie aus dem Schacht zogen, bevor sie selbst in die widerwärtige Tiefe hinabstiegen.

Sie riss sich die Maske vom Gesicht und sog mit weit offenem Mund die frische, kühle Nachtluft ein. Ihre Nase juckte und erst im letzten Moment dachte sie daran, einen ihrer Latex-Handschuhe abzustreifen, bevor sie ihrer Nase das Kratzen gönnte, nach dem sie eine Viertelstunde lang gelechzt hatte.

»Sieht ein bisschen übel aus da unten, nicht?«

Sam blickte auf und starrte Colin Flannery an. »Ein *bisschen*? Ich wäre überrascht, wenn nicht mindestens einer Ihrer Leute von den Ratten geholt wird.«

Flannery lachte. Sie riss sich den Schutzanzug vom Leib und schleuderte die Stiefel von den Füßen, als könnte sie den Dreck und Gestank, die jede Faser durchdrungen hatten, nicht schnell genug loswerden. Er sammelte geduldig ihre Ausrüstung ein und steckte sie in einen schwarzen Beweismittelsack.

Sie seufzte schuldbewusst. »Tut mir Leid.«

Er zeigte Verständnis. »Wenigstens ist er nicht aufgeschlitzt worden.«

»Nein, das ist immerhin etwas. Wie lange brauchen Sie, um die Leiche herauszuholen?«

»Wir sind noch nicht ganz fertig mit dem Rohr. Sagen wir zwei Stunden. Es wird ein bisschen knifflig.«

»Das ist es immer.«

»Auch wieder wahr. Wann wollen Sie die Autopsie machen?«

Sam sah auf ihre Uhr. »Es ist schon ziemlich spät und der Tag war lang. Verschieben wir's auf morgen, ja?«

»Neun Uhr?«

»Sagen wir halb zehn. So kann ich noch ein bisschen Arbeit aufholen – und Schlaf.«

»Halb zehn also, okay. Was ist mit der Vorbesprechung?«

»Lassen Sie uns diesmal improvisieren. Mal sehen, was sich ergibt.«

Flannery war nicht erpicht aufs Improvisieren. Es ging ihm gegen den Strich. Doch dies schien ihm nicht der richtige Zeitpunkt und Ort für eine Debatte über Autopsie-Prozeduren zu sein. Das konnte er morgen noch klären. Er drehte sich um und ging zurück zu seinen Kollegen am Ausgang des Kanalisationsschachtes.

Sam machte sich auf den Weg zu ihrem Wagen. Ihr einziger Gedanke war, ihren erhitzten, klebrigen Körper unter eine kühle Dusche zu stellen und den Schorf dieses Tages abzuwaschen.

Tom Adams' Stimme durchbrach ihre Gedanken. »Ich nehme an, es ist Strachan?«

»Ja. Warum? Wird auf der Basis sonst noch jemand vermisst?«

Adams schüttelte den Kopf. »Dafür kriegt noch jemand mächtig in den Arsch getreten. Wir haben fast das ganze Überstundenkontingent verbraten und dabei war er die ganze Zeit hier.«

»Allerdings ziemlich schwer zu finden da unten im Abflussrohr.«

»Wenn die faulen Säcke sich aufgerafft hätten, in den Schacht hinunterzusteigen, anstatt nur einen kurzen Blick hineinzuwerfen, hätten wir uns eine Menge Zeit und Ärger sparen können. Jetzt stehen wir wieder ganz am Anfang.«

»Du weißt ja nicht, ob sie das nicht getan haben.«

»Nicht?«

Nach kurzem Schweigen fragte Tom: »Wie ist er gestorben? Oder willst du das lieber zuerst deinen Freunden vom FBI erzählen?«

Sam ging weiter. »Ich habe denen nichts gesagt, was ich dir nicht schon vorher gesagt hätte.«

Er ließ sich nicht beschwichtigen. »Du hättest ihnen überhaupt nichts sagen dürfen, ohne uns vorher zu konsultieren. Das wusstest du genau.«

Sam blieb stehen und drehte sich zu ihm um. »Wirst du es Farmer sagen?«

»Das müsste ich eigentlich. Werde ich aber nicht.« Er wusste nur zu gut, was für Probleme entstehen konnten, nicht nur für Sam, sondern auch für alle anderen, wenn Farmer herausfand, was vor sich gegangen war.

»Danke.«

»Aber verlass dich nicht immer auf mich, Sam. Ich bin ein Profi, der einen professionellen Job macht, und ich dachte immer, das wärst du auch.«

»Es wird nicht wieder vorkommen.«

»Wo habe ich den Spruch bloß schon mal gehört?«

Sam wusste, dass sie sich im Grunde nicht verteidigen konnte, und wechselte das Thema. »Wo ist Farmer überhaupt?«

»Weg. Wir haben versucht, sie zu erreichen, aber sie reagiert nicht auf ihren Piepser und niemand scheint zu wissen, wo sie steckt. Sie sollte sich morgen mit deinen FBI-Freunden treffen, aber das mussten wir absagen. Es wird mächtigen Ärger geben, wenn sie von Strachan hört.«

Sam ging langsam weiter und er kehrte zu seiner Frage zurück. »Also, wie ist er gestorben?«

»Ganz sicher kann ich das noch nicht sagen. Er ist in einem ziemlich üblen Zustand. Wir müssen ihn erst einmal ein bisschen sauber machen, aber es sieht so aus, als wäre er durch einen Kopfschuss getötet worden.«

»Nicht aufgeschlitzt?«

»Nein, nichts dergleichen. Nur ein ganz einfacher Mord,

Standardausführung. Nach der Autopsie kann ich dir erheblich mehr sagen.«

Er begriff, dass es keinen Sinn hatte, weiter nachzuhaken; für den Augenblick hatte sie ihm alles gesagt, was sie wusste. Und es gab noch andere Dinge, über die sie zu reden hatten. »Wie ist es dir in den letzten Tagen so ergangen?«, fragte er.

»Na ja, einen Nervenzusammenbruch hatte ich bisher noch nicht.«

»Ich wollte nicht, dass es so endet, aber es hätte niemals funktioniert. Wir erwarten einfach zu verschiedene Dinge vom Leben, das ist alles.«

»Ich weiß.«

Adams blieb abrupt stehen, als Liz Fenwick hinter ihm hergelaufen kam. »Entschuldigung, To-« Sie unterbrach sich, als sie bemerkte, wie Sam sie anstarrte. »Sir, der Leiter der Spurensicherung möchte mit Ihnen über den Abtransport der Leiche sprechen.«

»Ach, richtig. Ich komme gleich nach.«

Sam musterte Liz Fenwick. Sie war jung, hatte glatte Haut, einen straffen Körper und äußerst lange Beine. Und wenn sie mit Tom redete, lag eine Vertraulichkeit in ihrer Stimme, die Sam nicht gefiel.

Tom wandte sich wieder an Sam. »Wann willst du die Autopsie machen?« Sein Ton war wieder vollkommen sachlich.

»Morgen um halb zehn.«

»Ist das nicht ein bisschen spät?«

»Eigentlich nicht. Flannery und seine Leute sind immer noch am Tatort bei der Arbeit und es wird noch eine Weile dauern, bis sie die Leiche herausbekommen. Dann muss sie in die Leichenhalle gebracht und vorbereitet werden. Außerdem ist es schon spät und ich bin müde.«

Adams wollte die Sache nicht zum Thema machen und lenkte ein.

Sam blickte zu ihm hinüber. »Wirst du diesmal dabei sein?«

»Das werde ich wohl müssen, besonders, wenn Farmer bis dahin nicht aufgetaucht ist.«

»Gut. Nur, weil du die Letzte verpasst hast, weißt du noch?«

Sam drehte sich um und ging davon, bevor er antworten konnte. Sie war wütend und empört. Es hatte mit der Art zu tun, wie die Polizistin mit ihm gesprochen und wie er sofort sein Verhalten ihr gegenüber verändert hatte. Beweisen konnte sie es nicht, aber sie war sicher, dass er gelogen hatte, als sie ihn am Tag ihrer Trennung fragte, ob eine andere Frau im Spiel sei. Es gab nichts, was sie dagegen hätte tun können oder wollen, aber dass er sie angelogen hatte und die Jugend seiner neuen Freundin ließen eine kopflose Wut in ihr aufsteigen.

Als sie ihren Wagen erreichte, sah sie Hammond daneben stehen. Im Moment war sie nicht in der Stimmung, mit ihm oder irgendjemandem sonst zu reden. »Nicht jetzt, Bob, nicht jetzt.«

Hammond ließ sich nicht abweisen. »Ich muss mit Ihnen über Strachan reden. Es dauert nur einen Moment.«

»Rufen Sich mich morgen früh an oder kommen Sie zur Autopsie.«

»Wann?«

»Halb zehn.« Sam dachte einen Moment lang nach. »Aber klären Sie das besser vorher mit Inspektor Adams. Ich denke, wir haben ihn für einen Tag schon genug verärgert.«

Ein paar Meter hinter ihm sah Sam Doyle und Solheim stehen. Zu Doyle gewandt sagte sie: »Nein, keine Nachricht, kein Omega-Zeichen und er war auch nicht ausgeweidet.«

Damit stieg sie rasch in ihren Wagen, warf ihre Tasche nach hinten, stieß aus der Parklücke und raste die Straße entlang auf das Haupttor der Basis zu. Je eher sie Leeminghall verließ, desto besser, und sie hoffte, nie wieder hierher zurückkehren zu müssen.

Der mittlerweile vertraute Duft des Irish Stew, das auf dem Herd brodelte, begrüßte Sam, als sie sich zurück in ihr Haus schleppte. Solange Liam in der Nähe war, war sie nicht auf die üppigen Düfte ihres Gartens angewiesen, um zu wissen, dass ihr Geruchssinn noch gut funktionierte. Sie hängte ihre Jacke neben dem Eingang auf und ging in die Küche, wo Liam mit einem Kochlöffel in einem riesigen Edelstahltopf herumrührte. Es war nett von ihm, sie mit einem Abendessen zu empfangen, aber sie war in keiner sehr dankbaren Stimmung.

»Ist Stew das Einzige, was du machen kannst?«

Liam hörte auf zu rühren. »Das kommt ganz darauf an, was du meinst.«

Wieder einmal tänzelte er um die Frage herum. Offenbar machte es ihm Spaß, sich selbst zu parodieren.

»Ich meine, ist Stew das Einzige, was du kochen kannst?«

Liam hatte Sams Laune sofort erfasst, als sie die Haustür hinter sich zuknallte, und wollte nun versuchen, sie durch Schnodderigkeit aufzuheitern. Es war eine riskante Taktik.

»Nun«, sagte er, »ja und nein.«

Sam starrte ihn ungeduldig an.

»Weißt du, es gibt alle möglichen verschiedenen Stews und die meisten davon kann ich zubereiten. Sie heißen zwar alle Stew, aber jedes ist anders. Man könnte also sagen, ja, ich kann nur Stew machen; andererseits nein, das ist nicht das einzige Gericht, das ich kochen kann, weil es viele verschiedene sind. Verstehst du, was ich meine?«

Sam ging hinüber zum Tisch und goss sich ein großes Glas Rotwein ein. »Woher wusstest du, wann ich nach Hause komme? Im Krankenhaus kannst du ja jetzt nicht mehr angerufen haben.«

»Habe ich auch nicht. Ich habe das hier gegen sechs gemacht und als ich deinen Wagen in der Einfahrt hörte, habe ich es zum Aufwärmen auf den Herd gestellt. Es ist fast fertig.«

Sam wandte sich ab und ging zur Tür. »Ich habe keinen Hunger.«

Im Wohnzimmer warf sie sich aufs Sofa und verschüttete dabei beinahe ihren Wein. Sie nahm eine Zeitschrift vom Beistelltisch und begann darin zu blättern.

Liam sah ihr nach. Er hatte sie schon früher in dieser Stimmung erlebt und wusste, dass er ihr Zeit lassen musste, selbst wieder in die Spur zu kommen. Er schaltete den Herd aus, legte einen Deckel auf den Topf, schenkte sich ebenfalls ein Glas Wein ein und folgte ihr ins Wohnzimmer.

Als er sich zu ihr aufs Sofa setzte, achtete er darauf, dass er nahe genug saß, um gut zuhören zu können, aber nicht so nah, um aufdringlich zu wirken.

»Also, abgesehen davon, dass du dich wieder einmal mit einem grauenvollen Mord herumschlagen musstest, wie war dein Tag?«

Sam sah ihn überrascht an.

»Bevor du fragst, es wurde in den Nachrichten gebracht, kurz bevor du kamst.«

Sie nahm einen Schluck von ihrem Wein. »Demnächst wird schon darüber berichtet, bevor etwas passiert ist.«

Wütend und frustriert warf sie die Zeitschrift auf den Boden und begann nach der Fernbedienung zu suchen.

Liam entdeckte sie als Erster. »Sie liegt auf dem Fernseher.«

Sam seufzte. Sie hatte keine Lust, sich vom Fleck zu rühren; also begnügte sie sich damit, die Knie unters Kinn zu ziehen und ausdruckslos vor sich hin zu starren.

Liam erriet, wo das Problem lag. »Du hast also Tom getroffen?«

Sie reagierte nicht.

»Irgendwann musste es ja passieren. Schließlich arbeitet ihr beide an demselben Fall.«

Sie drehte ihm den Kopf zu. »Würdest du sagen, dass ich immer noch attraktiv bin?«

»Sehr, aber ich bin parteiisch.«

»Für mein Alter, meine ich.«

»Für jedes Alter.«

»Er hat eine andere Frau. Ein Mädchen.«

»Hat er dir das erzählt?«

»Das brauchte er gar nicht. Ich habe sie gesehen. Nichts als Beine und Haare, mit glatter Haut!«

»Hört sich für mich nicht an wie Toms Typ. Hört sich eher nach meinem Typ an.«

»Ja, ich weiß, jung und hübsch, das ist jedermanns Typ.«

Er beschloss mitzuspielen. »Mehr eine Trophäe als eine Frau?«

»Genau.«

Es tat Sam gut, dass Liam sie so gut verstand; das hatte sie nicht erwartet.

»Bist du ganz sicher, was dieses Mädchen betrifft?«

»Oh ja. Du hättest sie zusammen sehen sollen – diese kleinen Vertraulichkeiten und so.«

»Wer ist sie?«

»Eine Polizistin aus Toms Einheit. Ich habe sie schon früher gesehen. Sie zeigt unheimlich gern, was sie hat.«

Liam verbarg ein Lächeln über Sams Eifersucht. Das sah der gelassenen, vernünftigen Fachfrau, die sie im Lauf der Jahre geworden war, gar nicht ähnlich. Wenn es um Herzenssachen geht, dachte er, kommen wir alle zurück zu unseren Wurzeln und die Logik verflüchtigt sich.

»Er hat mir gesagt, es gäbe niemanden anderes«, fuhr Sam fort. »Er hat mich angelogen. Das ist es, was mich so wütend macht. Ich frage mich, wie lange das schon so geht. Wie lange machen die sich schon hinter meinem Rücken über mich lustig?«

Allmählich irritierte ihn die Sache. »Ich wünschte, du würdest endlich aufhören, dich selbst zu bemitleiden. Du wolltest etwas Bestimmtes vom Leben haben, gut. Tom wollte etwas anderes, auch gut. Wenn er eine Beziehung zu diesem Mädchen hat, dann hat das mehr mit Gemeinschaft und Trost zu tun als mit irgendetwas sonst, und glaube mir, sobald er über dich hinweg ist, wird er sie abschieben.«

»Meinst du, es hätte funktionieren können?«

»Vielleicht, wenn ihr beide andere Leute wärt, aber das seid ihr nicht und damit hat es sich. Du musst endlich vorwärts gehen.«

»Vorwärts wohin?«

»Im Moment, Sam, ist deine Arbeit alles für dich und solange du niemanden findest, der bereit ist, dich mit deinem Ehrgeiz zu teilen, wirst du dich einfach in Geduld üben müssen.«

Sam verzog schmollend den Mund. Auch wenn es die Wahrheit war – das hatte sie nicht hören wollen.

»Außerdem geht es gar nicht so sehr darum, dass du Tom verloren hast, sondern darum, an wen du ihn verloren zu haben glaubst.«

Sam legte die Hände seitlich an ihr Gesicht und zog die Haut straff nach hinten. »Meinst du, es hilft, wenn ich mich liften lasse?«

»Nein. Dann hättest du am Ende so ein fürchterliches ständiges Lächeln auf dem Gesicht. Wie diese grauenhaften Hollywood-Frauen.«

Er verzog sein Gesicht zu einem übertrieben breiten Lächeln und Sam musste lachen. Sie begann sich zu entspannen und streckte ihre Beine über seinen Schoß aus. Er griff nach ihrem Fuß und streichelte ihn.

»Wer war dieser hässliche Fettwanst im Students' Garden?«, fragte er.

»Edward Doyle. Er ist ein FBI-Agent, der uns bei der Morduntersuchung hilft.«

»Pass bloß auf. Das ist ein rücksichtsloser Ellbogentyp, dem es ganz egal ist, was er tun muss, um zu kriegen, was er will.«

Sam war gerührt über seine Sorge. »Mit den Ed Doyles dieser Welt komme ich schon klar.«

Er lächelte sie an, nicht ganz überzeugt von ihrer Unerschrockenheit.

Träge begann sie, mit ihrem Fuß an seinem Bein auf und ab zu streichen. »Wir hatten früher einmal eine schöne Zeit zusammen, nicht wahr?«

»Früher.«

»Meinst du, es könnte wieder so sein?«

»Wer weiß? Vielleicht. Kommt darauf an, ob ich mit deinem Ehrgeiz zurechtkommen könnte oder nicht.«

»Vielleicht könnten wir die Leidenschaft wieder entfachen, um der alten Zeiten willen?«

Liam grinste. »Das ist das beste Angebot, das ich seit Jahren bekommen habe.«

Sam wartete, ohne sein Gesicht aus den Augen zu lassen.

»Normalerweise könnte ich mir niemanden denken, dem ich lieber ja sagen würde, aber im Augenblick hätte ich das Gefühl, die Situation auszunutzen.«

»Zweimal in einer Woche abgewiesen. Ich weiß nicht, ob ich das ertrage.«

»Nur zweimal? Außerdem weise ich dich nicht ab.«

»Ist das wieder deine irische Logik?«

»Du willst ja nicht mich, sondern du willst es nur Tom heimzahlen. Im Übrigen halte ich nicht viel von einmaligen Gastspielen.«

»Vielleicht wäre es ja gar kein einmaliges Gastspiel.«

»Ich fürchte doch. Ich reise morgen ab.«

»*Was?*« Erschrocken richtete Sam sich kerzengerade auf.

»Ich wollte es dir schon früher sagen, aber du warst meistens unterwegs und irgendwie kam nie der richtige Moment.«

»Und was ist mit dem Job in Cambridge?«

»Den habe ich nicht gekriegt. Die haben ihn irgendeinem Bildhauer aus Glasgow gegeben. Offenbar kann er mehr trinken als ich.«

»Warum hast du mir nichts gesagt?«

»Wie gesagt, es war schwierig und du hattest genug eigene Probleme. Ich dachte mir, ich bleibe hier und stehe das mit dir durch, bevor ich mich aus dem Staub mache.«

»Was hast du jetzt vor? Wo willst du hin?«

»Ich habe einen Job in Sydney.«

»In Australien?«

»Jedenfalls nicht in Donegal.«

»Bist du sicher, dass das weit genug weg ist?«

»Etwas anderes habe ich nicht bekommen. Außerdem schicken die Engländer schon lange Iren nach Australien.«

Liam bemerkte, dass Sam plötzlich ein verzweifeltes Gesicht machte. »Es ist nur ein befristeter Vertrag; zwölf Monate, um genau zu sein.«

Sam konnte bei dem Gedanken, ihn wieder zu verlieren, einen Anflug von Panik nicht abschütteln. »Was wirst du dort machen?«

»Es ist ein Posten an der Universität. Englisch.«

Plötzlich schob sich Sam zu ihm hinüber, setzte sich auf seinen Schoß, fuhr ihm mit den Händen durch die allmählich grau werdenden schwarzen Haare und küsste ihn leidenschaftlich auf den Mund. Zum ersten Mal seit zwanzig Jahren erkundete ihre Zunge das Innere seines Mundes.

Nach ein paar Augenblicken entzog er sich ihr. »Ich habe dir doch gesagt, dass ich die Situation nicht ausnutzen will«, sagte er sanft.

Sam sagte nichts, sondern saß nur da, atmete tief und blickte in seine Augen. Ihre Finger streichelten sein Gesicht und zupften an seinen Haaren.

Es war mehr, als er ertragen konnte. »Ach, zum Kuckuck, lassen wir eben Vorteil gelten.«

Er legte seine Hände hinter ihren Kopf, zog sie an sich und küsste sie ausgiebig. Dann nahm er sie auf die Arme und trug sie die Treppe hinauf ins Bett.

Es war noch dunkel, als Sam aufwachte. Der Morgenchor der Vögel hatte gerade erst eingesetzt und erfüllte die Luft mit einer durchdringenden lieblichen Musik. Normalerweise genoss sie das, aber nicht heute. Heute war sie einfach zu müde.

Sie schaute nach rechts, um zu sehen, ob Liam noch da war, aber er war schon weg. Ein Zettel lag auf dem Bett, beschwert von einer blassroten Rose. Seine Maschine ging am frühen Morgen und er hatte für vier Uhr morgens ein Taxi bestellt. Sie hatte ihm gesagt, er solle sie wecken, aber er hatte sich lieber leise davon geschlichen und sie schlafen lassen. Bei ihrem gegenwärtigen Zustand hatte er vermutlich Recht.

Der Zettel war nach australischer Art auf dem Kopf stehend angeheftet. Sie setzte sich auf und zog ihn vorsichtig unter der Rose hervor. Obwohl die Rose wunderschön war und mit ihrem Duft den Raum erfüllte, war sie dennoch, wie so viele wilde Dinge, gefährlich und an ihren Dornen konnte man sich leicht stechen. Sam fragte sich, ob er ihr durch poetische Ironie etwas zu sagen versuchte. Die Nachricht war kurz.

Ich bin kein Prinz, der dich weckt mit einem Kuss,
doch ich weiß, dass dein Gesicht mir bitter fehlen
muss.
Alles Liebe, Liam. XX

Sie stieg aus dem Bett, ging hinüber zu ihrer großen Mahagoni-Kommode und holte einen alten Schuhkarton aus der untersten Schublade. Darin bewahrte sie alle Briefe und Nachrichten auf, die Liam ihr im Lauf der Jahre geschickt hatte. Viele waren es nicht; sie passten bequem in den Karton. Sie legte den Zettel hinein und lächelte über die Erinnerungen, die ihr Inhalt wachrief. Wann sie ihn wohl wieder sehen würde? Wahrscheinlich erst in ein paar Jahren.

Sie bereute es nicht, mit Liam geschlafen zu haben – sie hatte es genossen. Vielleicht lag es daran, dass es ungefährlich war. Er reiste ab, sodass keine Chance bestand, dass sich mehr daraus entwickelte. Vielleicht war das genau das richtige Sexualleben für sie: gelegentliche leidenschaftliche Begegnungen ohne weitere Komplikationen. Zu ihrem Lebensstil passte das, aber was war mit der Zukunft? Im Moment war sie zu müde, um darüber nachzudenken. Sie legte den Karton zurück in die Schublade und ging ins Bad, um zu duschen.

Als Sam in der Leichenhalle eintraf, waren die ersten Vorbereitungen bereits abgeschlossen. Die Proben von der Leiche waren gesammelt und konserviert, die Röntgenaufnahmen waren gemacht und der Leichnam gewaschen worden. Flannery und sein Team mussten die ganze Nacht über an der Arbeit gewesen sein, dachte sie, und das nicht zum ersten Mal. Colin schaffte es, seine Leidenschaft auf seine Leute zu übertragen, sodass sie nicht nur bereit waren, viele Stunden lang an den unwirtlichsten Orten zu arbeiten, sondern dass sie auch noch jeden Moment davon genossen.

Tom Adams hatte sich umgezogen und wartete vor der Leichenhalle, als Sam zielstrebig an ihm vorbei in den Raum rauschte. Zu ihrer Überraschung fehlte Superintendent Farmer immer noch. Als Leiterin der Ermittlungen hätte sie dabei sein müssen. Seit Sam Autopsien durchführte, zumal wenn sie so wichtig waren wie diese, hatte sie noch nie erlebt, dass Farmer eine versäumt hatte. Sie blickte auf zu den Sitzreihen. Wieder war sie überrascht, Doyle, Solheim und Hammond dort zu sehen. Offenbar hatten sie ihren Frieden mit Tom gemacht, dachte sie, obwohl es sicher eine andere Frage war, wie viel Doyle ihm über den Fall erzählt hatte.

Strachans nackter Körper lag kalt und grau auf der Fläche eines Edelstahltisches, den Kopf leicht erhoben auf einem geformten Plastikblock. Wenigstens sah er jetzt halbwegs wie ein Mensch aus, nicht mehr wie jene grausige Erscheinung, die sie unten in dem Abwasserschacht erwartet hatte.

Sie führte rasch die Grunduntersuchung durch, registrierte seine Größe, sein Gewicht und die sichtbaren Verletzungen und Male, die sie einzeln ausmaß, während sie sich Stück für Stück an seinem Körper entlang arbeitete. Dann wälzte Fred die Leiche auf die Seite, sodass sie sich die Unterseite vornehmen konnte. Zuerst schien nichts zu sehen zu sein, doch dann, als Fred den Körper schon zurücksinken lassen wollte, bemerkte sie etwas.

»Im Nacken befindet sich eine kleine Verletzung« – Fred reichte ihr ein Lineal und sie nahm Maß – »von zweieinhalb Zoll Länge.« Sie gab Fred das Lineal zurück. »Sie ist fast identisch mit derjenigen, die an der Leiche von Mary West gefunden wurde, nur die Position ist anders.«

Sie trat von dem Tisch zurück. »Davon hätte ich gerne reichlich Fotos, bitte.«

Der Fotograf von der Spurensicherung trat vor und machte mehrere Aufnahmen. Als er fertig war, fuhr Sam fort. Sie nahm Abstriche unter allen Fingernägeln und schnitt sie dann kurz. Als Nächstes reichte Fred ihr Wattestäbchen von unterschiedlicher Länge. Sie nahm eines nach dem anderen und strich damit die Umgebung und das Innere von Strachans Nase, Mund und Anus ab.

Als sie ein Wattestäbchen tief in Strachans Penis schob, schloss Adams die Augen und senkte den Kopf. Wie oft er es auch sah, er zuckte jedes Mal wieder zusammen.

Dann kam sie zu seinem Schädel. Die Röntgenaufnahmen hatte Sam bereits studiert und dabei gesehen, dass in Strachans Kopf ein harter Gegenstand steckte. Bei der ersten Besichtigung der Leiche hatte sie gedacht, die Kopfwunde müsse durch eine Kugel verursacht worden sein; aber der Gegenstand, der Strachans Gehirn durchbohrt hatte, war zu lang und dünn und am Ende abgeflacht. So etwas hatte sie noch nie gesehen und sie war begierig herauszufinden, was es war.

Sie trat zurück, während Fred den Bereich um die Wunde mit einem Einmalrasierer von Haaren befreite. Als er fertig war, maß Sam zuerst den Durchmesser der Wunde, dann ihre Entfernung vom oberen Rand des rechten Ohres und von der Mitte des Kopfes. »Die Wunde hat einen Durchmesser von einem Dreiviertel Zoll«, diktierte sie, »vier Zoll von der Oberkante des rechten Ohres und sechseinhalb Zoll von der Mitte des Kopfes entfernt.« Diese Messungen beschrieben die genaue Position der Wunde auf dem Kopf und würden es den Geschworenen leichter machen, genau zu verstehen, wo sich die Verletzung befand.

Sam wandte ihre Aufmerksamkeit der Wundöffnung zu und untersuchte sie zuerst mit den Augen, dann mit den Fingern. »Es ist etwas Pulver in die Kopfhaut eingebrannt, was darauf hindeutet, dass der Schuss aus nächster Nähe abgefeuert wurde, vermutlich aufgesetzt.« Normalerweise hätte sie mehr Pulverspuren erwartet, doch angesichts der Umgebung, in der die Leiche gefunden worden war, waren diese vermutlich weggespült oder gar abgewischt worden.

»Die Haut rund um den Absorptionsring ist gedehnt. Sie ist glatt und bräunlich verfärbt. Außerdem sind rund um die Wunde Risse und Abschürfungen auf der Haut zu sehen.«

Fred reichte ihr ein Skalpell. Sie machte zwei Einschnitte, einen hinter jedem Ohr, und dann einen dritten quer über die Kopfmitte, mit dem sie die beiden ersten verband. Dann begann sie mit den Fingern die Kopfhaut vom Schädel abzuziehen. Noch einmal maß und untersuchte sie das Eintrittsloch. Diesmal bot sich ihr ein raues, unregelmäßiges Bild mit Bruchspalten, verursacht durch den Einschlag des Projektils, die von der Verletzung ausstrahlten. Der Schädel selbst jedoch hing immer noch zusammen, was günstig war. Heftige Einschläge konnten einen Schädel zerschmettern, sodass er nur noch von der Kopfhaut zusammengehalten wurde. Sobald diese entfernt wurde, zerfiel der Schädel in Stücke. Fred reichte ihr eine Hirnschalensäge und sie begann, die Schädeldecke abzutrennen.

Auf der Galerie verzog Doyle das Gesicht. Das Geräusch erinnerte ihn immer wieder an den Bohrer eines Zahnarztes und dieses Geräusch war genau der Grund, warum er seit zehn Jahren nicht mehr beim Zahnarzt gewesen war.

Die Schädeldecke wurde von Fred abgenommen und auf ein Tablett gelegt. Sam begann mit ihrer Untersuchung des Gehirns. Es war geschwollen und durch das Eindringen des Projektils schwer beschädigt. Teile davon waren völlig zerstört und in verschiedene Richtungen gerissen. Die Spitze des Gegenstandes war gerade noch zu sehen. Sie steckte ein paar Zentimeter tief in den blutigen Überresten des Gehirns. Sie schob ihre Finger in das weiche Gewebe und zog das Objekt vorsichtig heraus.

Adams trat einen Schritt vor und auf der Galerie reckte Doyle seinen Hals, um besser zu sehen. Beide waren ebenso neugierig wie Sam, was für ein Gegenstand das war. Sie legte es auf ihre flache Hand und zeigte es ihnen. Es war keine Spezialkugel, wie die beiden Beamten vermutet hatten, sondern ein zwei Zoll langer Maurernagel.

Später in ihrem Büro hielt Sam den durchsichtigen Beweismittelbeutel gegen das Licht und musterte das Objekt, das sich darin befand. Sie hatte schon mit allerlei bizarren und ungewöhnlichen Todesarten zu tun gehabt, aber eine Leiche, der ein Nagel in den Kopf getrieben worden war, hatte sie bisher noch nicht zu Gesicht bekommen. In Anbetracht der Umstände, unter denen Mary West gefunden worden war, hätte Sam es passender gefunden, wenn er mit einem Pfahl durchs Herz gefunden worden wäre.

Ein Klopfen an der Tür verkündete das Eintreffen von Adams, Doyle, Solheim und Hammond. Sie betraten das Zimmer zwei Schritte hinter Jean, die ihnen die drei Sessel in der Mitte anbot.

»Tee?« Jeans Stimme klang so bestimmt wie eh und je.

»Ich würde Kaffee vorziehen, Ma'am, wenn es keine Umstände macht.« Doyle benahm sich ungewöhnlich unterwürfig. Das musste Jeans Einfluss sein. Die Leute schienen geradezu Angst vor ihr zu haben.

»Keineswegs. Kaffee also. Ist das Ihnen allen recht?«

Alle nickten und Jean und schloss die Tür fest hinter sich.

Sam wandte sich an Adams. »Wo ist Superintendent Farmer?«

»Anderweitig beschäftigt.«

In Wahrheit hatte er keine Ahnung, aber das wollte er in Gegenwart der Amerikaner nicht zugeben. Ein Anruf, den er vom Chef der Abteilung erhalten hatte, hatte offenkundig gemacht, dass die oberste Riege auch nicht wusste, wo sie steckte. Er hatte beschlossen, noch bis zum Ende dieses Tages zu warten, bevor er sich auf die Suche nach ihr machte. Falls sie irgendeiner eigenen Spur folgte, würde sie ihm kaum für seine Einmischung danken.

»Was können Sie uns sagen?«, fragte Doyle.

»Die Todesursache waren die schweren Hirnverletzungen, die entstanden, als ihm das hier« – sie hielt den Beutel mit dem Maurernagel hoch – »in den Hinterkopf getrieben wurde. Aber wie das gemacht wurde, weiß ich nicht genau. Offenbar wurde dabei erhebliche Gewalt angewandt.«

»Eine Nagelpistole?«

Alle drehten sich zu Hammond um.

»Wir hatten gerade Handwerker auf der Basis. Sie führten Reparaturarbeiten an einem der Hangars durch. Bei einem meiner Inspektionsgänge vor zwei Wochen fiel mir auf, dass sie Nagelpistolen benutzten.«

»Aber es waren Pulververbrennungen an der Haut«, wandte Sam ein.

»So ein Ding funktioniert fast genauso wie eine normale Pistole. Das würde also zusammenpassen.«

Mit unüberhörbarer Verärgerung in der Stimme sagte Adams: »Es standen keine Handwerker auf der Liste des Basispersonals, die Sie mir gegeben haben.«

»Die gehören ja auch nicht zum Basispersonal. Es sind Auftragsarbeiter von außen, Leute aus der Umgebung. Außerdem waren die Arbeiten am Tag vor dem Mord an Mary West beendet.«

»Und es wurde nie der Diebstahl einer Nagelpistole gemeldet?«

»Nicht dass ich wüsste. Aber es gibt eine Menge Kleindiebstähle auf der Basis, sodass ich nicht jedes Mal davon höre.«

»Meinen Sie, Sie könnten das vielleicht herausfinden?«

Adams' Sarkasmus erinnerte Sam an Farmer. Auch wenn sie persönlich nicht anwesend war, schwebte doch ihr Geist über ihnen.

»Ich kümmere mich darum, sobald wir hier fertig sind«, versprach Hammond.

»Ich brauche auch den Namen der Firma, die Sie beauftragt haben.«

Hammond nickte.

Sam wandte sich wieder an Doyle. »Gab es noch andere Opfer, die auf diese Weise getötet wurden?«

Er schüttelte den Kopf. »Nein, sie wurden alle erstochen. Nun ja, jedenfalls die, bei denen wir die Todesursache noch feststellen konnten – einige waren schon zu stark verwest. Aber Nägel gab es keine, da bin ich mir sicher.«

Adams saß auf der äußersten Stuhlkante. »Was für andere Opfer?«, fragte er wütend. »Will mir vielleicht jemand sagen, was hier eigentlich läuft?«

Doyle beeilte sich, ihn aufzuklären. »Wir glauben, dass es eine mögliche Verbindung zwischen den Morden an Mary West und Strachan und einer Serie von Morden gibt, die ich während der letzten Jahre in den Staaten untersucht habe.«

Dann hatte Farmer also Recht mit ihrer Mutmaßung, warum sich das FBI eingeschaltet hatte, dachte Adams. Seine Wut nahm zu. »Und Sie kommen jetzt erst auf die Idee, uns das zu sagen?«

»Wir wollten Superintendent Farmer heute Nachmittag darüber informieren, das Treffen wurde jedoch abgesagt.«

»Aber in der Zwischenzeit hielten Sie es für angebracht, erst einmal mit der hilfsbereiten Pathologin zu reden, bevor Sie mit uns sprachen?«

»Es hätte keinen Sinn gehabt, Sie damit zu behelligen, falls wir falsch gelegen hätten. Wir wollten uns nicht zum Narren machen. Dr. Ryan hat nur geholfen, uns auf die richtige Spur zu setzen. Jetzt, wo wir wissen, dass es derselbe Mann ist, sind wir natürlich gern bereit, mit der britischen Polizei zusammenzuarbeiten.«

»Zu liebenswürdig«, sagte Adams bissig und starrte hinüber zu Sam.

Sie ignorierte ihn und sagte: »Sowohl an Mary Wests als auch an Strachans Leiche befand sich ein Brandmal, wie von einer elektrischen Verbrennung.«

Sie zog ein Foto aus einem Ordner auf ihrem Schreibtisch und reichte es Doyle. Es war eine Farbaufnahme der Wunde, die sie an Mary Wests Hals entdeckt hatte. »Haben Sie so etwas schon einmal gesehen?«

Er studierte es einen Moment lang und drehte es in der Hand, um die Verletzung aus verschiedenen Blickwinkeln zu betrachten. »Ich bin nicht ganz sicher, aber ich glaube schon. Ich werde mir ein paar Autopsiefotos besorgen müssen, um ganz sicherzugehen.« Er lachte kurz auf. »Die habe ich bis jetzt nie in Verbindung gebracht.«

Doyle ärgerte sich über sich selbst. Er hatte geglaubt, alles über diesen Killer und seine Vorgehensweise zu wissen. Doch er hatte etwas Wichtiges übersehen und es hatte eine Frau kommen müssen, um ihn darauf aufmerksam zu machen. Eine bittere Lektion.

Sam spürte, wie ihre Erregung zunahm. »Können Sie sich erinnern, welche der Frauen diese Male hatten?«

»Nein. Es kommt ganz darauf an, ob der Pathologe sie bemerkt hat oder nicht. Sie könnten übersehen oder als zufällige Verletzung ignoriert worden sein.«

Sam erinnerte sich an ihre eigenen ersten Vermutungen über die Verletzung und konnte verstehen, wie es dazu kommen konnte. »Wie lange dauert es, bis Sie Kopien der Fotos bekommen können?«

»Ich schicke heute Abend noch ein Fax nach Quantico. Ungefähr zwei Tage.«

Adams warf ein: »Dann hatten mehrere dieser Frauen ähnliche Verletzungen und das FBI hat nie einen Zusammenhang hergestellt? Nicht sehr beeindruckend.« Adams kochte immer noch vor Wut darüber, dass man ihn im Dunkeln hatte tappen lassen, und war nicht bereit, dass auf sich beruhen zu lassen.

Doyle blieb gelassen. »Mehrere der Opfer lagen schon unter der Erde, bevor wir eingeschaltet wurden. Andere wurden erst entdeckt, nachdem ihre Leichen schon weitgehend verwest waren, weshalb es fast unmöglich war, ihnen noch irgendwelche brauchbaren Indizien zu entnehmen. Wenn wir den Luxus gehabt hätten – falls das unter den Umständen das richtige Wort ist –, dass bei uns innerhalb kurzer Zeit zwei Morde am selben Ort begangen worden wären und alle Leichen noch ohne Weiteres als menschliche Wesen erkennbar gewesen wären, dann hätten wir vielleicht auch nichts übersehen.«

Die beiden Männer starrten sich feindselig an.

Hastig griff Hammond ein und fragte Sam: »Also, was ist Ihrer Meinung nach passiert?«

Sam sah Adams an und suchte nach einem Zeichen der Missbilligung, bevor sie sprach. Da er sich ein wenig entspannt zu haben schien, sagte sie: »Strachan war dabei, Mary West entweder zu vergewaltigen oder ziemlich heftigen Sex mit ihr zu haben, als man ihm mit der Nagelpistole in den Hinterkopf schoss. Das würde die Gegenwart seines Blutes hinter dem Hangar erklären. Danach stülpte ihm unser Mörder eine Plastiktüte über den Kopf und verhinderte so, dass weiteres Blut auf den Boden floss. Die Tüte habe ich unter Strachans Kopf gefunden. Sie wurde vermutlich losgerissen, als seine Leiche in das Abflussrohr gezwängt wurde, was erklären würde, warum Blut am Schauplatz zu finden war, aber nichts auf dem Weg zum Abflusskanal.«

»Weil es in der Tüte aufgefangen wurde?«

Sam nickte.

»Clever.«

Sie fuhr fort: »Dann zerrte oder trug er Mary West zu dem Schuppen, wo er sie umbrachte.«

Adams schaltete sich ein. »Wen hat er zuerst weggebracht, Strachan oder Mary West?«

Sam zuckte die Achseln. »Strachan, nehme ich an.«

»Und Mary hat er allein zurückgelassen? Hätte sie dann nicht die Gelegenheit genutzt, um zu fliehen?«

Auch Doyle sah die Lücke in ihrer Argumentation, aber er war vorsichtiger mit seiner Kritik. »Könnte das Mädchen irgendwie bewegungsunfähig gemacht worden sein« – Sam fand, dass es sich anhörte, als wäre sie ein Auto, aber sie ließ es durchgehen – »sodass der Mörder Zeit hatte, Strachans Leiche verschwinden zu lassen, bevor er zurückkehrte, um das Mädchen zu holen? Der Schacht war ja nur ein paar Meter von dem Hangar entfernt. Allzu lange wird er nicht gebraucht haben.«

»Es gab keine Fesselspuren an ihren Hand- und Fußgelenken«, sagte Sam, »und keinen Hinweis darauf, dass sie bewusstlos geschlagen worden wäre. Könnte vielleicht mehr als eine Person beteiligt sein? Das würde zweifellos einige Fragen beantworten.«

Doyle schüttelte entschieden den Kopf. »Nein, dahinter steckt nur eine Person.«

Adams hakte nach. »Woher wollen Sie das wissen?«

»Ich bin sicher. Ich bin schon lange genug hinter ihm her. Ich kenne ihn besser als mich selbst.«

»Warum haben Sie ihn dann noch nicht geschnappt?«

Adams wusste, dass die Frage Doyle ärgern würde. Ebenso wusste er, dass der wahre Grund dafür, dass Doyle seine Ermittlung bis zum letzten Moment für sich behalten hatte, der war, dass er Angst hatte, die britische Polizei könnte ihm zuvorkommen und den ganzen Ruhm einheimsen. Adams wusste das, weil er, um ehrlich zu sein, genauso gehandelt hätte. Doyle musste sich vorkommen wie ein Marathonläufer, der über die ganze Strecke geführt hatte, nur um kurz vor der Ziellinie überholt zu werden.

Gerade als die Besucher sich zum Gehen erhoben, kam Jean mit dem Kaffeetablett herein. »Oh, Sie wollen schon gehen?«

Die drei Männer entschuldigten sich und Jean nahm es mit Fassung, lächelte und schickte sich an, das Zimmer wieder zu verlassen. In diesem Moment tauchte Trevor Stuart neben ihr auf und nahm einen der Becher vom Tablett.

»Für mich, Jean? Wunderbar. Dabei musste ich noch nicht einmal einen Termin machen.«

Jean warf ihm einen finsteren Blick zu, bevor sie rückwärts hinausging.

Sam stellte ihn vor. »Das ist Dr. Trevor Stuart, mein Kollege in der Pathologie. Dies sind Agent Edward Doyle von der Abteilung für Verhaltensforschung des FBI in Quantico und seine Kollegin Agent Catherine Solheim. Inspektor Adams kennen Sie ja und das ist Major Robert Hammond, der kommandierende Sicherheitsoffizier der Air-Force-Basis Leeminghall.«

»Bob, lange nicht gesehen. Steigen bei Ihnen immer noch diese wunderbare Partys?«

»Wenn sich die Gelegenheit ergibt.«

Sichtlich beeindruckt wandte sich Stuart an Catherine Solheim. »Wie lange werden Sie in Cambridge bleiben?«

»Das weiß ich noch nicht genau«, sagte sie. »Es hängt von den Ermittlungen ab.«

Er nickte verständnisvoll. »Wo wohnen Sie?«

»In Leeminghall.«

»Hervorragend. Hatten Sie schon Gelegenheit, unsere wunderschöne Stadt zu besichtigen?«

»Darum haben wir uns bereits gekümmert, Trevor«, sagte Hammond mit Betonung. Er nahm Catherines Arm und führte sie in Richtung Tür.

Stuart machte ein enttäuschtes Gesicht. »Wirklich? Wie schade. Vielleicht ein anderes Mal.«

Hammond schüttelte den Kopf. »Glaube ich kaum.«

Während die anderen sich zum Gehen anschickten, wandte Doyle sich an Sam. »Ob ich wohl einen Autopsiebericht bekommen könnte?«

»Da werden Sie den Inspektor fragen müssen. Ich glaube, ich bin fürs Erste gefällig genug gewesen.«

Adams starrte sie mit steinerner Miene an. Ihre Unterordnung beschwichtigte ihn nicht und er bezweifelte, dass sie lange anhalten würde. Zu Doyle sagte er: »Ich denke, Sie werden bis nach Ihrem Gespräch mit Superintendent Farmer warten müssen. Sie muss das entscheiden.«

»Wann immer das sein wird.«

Adams zuckte gleichgültig die Achseln und ging hinaus. Erleichtert ließ sich Sam in ihren Sessel fallen.

Sobald alle draußen waren, stellte Trevor Stuart seinen Kaffee ab und nahm Sams Jacke vom Haken an der Tür. »Komm, wir gehen aus.«

Er zog sie von ihrem Sessel hoch und begann ihr die Jacke über die Schultern zu legen.

»Wohin? Ich habe zu tun. Ich habe jetzt keine Zeit dafür.«

»Ins Schlachthaus von Morton.« Er nahm sie am Arm und zerrte sie förmlich zur Tür.

»Wohin? Also, du weißt wirklich, wie man eine Frau verwöhnt.«

Er hielt inne und lächelte selbstsicher zu ihr hinab. »Ich glaube, ich habe herausgefunden, was dieses Brandmal an Mary Wests Hals verursacht hat. Bist du jetzt interessiert?«

Sam zog ihre Jacke richtig an und folgte ihm bereitwillig aus dem Büro hinunter zu seinem Wagen.

Sobald sie den Stadtverkehr hinter sich gelassen hatten, sah Stuart zu Sam hinüber und fragte: »Was ist eigentlich hier los?«

Sam zuckte die Achseln und schüttelte den Kopf, bemüht, so zu tun, als wüsste sie nicht, was er meinte.

Aber er kannte sie zu gut. »Ach, komm schon. FBI-Agenten aus den Staaten, Hammond bei den Besprechungen dabei. Das sieht nicht nach normalem Büroalltag aus.«

»Du weißt doch, warum. Sie untersuchen die Morde an Mary West und Ray Strachan auf der Basis. Das ist offiziell amerikanischer Boden, darum sind sie interessiert. Das ist alles.«

»Das sind lokale Mordfälle, mit denen sich normalerweise die lokalen Behörden befassen. Bring mich nicht dazu, dich anzubetteln.«

Sam musste lächeln. Sie kannte Trevor, seit sie nach Cambridge gekommen war, und obwohl er gerade eine Midlifecrisis von mammutartigen Ausmaßen durchmachte, war er ein guter Freund und Kollege und sie vertraute ihm.

Mit einem Seufzen gab sie nach. »Sie sehen einen Zusammenhang zwischen diesen beiden Morden und mehreren ähnlichen in den Staaten.«

»Ein Serienmörder?«

»Sieht so aus.«

»Wie haben sie die Verbindung hergestellt?«

»Die Opfer sind alle Frauen und obwohl kein bestimmter Typ zu erkennen ist, ist die Vorgehensweise sehr ähnlich. Außerdem sind sie in letzter Zeit auf eine Verbindung zu amerikanischen Air-Force-Basen gestoßen.«

Trevor ließ sich das durch den Kopf gehen. »Vergewaltigungen?«

»Nein. Zumindest nicht, dass ich wüsste.«

»Mary West wurde vergewaltigt.«

»Aber nicht von unserem Mörder. Wir glauben, dass vermutlich Strachan sie vergewaltigt hat, bevor er selbst ermordet wurde.«

»Weil er im Weg war?«

Sam nickte. »Wir warten immer noch auf die DNS-Analyse, aber ich denke, dass meine Theorie sich bestätigen wird.«

»Hör mal, ich weiß, dass du dich gerne auch außerhalb des Labors in deine Fälle reinhängst, aber ich finde, von diesem solltest du die Finger lassen. Wenn du es wirklich mit einem

Serienkiller zu tun hast, ist das verdammt gefährlich. Diesmal wagst du dich zu weit hinaus, Sam.«

»Mach dir keine Sorgen. Ich bin schon ein großes Mädchen. Außerdem bin ich fast fertig damit. Viel mehr kann ich ohnehin nicht tun.«

»Gut.«

»Es sei denn, sie finden noch eine Leiche, versteht sich.«

Er sah ein, dass es hoffnungslos war. Er würde sie einfach eine Weile im Auge behalten und, falls die Sache zu heiß wurde, dafür sorgen müssen, dass ihr der Fall entzogen wurde. Er hatte immer noch genügend Einfluss im Krankenhaus, um das zu erreichen, und schließlich war es zu ihrem eigenen Besten. Inzwischen tat er besser daran, sich aufs Fahren zu konzentrieren.

Morton war ein hübsches kleines Dorf, ungefähr zwölf Meilen außerhalb von Cambridge gelegen und mindestens vierhundert Jahre alt. Das Zeitalter der neuen Entwicklungen und der Einkaufszentren am Stadtrand war weitgehend spurlos daran vorübergegangen, sodass es ganz allmählich von wohlhabenden Pendlern und Leuten, die sich zwei Häuser leisten konnten, übernommen worden war. Als etwa fünf Jahre zuvor geplant wurde, ein Schlachthaus in Morton zu bauen, hatten die Dorfbewohner, die gemeinsam über beträchtlichen politischen und finanziellen Einfluss verfügten, mit erbittertem Widerstand reagiert. Schließlich kam es zu einem Kompromiss und die Gebäude waren zwei Meilen östlich des Dorfes errichtet worden – wenn auch selbst dort das Schlachthaus einigen Anstoß erregte.

Als sie ankamen, stellte Trevor den Wagen auf einem Parkplatz ab, der für den »Geschäftsführer« reserviert war, und sprang hinaus. Als er auf den Eingang zuging, kam ihm ein großer übergewichtiger Mann in einem eleganten blauen Anzug entgegen. Nachdem sie sich die Hände geschüttelt hatten, kam Trevor mit ihm zurück, um ihn Sam vorzustellen.

»Sam, das ist Peter King, der Geschäftsführer des Schlachthauses. Er wird uns helfen, ein kleines Problem zu lösen.

Peter, dies ist Dr. Ryan, die Pathologin, von der ich Ihnen erzählt habe.«

King streckte seine Hand aus und Sam schüttelte sie. Es war, als griffe sie in einen Kessel mit Wurstmasse. Sein Händedruck war weich und schlaff und Sam empfand ihn als ausgesprochen unangenehm.

»Erfreut, Sie kennen zu lernen, Ma'am.«

Sein amerikanischer Akzent überraschte sie im ersten Moment. Dann erinnerte sie sich, dass dieses und etliche weitere Schlachthäuser überall im Land von einer amerikanischen Firma errichtet worden waren. Es war ein großer multinationaler Konzern, der überall in den USA Schlachthäuser und Fleischfabriken betrieb und sich nun offensiv nach Europa ausbreitete.

In einer Hand hielt King einen Gegenstand, der in einen weißen Lappen eingewickelt war. Sam war neugierig, fragte aber nicht, was es war. Wenn es etwas Wichtiges war, würde er es ihr schon von selbst zeigen.

King deutete auf die Schlachthäuser. »Wenn Sie bitte hier entlang kommen wollen? Ich denke, wir können die Demonstration schnell hinter uns bringen.«

Während Sam den beiden Männern zu den Schlachthäusern folgte, traf eine Lieferung Schafe und Schweine ein. Sam war an den Tod gewöhnt und keine Vegetarierin – sie aß für ihr Leben gern Fleisch –, aber der Anblick dieser unglücklichen Geschöpfe, wie sie aus den Lastwagen ihrer Schlachtung entgegengetrieben wurden, machte ihr zu schaffen. Sie hoffte nur, dass die Tiere wenigstens bisher gut behandelt worden waren.

Auf dem Weg zu den Schlachthäusern kamen sie durch mehrere Baracken, in denen sich Tiere und Fleisch in verschiedenen Stadien der Verarbeitung befanden. Sam gefiel dieser Ort nicht. Er roch nach Tod und das erbärmliche Blöken und Quicken der Tiere hörte sich furchtbar an.

Am anderen Ende der Fabrik befand sich eine kleine Baracke mit Metallkäfigen in verschiedenen Größen. Sie gingen hindurch bis zu einem der kleineren Käfige in der Mitte, in dem sie ein einzelnes Schwein erwartete. Der Pferch war so klein, dass das Tier sich weder vor noch zurück bewegen, sondern nur im Stehen die Beine von Seite zu Seite setzen konnte, um eine bequeme Position zu finden.

Ohne Mitleid, fast mit einer gewissen Befriedigung schaute King auf das Tier hinab. Sam lief ein Schauder über den Rücken und sie fragte sich, was er und Trevor wohl im Schilde führten. King wickelte den Gegenstand aus, den er bei sich trug. Es war ein Y-förmiges Gerät mit einem schwarzen Knopf oder Auslöser an der Seite; an der Innenseite jedes Zweiges des Y befanden sich kleine Spitzen aus Metall. King reichte es Trevor Stuart, der es vor Sams Augen hoch hielt und auf den Knopf drückte. Grelles Licht blitzte auf und ein lautes Knistern war zu hören, als ein dünner Faden blauweißer Elektrizität wie ein Blitz von einer Metallspitze des Y zur anderen übersprang.

Trevor lächelte in Sams erschrockenes Gesicht. »Das ist eine Betäubungspistole.«

Er reichte ihr das Gerät und sie betrachtete es genau, wobei sie darauf achtete, nicht an den Auslöser zu kommen.

»Erinnerst du dich noch an die Bürgerrechtskonferenz, auf der ich gesprochen habe?«, fragte er.

Sie nickte.

»Dort hat man mir Fotos von politischen Gefangenen gezeigt, die gefoltert worden waren. Größtenteils Leichen – in einigen dieser Länder wird ja nicht lange gefackelt. Jedenfalls fiel mir auf, dass manche der Verletzungen denen ähnlich waren, die du mir auf den Autopsie-Fotos von Mary West gezeigt hattest, und auch auf denen, die ich an dem Jungen gesehen hatte, der starb, als er seinen Drachen zurückholen wollte. Also habe ich mich danach erkundigt. Solche Verletzungen werden durch so ein Ding verursacht, indem man es gegen die Haut drückt und auslöst.«

»Aber wo sollte jemand so etwas herbekommen?«

»Hauptsächlich von uns. Offenbar verkaufen wir eine ganze Menge davon.«

Sam war erstaunt.

»Wie auch immer, indem man die Stromstärke justiert, kann man entweder jemandem ernsthaft wehtun, besonders wenn man das Gerät an gewisse empfindliche Körperteile hält, oder auch nötigenfalls jemanden bewusstlos machen. Offenbar erfreuen sich die Dinger bei Straßenräubern wachsender Beliebtheit. Dämmert dir was?«

Es dämmerte.

»Sieh es dir selbst an. Peter?«

Peter King setzte das Gerät dem Schwein in den Nacken und drückte ab. Die Wirkung folgte sofort. Die Beine des Tieres brachen ein und trotz des beengten Raumes fiel es sofort zu Boden. Sam war entsetzt. Die Fotos hätten ausgereicht, um sowohl sie als auch die Polizei zu überzeugen. Das hier wäre wirklich nicht notwendig gewesen. Es diente lediglich dazu, Trevors Hang zum Theatralischen zu befriedigen. Er winkte sie zu sich heran und sie hockten sich neben das immer noch zuckende Tier.

»Haben Sie es getötet?«, fragte sie King.

»Nein, Ma'am, nur ein bisschen betäubt. In ein paar Minuten ist es wieder auf den Beinen.«

»Und dann können Sie es schlachten?«

King zuckte die Achseln.

»Sieh dir das an«, sagte Trevor.

Sam schaute die Stelle an, auf die er deutete. Im Nacken des Schweins befand sich ein langes, dünnes Brandmal, identisch mit denen, die sie bei Mary West und Ray Strachan gesehen hatte.

8

Catherine Solheims Tour durch Cambridge dauerte den ganzen Nachmittag und den größten Teil des Abends. Nachdem ihr Treffen mit Superintendent Farmer abgesagt worden war, hatte Doyle beschlossen, sich in seine Aufzeichnungen zu vertiefen, um sicherzugehen, dass er nicht noch etwas übersehen hatte, sodass sie unverhofft den Nachmittag frei hatte. Hammond reagierte sofort und mit einem Reiseführer gewappnet schafften sie es, alle alten Colleges und sogar ein paar der neuen zu besuchen. Danach unternahm Hammond mit ihr eine kleine Kahnfahrt hinter den Colleges entlang, gefolgt von einem Abendessen in einem kleinen, lauschigen Restaurant neben der Magdalenen-Brücke.

Er war der perfekte Begleiter, liebenswürdig, aufmerksam und amüsant. Sie fühlte sich in seiner Gegenwart so glücklich und entspannt, dass sie seinen Arm ergriff, als sie am Nachmittag durch die Straßen schlenderten, und sich in der Illusion erging, sie wären schon seit Jahren zusammen.

Am Ende des Abends gingen sie in Hammonds Wohnung. Als sie eintraten, streckte Catherine automatisch die Hand aus, um das Licht einzuschalten, doch seine Hand hielt ihren Arm zurück. Das Zimmer lag nicht völlig im Dunkeln. Das Mondlicht, das durch die Fenster hereinströmte, verbreitete genug von seiner kühl-blauen Helligkeit, um sehen zu können, und überzog alle Flächen mit dem silbrigen Geheimnis eines Sommerabends. Hammond drehte sie zu sich um, legte seine Hand unter ihr Kinn und hob ihr Gesicht zu sich hoch, um sie zu küssen. Sie erwiderte seinen Kuss sofort voller Leidenschaft und streichelte mit beiden Händen seinen Nacken. Immer drängender und intensiver wurden ihre Liebkosungen, bis Hammond sie auf die Arme nahm und in sein Schlafzimmer trug.

Während er sie sanft aufs Bett legte, flüsterte er: »Bist du sicher, dass du das willst?«

Sie lächelte und brachte ihn zum Schweigen, indem sie ihm mit dem Finger über die Lippen fuhr. Er streichelte ihren Körper und sie sprach sofort darauf an. Ihr Mund öffnete sich, ihre Arme streckten sich über ihren Kopf empor und sie seufzte leise. Hammond spürte, dass er bald seine Hosen loswerden musste, wenn er nicht vor Erregung explodieren wollte. Sie streichelte seinen Nacken und fuhr ihm mit ihren langen Fingern über den Hinterkopf, während sie ihn zu sich herabzog.

Nachdem Sam einmal von Rickys geplanter Abenteuerreise erfahren hatte, hatte sie sich sofort in die Vorbereitungen eingemischt. Dass das ein Fehler war, wusste sie selbst. Irgendwann musste er lernen, auf eigenen Füßen zu stehen, und wenn sich jemand in ihre Pläne eingemischt hätte, als sie in Rickys Alter war, wäre sie stinksauer gewesen. Aber Ricky war anders, sagte sie sich. Sie war reifer gewesen, hatte ein bisschen mehr über die Welt gewusst.

Seine Route war geplant, sein Pass gültig und alle Visa vorhanden. Am Ende hatte sie sogar noch seinen Rucksack umgepackt, während Wyn protestierend daneben stand. »Er muss doch lernen, das selbst zu machen.«

Sam hatte ihre Schwester ignoriert und ihre Demonstration fortgesetzt, während Ricky und Tracy mit unbeteiligter Miene von ihren Plätzen am Küchentisch aus zugesehen hatten. Als sie fertig war, stand Ricky auf und ging zu ihr hinüber.

»Du weißt ja wohl, was passieren wird, oder?«

Sam sah ihn verdutzt an.

»Die erste Sache, die ich brauchen werde, wird ganz unten im Rucksack stecken und ich werde alles ausräumen müssen, um daranzukommen.«

Sie schüttelte den Kopf. »Der Rucksack ist logisch gepackt, sodass das kaum passieren dürfte.«

»Das ist schön und gut, wenn du es mit einer logischen Person zu tun hast. Aber ich bin nicht logisch.«

Sam starrte ihn einen Moment lang schweigend an, während sich Tracy ein Kichern verbiss. Er hatte natürlich Recht, und letzten Endes würde er es auf seine Art machen müssen, genau wie Wyn sagte. Aber zumindest konnte sie ihm einen guten Start verschaffen.

Sie hatte angeboten, die beiden nach London zu fahren, und dann vorgeschlagen, wenn sie schon so weit sei, könnte sie sie ja auch gleich bis nach Dover bringen. An dieser Stelle läuteten bei Ricky die Alarmglocken, denn er war sicher, dass seine Tante sie noch bis nach Katmandu begleiten würde, wenn sie ihr keinen Riegel vorschoben. Also bestand er darauf, dass sie zu dem ursprünglichen Plan zurückkehrten. Sam musste sich damit begnügen, die beiden bis zum Bahnhof von Cambridge zu chauffieren.

Die Straßen nach Cambridge schienen noch stärker befahren zu sein als sonst. Einen offensichtlichen Grund dafür gab es nicht. Sie waren bereits spät dran und Sam wurde zunehmend nervös. Es hatte länger als geplant gedauert, Tracy in ihrem Elternhaus abzuholen, und nun das. Es wäre lächerlich, wenn die beiden jungen Leute gleich bei der ersten Etappe ihrer Reise den Zug verpassen würden. Der Verkehr ließ ein wenig nach und sie konnten etwas von dem Rückstand aufholen und erreichten bald die Station Road.

Beim Anblick des Kriegerdenkmals an der Kreuzung spürte Sam einen Kloß im Hals. Die große Bronzestatue zeigte einen jungen Mann, der wohlgemut in den Krieg zog und dabei anderen aufmunternd zuwinkte. Es war albern und melodramatisch, aber für einen Moment schien ihr das Gesicht der Statue wie das von Ricky auszusehen. Sie schob den Gedanken von sich und fuhr weiter zum Bahnhof. In der Nähe des Haupteingangs fand sie einen Parkplatz. Alle zwängten sich aus dem Wagen und halfen, Rickys und Tracys Rucksäcke und die diversen Tragetaschen voller Grundnahrungsmittel auszuladen, die Wyn ihnen aufgedrängt hatte.

Als sie den Bahnsteig erreichten, stand der Zug nach London bereits da, sodass sie hastig alles in ein Abteil hievten und sich vergewisserten, dass die beiden Reisenden gute Sitzplätze hatten. Dann stiegen sie zurück auf den Bahnsteig, um sich zu verabschieden.

Sam wartete, während Wyn sich mit Umarmungen und Küssen von Ricky und Tracy verabschiedete; dann nahm sie ihren Neffen in die Arme und drückte ihn fest an sich.

»Hör zu, du hast ja meine Nummer. Wenn es irgendein Problem gibt, egal was, dann ruf mich an, verstanden? Ruf an.«

Ricky erwiderte die Umarmung. »Danke für alles, Tante Sam. Ohne dich hätte ich es vielleicht nicht geschafft.«

»Sei nicht albern, natürlich hättest du das.«

Sie drückte ihm die Hand und steckte noch eine Fünfzig-Pfund-Note hinein.

»Ich finde, du hast schon genug für uns getan«, wehrte er ab. »Das ist wirklich nicht nötig.«

Er versuchte das Geld zurückzugeben, doch Sam wollte es nicht annehmen. »Das ist für die vielen Anrufe, die du bei deiner Mutter und mir machen wirst.«

»Dafür hast du mir doch schon eine Telefonkarte gegeben.«

»Die verlierst du vielleicht. Wer weiß?«

Der Schaffner blies in seine Pfeife und nach einer letzten schnellen Umarmung sprangen Ricky und Tracy zurück in den Zug. Sekunden später rollte er aus dem Bahnhof und nahm rasch Fahrt auf. Sam sah ihre Schwester an und bemerkte die Tränen, die ihr über die Wangen rollten. Sie legte Wyn den Arm um die Schultern und drückte sie an sich, während der Zug ihren Blicken entschwand.

»Mach dir nicht zu viele Sorgen um ihn«, sagte sie sanft. »Die Frage ist nicht, ob Ricky reif für die Welt ist, sondern ob die Welt reif für Ricky ist.«

Wyn rang sich ein Lächeln ab. Tausende junger Männer und Frauen traten jedes Jahr derartige Reisen an und sie alle kamen gesund wieder nach Hause. Doch im Gegensatz zu ihrer abenteuerlustigen Schwester hatte Wyn die weite Welt nie erlebt und es fiel ihr nicht leicht, ihren jüngsten Sohn loszulassen.

Sam hakte ihre Schwester unter. »Komm, lass uns eine Tasse Tee trinken. Das Café hier soll ganz gut sein und wenn es dir gut tut, darfst du sogar bezahlen.«

»Das tut mir sogar sehr gut.«

Sie kehrten den leeren Gleisen den Rücken und verließen den Bahnsteig.

Als er mit seinem Krawattenknoten fertig war, schaute Hammond durch die Schlafzimmertür zu Catherine hinüber. Der Anblick ihres straffen Körpers unter der dünnen weißen Decke weckte in ihm den Wunsch, sich wieder auszuziehen und zu ihr zu legen. Wie gebannt sah er zu, wie sie ihren Rücken hochwölbte und sich auf die Unterlippe biss. Hammond hatte während seiner Laufbahn schon mit einigen Frauen geschlafen. Manche waren schön gewesen, manche weniger, aber er konnte sich nicht erinnern, in seinem ganzen Leben schon jemals eine Frau gesehen zu haben, die so umwerfend aussah wie Catherine in diesem Moment. Schon bei der Erinnerung an ihren jungen Körper unter seinen Händen begann ihm das Herz zu klopfen. Er war froh, dass er sich in Form gehalten hatte. Das, zusammen mit seinem guten Aussehen und seinem Charme, der aus echtem Interesse und seiner Vorliebe für weibliche Gesellschaft erwuchs, hatte ihm anhaltenden Erfolg bei Frauen verschafft, obwohl er inzwischen schon in den mittleren Jahren war.

Doch so sehr er sie auch begehrte, er bezweifelte, dass er noch Kraft für weitere Liebesspiele hatte. Es würde ein langer Tag werden und er brauchte alle Energie, die er noch hatte. General Brown würde heute seine letzte Inspektion vor dem Rückflug in die Staaten machen und Hammond wusste, dass der General, egal, wie gut gearbeitet wurde, immer etwas auszusetzen hatte – und sei es nur, um seine eigene Existenz zu rechtfertigen.

Er zog sich fertig an, ging hinüber zu Catherine, beugte sich hinab und küsste sie auf den Mund. Bevor er wusste, wie ihm geschah, schlang sie ihre Arme um seinen Hals und ihre Lippen pressten sich fest gegen seine. Er versuchte sich aufzurichten, doch sie klammerte sich so fest an ihn, dass er sie mit sich hochzog. Schmunzelnd befreite er sich widerwillig aus ihrem Griff und sie kniete nackt und wehmütig auf der Bettkante.

»Wir sehen uns heute Abend«, sagte er.

Sie legte sich zurück und sah ihn aus halb geschlossenen Augen an. »Vielleicht.«

Er wartete.

»Vielleicht rufe ich auch diesen netten Dr. Stuart an. Mal schauen, was der so treibt.«

Hammond ließ sich nicht provozieren. »Bis heute Abend. Und bleib nicht zu lange – Doyle fängt bestimmt bald an, dich zu suchen.«

Er ging hinaus, schloss leise die Tür hinter sich und ging hinüber zu seinem Büro.

Catherine wälzte sich träge aus dem Bett und ging ins Bad, um zu duschen. Sie hatte den gestrigen Tag und die Nacht sehr genossen. Hammond war ein guter Liebhaber, der die Initiative ergriff, ohne zu überrumpeln, und für einen Mann seines Alters verfügte er über eine bemerkenswerte Ausdauer. Da sie nicht viel geschlafen hatten, war sie müde und hoffte, dass Doyle kein allzu anstrengendes Tagesprogramm vorgesehen hatte. Sollte sie sich an diesem Abend mit Hammond treffen? Ja, sie würde es tun; schlafen konnte sie immer noch, wenn sie wieder in den Staaten war.

Während sie sich abtrocknete, schlenderte sie ins Wohnzimmer. Das Zimmer war groß und im Gegensatz zu ihrem, in dem stets das Chaos herrschte, vollkommen ordentlich. Allerdings kam es ihr eher wie ein Büro als wie ein Wohnzimmer vor. Alles war makellos. An den Wänden hingen zahlreiche Fotos von Hammond in Uniform und bei einer Vielzahl von militärischen Kursen, zusammen mit den Zertifikaten, die er für seine Teilnahme daran erhalten hatte. Seltsamerweise gab es keine Fotos von Freunden, Angehörigen oder Freundinnen. Verschiedene Souvenirs dekorierten die Regale und Schrankflächen: Polizeihelme aus England, Deutschland und Frankreich, daneben mehrere aus den Staaten.

Seine Bücher handelten vorwiegend vom Militärrecht, obwohl auch einige literaturkritische Werke, ein paar Gedichtbände und mehrere Schriftstellerbiographien darunter waren.

Sie mochte das Zimmer nicht. Es war nichts sagend: keine Wärme, keine tief verwurzelte Persönlichkeit. Sie war nicht sicher, ob Hammond selbst oder das Militär schuld daran war. Es zwang die Leute dazu, ihr Leben immer im Blick auf die nächste Versetzung zu leben. Sie kehrte ins Bad zurück, um sich anzuziehen.

Nachdem sie Wyn zu Hause abgesetzt hatte, machte Sam sich auf den Rückweg zu ihrem Haus. Sie hatte gehofft, ihre Mutter zu sehen, aber sie war heute in der Altentagesstätte und Wyn hatte die Pause bitter nötig. Den Rest des Tages hatte Sam sich freigenommen und sie war entschlossen, den größten Teil davon im Garten zu verbringen, um all die Arbeiten aufzuholen, die sie in den letzten Wochen vernachlässigt hatte. Sie fühlte sich schrecklich müde, fast ausgelaugt, und brauchte eine Unterbrechung. Auf dem Heimweg nahm sie noch aus dem Reisebüro einen Stapel Urlaubsprospekte mit. Was sie suchte, war ein ruhiger Strand an einem abgelegenen Ort, ein großes Badetuch und ein gutes Buch.

Als sie zu Hause ankam, warf sie die Prospekte zusammen mit den zerknitterten Zeitungen und Briefen aufs Sofa. Sie wusste, dass das Haus einmal gründlich aufgeräumt und geputzt werden musste, aber wenn Haus gegen Garten stand, gewann immer der Garten. Sie hatte schon eine Anzeige für eine Putzfrau aufgegeben, aber eine Antwort war bisher ausgeblieben. Die abgeschiedene Lage des Hauses, die sie so sehr liebte, schien die Leute eher abzuschrecken.

Sie zog sich ihre Gartensachen und Gummistiefel an und ging nach draußen. Auf dem Weg zum Geräteschuppen hörte sie das vertraute Geräusch von Autoreifen auf der Kieseinfahrt. Im ersten Moment war sie ärgerlich; hoffentlich war es nichts Dringendes. Sie ging ums Haus herum nach vorn und sah zu ihrer Überraschung Harriet Farmer vor dem Eingang stehen.

»Superintendent?«

»Dr. Ryan, ich hoffe, ich störe Sie nicht. Ich muss Sie kurz sprechen.«

In dem Moment, als Farmer sich ihr zuwandte, bemerkte Sam die Veränderung. Ihr Haar war nicht mehr straff zurückgebunden, sondern hing ihr lose über die Schultern, gehalten von einem schwarzen Haarreif. Auch von dem formellen dunklen Kostüm und den Allwetterschuhen war nichts zu sehen; stattdessen trug sie ein attraktives Sommerkleid und Sandalen. Ihr Gesicht wirkte gelassen und entspannt.

Sam war fasziniert. »Wie wäre es mit einem Kaffee?«

Farmer nickte und folgte ihr ums Haus nach hinten.

Sam brachte die beiden Kaffeetassen hinaus auf die Terrasse. Farmer stand bewundernd vor einem üppigen Sonnenwendenstrauch und schnupperte an den Blüten.

Sam stellte die Tassen ab. »Schön, nicht wahr?«

»Ja, das sind sie. Ich habe mir immer einen großen Garten gewünscht.«

»Was haben Sie denn im Moment?«

»Ein grünbraunes Badehandtuch. Sehr praktisch und sehr leblos.«

Sam nickte und fragte sich, wann Farmer zur Sache kommen würde.

Sie tat es im nächsten Moment. »Ich bin zurückgetreten – besser gesagt, in den Ruhestand gegangen. Aus medizinischen Gründen.«

Sam war sprachlos; nicht nur darüber, dass Farmer die Polizei verließ, die ihr Leben war, wie sie wusste, sondern vor allem über den Grund. Sie hatte immer so ausgesehen, als strotze sie vor Gesundheit.

Farmer hielt mit dem Grund nicht hinter dem Berg. »Ich habe Krebs. Brustkrebs.«

»Wie lange wissen Sie das schon?«

»Eine Weile. Ich habe den Knoten vor ein paar Wochen entdeckt.«

»Wie ist die Prognose?«

»Eine Brust muss abgenommen werden, danach kommt wahrscheinlich eine Strahlenbehandlung. Da ich es relativ früh entdeckt habe, sind die Aussichten optimistisch.«

»Ist das der Grund, warum Sie nicht aufzufinden waren?«

Farmer nickte. »Es hat mir mehr Angst gemacht, als ich gedacht hätte. Als ich es dann herausfand ... ich weiß nicht ... es war fast so, als wäre ich über den Atlantik geflogen und litte unter der Zeitverschiebung.«

»Wenn die Aussichten gut sind, warum hören Sie dann auf? Sie werden feststellen, dass Sie sich sehr schnell von der Operation erholen werden. Die innerliche Umstellung könnte schwieriger werden, aber Sie sind eine starke Persönlichkeit. Ich bin sicher, Sie sind ziemlich schnell wieder einsatzfähig.«

»Nein. Ich werde nie wieder dieselbe sein. Ich habe genug. Das hat nichts mit der körperlichen Entstellung zu tun – damit komme ich schon klar. Es war der Schreck, der mich gepackt hat, als ich merkte, dass ich sterblich bin und meine Zeit auf dieser Erde begrenzt ist. Komisch, wie es einem gehen kann, wenn einen der Flügel des Engels berührt, nicht wahr?«

Sam schwieg. Farmer wollte reden und aus irgendeinem Grund hatte sie sich Sam als Gesprächspartner ausgesucht. Sie fühlte sich geehrt.

»Ich bin meinem Vater zur Polizei gefolgt, wissen Sie. Damals schien es das einzig Richtige zu sein. Aber wissen Sie, was ich in Wirklichkeit am liebsten getan hätte?«

Sam schüttelte den Kopf.

»Am liebsten hätte ich eine große Familie, einen großen Garten und einen zottigen Hund gehabt. Aber das konnte ich nicht, weil es nicht das war, was von mir erwartet wurde. Man hätte auf mich herabgesehen. Wir tun unser ganzes Leben lang Dinge, nur damit andere Leute mit uns zufrieden sind. Also habe ich mich an die Spitze meines Berufs hochgearbeitet. Aber dann wusste ich plötzlich nicht mehr, warum.«

»Harriet, Sie haben sehr viel erreicht. Sie haben keinen Grund, sich für irgendetwas zu schämen.«

»Ich schäme mich auch nicht, ich habe nur das Gefühl, mein Leben anderen zu Gefallen gelebt zu haben.«

Sam wusste nicht, was sie sagen sollte. »Was haben Sie vor, wenn Sie die Operation hinter sich haben?«

»Reisen.«

»Allein?«

»Nein, ich habe einen Freund, Eric. Ob Sie's glauben oder nicht, wir gehen an den meisten Wochenenden zusammen wandern. Er ist älter als ich; eigentlich ein Freund meines Vaters, aber wir verstehen uns gut und haben eine Menge gemeinsamer Interessen. Ich könnte es schlechter treffen.«

»Heiratspläne?«

»Wer weiß? Warum nicht, wenn uns danach ist? Alles, nur nicht wieder der verdammte Trott, den ich in den letzten zwanzig Jahren durchgemacht habe.«

»Hallo Welt.«

Farmer lächelte. »Ja, so ähnlich fühle ich mich.«

»Sind Sie sicher, dass Sie die richtigen Entscheidungen treffen?« Es war eine rhetorische Frage, aber Sam hatte das Gefühl, sie stellen zu sollen.

»Ich bin mir noch nie im Leben einer Sache so sicher gewesen.«

Sam spürte Farmers Überzeugung und war beruhigt. Einen Moment lang stiegen in ihr Zweifel an ihren eigenen Lebensentscheidungen auf, aber sie schob sie rasch zurück in den Hintergrund. Jeder lebte sein Leben anders und fand sein Glück auf andere Weise.

»Ja, es kommen immer drei Dinge auf einmal, nicht wahr?«

Farmer sah sie fragend an.

»Sie sind diese Woche schon die dritte Person, die fortgeht.«

»Wer waren die anderen beiden?«

»Ein alter Freund namens Liam – er ist nach Australien gegangen –, Ricky, mein Neffe, der beschlossen hat, mit dem Rucksack um die Welt zu reisen, und jetzt Sie.«

»Wenn ich einem von ihnen begegne, grüße ich sie von Ihnen.«

Sam lächelte. »Ich glaube, ich werde Sie vermissen.«

»Bei mir wissen Sie wenigstens, was Sie erwartet?«

»So ungefähr. Wer wird Ihren Platz einnehmen?«

»Das ist noch nicht entschieden. Das wird eine Nacht der langen Messer. Aber in der Übergangszeit wird Superintendent Paul Reid einspringen.«

»Wie ist der?«

»Nicht so clever, wie er sich einbildet. Karrierebeamter, mächtig von sich eingenommen, hat aber nicht viel vorzuweisen. Und Kompetenzüberschreitungen mag er noch weniger als ich, also passen Sie auf.«

Sam verstand, dass das ein guter Ratschlag war, und nickte dankbar.

»Tut mir Leid, das mit Ihnen und Tom. Ich glaube, Sie hätten ihm gut getan.«

Sam zuckte die Achseln. »Nicht zu ändern.«

Farmer wurde wieder ernst, als wollte sie Sam zu einem schweren Verbrechen verhören. »Wenn ich eine Ermittlung geleitet habe, habe ich Ihre Einmischungen toleriert, weil Sie verdammt gut waren und ich gespürt habe, dass Sie ganz ähnlich empfinden und denken wie ich. Aber die Beste zu sein ist nicht so wichtig wie Ihr Leben zu leben. Machen Sie nicht dieselben Fehler wie ich, Sam. Als mein Namensschild von der Bürotür abgeschraubt wurde, war alles vorbei. Soweit es die Polizei betraf, der ich mein ganzes Leben gewidmet habe, war ich in diesem Moment ein Stück Vergangenheit, das man vergessen oder über das man sich lustig machen konnte. Es gibt jetzt schon viel zu viele Dinge, die ich aufholen muss.«

So hatte Sam Harriet Farmer noch nie erlebt und sie bezweifelte, dass sie sie je wieder so erleben würde. Was sie am meisten beunruhigte, war, dass Farmer Gedanken zum Ausdruck brachte, denen sie selbst schon seit einiger Zeit auszuweichen versuchte.

Catherine ließ sich Zeit mit dem Anziehen. Sie wollte sichergehen, dass sie gut aussah und Doyle an ihrem Äußeren keinen Hinweis darauf finden würde, wie sie die Nacht verbracht hatte. Als sie sich zum Gehen wandte, fiel ihr Blick auf das Bett. Es zeigte unübersehbare Spuren der nächtlichen Aktivitäten. Die Decken lagen kreuz und quer herum und die Laken waren eine zerknäulte Masse in der Mitte des Bettes. Normalerweise hätte sie alles so gelassen, wie es war, doch in Hammonds Wohnung war alles andere blitzblank, sodass sie sich verpflichtet fühlte, hier eine gewisse Ordnung wiederherzustellen. Wenigstens konnte sie das Bett machen.

Als sie den Saum des Lakens unter die Matratze steckte, stieß ihre Hand an etwas Hartes – die Ecke eines Buches. Sie zog es heraus und betrachtete es. Es war Aldous Huxleys *Schöne neue Welt*. Warum hatte Hammond dieses Buch in seinem Schlafzimmer, fragte sie sich, und warum in aller Welt hielt er es für nötig, es unter seiner Matratze zu verstecken? Da Hammond ein Mann war, der für alles, was er tat, einen sehr guten Grund hatte, konnte es durchaus etwas Wichtiges sein.

Rasch blätterte sie das Buch durch: nichts. Sie drehte das Buch auf den Kopf und blätterte es noch einmal durch. Ein langer Streifen weißen Notizpapiers flatterte langsam zu Boden. Er war etwa in der Mitte des Buches versteckt gewesen, offenbar ein behelfsmäßiges Lesezeichen oder dergleichen. Sie hob ihn auf und wollte ihn zurück in das Buch stecken, als sie das in Tinte gezeichnete Ω darauf entdeckte. Catherine starrte es überrascht und unangenehm berührt an. Es schien nicht mehr als eine gedankenlose Kritzelei zu sein, aber der Anblick beunruhigte sie. Sie wünschte, sie wüsste noch, auf welcher Seite des Buches der Zettel gesteckt hatte. War dies ein Verdachtsmoment? Sollte sie weiter nachforschen, ob sie noch etwas anderes fand? Sie legte das Buch auf den Nachttisch und dachte angestrengt nach.

Als Hammond sein Büro erreichte, war seine Assistentin Sergeant Groves bereits da. Sie stand auf und salutierte, als er eintrat.

»Irgendwelche Nachrichten, Jenny?« Er hängte seine Mütze an den Haken hinter der Tür und überprüfte den makellosen Sitz seiner Uniform.

»Nein, Sir. Es ist einiges an Post da, aber alles Routine. Müsste mit ein paar Unterschriften zu erledigen sein.«

Sie hatte die entsprechenden Papiere bereits fertig zur Unterschrift auf seinem Schreibtisch ausgelegt. Er trat an den Tisch und suchte in seiner Tasche nach seinem Füller. Überrascht stellte er fest, dass er nicht da war. Auch auf dem Schreibtisch war er nicht zu sehen.

»Jenny, haben Sie meinen Füller gesehen?«

»Nein, Sir, heute Morgen noch nicht.«

Hammond dachte zurück an den vergangenen Tag und erinnerte sich, den Füller auf seinem Nachttisch liegen gelassen zu haben, nachdem er einen langen Bericht über die Morde an Mary West und Ray Strachan abgeschlossen hatte.

»Sie können solange meinen haben, Sir«, bot Sergeant Groves an.

Hammond dankte ihr für das Angebot, aber er war eigen, was seinen Füller anging. Sein Vater hatte ihn ihm hinterlassen; und er war das einzige Erbstück, das ihm sogar gefiel.

»Nein, danke, Jenny. Ich weiß, wo er ist; er liegt in meinem Zimmer. Ich gehe und hole ihn. Es dauert nur ein paar Minuten.«

Er setzte seine Mütze wieder auf, drehte sie hin und her, bis sie im richtigen Winkel saß, und verließ das Büro, um quer durch den Stützpunkt zu seiner Wohnung zurückzukehren.

Langsam und systematisch durchsuchte Catherine Hammonds Räume, wobei sie genau darauf achtete, alles wieder an seinen Platz zurückzustellen. Auf keinen Fall wollte sie Hammonds Argwohn wecken, besonders nicht, falls sie sich nicht irrte. Sie führte die Suche nach FBI-Art durch. Das FBI hatte seine eigenen Methoden für alles, von Durchsuchungen auf Verdacht bis zur vollen Überwachung. Sie kannte Agenten, die sich nicht an diese Methode hielten, aber sie tat es. Sie war zwar Zeit raubend, aber gründlich und meistens erfolgreich. Diese Ideen waren im Lauf der Jahre erlernt und verbessert worden und sie bildete sich nicht ein, es besser zu wissen als die Ausbilder, die sich die Hilfe und den Rat von Hunderten erfahrener Agenten zunutze gemacht hatten.

Bisher jedoch hatte sie nichts gefunden, abgesehen von einem Bericht auf Hammonds Schreibtisch, in dem die bisherigen Aktivitäten der britischen Polizei zusammengefasst waren. Er war in streng diplomatischem Ton verfasst und lobte die Anstrengungen der Polizei, kam aber zu dem Schluss, dass es ihr dennoch nicht gelungen sei, jemanden zu verhaften oder einen dringend Verdächtigen zu benennen. Sie hatte beim FBI schon ähnliche Berichte gesehen und war amüsiert, dass sie nicht die Einzigen waren, die ihre eigenen Misserfolge der Polizei in die Schuhe schoben.

Nachdem sie im Wohnzimmer nicht fündig geworden war, versuchte sie es mit dem Bad. Sie durchsuchte den Hängeschrank über dem Waschbecken, indem sie jeden Gegenstand herausnahm und von allen Seiten betrachtete, bevor sie ihn an seinen Platz zurückstellte. Nichts.

Damit blieb nur noch das Schlafzimmer. Es war nur spärlich möbliert, doch was da war, nahm sie sich vor. Abgesehen von einigen Papieren war der Nachttisch leer. Sie untersuchte die Nachttischlampe, schaute unter dem Sockel nach und tastete mit den Fingern die Innenseite des Schirms ab. Wieder nichts. Schließlich schraubte sie den eleganten Füller auf, der auf dem Nachttisch lag, und schaute nach, ob etwas darin versteckt war. Er war leer. Sie schraubte ihn wieder zu und legte ihn auf den Nachttisch neben das Exemplar von *Schöne neue Welt*.

Gab es irgendetwas, das sie übersehen hatte? Ihr fiel nichts ein. Plötzlich hörte sie, wie die Tür aufging und Hammond die Wohnung betrat.

Hastig steckte sie das Lesezeichen wieder zwischen die Seiten, schob das Buch zurück unter die Matratze und strich die Laken glatt, bevor sie ins Wohnzimmer ging.

Hammond schien überrascht zu sein, sie zu sehen. »Noch hier?«

»Gerade noch. Ich wollte nur sichergehen, dass man mir die heiße Nacht nicht mehr ansieht, wenn ich Doyle begegne.«

Hammond lächelte geschmeichelt. Er nahm sie in die Arme und versuchte sie zu küssen, doch sie wich zurück.

»Ich habe eine Ewigkeit gebraucht, um mein Make-up richtig hinzukriegen. Du musst bis heute Abend warten, wenn du es mir verschmieren willst.«

Hammond lächelte noch breiter. »Ich freue mich schon drauf.«

Jetzt war ein guter Moment, um sich zu holen, was sie wollte, entschied Catherine. Er war entspannt und seine Abwehr schlief. Der Trick war zwar alt, aber es gab keinen Grund, warum er nicht funktionieren sollte. Sie musste wissen, wie bedeutsam das Buch war, das sie gefunden hatte.

Sie trat ans Bücherregal und fuhr mit ihren Fingern an den Buchrücken entlang. »Was machst du so, wenn du allein bist?«

»Ich bin selten allein.«

»Ah, verstehe, die Frauen stehen wohl Schlange bei dir, was?«

»Schön wär's. Nein, ich habe einfach zu viel zu tun.«

»Aber du musst doch auch mal freie Zeit haben. Was machst du, wenn du allein in deiner Wohnung bist?«

»Ich mache meistens einen Bogen um meine Wohnung. Es ist ziemlich einsam hier. Na ja, meistens.«

Catherine wurde ungeduldig. »Hast du nicht manchmal Zeit zum Fernsehen oder Lesen? Ein paar Bücher hast du ja.«

Er lachte. »Ich kann das britische Fernsehprogramm nicht ausstehen, außer vielleicht Agatha Christie und Morse. Ich höre lieber Musik.«

»Aber manchmal liest du doch auch?«

»Meistens Berichte. Und über die Vorschriften halte ich mich auch immer auf dem Laufenden.«

Sie beschloss, noch stärker nachzuhaken. »Bücher. Welche Bücher liest du gern?«

»Warum ist das denn so wichtig?«

»Ich weiß nicht. Man sagt, die Bücher, die ein Mensch liest, sagen viel über seinen Charakter.«

Hammond trat zu ihr ans Bücherregal. »Ich habe nicht viel Zeit, wenn ich nicht gerade im Urlaub bin. Dann lese ich gern etwas, das meinen Geist anregt – Schund kann ich nicht ausstehen. Was verrät dir das über mich?«

»Nicht viel mehr, als ich bereits wusste.«

Catherine resignierte. Sie wusste keinen Weg, ihm mehr Informationen zu entlocken, ohne sich zu verraten. Also ließ sie es auf sich beruhen, bis sie sich eine neue Strategie überlegt hatte.

Hammond warf einen Blick auf die Wanduhr. Es war zwanzig nach zehn. »Meine Güte, die Zeit verfliegt, wenn man sich gut unterhält.«

Er sah sich suchend im Zimmer um.

»Was suchst du?«

»Meinen Füller«, erwiderte Hammond, ohne aufzublicken. »Ich weiß genau, dass ich ihn gestern Morgen noch hatte, aber jetzt ...«

»Er liegt auf deinem Nachttisch. Ich habe ihn gesehen, als ich mich anzog.«

»Danke.« Er ging ins Schlafzimmer und sah sofort, dass das Bett gemacht war. Obwohl er sich freute, dass sie sich die Zeit dazu genommen hatte, war er auch besorgt.

Nachdem er seinen Füller vom Nachttisch genommen hatte, ging er zurück ins Wohnzimmer. »Danke, dass du das Bett gemacht hast, aber das hätte auch die Putzfrau tun können.«

»Das war ja wohl das Mindeste; schließlich habe ich mitgeholfen, es in Unordnung zu bringen. Na ja, ich glaube, ich schaue lieber mal, was Doyle so vorhat. Bis heute Abend.« Sie ging hinüber zu Hammond und küsste ihn auf die Wange. »Bei dir oder bei mir?«

»Bei mir. Ich werde irgendein nettes Fläschchen besorgen.«

»Du musst mich nicht betrunken machen, aber es hilft. Bis dann.«

Sobald sich die Tür hinter ihr schloss, rannte Hammond zurück in sein Schlafzimmer und tastete unter der Matratze. Zu seiner Erleichterung fand er das Buch, wo er es versteckt hatte. Einen Moment lang hatte er an den Gründen für Catherines sexuellen Enthusiasmus gezweifelt und sein Ego bekam schon Blessuren. Er entspannte sich wieder und blättere durch die Seiten bis zu seinem Lesezeichen. Es war an der falschen Stelle, zwanzig Seiten hinter der Stelle, wo er es eingelegt hatte. Er setzte sich aufs Bett und schlug hart mit der Faust auf die Decke. Er hatte einen großen Fehler gemacht.

Tom Adams studierte Sams Bericht über die Male, die die Betäubungswaffe am Hals des Schweines hinterlassen hatte. Dies war zweifellos eine neue Spur, die mit etwas Glück ein paar weitere Namen ergeben würde.

Nicht dass es nicht schon genug davon gegeben hätte. Nachdem Strachans Leiche gefunden worden war, hatte sich der Umfang der Ermittlung verdoppelt. Auch die Presse saß ihnen im Nacken, schrie nach Aufklärung und warf der Polizei versteckt Unfähigkeit vor. Der Chief Constable hatte die letzten seiner bereits arg gestreckten Ressourcen in die Ermittlung gesteckt und selbst das würde vielleicht nicht ausreichen. In drei Tagen würde kein Geld für Überstunden mehr da sein und das Team würde für Freizeitausgleich arbeiten müssen – wann es diese Freizeit geben würde, stand freilich in den Sternen.

Im Augenblick blieb ihnen nichts übrig, als sich nach der Decke zu strecken und so viel Arbeit wie möglich zu bewältigen, um die Presse zu überzeugen, dass die Polizei zumindest auf dem Papier alles tat, was sie konnte. Es war beschlossen worden, alle Personen zu vernehmen, die in der Nacht des Mordes und am Tag davor auf der Basis waren, und sämtliche Aussagen in den Computer einzugeben, in der Hoffnung, dass einige der Aussagen Unstimmigkeiten aufweisen würden, um so einen Verdächtigen zu finden. Die Chance war zwar nicht groß, aber eine andere hatten sie nicht.

Überdies hatte er Doyle gebeten, ihm eine Liste der Air-Force-Basen in den Staaten auszuhändigen, in deren Nähe die Leichen der anderen Frauen gefunden worden waren. Die Idee dahinter war, das gesamte Personal jener Basen mit den Leuten zu vergleichen, die in Leeminghall stationiert waren, in der Hoffnung, dass ein Name auf allen Listen auftauchen würde. Doyle versicherte ihm, dass das FBI auf diese Idee bereits gekommen sei und eine komplette Niete gezogen habe, doch Adams wollte es selbst noch einmal machen und Doyle war einverstanden. Sogar mit den Befragungen von Haus zu Haus hatten sie wieder begonnen, diesmal mit einer ganz neuen Liste von Fragen. Auch diese Ergebnisse sollten verglichen werden, um zu sehen, ob sich etwas ergab. Dies war der eintönige, nervenaufreibend langweilige Aspekt der Ermittlungsarbeit, von dem im Fernsehen nie etwas zu sehen war.

Während Adams hinüber zum Einsatzplan starrte und sich zu erinnern versuchte, wann er seinen nächsten freien Tag hatte, flog die Tür zum Hauptbüro auf. Alle im Einsatzraum blickten auf. Superintendent Paul Reid blieb einen Moment lang in der Tür stehen und beäugte jeden der Anwesenden, wie um die Gefahr einzuschätzen, die von ihnen ausging, bevor er selbstbewusst durch den Raum schritt und in Farmers früherem Büro verschwand. Ihm folgte eine elegante, gut gekleidete Frau von Anfang dreißig.

Adams kannte Reid von früher und wie alle anderen bei der Kriminalpolizei von Cambridgeshire hielt er ihn für ein Arschloch erster Klasse. Allgemein war man sich einig, dass seine Beförderungen mehr mit der Freimaurerloge zu tun hatten, zu der er gehörte, als mit seinen Fähigkeiten. Die Frau war ihm unbekannt, aber Adams vermutete, dass sie Detective Inspector Sarah Holmes war, die kurz nach Reid nach Cambridge gekommen war. Offenbar arbeiteten sie schon seit Jahren zusammen und wie man hörte, war sie seine Geliebte, obwohl Reid sehr vorsichtig war und es keine Beweise gab, nur eine Menge Gerüchte und Andeutungen.

Farmers Schreibtisch war bereits ausgeräumt und ihr Name war von der Bürotür entfernt worden. Es war beinahe, als hätte Superintendent Harriet Farmer über Nacht aufgehört zu existieren. Ihre vorzeitige Pensionierung war für alle ein Schock gewesen. Tom hatte geglaubt, ihr nahe zu stehen, aber sie hatte kein Wort zu ihm gesagt. Es war dem Divisions-Superintendenten überlassen geblieben, die Kollegen zu informieren, und er hatte nicht einmal die Höflichkeit besessen, es ihnen persönlich zu sagen, sondern lediglich ein kurzes Memo geschickt: »Superintendent Harriet Farmer hat um die vorzeitige Versetzung in den Ruhestand gebeten. Sie wird von Montag an durch Superintendent Reid vertreten.«

Adams hatte versucht, sie anzurufen, aber nur ihren Anrufbeantworter erreicht. Auf die Nachrichten, die er hinterlassen hatte, war keine Reaktion gekommen. Ein Besuch bei ihr zu Hause war ebenso fruchtlos gewesen. Entweder war sie nicht da oder sie ging einfach nicht an die Tür. Was zur Hölle war da los? In seiner Frustration presste er seinen Bleistift so fest auf das Papier, auf dem er herumkritzelte, dass er zerbrach.

Das Geräusch weckte die Aufmerksamkeit von Sergeant Chalky White, der zu ihm herübersah. »Wissen Sie, was los ist, Sir?«

Adams schüttelte den Kopf. »Ich habe nicht den geringsten Schimmer.«

Aus seinem Büro rief Reid: »Tom, könnte ich Sie bitte kurz sprechen?«

Während Adams zu Reids Büro hinüberging, warf White ihm einen Seitenblick zu. Er wusste, worum es ging. Reid wollte seinen eigenen Assistenten und das würde nicht Adams sein.

Reid schloss die Bürotür. »Tom, ich möchte Ihnen Detective Inspector Sarah Holmes vorstellen. Sie gehört von heute an zum Team.«

Die beiden Inspektoren gaben sich die Hand. Adams empfand sie als eine Frau mit hartem Gesichtsausdruck und dem Charme einer Schlange kurz vor dem Zubeißen. Sie und Reid passten zueinander.

Reid bot Tom einen Sitzplatz an und kam ohne Umschweife zur Sache. »Tom, wie Sie wissen, übernehme ich von heute an die Ermittlungen im Fall West und ich fürchte, als neuer Besen muss ich erst einmal gründlich kehren.«

»Dann bin ich also draußen?«, fragte Adams.

»Ja. Das ist nicht persönlich gemeint, aber ich möchte meine eigenen Leute um mich haben und Sie waren ganz und gar Farmers Mann. Das hat nichts mit Ihrer Kompetenz zu tun, aber die Dinge sind nun einmal so gelaufen.«

»Und wie geht es weiter?«

»Ich habe veranlasst, dass Sie in die Abteilung Süd versetzt werden. Sie übernehmen die Stelle des alten Sid Reid. Er hört auf und will seinen eigenen Sicherheitsdienst aufmachen, Gott helfe uns allen. Ich denke, Sie passen gut dorthin. Es ist eine schwierige Abteilung, aber würdig eines Mannes von Ihrem Kaliber.«

Adams musste an die Worte seines Ausbilders in der Probezeit denken: »Wenn du die Abteilung Süd überlebst, überlebst du alles. Dahin stecken sie das ganze Strandgut der Polizei; Leute, die das System durcheinander gebracht, ihrem Chef Ärger gemacht oder einfach zur falschen Zeit die falsche Person verhaftet haben. Wenn die Welt einen Arsch hätte, dann wäre er genau dort.«

Adams kannte Sid Reid ebenfalls. Sid hatte gerade noch den Absprung geschafft, bevor er endlich gefeuert worden wäre. Der Kerl war so verbogen, dass nicht einmal die Bilder an seiner Wand gerade hingen, aber das passte in diese Abteilung. Adams wusste, dass er das Beste aus der Sache machen und die erste Gelegenheit, sich wieder zu verbessern, nutzen musste. Reid hatte schon immer eine Abneigung gegen Farmer und alle ihre Leute gehabt, sodass er, Adams, ganz oben auf der Abschussliste stand.

Reid fuhr fort: »Wenn Sie also DI Holmes auf den Stand der Dinge bringen könnten – und angesichts der Fortschritte, die Superintendent Farmer bisher gemacht hat, dürfte das ja nicht lange dauern –, brauchen wir Sie wohl nicht länger aufzuhalten.«

Er sah Adams erwartungsvoll an. Adams verstand den Wink und kehrte ohne ein weiteres Wort in den Ermittlungsraum zurück. Er konnte sich nicht erinnern, schon jemals so wütend gewesen zu sein, aber er wollte es sich nicht anmerken lassen. Diese kleine Befriedigung wenigstens wollte er Reid nicht gönnen.

Während er sich schwer auf seinen Stuhl fallen ließ, zeigte er Sergeant White den Daumen nach unten.

»Süd, Sir?«

Adams nickte.

»Sie werden nicht der Einzige sein, Sir.«

Noch während er sprach, rief Reid wieder: »Sergeant White, hätten Sie einen Moment Zeit?«

Diesmal war Tom an der Reihe. »Sehen wir uns nächste Woche?«

White nickte und durchquerte den Raum wie ein französischer Aristokrat auf dem Weg zur Guillotine.

Sam war im Garten, als das Telefon klingelte. Zuerst zögerte sie, ob sie drangehen sollte. Aber immerhin konnte es etwas Wichtiges sein, nicht nur Jean, die sie an irgendeinen Gerichtstermin oder einen Vortrag, an dem sie teilnehmen musste, erinnern wollte. Mit einem Seufzen ging sie hinein, streifte die Stiefel von den Füßen und warf ihre Gartenhandschuhe auf den Küchentisch.

»Dr. Ryan.« Sie meldete sich am Telefon stets formell, für den Fall, dass es etwas Dienstliches war. Diesmal nicht. Es war Wyn und sie weinte. »Sam, komm schnell her, komm schnell!«

Sofort erwiderte Sam beunruhigt: »Was ist los? Was ist passiert? Ist etwas mit Ricky?«

Die Antwort war kurz und fast hysterisch. »Es ist Mum. Sie stirbt, Sam, sie stirbt!«

Sam zwang sich zur Ruhe. »Wo bist du, Wyn?«

»In der Park-Klinik. Bitte komm schnell. Bevor es zu spät ist.«

»Wo in der Park-Klinik?«

»Unfallstation.«

»Bleib dort. Ich komme, so schnell ich kann.«

Sam legte den Hörer auf, fuhr in ihre Schuhe und griff nach dem Autoschlüssel – den sie ausnahmsweise einmal sofort fand. Einen Augenblick lang war sie in Versuchung, auf der Unfallstation anzurufen und herauszufinden, was überhaupt los war, aber sie widerstand. Sie musste schnell hin, statt hier zu warten, bis sie dort den richtigen Arzt ans Telefon bekam. Also rannte sie hinaus zu ihrem Wagen.

Der Verkehr und die Ampeln meinten es gut mit ihr, sodass sie das Krankenhaus rasch erreichte. Sie stellte den Wagen auf einem der Ärzteparkplätze ab und eilte in die Unfallstation. Da von Wyn nichts zu sehen war, erkundigte sie sich an der Rezeption, wo man ihr den Weg zu ihrer Mutter beschrieb.

In der Sekunde, als sie die Tür der Station öffnete, hörte sie Wyns Schluchzen und wusste, dass sie zu spät kam. Sie ging hinüber zu der Kabine und zog den Vorhang zurück. Wyn stand bitterlich weinend über den Leichnam ihrer Mutter gebeugt, während eine Schwester sie zu trösten versuchte.

Als Sam hereinkam, hob sie ihr tränennasses Gesicht. »Du kommst zu spät, sie ist tot, sie ist tot!«

Sam sah die Schwester an, die zur Bestätigung nickte. Dann sah Sam ihre Mutter an. Ihr Gesicht war entspannter, als es seit Jahren gewesen war, und sie sah aus, als hätte sie endlich Frieden. Sam nahm Wyns Hand und hielt sie fest, während sie mit der anderen Hand das dünne weiße Haar ihrer Mutter streichelte. Zu ihrer eigenen Verwirrung und Bestürzung stellte sie fest, dass sie weder die Fähigkeit noch das Verlangen hatte, zu weinen.

9

Wyn weinte wieder. Sam hatte den Arm um die Schultern ihrer Schwester gelegt, während der Sarg ihrer Mutter langsam hinter ein paar vergilbten Samtvorhängen den Blicken entschwand und der Priester einige letzte Worte sagte. Unmittelbar darauf wurden sie aus der Kapelle und durch eine Hintertür ins Freie geführt, wo ihnen die kühle, frische Luft entgegenschlug.

Das Gefühl war beinahe so, als fielen sie vom Ende eines Fließbandes. Als Sam zur Beerdigung ihrer Mutter eingetroffen war, ging die vorherige gerade zu Ende und nun, als sie die Kapelle verließen, warteten schon die nächsten Trauergäste.

Die Trauerfeier war eine schlichte Angelegenheit im kleinen Kreis gewesen. Die meisten Freunde und nahen Angehörigen ihrer Mutter waren entweder tot, ebenso gebrechlich, wie sie es gewesen war, oder lebten in Irland. Wyn hatte eine Anzeige in den Belfaster Zeitungen *Herald*, *Post* und *Telegraph* aufgegeben, worauf viele Beileidsbriefe und -telegramme eingetroffen waren. Die beiden Schwestern waren gerührt, dass viele darunter von Leuten kamen, von denen sie seit Jahren nichts gehört hatten, die sich aber an sie erinnerten und sich die Zeit genommen hatten, ihr Mitgefühl auszudrücken.

Obwohl Ricky seiner Großmutter sehr nahe gestanden hatte und es bedauern würde, bei ihrer Beerdigung nicht dabei gewesen zu sein, wollten sie ihn nicht benachrichtigen. Er hätte seine Reise unterbrechen oder ganz aufgeben müssen und das wollten sie nicht. Er konnte immer noch Abschied nehmen, wenn er wieder da war. Wyn und Sam hatten sich geeinigt, die Asche ihrer Mutter nach Belfast zu überführen, damit sie neben ihrem Vater begraben werden konnte. Sie selbst hatte sich das immer gewünscht und es erschien ihnen nur angemessen, dass die Eheleute zusammen in ihrer Heimaterde ruhen sollten. Um Rickys willen würden sie warten, bis er wieder zurück war, um die traurige kleine Pilgerreise mit ihm zusammen zu unternehmen.

Wyn trocknete sich die Augen und begann die Karten auf den Kränzen und Blumensträußen zu lesen, die für ihre Mutter geschickt worden waren. Sam beobachtete den dunklen Rauch, der aus dem hohen Schornstein an der Rückseite des Krematoriums aufstieg, und versuchte nicht daran zu denken, was er bedeutete.

Sie war froh, als Tom Adams' Stimme ihre Gedanken unterbrach. »Es tut mir so Leid, Sam.«

Er nahm sie in die Arme und drückte sie fest an sich. Trotz allem, was passiert war, schien das nur natürlich und sie war froh, dass er gekommen war. Allerdings wunderte sie sich, wie er es geschafft hatte, sich dafür freizunehmen.

Ganz East Anglia schien von Polizei zu wimmeln, da die Ermittlungen auf die gesamte Region ausgedehnt worden waren. Obwohl die überregionalen Zeitungen mittlerweile nur noch auf den Innenseiten über den Fall berichteten, war er auf lokaler Ebene immer noch auf den Titelseiten vertreten und sie wusste, dass die Polizei unter dem starken Druck stand, möglichst bald eine Verhaftung vorweisen zu können. Doch trotz aller Anstrengungen schienen sie einer Lösung nicht näher als in der Nacht des Mordes an Mary West. Tom musste sicherlich rund um die Uhr arbeiten.

Als hätte er ihre Gedanken gelesen, ließ er sie los. Er nahm ihre Hand und sah zu ihr hinab. »Ich muss gehen. Wenn du mich brauchst, weißt du ja, wo du mich findest.«

»Im Einsatzraum?«

Da er Ort und Zeitpunkt nicht für geeignet hielt, um ihr zu sagen, dass er von der Ermittlung ausgeschlossen worden war, sagte er nur: »Versuche es lieber zu Hause. Die Nummer ist immer noch die gleiche.«

Sam nickte. Er küsste sie auf die Wange und ging zurück zu seinem Wagen.

Während er sich entfernte, trat Wyn neben sie. »Ich glaube, du hast da einen Fehler gemacht.«

Sam sah seinem davonrollenden Wagen nach und spürte den Schmerz verlorenen Lebens, verlorener Liebe und verpasster Gelegenheiten.

Als Sam von der Trauerfeier nach Hause kam, stellte sie verärgert fest, dass Catherine Solheim auf sie wartete. Ihr riesiger Jeep Cherokee stand genau da, wo Sam normalerweise parkte, direkt vor der Haustür. Sam seufzte. Sie hatte auf ein paar Stunden für sich allein gehofft, um nachzudenken, sich zu erinnern und sich darüber klar zu werden, warum sie, seit ihre Mutter gestorben war, noch nicht eine einzige Träne vergossen hatte. Sie machte sich innerlich schwere Vorwürfe und durch die ständige Selbstanalyse wurde der Tod ihrer Mutter noch unerträglicher.

Als Sam aus ihrem Wagen stieg, kam Solheim auf sie zu. »Schick sehen Sie aus«, sagte sie, als sie Sams klassisch geschnittenes, kurzärmeliges schwarzes Kleid bemerkte. »Besonderer Anlass?«

»Die Beerdigung meiner Mutter. Ich denke, das ist einigermaßen besonders.«

Catherine wurde rot vor Verlegenheit. Instinktiv wollte sie wieder in ihren Wagen steigen und zur Basis zurückkehren, doch Sam war die einzige Person, der sie vertrauen konnte, und es war wichtig, dass sie mit ihr redete, selbst zu einem so unpassenden Zeitpunkt.

»Es tut mir Leid. Das wusste ich nicht. Ich wollte Ihnen nicht zu nahe treten.«

Sam sah Catherine mit steinerner Miene an, ohne ein Zeichen zu geben, dass sie ihre Entschuldigung angenommen hatte, wandte sich ab und ging auf die Haustür zu. Catherine folgte ihr.

»Ich weiß, dass dies nicht der richtige Moment ist, aber ich muss mit jemandem reden und um ehrlich zu sein, sind Sie die Einzige, die mir einfällt.«

»Hat es einen Grund, dass Doyle nicht bei Ihnen ist?«

Catherine nickte. Resigniert öffnete Sam die Tür. Ihr war immer noch nicht sonderlich versöhnlich zumute, aber sie war jetzt interessiert genug, um hören zu wollen, was Catherine zu sagen hatte.

Während sie Catherine hineinließ, sagte sie: »Ich hoffe, es wird nicht lange dauern.«

»Das wird es bestimmt nicht.«

Während Sam nach oben ging, um sich umzuziehen, machte Catherine es sich im Wohnzimmer bequem. Es sah genauso aus, wie sie sich ein englisches Landhäuschen vorgestellt hatte: alte niedrige Eichenbalken, ein großer gemauerter Kamin, kleine Fenster und Türen. Das Einzige, was nicht zu passen schien, war die Unordnung. Der Boden war mit Papieren und Büchern übersät und auf jeder Armlehne und jedem Tisch schien sich mindestens eine halb geleerte Tasse Tee oder Kaffee zu befinden. In der Leichenhalle mochte Sam mit minuziöser Präzision arbeiten, dachte Catherine, aber ihre Haushaltsführung ließ ein wenig zu wünschen übrig.

Von irgendwoher tauchte ein großer getigerter Kater auf, sprang auf ihren Schoß und begann es sich bequem zu machen. Sie bemühte sich gerade vergeblich, ihn hinunterzuschieben, um ihr dunkles Kostüm vor seinen Klauen und losen Haaren zu schützen, als Sam wieder hereinkam.

»Sein Name ist Shaw, benannt nach George Bernard.«

Catherine nickte und streichelte ihn zum Schein, doch als Sam sah, dass sie nicht mit dem Herzen dabei war, hob sie ihn von Catherines Schoß.

»Er ist ein prächtiger Kater, aber er haart. Wenn Sie nicht aufpassen, wird er Ihr Kostüm ruinieren. Ich bringe ihn nach draußen.«

Sie trug ihn durch die Küche und ließ ihn hinaus in den Garten. Als sie ins Wohnzimmer zurückkehrte, war Catherine aufgestanden und klopfte sich heftig, aber ohne Erfolg ihren Rock und ihre Jacke ab.

Sam reichte ihr eine Kleiderbürste. »Jeder Kontakt hinterlässt eine Spur. Versuchen Sie es damit – das müsste gehen.«

Nach mehreren Strichen mit der Bürste setzte sich Solheim wieder. Sam schenkte sich einen großen Brandy ein. Fragend hob sie ihr Glas, doch Catherine schüttelte den

Kopf. Sam nahm einen kräftigen belebenden Schluck, ließ sich auf das Sofa gegenüber ihrem Gast sinken und zog die Knie hoch.

»Ich hoffe, es wird sich lohnen«, sagte sie.

Catherine griff in ihre Handtasche und holte ein kleines Stück Papier heraus, das sie entfaltete und Sam reichte.

»Ich habe mich gefragt, ob Sie so etwas schon einmal gesehen haben.«

Sam nahm den Zettel und las ihn. Der erste Satz war lateinisch: »Si monumentum requiris, circumspice.« Sie wusste, was das bedeutete: »Wenn du ein Denkmal suchst, schau dich um.« Sie las weiter: »Zivilisation habe ich gegessen. Sie hat mich besudelt und vergiftet; ich war. Und dann aß ich meine eigene Schlechtigkeit.« Der Zettel war mit »Der Wilde« unterzeichnet.

Sie sagte: »Der Wilde ist eine Figur aus Huxleys *Schöne neue Welt* und die beiden Zitate stammen, glaube ich, auch von dort – obwohl das Original des ersten über dem Nordportal der St.-Paul's-Kathedrale zu finden ist.«

Catherine nickte.

»Warum zeigen Sie mir das?«

»Verschiedene Passagen aus demselben Buch sind an allen anderen Mordschauplätzen gefunden worden und alle waren mit ›Der Wilde‹ unterzeichnet. Mit Ausnahme dieses Letzten.«

»Doyles großes Geheimnis?«

Catherine nickte wieder. »Wissen Sie, ich glaube, dass der Zettel dort war, aber abgerissen wurde, bevor die Behörden ihn finden konnten.«

Wieder fügten sich einige Puzzleteile zusammen. Langsam sagte Sam: »Sie meinen den Papierfetzen, den ich an dem Nagel gefunden habe?«

»Ja. Wie Sie dargelegt haben, wissen wir durch den Verlauf der Blutspritzer, dass dort etwas hing, als Mary West ermordet wurde, aber entfernt worden war, bevor Sie und die Polizei eintrafen.«

»Worauf wollen Sie hinaus?«

»Nun, da unser Mörder den Zettel sicher nicht selbst abgerissen hat, bleibt mir nur eine Schlussfolgerung: Der Zettel wurde von jemand abgerissen, der die Identität unseres Mörders verschleiern wollte.«

»Aber wer würde das tun?«

»Es kommen nur vier Personen in Frage. Entweder die beiden Militärpolizisten, die die Leiche gefunden haben, wobei diese, soweit wir wissen, nichts davon hätten, irgendetwas dort wegzunehmen, oder –«

»Hammond oder Cully.« Sam kam ihr mit der Schlussfolgerung zuvor.

»Genau. Nachdem die Leiche gefunden war, wurden alle Zugänge zu den Beweismitteln im Schuppen genau aufgezeichnet. Soweit wir wissen, hat niemand außer Hammond und Cully den Schuppen betreten.«

»Und wenn es passiert ist, bevor die Leiche ›offiziell‹ entdeckt wurde?«

»Wenn die beiden Sicherheitsleute Recht haben – und ich sehe keinen Grund, an ihren Aussagen zu zweifeln –, dann haben sie den Mörder aus dem Schuppen verjagt. Und danach hielt sich ständig mindestens einer von ihnen direkt am Schuppen auf.«

»Wie Sie sagen, *wenn* sie Recht haben und die Person, die sie gejagt haben, der Killer war«, warnte Sam.

»Wer sollte es sonst gewesen sein?«

»Die Person, die den Zettel weggenommen hat.«

»Und die Tüte, die er bei sich trug? Von der wir glauben, dass er die Organe darin hatte?«

»Das wissen wir nicht genau. Es könnte alles Mögliche darin gewesen sein.«

»Die einzigen Fußabdrücke im Innern des Schuppens stammen von den beiden Wachmännern, Oberst Cully und Hammond.«

»Und was ist mit unserem Killer?«

»Nichts. Er muss sehr vorsichtig gewesen sein.«

»Hm«, machte Sam nachdenklich, »das dürfte in diesem

blutgetränkten Schuppen mitten in der Nacht ziemlich schwierig gewesen sein.«

»Stimmt.«

»Offensichtlich haben Sie eine Theorie. Wollen Sie mich einweihen?«

»Hammond. Ich glaube, Hammond hat den Zettel mitgenommen.«

Sam schwieg überrascht, erholte sich jedoch schnell. »Warum Hammond und nicht Cully?«

»Weil ich vermute, dass Cully unser Mörder ist und Hammond ihn deckt.«

»Warum nicht umgekehrt?«

»Sodass Cully Hammond deckt? Dazu ist Cully nicht der Typ. Der würde für eine Beförderung seine Mutter verkaufen.«

Sehr wissenschaftlich, dachte Sam.

»Außerdem«, fuhr Catherine fort, »passt Cullys Profil besser. Paranoid, wenige Freunde, und es gibt Gerüchte, dass er recht ungewöhnliche sexuelle Praktiken pflegt.«

Sam fragte sich flüchtig, was das wohl für Praktiken sein mochten.

»Dazu kommt, dass er viele Jahre lang verschiedene Air-Force-Basen in den Staaten zu Inspektionen bereist hat. Eine Art militärischer Herumtreiber; ideal, um einen Mord zu begehen und dann weiterzuziehen, bevor die Behörden herausfinden können, wer man ist.«

»Eine Art Henry Lee Lucas mit Medaillen.«

Catherine lachte kurz auf. »Guter Vergleich.«

»Wie sicher sind Sie sich Ihrer Sache?«

»So sicher, wie es im Augenblick möglich ist. Ich habe ein paar Anfragen nach Quantico geschickt, um zu sehen, ob wir Cullys Basis-Inspektionen mit den Daten einiger der Morde zur Deckung bringen können, aber das wird eine Weile dauern.«

»Und bis dahin?«

»Werde ich den Mistkerl im Auge behalten, bis ich so weit bin, dass ich zufassen kann.«

»Sie sagen ›ich‹. Darf ich daraus schließen, dass Doyle in Ihrem Plan nicht vorkommt?«

»Jedenfalls bin ich nie in seinem vorgekommen.«

Trotz aller Indizien war Sam noch nicht überzeugt. »Nun, ich kann es nicht beweisen, aber ich glaube, was Hammond betrifft, irren Sie sich. Er ist zu sehr Polizist, um so etwas zu tun. Bei Cully bin ich mir nicht sicher. Offenbar ist er nicht sehr beliebt oder geachtet, aber das habe ich nur aus Hammonds Mund. Ich finde, er ist ein ungehobelter, sexistischer Langweiler und allein dafür würde ich ihn aufknüpfen, aber das bedeutet nicht, dass er Leute umbringt, um sich aufzugeilen.«

»Wir werden sehen. Aber im Augenblick ist er mein bester Verdächtiger und ich halte mich an ihn.«

Sam zuckte die Achseln.

»Da ist noch etwas, das Sie vielleicht wissen sollten. Ich habe in Hammonds Zimmer ein Exemplar von *Schöne neue Welt* gefunden. Es war unter seiner Matratze versteckt.«

Sam erkundigte sich nicht, was sie überhaupt in Hammonds Schlafzimmer zu suchen hatte, sondern fragte nur: »Bettlektüre?«

Catherine lächelte sarkastisch.

»Wer weiß sonst noch von diesen Zetteln?«

»Außer Doyle und mir nur ein paar lokale Sheriffs und Polizeibeamte, deren Leute die Leichen entdeckten. Auf jeden Fall kein in England stationierter Air-Force-Major.«

Sam ließ sich das Gehörte durch den Kopf gehen. Sie musste zugeben, dass Catherines Theorie ziemlich schlüssig klang.

Aber Catherine war noch nicht fertig. »Gibt es irgendwelche forensischen Hinweise, die Cully mit dem Mord in Verbindung bringen könnten?«

»Nach solchen Informationen sollten Sie lieber die Polizei fragen. Ich weiß nichts darüber.«

»Aber Sie könnten sie beschaffen?«

»Nein.«

»Für Doyle und Hammond konnten Sie.«

»Über das, was ich ihnen gezeigt hatte, hatte ich eine gewisse Kontrolle. Aber über das Britische Institut für forensische Wissenschaft habe ich keine Kontrolle.«

»Aber Sie haben doch Freunde in den verschiedenen Abteilungen, die helfen könnten.«

»Ich denke nicht daran, andere Leute in inoffizielle Mauscheleien hineinzuziehen.«

Hier war Sam nicht ganz ehrlich. In Wirklichkeit hatte sie in der Vergangenheit nicht gezögert, von Marcia und einigen anderen Wissenschaftlern Zugang zu bestimmten Informationen zu erbitten, aber die waren zu ihrem eigenen Gebrauch bestimmt und sie hätte niemals die Laufbahn anderer gefährdet, indem sie derartige Informationen an Dritte weitergab.

»Dann wollen Sie mir nicht helfen?«, fragte Catherine.

»Ich kann nicht. Tut mir Leid. Hören Sie, ich bin sicher, wenn Sie mit Tom Adams reden, wird er Ihnen gern weiterhelfen.«

Catherine schüttelte den Kopf. »Und das Risiko eingehen, dass Doyle Wind davon bekommt? Nein, danke. Ich dachte, wir könnten das vielleicht von Frau zu Frau regeln.«

»Nun, von Frau zu Frau, es gibt bestimmte Regeln und Vorschriften und wenn Sie die übertreten, laufen Sie Gefahr, dass irgendein superschlauer Anwalt Ihre Beweise sperren und Ihr Verfahren einstellen lässt, weil Sie sich nicht an die Regeln gehalten haben. Das sollten Sie besser wissen als ich; Sie sind doch mit dem amerikanischen Rechtssystem vertraut.«

Sam hatte genug. Catherines Versuch, eine Art Pseudo-Schwesternschaft heraufzubeschwören, um sich ihre Hilfe zu sichern, war nicht nur ungeschickt, sondern auch ärgerlich. Sie war immer noch angeschlagen vom Tod ihrer Mutter und sehnte sich nach echter Freundschaft und Zuneigung. Catherines unverhohlener Ehrgeiz machte sie noch wütender, als es sonst der Fall gewesen wäre. Sie stand auf, um ihrer Besucherin deutlich zu machen, dass es Zeit war zu gehen.

Catherine verstand den Wink. An der Tür drehte sie sich um und sagte: »Ich hoffe, ich kann mich auf Sie verlassen. Es wäre mir sehr unangenehm, wenn diese Informationen hinausdringen würden.«

»Von Frau zu Frau, meinen Sie?«

Catherine begriff, dass sie Sams Abwehr herausgefordert hatte und einfach hoffen musste, dass sie diskret sein würde.

Tom Adams sah hinab auf seinen leeren Schreibtisch und den Karton auf dem Stuhl davor. Er war überrascht gewesen, dass sein ganzes Zeug in eine so kleine Schachtel passte. Dass er gehen musste, tat ihm nicht Leid. Die Ermittlung war völlig auf Grund gelaufen. Reid hatte alle erfahrenen Beamten gegen Jasager ausgetauscht, die den Wald vor Bäumen nicht sahen. Freilich gab es für Reids Team auch nicht mehr viel zu tun. Der größte Teil war Schreibtischarbeit und Routine-Befragungen; den Rest hatten sie bereits erledigt.

Dass eine Ermittlung stecken geblieben war, konnte man immer daran erkennen, dass der Leiter der Ermittlung, in diesem Falle Reid, plötzlich beschloss, dass jeder, der in den letzten zehn Jahren wegen eines ähnlichen Verbrechens verurteilt worden war, verhört und seine Aussage nötigenfalls auf Video aufgenommen werden sollte. Für die Ermittlung brachte das meistens nichts, aber zumindest konnte sich die Polizei darauf berufen, keine mögliche Spur ausgelassen zu haben, und die Zahl der Verhöre machte sich auf dem Papier immer beeindruckend. Tatsächlich hatte Adams in all seinen Jahren bei der Polizei noch nicht ein einziges Mal erlebt, dass derartige Methoden zu einer Spur oder einer Verhaftung geführt hätten. Sie kosteten ein Vermögen, aber sie bewahrten den Chief Constable vor Verlegenheiten und hielten die Presse bei Laune, sodass sich der Aufwand lohnte.

Er warf einen Blick zu Reids Büro hinüber. Reid saß an seinem Schreibtisch und telefonierte, während Inspektor Holmes über ihm schwebte und darauf wartete, dass Adams endlich ging, sodass sie sich auf seinen Schreibtisch stürzen und ihn übernehmen konnte. Chalky White, der ihm ein Jahr lang gegenübergesessen hatte und zum Freund geworden war, soweit ein Sergeant einem Inspektor zum Freund werden kann, war weg. White hatte bereits angerufen und ihm gesagt, dass es in der Abteilung Süd so übel war wie eh und je. Sein Nachfolger war ein sauertöpfischer Sergeant von der Abteilung Mitte namens Winterbottom, der sich nur mit Grunzlauten äußerte und offenkundig nicht scharf darauf war, sich bei Freundlichkeiten gegenüber Adams erwischen zu lassen; schon gar nicht, wenn der Chef hersah.

Adams seufzte innerlich. Er und Chalky hatten zusammen eine Abschiedsparty im Maypole in Cambridge gefeiert. Das war die gemütlichste Kneipe in der Stadt mit dem besten Bier – dort nahmen die Saufgelage der Kollegen normalerweise ihren Anfang. Alle hatten mächtig zugeschlagen und ihren Spaß mit Geschichten über frühere Verhaftungen und unbeliebte Vorgesetzte gehabt. Als die Polizeistunde kam, waren sie aus der Kneipe hinüber zum nächsten Inder getaumelt. Die meisten waren dabei. Reid, Holmes und natürlich Winterbottom hatten sich nicht sehen lassen, aber sie wurden auch nicht vermisst.

Doch auch Farmer war nicht gekommen und das tat Adams wirklich Leid. Er hatte es immer noch nicht geschafft, mit ihr zu reden. Es war, als wollte sie sich von allem und jedem abschirmen. Aus der Gerüchteküche hatte er erfahren, dass sie an Krebs litt und – was noch überraschender war – dass sie einen Freund hatte, mit dem sie nach ihrer Behandlung in Urlaub fahren wollte. Adams hatte immer geglaubt, Farmer gut zu kennen und ihr näher zu stehen als irgendjemand sonst in der Einheit, worauf er, angesichts ihres eher frostigen Auftretens, geradezu stolz gewesen war. Doch sie hatte ein geheimes Leben geführt, von dem weder er noch sonst jemand in der Einheit etwas geahnt hatte. Allmählich fragte er sich, wie viel er überhaupt über irgendjemanden wusste.

Die letzte Woche hatte Adams mit Inspektor Holmes verbracht. Anfangs war sie ihm unsympathisch gewesen; jetzt hasste er sie. Er war den ganzen Fall mit ihr durchgegangen:

Aussagen, Verhöre, Namen und Persönlichkeiten. Was er auch sagte oder tat, sie hatte immer etwas auszusetzen und machte sich ungeheuer wichtig. Offenbar war sie begierig darauf, sich auszuzeichnen, und es war ihr egal, auf wen sie dabei trampeln musste. Falls sie tatsächlich eine Affäre mit Reid hatte – was immerhin nur ein Gerücht war –, dann hatten sie einander verdient, fand Adams.

Sie war überdies unnötig aggressiv in ihrem Verhalten sowohl gegenüber Kollegen als auch Verdächtigen. Er wusste sehr gut, wie schwer es eine Frau bei der Polizei hatte; wahrscheinlich noch schwerer als ein Mitglied einer ethnischen Minderheit. Aber es hatte keinen Sinn, aggressiv zu sein, wenn es nicht sein musste; und wenn es wirklich Probleme gab, standen heutzutage mehr Kanäle zur Verfügung, um sich zu beschweren, als je zuvor. Nein, resümierte er, sie war einfach nur eine unangenehme, ziemlich laute Frau, die ständig gereizt war. Mit Holmes verglichen würde die Abteilung Süd geradezu ein Paradies sein.

Seine letzte Handlung, bevor er seinen Schreibtisch endgültig räumte, war, Sam anzurufen. Trotz des abrupten Endes ihrer Beziehung war sie einer der wenigen Menschen, denen er immer noch vertraute, und er wollte sie sehen. Doch sie war nicht bei der Arbeit und am Telefon zu Hause meldete sich wie üblich der verdammte Anrufbeantworter. Er hinterließ eine kurze Nachricht, wo sie ihn höchstwahrscheinlich erreichen könne, und eine Auswahl neuer Telefonnummern.

Dann registrierte er, dass jemand neben ihm stand. Es war Liz Fenwick.

»Tut mir Leid, Tom«, sagte sie so leise, dass niemand es hören konnte.

»Danke. Ist nun mal so. Wenigstens kannst du bleiben.«

»Fürs Erste. Ich glaube kaum, dass Inspektor Holmes und ich besonders gut miteinander auskommen werden.«

»Du hast auch Farmer überlebt.«

»Eine Schmusekatze im Vergleich dazu. Bleibt es bei diesem Wochenende?«

Adams warf einen Blick hinüber zu Reids Büro und sah, dass Holmes sie neugierig anstarrte. »Vorsicht«, warnte er. »Wir werden beobachtet.«

»Gut. Vielleicht schicken sie mich dann auch in die Abteilung Süd. Wie ich höre, haben die dort ein ziemlich großes Fundbüro.«

Er lächelte. »Benimm dich. Also, dann bis Freitagabend.«

Sie erwiderte sein Lächeln und kehrte an ihren Schreibtisch zurück. Wenigstens, dachte er, hatte sie ihn daran erinnert, dass er etwas hatte, auf das er sich freuen konnte.

Er packte die letzten Kleinigkeiten in seinen Karton und wandte sich an den Rest des Teams. »Wir sehen uns in der Abteilung Süd, Leute.«

Ein paar der alten Hasen winkten und riefen ihm gute Wünsche zu. Die Neuen, Reids Leute, ignorierten ihn und hielten ihre Köpfe gesenkt, als hätten sie nichts gehört. Noch während er hinausging, kam Holmes herüber und nahm nach einem gierigen Blick durch den Rest des Raumes seinen Schreibtisch und das damit verbundene Prestige in Besitz.

Sam wartete zwei Tage, bevor sie ihre Schwester besuchen ging. Sie hatte jeden Morgen und Abend angerufen, um zu sehen, wie Wyn den Verlust verkraftete, und ihre einsame Verlorenheit war deutlich zu spüren gewesen. Sie fand ihr Vier-Zimmer-Haus öde und leer, viel zu groß für eine einzelne Person. Die Vorstellung, wie ihre Schwester allein zu Haus saß und grübelte, machte Sam Sorgen. Obwohl sie sich nie sehr nahe gestanden hatten, war Wyn immerhin ihre Schwester und Sam fühlte sich für sie verantwortlich. Ja, dachte sie, es war höchste Zeit, dass sie zu ihr ging.

Während sie in der Küche eine Tasse Tee tranken, schwelgte Wyn wie immer in Erinnerungen an Irland und die schönen Zeiten, die sie mit ihren Eltern erlebt hatten. Sam hörte still zu, da sie spürte, wie viel Trost und Gelassenheit Wyn aus dieser Gelegenheit zum Reden schöpfte. Sie wartete, bis der Redefluss ihrer Schwester zu versiegen begann, und sagte dann: »Was hältst du davon, wenn du zu mir ziehst?«

Wyn war verblüfft. »Zu dir ins Landhaus? Ich dachte, deine Privatsphäre ist dir so wichtig.«

»Ist sie auch, aber zwischen Privatsphäre und Einsamkeit ist ein großer Unterschied.«

»Und was ist, wenn du einen Freund über Nacht mit nach Hause nehmen willst?«

Sam zuckte die Achseln. »Dann musst du im Gartenhaus schlafen.«

Wyn lachte. »Wenn ich mich recht an deine Liebesgewohnheiten erinnere, würde ich dich auch da draußen noch hören.«

Sam spürte, wie ihr die Röte ins Gesicht schoss. Das hatte ihre Schwester noch nie erwähnt und Sam war sprachlos – was selten vorkam.

»Wenn ich bei dir einziehe, wirst du dir einen Knebel kaufen müssen.«

Sam vergrub das Gesicht in den Händen und lachte. »Was soll das heißen, Wyn? Überhaupt, ich glaube kaum, dass irgendwelche Männer bei mir auftauchen werden, und wenn, verspreche ich, leise zu sein. Also, was sagst du?«

Wyn gefiel der Gedanke. Die letzten beiden Wochen hatten ihr deutlich gemacht, wie sehr das ständige Bedürfnis ihrer Mutter nach Aufmerksamkeit sie vor der Einsamkeit abgeschirmt hatte. Doch sie war entschlossen, Sam nicht zur Last zu fallen.

Entschlossen sagte sie: »Aber nur, wenn ich Miete bezahle.«

»Das ist nicht nötig.«

»Doch, das ist es«, beharrte Wyn. »Ich will keine Almosen, weder von dir noch von sonst jemandem, vielen Dank.«

»Hör mal, du weißt doch, dass ich ein bisschen unordentlich bin und mit dem Haushalt nicht viel am Hut habe –«

»Das kann man wohl sagen!«

»Na danke, das brauchst du mir nicht noch mal aufs Brot zu schmieren. Ich dachte nur, du könntest dich vielleicht, statt Miete zu bezahlen, ein bisschen für mich um diese Dinge kümmern.«

»Du meinst, ich soll deine Putzfrau sein?«, fragte Wyn aufgebracht.

»Nein, so habe ich das nicht gemeint. Ich bin den ganzen Tag außer Haus, sodass ich zu den meisten Haushaltsdingen kaum komme. Ich könnte jemanden dafür anstellen, aber ich weiß nicht recht, ob ich den Leuten trauen kann.« Sam machte eine kleine Pause, um ihren letzten Punkt zu unterstreichen. »Du bist so ziemlich die einzige Person, der ich vertrauen würde oder von der ich glaube, dass sie es mit mir aushalten kann. Was ich damit sagen will, ist, dass ich dich vermutlich mehr brauche als du mich.«

Wyns Zorn legte sich. Doch ein ernsthafter Vorbehalt blieb. »Du wohnst ziemlich abgeschieden da draußen.«

»Ich besorge dir ein Auto.«

»Und was ist, wenn Ricky zurückkommt?«

»Der kann auch einziehen, wenn er will. Aber ich schätze, dass er bis dahin so weit ist, dass er sich selbstständig machen will.«

»Und was ist, wenn es nicht funktioniert?«

»Dann helfe ich dir, ein kleineres Haus oder eine Wohnung zu finden, aber bis dahin können wir es ja mal versuchen.«

Wyn überlegte einen Moment. »Okay, abgemacht. Wann kann ich einziehen?«

Sam nahm ihre Schwester in die Arme und drückte sie herzlich. »Sobald du willst. Wir werden eine Menge Spaß zusammen haben.«

»Mal sehen. Versuchen wir erst mal, zusammen zu leben, ohne uns gegenseitig umzubringen.«

Sam lächelte und hoffte auf das Beste.

Als Sam nach Hause kam, fand sie auf ihrem Anrufbeantworter eine Nachricht von Tom vor, der sie auf einen Drink ins *Crown* in Snersburgh einlud. Sie erriet, dass er ihr erzählen wollte, was passiert war. Zumindest konnte sie ihm eine Schulter bieten, an der er sich ausweinen konnte. Sollte sie sich besonders hübsch machen, wenn sie ging? Oder sollte sie sich darüber keine Gedanken machen? Sie hatte seine neue Freundin gesehen und konnte nicht hoffen, es mit ihrer Jugend aufnehmen zu können. Trotzdem, einen Versuch würde sie allemal machen! Dieses kurze grüne Kleid kam immer gut an – und sie würde nicht allzu viel darunter anziehen. Es blieb gerade noch genug Zeit, sich die Haare zu waschen und ausnahmsweise einmal ein sorgfältiges Makeup aufzulegen. Auf dem Weg nach oben nahm sie zwei Stufen auf einmal.

Als sie ins *Crown* kam, sah sie Tom an einem der Ecktische sitzen. Er wirkte nervös und sah sich ständig im Raum um, als suche er nach jemandem. Sie nahm an der Theke zwei Drinks mit und setzte sich zu ihm.

»Danke.«

»Rechnest du mit Ärger?«

»Man weiß nie.«

Sie wartete auf eine Erklärung, doch stattdessen wechselte er abrupt das Thema. »Du siehst großartig aus, aber das tust du ja immer.«

Sie hob ihr Glas. »Nicht schlecht für eine reife Frau.«

Er wusste genau, was sie meinte, ging aber nicht darauf ein. »Nicht schlecht für eine junge Frau.«

»Also, was verschafft mir die Ehre? So nervös, wie du bist, tust du offenbar gerade etwas, was du nicht solltest.«

Tom lächelte sie an. »Du hattest schon immer einen schlechten Einfluss auf mich.«

»Also, was gibt's?«

Er lehnte sich über den Tisch und reichte ihr einen großen blauen Ordner. »Das sind sämtliche bisher gesammelten Informationen über die Fälle Mary West und Strachan. Das Unwichtige habe ich weggelassen.«

Sam war verdutzt. »Wozu gibst du mir denn das?«

Er nahm einen kräftigen Schluck aus seinem Glas und sagte: »Ich bin aus der Einheit geflogen. Ich wollte es dir nicht auf der Beerdigung deiner Mutter sagen, es schien mir nicht passend.«

»Ich wusste es schon.«

»Woher?«

»Polizeitrommeln.« Innerhalb der Polizei blieb nichts lange geheim.

»Neue Besen kehren gut. Ich gelte als Farmers Mann, also bin ich draußen.«

»Aber das ist doch lächerlich! Was ist mit all deinen Kenntnissen?«

»Habe ich an die neue Inspektorin weitergegeben.«

Sam schüttelte angewidert den Kopf. Das Gewicht der Akte in ihrer Hand erinnerte sie daran, dass er ihre Frage noch nicht beantwortet hatte. »Hör zu, es tut mir Leid, was passiert ist, und ich will nicht gefühllos erscheinen, aber ich weiß immer noch nicht recht, wozu du mir das hier gibst?«

Er lehnte sich auf seinem Stuhl zurück, nahm noch einen Schluck Bier und ließ ihn genießerisch im Mund herumrollen, bevor er ihn hinunterschluckte. Es war eine Angewohnheit, die Sam hasste.

»Erinnerst du dich an John Rochester?«, fragte er.

»Den alten Chief Constable? Natürlich. Er war ein guter Mann.«

»Ja, das war er. Er leitet jetzt das Stabs-College in Cromwell Park. Er könnte für uns sehr hilfreich sein.«

»Uns?«

»Dir.«

»Ich dachte, das College wäre nur eine Ausbildungsstätte.«

»Die beschäftigen sich dort noch mit ein paar anderen Sachen. Jedenfalls hat er eine neue Einheit zum Aufspüren von Serienmördern aufgebaut.«

Sam setzte ihr Glas ab und spitzte die Ohren.

»Die Polizei ist schon seit einiger Zeit der Meinung, dass jedes Jahr Hunderte von Serienverbrechen, vor allem Morde, unentdeckt bleiben. Du weißt, dass jedes Jahr Tausende von Menschen als vermisst gemeldet werden. Viele werden wieder gefunden oder wir haben eine ziemlich klare Vorstellung, wo sie sind oder warum sie nicht auffindbar sind, aber Hunderte anderer verschwinden einfach spurlos. Nichts. Wie die Frauen, die in der Cromwell Road gefunden wurden. Keiner dieser Fälle war je als Verbrechen registriert worden. Sie wurden einfach als vermisst abgehakt, während sie in Wirklichkeit rund um Fred Wests Haus und in verschiedenen Teilen des Landes unter der Erde lagen. Nun, die Idee hinter dieser Einheit ist, die besten Köpfe zusammenzubringen – du weißt schon, Computerexperten, Forensiker, Juristen, Psychologen, Detektive – und sie zu einer Einheit zu machen, die spezifisch darauf geschult ist, diese Mörder aufzuspüren.«

»Und Verbrechen aufzudecken, die nie gemeldet wurden. Gute Idee.«

Er nickte. »So ungefähr. Das Home Office finanziert das Projekt und das Team steht jeder Polizei-Einheit zur Verfügung, die es in Anspruch nehmen will.«

»Hört sich an wie die Anfänge eines britischen FBI.«

»Das ist es auch, wenn auch zur Zeit noch leicht verschleiert. Das ist ja alles politisch etwas heikel.«

»Warum habt ihr sie denn bei dieser Ermittlung nicht hinzugezogen?«

»Das wollten wir gerade, als Farmer ging. Ich habe es gegenüber Reid erwähnt, aber er wollte nichts davon wissen, der arrogante Pfau. Er hofft wohl, eine etwaige Verhaftung ganz auf sein Konto verbuchen zu können und dem Amt des Chief Constable eine Stufe näher zu kommen.«

»Du willst also, dass ich mit dieser Akte hinunter nach Hampshire spaziere und versuche, Rochester zu ködern.«

Er nickte.

»Und was mache ich, wenn er mich mit einer vertraulichen Akte sieht, die eigentlich gar nicht in meinem Besitz sein dürfte, und beschließt, Reid anzurufen?«

»Das wird er nicht.«

»Es ist leicht, zuversichtlich zu sein, wenn man die Risiken nicht selber trägt.«

»Er hasst Reid. Als er noch Chief war, hat er sein Möglichstes getan, um ihn loszuwerden.«

Sam sah ihn mit hoch gezogenen Augenbrauen an und er schaute verärgert weg. Doch seine Miene hellte sich wieder auf, als sie die Akte nahm und in ihre Mappe steckte.

»Dann wirst du es also tun?«

»Mal sehen. Ich werde sie heute Nacht durchlesen und wenn ich denke, dass es das Risiko wert ist, werde ich Rochester anrufen. Aber versprechen kann ich nichts.«

Tom lächelte breit. »Ich wusste doch, dass auf dich Verlass ist.«

»Ich habe gesagt, ›vielleicht‹.« Sie klapperte mit ihrem leeren Glas auf der Tischfläche. »Scheußlicher Anblick.«

Er verstand den Wink und machte sich auf den Weg zur Theke, während Sam sitzen blieb und grübelte, worauf sie sich da einließ.

Eine Stunde später war Sam wieder im Krankenhaus und auf dem Weg hinauf in ihr Büro. Als sie auf die Tür zuging, kam Jean ihr entgegengerannt.

»Dr. Ryan, Gott sei Dank, dass ich Sie erwische«, sage Jean eindringlich flüsternd. Sie war außer Atem vor Spannung und Sorge. »Da sind ein Superintendent Reid und eine Detective Inspector Holmes in Ihrem Büro. Ich habe versucht, sie abzuwimmeln, aber sie sagten, es sei dringend.«

Irgendwann musste sie den beiden ja begegnen; warum nicht jetzt gleich. Wenigstens befand sie sich auf ihrem eigenen Territorium. »Okay, Jean.«

Bevor sie eintrat, hielt sie inne, zog die blaue Akte, die Adams ihr gegeben hatte, aus ihrer Mappe und reichte sie Jean. »Könnten Sie mir das hier abnehmen, Jean? Verschließen Sie es in einer Ihrer Schubladen. Ich will nicht, dass jemand das sieht.«

Jean nahm die Akte entgegen. »Was haben Sie jetzt wieder ausgeheckt?«

Bemüht darum, empört zu klingen, erwiderte Sam: »Ich weiß wirklich nicht, wovon Sie reden, Jean.« Dann betrat sie forsch ihr Büro.

Reid und Holmes standen auf, als sie hereinkam. Angriff schien ihr die beste Verteidigung zu sein und so sagte sie, bevor einer von ihnen den Mund aufmachen konnte: »Ich höre, dass meine Sekretärin Ihnen bereits gesagt hat, dass ich sehr beschäftigt bin. Normalerweise empfange ich keine Besucher ohne vorherige Terminabsprache, aber da Sie nun schon einmal hier sind, werde ich eine Ausnahme machen. Aber es muss schnell gehen.«

Reid hatte sich eine Rede zurechtgelegt, aber diese Attacke erwischte ihn auf dem falschen Fuß. Nachdem er sich gefangen hatte, sagte er: »Mein Name ist Superintendent Paul Reid und dies ist Detective Inspector Holmes.«

Holmes nickte in Sams Richtung. Sie hatte ein Notizbuch in der Hand, um sich alles zu notieren, was Reid sagte.

»Wir haben gerade die Ermittlungen in den Mordfällen Mary West und Ray Strachan übernommen«, fuhr Reid fort, »und hielten es daher für angebracht, vorbeizukommen und uns vorzustellen.«

Sam gab sich immer noch stachelig. »Das weiß ich bereits. Ist das alles? Wie gesagt, ich bin sehr beschäftigt.«

Doch Reid war aus einem bestimmten Grund gekommen und er war entschlossen, sein Anliegen vorzutragen, bevor er ging. »Wie ich höre, Dr. Ryan, sind Sie bekannt dafür, Ihre pathologischen Untersuchungen über die Mauern dieses Krankenhauses hinaus in meinen Zuständigkeitsbereich auszudehnen.«

Sam sagte nichts, obwohl sie spürte, wie der Zorn in ihr aufstieg.

»Obwohl Ihre Hilfe, wie ich höre, gelegentlich geschätzt wurde« – *gelegentlich?*, dachte Sam – »bin ich gekommen, um Ihnen offiziell mitzuteilen, dass Ihre Einmischung in diese oder irgendeine andere Ermittlung, mit der ich befasst bin, künftig nicht mehr erwünscht ist, es sei denn im Rahmen Ihrer Tätigkeit als forensische Pathologin. Jede zusätzliche Information, auf die Sie im Zuge Ihrer Arbeit stoßen sollten, ist entweder an mich oder an Inspektor Holmes zur Kenntnisnahme weiterzureichen. Ich hoffe, ich habe mich klar ausgedrückt, Dr. Ryan?«

Sam verschränkte die Arme. »Vollkommen. Ist das alles?«

»Für den Augenblick ja.«

»Gut. Würden Sie dann bitte jetzt gehen? Ich habe dringend eine Autopsieliste vorzubereiten.«

Holmes schrieb noch einige Sekunden lang wild drauflos. Dann stand sie auf und folgte Reid zur Tür.

»Bitte machen Sie auf dem Weg nach draußen die Tür zu.«

Als sie gegangen waren, ließ sich Sam mit einem erleichterten Seufzen auf ihren Sessel fallen.

Jean kam herein. »Alles in Ordnung? Die sahen aber nicht sehr glücklich aus.«

»Gut.«

»Ich glaube, Sie sollten lieber aufpassen. Der sieht aus, als wäre mit ihm nicht gut Kirschen essen.«

Eine Stimme an der Tür sagte: »Da haben Sie Recht, Jean.« Trevor Stuart schlenderte ins Zimmer und setzte sich auf seinen gewohnten Platz gegenüber von Sam. »Du hast also die neue Mannschaft kennen gelernt, Pat und Patachon.«

»Eher wie Dr. Jekyll und Mrs. Hyde.«

Stuart lachte. »Tja, die beiden waren vorher bei mir.«

»Warum?«

»Sie wollten, dass ich den Fall übernehme.«

»*Was?*«

»Sie meinten, sie brauchten eine ausgereiftere Beurteilung der forensischen Beweismittel.«

»Und was hast du gesagt?«

»Dass sie bereits die beste Unterstützung hätten, die sie für Geld bekommen könnten, und dass ich nicht interessiert sei.«

»Diese miesen Ratten! Na, dafür kriegen die beiden eine Beschwerde an den Hals.«

»Wofür? Das war ihr gutes Recht.«

»Nach all den zusätzlichen Informationen, die sie von mir bekommen haben, würde ich –«

»Sam, du weißt genau, dass du oder ich nicht das geringste Recht haben, uns über unsere fachlichen Belange hinaus in polizeiliche Ermittlungen einzumischen. Bisher hast du Glück gehabt. Hör damit auf und überlass es denen. Wenn sie dann auf die Nase fallen, können sie wenigstens nicht noch jemanden mit sich hinunterziehen.«

Sam wusste nicht, was sie mehr ärgerte: dass Reid ihre fachliche Befähigung in Frage stellte oder die hinterhältige Art, mit der er versucht hatte, ihr den Fall abzunehmen.

»Selbstgefälliges Arschloch«, schnaubte sie.

»Mach dich frei davon. Tu einfach, was du zu tun hast, und vergiss es.«

Doch sie hatte nicht vor, sich davon freizumachen. Wenn sie sich bisher noch nicht sicher gewesen war, ob sie Rochester aufsuchen wollte, hatte Reid ihr diese Entscheidung nun abgenommen.

Sam hielt kurz vor der Schranke an der Einfahrt zum Cromwell-Park-Gelände, während der Wachmann ihren Ausweis überprüfte und sich erkundigte, zu wem sie wollte. Cromwell Park war das nationale Stabs-College der Polizei, das alle Polizeibeamten, die in ihren Einheiten leitende Positionen übernehmen wollten, besuchen mussten. Doch es hatte wenig Ähnlichkeit mit anderen polizeilichen Ausbildungsstätten, die sie bisher gesehen hatte. Hier gab es keine weiß getünchten Wände und gut gepflegten Paradeplätze. Das wunderschöne Haus aus dem 18. Jahrhundert war von etlichen Morgen unberührten Parkgeländes umgeben und man erreichte es über eine lange Einfahrt, die entlang einer uralten Brücke über einen Bach führte und zu dem stattlichen Gebäude hin leicht anstieg.

Der Wachmann beendete seine Überprüfung, reichte ihr den Ausweis zurück und hob die Schranke. Sam parkte auf dem Kiesplatz vor dem Gebäude, verriegelte ihren Wagen und erklomm die Steinstufen zur Eingangshalle. Dort schrieb sie sich an der Rezeption ein und bekam eine Besucherplakette. Ein anderer Wachmann eskortierte sie einen langen Korridor entlang und eine Wendeltreppe hinauf zum Büro des Leiters der Einrichtung.

Sie kannte John Rochester seit seiner Zeit als Chief Constable in Norwich. Er war ein geborener Anführer mit viel Ehrgeiz, entschlossen, seine Spuren in der Polizei zu hinterlassen, bevor er in den Ruhestand ging. Bevor er nach

Norwich gegangen war, hatte er bei der städtischen Polizei in London gearbeitet und so ziemlich jede Abteilung geleitet, wobei er einen schier unerschöpflichen Reichtum an Erfahrungen gesammelt hatte. Außerdem besaß er einen ganzen Hut voller Belobigungen und Medaillen, etliche davon für Tapferkeit.

Seine Sekretärin Carol Wing nahm Sam an der Tür in Empfang. »Dr. Ryan?« Sie gaben sich die Hand. »Mr. Rochester erwartet Sie. Gehen Sie gleich hinein.«

»Danke.«

Carol Wing führte sie durch ein Vorzimmer, in dem sie und Rochesters Stabsoffizier ihren Arbeitsplatz hatten, ins Allerheiligste. John Rochester saß hinter seinem Schreibtisch und telefonierte. Er blickte auf und lächelte breit. Während er auf einen Stuhl deutete, bedeutete er seiner Sekretärin durch Gesten, sie möge Tee machen, und sie verließ den Raum. Endlich beendete er sein Telefonat, kam hinter dem Schreibtisch hervor und sagte: »Sam, schön, Sie wieder zu sehen.«

Sie stand auf und sie tauschten angedeutete Wangenküsse aus.

»Ich freue mich auch, Sie zu sehen. Hier sieht es anders aus als in Ihrem Büro in Norwich.«

»Nur ein bisschen. Aber mir gefällt's.«

Rochester hatte kein Talent für Smalltalk und außerdem witterte er bereits, dass ihr Besuch nicht rein privater Natur war. »Also, was kann ich für Sie tun? Stecken Sie immer noch so gern Ihre Nase in Dinge, die Sie nichts angehen?«

Da Sam ihn genauso gut kannte wie er sie, kam sie sofort zur Sache. »In Cambridge hat es in den letzten Wochen zwei Morde gegeben –«

»Dachte ich mir, dass es darum geht.«

»Und ich hatte gehofft, dass Ihre neue Einheit bei der Aufklärung helfen könnte.«

»Vielleicht. Das Problem ist, dass wir eingeladen werden müssen, uns an einer Ermittlung zu beteiligen. Wir können nicht einfach unaufgefordert auf der Matte stehen.«

»Kann ich Sie nicht einladen?«

»Nette Idee, aber das muss der Beamte tun, der die Ermittlungen leitet.«

»Keine Chance, nach allem, was ich gehört habe.«

»Ich weiß, dass Sie Ihre Zusammenstöße mit Farmer hatten, aber sie ist eine gute Polizistin und würde dem Erfolg der Ermittlungen Vorrang vor allem anderen geben.«

»Farmer ist weg. Superintendent Reid hat ihre Stelle übernommen.«

Rochester war erstaunt. »Davon habe ich noch gar nichts gehört.«

»Die meisten Leute wussten nichts davon, bis es gelaufen war. Ich glaube, es kam alles ein bisschen unerwartet.«

Es war Rochester gewesen, der als Chief Constable des Bezirks zuerst Harriet Farmers Potential als Kriminalbeamtin und künftige Leiterin erkannt hatte. Er hatte ihre Laufbahn aufmerksam verfolgt und eine wichtige Rolle bei ihrem Aufstieg durch die Ränge gespielt. Wie so viele andere fühlte auch er sich verletzt, dass sie es nicht für nötig gehalten hatte, ihn über ihre Pläne zu informieren oder um seine Hilfe zu bitten, falls es ein Problem gab.

»Kennen wir den Grund?«, fragte er.

»Krebs.«

»Mein Gott, das ist schlimm.«

»Nun, zumindest glauben die Ärzte wohl, es früh genug entdeckt zu haben, sodass es wohl nicht lebensbedrohlich wird. Aber die Behandlung wird sicher traumatisch.«

»Ich werde sie anrufen.«

»Lieber nicht. Ich glaube, sie braucht ein bisschen Abstand. Ich bin sicher, sie wird sich melden, wenn sie so weit ist.«

Es entstand eine Pause, während Rochester diese Neuigkeit verdaute. Dann fuhr er fort: »Nun, da Sie schon einmal hier sind, können wir genauso gut einen kurzen inoffiziellen Blick auf Ihren Fall werfen. Was können Sie mir sagen?«

»Hier sind die gesamten relevanten Informationen zu dem Fall.« Sam nahm den blauen Ordner aus ihrer Aktentasche und reichte ihn Rochester. Damit ging sie ein Risiko ein, aber sie wollte es darauf ankommen lassen.

Rochester blätterte rasch durch die Seiten. »Ganz die alte Sam. Ich nehme an, Adams hat Ihnen das hier gegeben.«

Sam konnte ihre Verblüffung darüber, dass er die Quelle der Akte sofort erraten hatte, nicht verbergen.

»Machen Sie nicht so ein überraschtes Gesicht. Ich hatte zwar noch nichts von Harriet gehört, aber ich pflege durchaus noch Kontakte zu meinem alten Revier. Kann Adams Reid nicht überreden, uns um Unterstützung zu bitten?«

»Er ist von den Ermittlungen ausgeschlossen worden.«

Rochester lachte trocken auf. »Nacht der langen Messer, was? Na ja, das war schon immer Reids Art. Wohin haben sie ihn geschickt?«

»Abteilung Süd.«

»Armer Tom. Hoffen wir, dass er's überlebt.«

»Das war die andere Sache, über die ich mit Ihnen reden wollte«, sagte Sam.

»Ob ich Tom Adams hierher holen könnte?«

»Ja.«

»Er ist ein guter Mann und wir haben immer noch ein paar Stellen zu vergeben. Sind Sie sicher, dass ihm das recht wäre?«

»Ganz sicher.«

»Okay, ich werde sehen, was ich tun kann. Versprechen kann ich nichts. Die Entscheidung liegt bei seinem neuen Chef, aber da ich den gut kenne, glaube ich nicht, dass es ein Problem geben wird.«

»Danke.«

Rochester legte den Ordner auf seinen Schreibtisch.

»Da ist noch etwas«, sagte sie.

Er lehnte sich erwartungsvoll in seinem Sessel zurück. Sie wühlte in ihrer Handtasche herum und nahm ein Stück Papier heraus. »Catherine Solheim, eine der beiden FBI-Agenten, die herübergekommen sind, um den Fall zu untersuchen, hat mir das hier gegeben.«

Rochester musterte den Zettel.

»Das sind Zitate aus Aldous Huxleys *Schöne neue Welt*. Solche Zettel sind an allen Tatorten gefunden worden, mit Ausnahme des West-Mordes. Wir vermuten, dass auch dort ein Zettel war, der aber entfernt wurde, bevor wir hinkamen.«

»Warum kommt sie damit zu Ihnen? Warum geht sie nicht zur Polizei?«

»Ich schätze, sie möchte sich ein paar Lorbeeren von ihrem Chef verdienen. Sie möchte wohl selbst diejenige sein, die die Verhaftung vornimmt.«

»Möglich. Und wer, glauben Sie, hat den Zettel entfernt?«

»Nun, Miss Solheim ist der Ansicht, dass der Chef der Sicherheitspolizei der Basis, Major Hammond, es getan hat, um seinen Chef zu decken, den Basiskommandanten Oberst Cully.«

»Und was denken Sie?«

»Ich glaube, sie irrt sich. Hammond ist durch und durch Polizist. Ich kann mir nicht vorstellen, dass er sich auf eine solche Intrige einlassen würde – was könnte auch sein Motiv dafür sein?«

»Ist er in erster Linie Polizist oder Soldat?«

Sam wusste nicht recht, was er meinte. »Bitte?«

»Woran, meinen Sie, hängt letzten Endes seine Loyalität – am Militär oder an der Gerechtigkeit?«

Sam wusste nicht, was sie antworten sollte. Sie hätte gerne Gerechtigkeit gesagt, doch sie sah ein, dass sie Hammond in Wahrheit nicht so gut kannte.

Als er sah, dass sie unsicher war, wechselte Rochester das Thema. »Kommen Sie, ich zeige Ihnen das Nervenzentrum unseres kleinen Unternehmens. Man weiß ja nie, vielleicht bringen wir etwas in Erfahrung. Ich werde Ihnen auch ein paar Leute vom Team vorstellen.«

Er führte sie durch die Halle und zum Seiteneingang hinaus, dann durch den Park hinunter zu einer Gruppe moderner Gebäude in der Nähe des Sees. Sie traten durch eine doppelte Schwingtür ein und gingen dann eine lange Treppe hinab.

»Wie viele Leute gehören zum Team?«, fragte Sam.

»Bisher ungefähr zwanzig, aber wir rekrutieren immer noch. Es ist ziemlich schwierig. Wir wollen nur die Besten, aber die Einheiten trennen sich natürlich nur ungern von ihren Leuten.«

Endlich erreichten sie den Kontrollraum. Es war ein großer, offener Saal, angefüllt mit der üblichen Ausstattung eines Einsatzraumes – Magnettafeln, Computer, Fernseher –, umgeben von Nebenbüros und der unverzichtbaren kleinen Küche. Die meisten der Schreibtische waren noch unbesetzt, weshalb der Raum einen etwas verlassenen Eindruck machte. Doch diejenigen, die sich darin aufhielten, waren emsig bei der Arbeit.

Rochester führte Sam durch den Raum zu einem jungen Mann, der an einem Computer arbeitete.

»James, ich möchte Ihnen Dr. Samantha Ryan vorstellen. Sie ist Gerichtspathologin für Cambridge. Dr. Ryan, dies ist Detective Constable James Morgan.«

Der junge Kriminalbeamte stand auf und schüttelte ihr schüchtern die Hand.

»Nennen Sie mich Sam.« Dass ein Polizist schüchtern war, kam selten vor, und sie fand es charmant.

Rochester fuhr fort: »Dr. Ryan befasst sich mit den Serienmorden in Cambridge. Haben Sie schon etwas herausgefunden?«

Sam sah ihn überrascht an und er erklärte: »Als ich hörte, dass Sie kommen, habe ich mir nicht eingebildet, dass es Sie nur nach meiner Gesellschaft gelüstet. Ich hatte, wie gesagt, schon meine Vermutung, worum es geht, und habe James hier gebeten, sich schon einmal ein bisschen in den Fall einzuarbeiten, bevor Sie kommen. Es tut gut, Ihnen zur Abwechslung mal eine Nasenlänge voraus zu sein.«

Sam lächelte.

»James arbeitet an unserem neuen Computersystem, das sich lustigerweise Catchem nennt, was so viel bedeutet wie ›Centralised Analytical Team Collating Homicide Expertise and Management‹. Es funktioniert so ähnlich wie der

Vi-Cap-Computer des FBI, nur besser. Wir sind bereits mit dem europäischen Interpol-Netz verbunden, sodass wir hoffentlich die Spur von Serientätern verfolgen können, wo auch immer in Europa sie ihr Unwesen treiben.«

»Sind Sie auch schon mit dem FBI-System verbunden?«

»Nein, noch nicht. Es sind noch einige Hürden zu überwinden, bevor es dazu kommt, aber irgendwann ist es so weit.«

»Inwiefern ist Ihr System besser?«

»Es ist analytischer. Es ist in der Lage, Verhaltensmuster aufzuzeigen und zu analysieren – eine Art mechanischer Psychologe. James hat alle Informationen über Ihre Morde eingegeben, die wir zusammenkratzen konnten. Irgendwelche Erfolgserlebnisse?«

Morgan schüttelte den Kopf. »Ich fürchte nein, Sir. Die Daten reichen nicht aus.«

»Nun, das tut mir Leid«, sagte Rochester, »aber es ist ja noch früh am Tag. Ihre Akte hilft sicher weiter.«

Sams Augen begannen zu leuchten. »Fragen Sie Ihren Computer, wie viele Frauen, sagen wir, in den letzten fünf Jahren in der Nähe amerikanischer Air-Force-Basen ermordet oder als vermisst gemeldet wurden.«

Morgan sah Rochester an, der zustimmend nickte.

»Wie nah soll ich herangehen?«, fragte Morgan.

Sam überlegte einen Moment. »Eine Meile. Versuchen Sie es mit einer Meile.«

»Irgendein bestimmter Frauentyp? Alter, Körperbau, Haarfarbe?«

»Eigentlich nicht, aber Sie könnten es auf sechzehn bis fünfzig eingrenzen.«

»Das ist ziemlich breit, aber ich versuche es.«

Morgan begann auf der Tastatur des Computers Anweisungen einzugeben. Seine Finger arbeiteten schnell, sodass es nur einen Augenblick dauerte. Der Bildschirm leerte sich bis auf den blinkenden Cursor, als der Computer anfing, die Informationen zu analysieren. Plötzlich erwachte er wieder zum Leben und die Daten begannen über den Monitor zu rollen. Es waren insgesamt acht Einträge, jeweils mit Namen, Ort und Datum des Verschwindens sowie dem Namen des ermittelnden Beamten. Rochester beugte sich stirnrunzelnd näher an den Bildschirm heran. Irgendetwas schien ihn stutzig zu machen.

»Ist etwas ungewöhnlich?«, fragte sie.

Ohne den Blick vom Bildschirm abzuwenden, antwortete er: »Vielleicht.« Zu Morgan sagte er: »Versuchen Sie es mit zehn Jahren.«

Wieder flogen Morgans Finger über die Tastatur und der Cursor blinkte, während sie auf das Ergebnis warteten. Diesmal erschienen vier neue Namen mit den dazugehörigen Informationen auf dem Bildschirm. Alle Frauen waren als vermisst gemeldet worden.

Rochester gab eine weitere Anweisung. »Wie ist es mit Männern in denselben Gegenden?«

Wieder wurden die Instruktionen eingegeben und wenige Minuten später kamen die Daten zurück. Es gab nur zwei Fälle.

»Drucken Sie die Ergebnisse für mich aus, James, und fordern Sie alle Akten der vermissten Mädchen an. Lassen Sie sie herfaxen. Bill!« Ein Beamter am anderen Ende des Raumes blickte auf. »Haben Sie ein paar Männer frei?«

Der Mann schaute sich im Raum um, bis sein Blick auf zwei Beamte fiel, die an einem Schreibtisch in der Nähe von Rochester und Sam standen. »Dan, Harry, habt ihr ein paar Stunden Zeit?«

Ihr verzweifelter Blick machte unmissverständlich klar, dass sie keine hatten.

»Gut, könnt ihr dann mit dem Chef zusammenarbeiten?«

Sie nickten widerstrebend.

Rochester war unbarmherzig. »Auf meinem Schreibtisch liegt eine Akte. Würden Sie sie bitte für mich kopieren – ich werde wahrscheinlich ungefähr sechs Kopien brauchen. Dann unterstützen Sie James und sorgen dafür, dass die Vermissten-Akten aus dem Computerausdruck von den zuständigen Stellen direkt an uns gefaxt werden.«

»Und wenn die wissen wollen, wozu wir sie brauchen?«

»Halten Sie sie hin, bis wir Gelegenheit hatten, ein paar Dinge zu überprüfen. Wenn sie sich quer stellen, sagen Sie ihnen, es sei eine Home-Office-Ermittlung, und wenn sie wollten, könnten sie sich gerne mit dem Ministerium anlegen. Das dürfte erst einmal ihre Neugier bremsen.«

Er ging zu Morgan, der ihm ein Exemplar des Ausdrucks reichte, während sein Kollege rasch den Raum verließ, um die Akte zu holen.

Sam platzte vor Ungeduld. »Könnten Sie mir vielleicht sagen, was los ist?«

»Wir hätten erwartet, vielleicht ein oder zwei vermisste Mädchen innerhalb einer gewissen Entfernung von einem bestimmten Punkt zu finden, aber nicht zwölf. Es könnte natürlich ein dummer Zufall sein – ich glaube kaum, dass das alles Opfer sind –, aber merkwürdig ist es trotzdem.«

»Sie meinen, Sie halten es für möglich, dass unser Killer schon seit vielen Jahren hier aktiv ist?«

»Das werden wir erst wissen, wenn wir ein paar weitere Informationen bekommen, aber das muss überprüft werden, und zwar schnell.«

»Was passiert jetzt?«

»Wenn ich richtig liege, holen wir uns die Genehmigung des Home Office, die Fälle zu untersuchen, und setzen das Team darauf an.«

»Sie sollten sich mit den beiden FBI-Agenten in Verbindung setzen«, schlug Sam vor. »Sie sind auf dem Stützpunkt Leeminghall untergebracht. Es steht alles im Bericht.«

»Gut. Darf ich vorschlagen, dass wir uns in mein Büro zurückziehen und den Bericht zusammen Seite für Seite durchgehen? Und wir sollten auch so schnell wie möglich sehen, ob wir nicht Tom Adams hierher bekommen können.«

Sam nickte zufrieden.

»Kommen Sie«, sagte er. »Sie müssen mir eine Menge Dinge erklären.« Und damit führte er sie aus dem Gebäude und zurück in sein Büro.

Nachdem sie die Akte durchgearbeitet hatten, gingen sie zurück in den Kontrollraum, um eine Besprechung abzuhalten. Stunde um Stunde verging und die Aktivitäten der Einheit wurden immer hektischer. Telefonate wurden geführt, Faxe verschickt und empfangen, während Beamte in alle Richtungen durcheinander liefen. Trotz ihres starken Interesses an den Vorgängen fühlte Sam sich davon abgetrennt, wie eine Studentin, die durch eine Glasscheibe eine Autopsie beobachtet. Falls sie in dieser Ermittlung noch eine Rolle spielen würde, war jetzt nicht der Zeitpunkt dazu.

Es war schon spät, als Rochester den Feierabend ausrief. Er versuchte Sam zu überreden, über Nacht zu bleiben, aber da sie weder Kleidung noch Zahnbürste bei sich hatte, beschloss sie, lieber die lange Heimfahrt anzutreten.

Es war schon weit nach Mitternacht, als sie zu Hause ankam. Sie war sowohl körperlich als auch geistig erschöpft und hatte gerade noch Kraft, sich die Treppe hinaufzuschleppen, ihre Kleider abzustreifen, den Hörer von der Gabel zu nehmen und ins Bett zu fallen. Eine Sekunde später war sie eingeschlafen.

Ein lautes Geräusch riss sie aus dem Schlaf. Mit wild klopfendem Herzen fuhr sie im Bett hoch. Was konnte das sein? Schlug da ein Fenster? Oder hatte sie nur geträumt? Dann hörte sie es wieder. Jemand trommelte gegen die Haustür.

Sie schaltete die Nachttischlampe ein und schaute auf ihre Uhr: vier Uhr fünfzehn. Dass jemand um diese Zeit aufkreuzte, ohne sich vorher telefonisch anzumelden, war höchst ungewöhnlich und machte sie nervös. Sie streifte ihren Morgenmantel über, rannte nach unten und schaltete die Außenbeleuchtung an. Dann sprang sie wieder die Treppe hinauf in ihr Schlafzimmer und schaute aus dem Fenster.

Als Erstes sah sie das Auto – einen Jeep Cherokee –, dann hörte sie den vertrauten amerikanischen Südstaatenakzent: »Dr. Ryan? Dr. Ryan!«

Im selben Moment, als sie die Stimme erkannte, kamen Doyle und Solheim ins Blickfeld. Müde fragte Sam: »Was wollen Sie denn hier? Haben Sie eine Ahnung, wie spät es ist? Warum haben Sie nicht vorher angerufen?«

Doyle erwiderte: »Tut mir Leid, aber Ihr Telefon war dauernd besetzt.«

Sam fiel ein, dass sie den Hörer abgenommen hatte. »Was ist denn so dringend, dass Sie hier um vier Uhr morgens aufkreuzen und andere Leute aus dem Schlaf reißen?«

»Commander Rochester braucht uns sofort in Cromwell Park. Es gibt neue Entwicklungen.«

10

Die Fahrt nach Hampshire war haarsträubend, da Doyles Fahrstil einiges zu wünschen übrig ließ. Bisweilen fragte sich Sam, ob er vergessen hatte, dass er in England war und aus Gewohnheit wieder auf der rechten Seite fuhr. Zum Glück gab es außer dem einen oder anderen Milchwagen und ein paar Frühschicht-Arbeitern wenig Verkehr, der ihnen hätte gefährlich werden können.

Als sie in Cromwell Park eintrafen, war es bereits vollständig hell. Die frühmorgendliche Frische, die durch die Bäume des Parks wehte, hellte Sams Stimmung auf und vertrieb die Lethargie, die während der Fahrt auf ihr gelastet hatte. Sie verspürte Hunger und ihr fiel ein, dass sie seit über vierundzwanzig Stunden nichts gegessen hatte. Wie wohl das Essen hier war? Hoffentlich würde ihnen wenigstens ein Frühstück angeboten.

Ein aufgeregter Wachmann, der übermüdet und frierend am Tor stand, winkte sie rasch durch. Sam dirigierte Doyle zu dem Parkplatz vor dem Haus. Als sie aus dem Wagen stieg, streckte sie sich, um die Steifheit nach der langen Fahrt loszuwerden.

Ein uniformierter Beamter kam ihnen die Eingangsstufen herab entgegen. »Sie haben sich aber mächtig beeilt.« Er schüttelte Sam die Hand. »Chief Inspector Terry Lambert. Ich bin Mr. Rochesters Stabschef.«

»Dr. Ryan, Samantha Ryan.«

»Freut mich, Sie endlich kennen zu lernen. Wir müssen uns wohl verpasst haben, als Sie das letzte Mal hier waren. Sie haben ja für einigen Aufruhr gesorgt.«

Sam deutete auf ihre Begleiter. »Das sind die Agenten Catherine Solheim und Edward Doyle von der Abteilung für Verhaltensforschung des FBI in Quantico.«

»Schön, dass Sie hier sind«, sagte Lambert. »Ich habe

gehört, dass Sie bereit sind, uns bei der Ermittlung zu helfen?«

Davon wollte Doyle nichts wissen. »Ganz im Gegenteil, ich dachte, Sie wären bereit, mir zu helfen.«

Lambert, der sich nicht auf einen Streit einlassen wollte, lächelte nur. Doyle fasste Lamberts Lächeln als Schwäche auf und war zufrieden, dass er mit der britischen Polizei so leicht »fertig« geworden war.

»Nun, wenn Sie mir bitte folgen wollen«, sagte Lambert, »Mr. Rochester erwartet Sie bereits.«

Anstatt die Treppe hinauf zu Rochesters Büro zu gehen, wie Sam erwartet hatte, führte er sie um die Seite des Gebäudes herum zu einer Gruppe moderner Gebäude dahinter, wo offenbar der Einsatzraum für diesen Fall eingerichtet worden war.

Rochester stand am anderen Ende des Raums und unterhielt sich mit einem Beamten, der Informationen in einen Computer eingab. Lambert ging ihnen voraus auf ihn zu. »Sir, Dr. Ryan und Begleiter.«

Rochester blickte auf und lächelte Sam an. »Hallo, Sam, danke, dass Sie so kurzfristig hergekommen sind.«

Verärgert darüber, zu einem »Begleiter« von Sam degradiert zu werden, sagte Doyle: »Agent Ed Doyle aus Quantico. Ich möchte mich für Ihre Bereitschaft bedanken, uns bei dieser Ermittlung zu helfen.«

Der Unterton seiner Worte entging Rochester nicht. »Wir tun jederzeit gern, was wir können, um unseren amerikanischen Kollegen behilflich zu sein. Das habe ich auch gestern erst Ihrem Mr. Bartoc mitgeteilt.«

Doyle versteifte sich. Bartoc, sein Chef in Quantico, war ein rücksichtsloser Mann, der nach politischen Ämtern strebte und jeden in den Boden trat, der auch nur den kleinsten Makel auf seiner Amtszeit beim FBI hinterließ. Von allen Leuten, mit denen Doyle je zu tun hatte, fürchtete er Bartoc am meisten.

Rochester setzte auf seinen verbalen Sieg noch einen drauf. »Er hat mir bereits die volle Kooperation des FBI zugesichert.

Er schickt uns alle einschlägigen Akten über die Morde in den USA, sodass wir unsere Daten im Computer aktualisieren können.«

Doyle begriff, dass er ausgebootet worden war. Er bemühte sich nach Kräften, sich nichts anmerken zu lassen, und sagte: »Gut. Das wird uns sicher eine große Hilfe sein.«

»Haben Sie die Akten mitgebracht, um die ich Sie gebeten habe?«

Doyle hatte sie nicht. Er hatte sie nicht vergessen, sondern bewusst zurückgelassen. Da er nicht genau wusste, was vor sich ging oder wie gefährlich diese neue Einheit seinem persönlichen Erfolg bei dieser Ermittlung werden konnte, hatte er beschlossen, fürs Erste so wenig zu kooperieren wie möglich.

»Nein, tut mir Leid. Es ging alles ein bisschen schnell. Ich habe sie vergessen.«

Rochesters skeptischer Blick machte deutlich, dass er die Lüge durchschaute. »Na, macht nichts. Zum Glück will Mr. Bartoc sie direkt an mein Büro faxen lassen. Sie müssten jeden Moment hier sein.«

Nachdem er Doyle wirkungsvoll abgefertigt hatte, wandte sich Rochester an dessen Partnerin. »Nach Mr. Bartocs Beschreibung müssen Sie Catherine Solheim sein.« Sie gaben sich die Hand. »Er hat eine hohe Meinung von Ihnen – der künftige Star der Abteilung, wie ich höre.«

Sam beobachtete Doyle aus dem Augenwinkel. Obwohl er sich gut in der Gewalt hatte, konnte sie ihm ansehen, wie die Wut in ihm aufstieg. Offenbar hatte Rochester die Absicht, einen Keil zwischen die beiden Agenten zu treiben – was freilich angesichts ihrer ohnehin gespannten Beziehung auch keine Schwierigkeit war.

Rochester wandte sich wieder dem Computermonitor zu. »Nun sollte ich Ihnen wohl endlich sagen, warum ich Sie alle so kurzfristig hierher beordert habe.«

Sie sahen ihn erwartungsvoll an.

»Es ist zwar noch nicht ganz gesichert, aber wir glauben, dass die in Cambridge begangenen Morde nicht nur mit denen in Zusammenhang stehen, die das FBI in Amerika untersucht, sondern auch mit einer Anzahl weiterer vermisster Frauen sowohl hier als auch in Europa.«

»Wie viele Frauen sind das?«

»Es gibt mögliche Verbindungen mit dem Verschwinden von mindestens acht Frauen in Großbritannien während eines Zeitraums von zehn Jahren, aber wir suchen immer noch.«

»Worin bestehen die Verbindungen?«

»Wir haben festgestellt, dass sie alle innerhalb eines Umkreises von einer Meile um einen amerikanischen Luftwaffenstützpunkt verschwunden sind und dass bisher nicht eine von ihnen gefunden wurde. Sie sind lediglich als vermisst gemeldet.«

Doyle nickte. »Das könnte ein Muster sein.«

»Sind solche Muster ungewöhnlich?«, wunderte sich Sam.

»Ja«, sagte Rochester. »Wir haben uns andere Muster angeschaut, etwa die Zahl der Männer, die in denselben Gegenden im gleichen Zeitraum verschwunden sind, und eine Analyse der allgemeinen Vermisstenstatistik durchgeführt. Es gibt eine signifikante Anomalie im Zusammenhang mit den Luftwaffenstützpunkten, die eine genauere Untersuchung verdient, auch wenn es noch zu früh ist, um absolut sicher zu sein.«

Doyle wollte eine weitere Frage stellen, aber Solheim, die jetzt Aufwind hatte, kam ihm zuvor. »Sind Ihre Informationen gesichert?«

»Catchem ist noch ziemlich neu, aber das System funktioniert gut. Wahrscheinlich steckt noch mehr dahinter als nur die amerikanische und britische Dimension. Detective Constable Morgan hat beschlossen – aus Gründen, die nur er kennt, aber wir sind dankbar für seine Initiative –, sich mit dem Interpol-Computer in Frankreich in Verbindung zu setzen. Er hat dieselben Suchanweisungen eingegeben, mit denen wir unseren Computer gefüttert haben. In den Gegenden Europas, in denen Interpol aktiv ist, sind während der vergangenen zehn Jahre über fünfzehn Frauen innerhalb eines Umkreises von einer Meile um einen amerikanischen Luftwaffenstützpunkt vermisst gemeldet worden. Wir haben die Namen der vermissten Frauen abgespeichert. Die Leiche einer weiteren Frau wurde vor ungefähr einem Jahr in Deutschland in einem Waldgebiet etwa eine halbe Meile von einer amerikanischen Basis entfernt aufgefunden. Sie war erstochen worden und ihre beiden Nieren wurden entfernt. Der Mörder wurde nie gefasst.«

Das Spezialeinsatzteam war seit der ersten Morgendämmerung auf den Beinen. Bill Smethurst und sein Partner Andy Clough wie auch der Rest der Einheit fanden, dass der Einsatz eine totale Verschwendung von Zeit und Steuergeldern sei. Sie hassten solche außerplanmäßigen Jobs, die ihr ganzes Privatleben durcheinander brachten und ihre Ehen und Beziehungen einer zusätzlichen Belastung aussetzten.

Susan Dench galt seit über drei Jahren als vermisst. Smethurst erinnerte sich noch, wie er nach ihr gesucht hatte, als sie verschwunden war. Es war eine routinemäßige Aktion gewesen. Sie war schon zwei- oder dreimal zuvor als vermisst gemeldet worden und jedes Mal nach drei oder vier Tagen, die sie mit irgendeinem unbekannten Mann verbracht hatte, wieder aufgetaucht. Deshalb wurde in Denchs Fall nicht mehr unternommen, als die vorschriftsmäßige Prozedur abzuspulen. Letzten Endes war sie nur eine traurige Nummer in einer Welt voller trauriger Statistiken.

Die Tatsache, dass sie diesmal nicht wieder nach Hause zurückkehrte, gab nicht viel Anlass zur Besorgnis: Es musste irgendwann passieren. Sie war angeblich mehrere Male in London gesehen worden, weshalb sie ziemlich sicher waren, dass sie wie so manche Motte aus dem Norden den hellen Lichtern von Soho entgegengeflattert war. Die einzigen Leute, die immer noch überzeugt waren, dass ihr etwas Furchtbares zugestoßen sei, waren ihre Eltern – und was wussten die schon? Eine Zeit lang hatten sie eine Kampagne geführt und ein gewisses Echo bei den örtlichen Medien hervorgerufen, aber dann waren sowohl der Aufruhr als auch die Ermittlungen eingeschlafen.

Warum sie jetzt, nach all den Jahren, wieder nach ihr suchten, war Smethurst schleierhaft, es sei denn, dass die oberen Chargen etwas wussten, wovon die Einheit nichts ahnte. Ihre Vorgesetzten teilten ihnen ohnehin nur selten etwas Interessantes mit; und dann nur, wenn sie es für nötig hielten. Aber es musste etwas Wichtiges sein, dachte er, denn sie hatten alle verfügbaren Einheiten aufgeboten und sogar Leute, die ihren freien Tag hatten oder im Urlaub waren, herbefohlen, um bei der Suche zu helfen. Das würde einen Haufen Geld für Überstunden kosten.

Angesichts des Umfangs und der Art der Suche überraschte es ihn, dass weder die Presse noch sonstige Zivilisten anwesend waren. Normalerweise war die Polizei dankbar für jede Hilfe, die sie bekommen konnte, und meistens meldeten sich mehr als genug freiwillige Helfer zu derartigen Aktionen. Diesmal jedoch waren weit und breit nur Polizisten zu sehen.

Sie hatten an verschiedenen Ausgangspunkten rund um den Sperrzaun des amerikanischen Luftwaffenstützpunktes begonnen und einen riesigen blauen Kreis gebildet. Dann waren sie ausgeschwärmt, um an allen möglichen Verstecken Halt zu machen und zu suchen. Froschmänner der Polizei durchsuchten sogar die Seen und Teiche der Umgebung, was nach so langer Zeit kaum der Mühe wert erschien; sie konnten von Glück reden, wenn sie noch ihre Zähne fanden. Aber zumindest vermittelte es den Eindruck, als würde die Sache äußerst ernst genommen. Von Zeit zu Zeit ertönte eine Pfeife und die Linie hielt inne, wenn etwas gefunden und untersucht wurde, um dann in einen Beweismittelbeutel zu wandern und zur Analyse weggebracht zu werden. Dann zogen die Reihen wieder weiter.

Smethursts Abschnitt erreichte schließlich Alexander's Place, ein wild wucherndes Waldgebiet, das etwa vierzig Hektar umfasste. Das dichte Unterholz war schwer zu durchkämmen. Smethurst steckte seinen Stab in ein Gewirr von Dornbüschen, Sträuchern und Gras und stocherte darin herum, in der Hoffnung, auf etwas Interessantes zu treffen. Er hatte Glück. Er erkannte das Geräusch sofort: Rostiges Eisen – davon hatte er in seinem Leben schon genug herumgeschleppt.

»Hier drüben!«, rief er zu Clough hinüber.

Sein Partner unterbrach seine Suche und kam herüber. Smethurst stieß noch einmal auf den Gegenstand, damit Clough es hören konnte.

Clough war nicht beeindruckt. »Ein Stück rostiges Eisen. Gut gemacht, Police Constabler Smethurst. Dafür kriegst du vermutlich eine Medaille. Also, hinein mit dir und hole es. Vielleicht ist ein Geständnis eingeritzt.«

Smethurst ignorierte den Sarkasmus in Cloughs Stimme und zwängte sich durch die Dornen und das Unterholz. Als er fest aufstampfte, hörte er, wie das rostige Eisen unter ihm knackte, bevor es nachgab. Andy Clough hörte, wie sein Partner erst etwas rief und dann panisch schrie. Dann sah er, wie Smethurst in einer Wolke aus Erde und Laub verschwand.

Rochester überließ es Doyle und Solheim, die Informationen von Interpol zu studieren, während er mit Sam den Kontrollraum verließ und hinauf in sein Büro ging. Zu ihrer Überraschung sah sie an dem großen runden Tisch in der Mitte des Zimmers Tom Adams sitzen. Neben ihm saß ein älterer Mann, den sie nicht kannte. Beide Männer erhoben sich, als sie hereinkamen.

Rochester sagte: »Sam, ich glaube, Sie und Tom Adams kennen sich ja bereits. Und dies ist Professor Boyd Charlton von der anderen Universität.«

Die »andere Universität« musste Oxford sein, da Rochester vor seiner Zeit bei der Polizei stolzer Student des Trinity College in Cambridge war.

Er fuhr fort: »Boyd ist Professor für Antike Studien und interessiert sich besonders für antike Schriften und Codes.«

Alle setzten sich an den Tisch.

»Was hat das mit dem Fall zu tun?«, fragte Sam.

»Die Schriftzeichen an den Tatorten«, sagte Rochester. »Ich habe Boyd ein paar Kopien gefaxt und er glaubt, auf eine Antwort gestoßen zu sein.«

Professor Charlton war vorsichtiger. »Nun, ich würde noch nicht von einer Antwort sprechen, aber ich glaube tatsächlich, dass eine hohe Wahrscheinlichkeit besteht, dass sich etwas daraus ergeben könnte.«

Sam begriff immer noch nicht, was antike Schriften mit der Sache zu tun hatten. »Was haben Sie denn bisher?«

Charlton fragte Rochester: »Haben Sie noch ein paar von den Blättern beschaffen können?«

Rochester nahm einen Stapel Faxe von seinem Schreibtisch und reichte sie Charlton. Der Professor setzte sich eine Lesebrille auf und vertiefte sich in die Seiten. Er ließ sich Zeit, während die anderen geduldig warteten. Mehrere Male fing Sam Blicke von Tom auf. Sie hätte ihm eine Menge zu sagen und noch mehr zu fragen gehabt, aber dies war weder der richtige Zeitpunkt noch der richtige Ort; sie würde sich gedulden müssen.

Endlich ließ Charlton die Papiere sinken. »Nun, etwas Offensichtliches ist nicht dabei. Mit etwas mehr Zeit finden wir vielleicht etwas.«

Rochester erwiderte: »Das überlassen wir Ihnen, Professor. Wie lange wird es dauern, bis Sie uns etwas Konkretes sagen können?«

»Nicht allzu lange. Wenn etwas da ist, finde ich es.«

Rochester drückte auf die kleine Messingklingel an der Seite seines Schreibtisches. »Ich habe Ihnen ein Taxi bestellt. Es müsste inzwischen hier sein.« Er schüttelte dem Professor die Hand und führte ihn zur Tür. »Viel Glück, Professor, und halten Sie mich auf dem Laufenden.«

Als er an den Tisch zurückkehrte, sagte er: »Sam, ich möchte Sie für meine Einheit freistellen lassen, bis diese Sache aufgeklärt ist.«

Sam spürte, wie die Entwicklung ihrer Kontrolle entglitt, und sie war sich keineswegs sicher, dass ihr dieses Gefühl gefiel. »Ich weiß nicht, ob das besonders sinnvoll ist, und außerdem glaube ich nicht, dass die Universität oder das Krankenhaus damit einverstanden wären.«

Rochester zog ihr elegant den Boden unter den Füßen weg. »Das habe ich bereits geklärt. Trevor Stuart hat sich erboten, den größten Teil Ihrer Arbeit zu übernehmen« – *jetzt* ist Trevor auf einmal hilfsbereit, dachte Sam – »und Jean meint, was er nicht schafft, kann sie für ihn übernehmen. Eine beeindruckende Frau, Ihre Jean. Die Leitung des Krankenhauses und die der Universität sind ebenfalls informiert. Also, was sagen Sie dazu?«

Sie kapitulierte. »Solange ich mein Zimmer nicht mit Charlton teilen muss.«

Rochester lächelte. »Sie verlangen viel, aber abgemacht.« Er wandte sich an Adams. »Tom, da Sie und Sam sicher ohnehin eine Menge zu besprechen haben, darf ich es Ihnen überlassen, sie zurück in den Kontrollraum zu begleiten, während ich ein Büro und ein Zimmer für sie bereitstellen lasse?« Adams nickte und er fuhr fort: »Übrigens, Sam, ich weiß nicht, ob ich bereits erwähnt habe, dass wir hier ein eigenes Labor und ein Leichenschauhaus haben. Wenn Sie einen Blick darauf werfen möchten, nur zu.«

Rochester erhob sich abrupt, stets ein Zeichen dafür, dass die Besprechung beendet und es für seine Besucher Zeit war, zu gehen. Adams und Sam gingen zur Tür. Als sie sie erreichten, rief Rochester ihnen nach: »Übrigens ist Ihr Freund Hammond abgereist.«

»Abgereist? Wohin?«

»Er wurde heute Morgen zurück in die Staaten gerufen. Ist mit einer Frachtmaschine der Air Force geflogen. Hatte es offenbar ziemlich eilig.«

»Wissen Sie, wo er jetzt ist?«

»Das scheint komischerweise niemand zu wissen. State Department, Pentagon, Washington, die halten sich alle bedeckt.«

»Was ist mit Cully?«

»Oh, der ist noch da. Ich muss noch einiges überprüfen,

aber ich glaube nicht, dass er unser Mann ist. Killer sind im Allgemeinen nicht so karrieregeil.«

»Glauben Sie, Hammond ist –?«

»Unser Mörder?« Rochester zuckte die Achseln. »Ich weiß nicht. Die beiden spielen irgendein Spielchen. Ich wünschte nur, ich wüsste, was es ist. Die Sache ist verwickelter, als wir dachten.«

Während Sam sich wieder der Tür zuwandte, gab Rochester ihr noch eine Warnung mit: »Machen Sie es sich nicht zu gemütlich, Sam. Ich habe das Gefühl, dass Sie sehr bald alle Hände voll zu tun haben werden.«

Als Bill Smethurst sich von dem Schrecken erholte, lag er rücklings auf dem Boden einer ungefähr zweieinhalb Meter tiefen Grube. Über sich sah er die Baumwipfel und den blauen Himmel, über den weiße Wolken zogen.

Andy Cloughs Gesicht schob sich ins Bild. »Bill! Bill, bist du okay?«

Smethurst befühlte seine Arme und Beine. Alles noch da und an der richtigen Stelle. Der Sturz hatte ihm nicht wehgetan, nur einen Schrecken versetzt, der ihm die Luft aus den Lungen geschlagen hatte. »Alles klar, Andy. Nur meine Würde hat ein paar Kratzer abbekommen.«

Er setzte sich auf und schaute sich um. Die Grube war quadratisch, mit senkrechten Wänden, und offensichtlich von Menschenhand ausgehoben. In einer Wand befand sich ein ungefähr anderthalb Meter hoher, in Beton gefasster Eingang zu einem Tunnel, der schräg nach unten zu führen schien, tiefer in die Erde. Neben dem Eingang hing ein metallener Schalter, den er für einen Lichtschalter hielt. Er stand auf, klopfte sich den Schmutz von der Uniform, ging hinüber und betätigte ihn einige Male. Nichts passierte. Falls es tatsächlich ein Lichtschalter war, musste er kaputt sein. Er rief hinauf: »Andy, hol mir mal einen Scheinwerfer, ja?«

Clough nickte. »Augenblick«, sagte er und verschwand.

Wenig später war er wieder da und reichte Smethurst einen großen, orangefarbenen Scheinwerfer hinab. Smethurst schaltete ihn ein und richtete den Lichtstrahl in den Tunnel. Der Weg schien frei zu sein. Er bückte sich, ging hinein und tastete sich vorsichtig vorwärts. Die Luft im Tunnel roch abgestanden und feucht. Grüner Schleim sickerte durch die Decke und lang gezogene, dunkle Flecken zogen sich unten an den grauen Betonwänden entlang. Im Lauf der Jahre waren Schlamm und Moder eingesickert und bildeten nun einen rutschigen Teppich auf dem Boden. Mehr als einmal rutschte er beinahe aus.

Der Lampenstrahl flackerte über die Wände des Tunnels, als hätte er ein Eigenleben. Smethurst betrachtete seine Hand: Sie zitterte. Ihm wurde kalt und seine Knie waren weich. Eine unheimliche Angst bemächtigte sich seiner. Zum ersten Mal in seiner Polizistenlaufbahn empfand er echtes Entsetzen – doch er wusste nicht, wovor.

Alle Instinkte drängten ihn, umzukehren und sich ins sichere Tageslicht zu retten. Am Ende des Tunnels, etwa fünfzig Meter vor ihm, konnte er den Eingang zu einer Art Kammer erkennen und er wusste, dass er sie überprüfen musste. Mit äußerster Willensanstrengung zwang er sich weiterzugehen, hinunter bis ans Ende des Tunnels.

Er leuchtete mit der Lampe in der Kammer herum; er wagte nicht, weiter als bis zum Eingang zu gehen. Das Licht fiel auf einen großen Tisch in der Mitte des Raums. Er ließ den Strahl für ein paar Sekunden dort ruhen und bemühte sich nach Kräften, nicht zu glauben, was er dort sah. Dann zerrissen seine Nerven und er floh kopflos durch den Tunnel zurück, während das Grauen wieder in die gnädige Dunkelheit zurücksank.

Tom Adams und Sam gingen die Steintreppe zum Parkplatz hinunter, doch statt sich in Richtung des Kontrollraums zu wenden, nahm Tom Sam am Arm und führte sie zur anderen Seite des Gebäudes, von wo aus sie die angelegten Gärten und den Park überblicken konnten. »Wie hat deine Familie den Verlust verkraftet?«, fragte er mitfühlend.

»Gut, danke.«

Nach einer Pause fuhr er fort. »Wie es scheint, bin ich dir etwas schuldig.«

»Nein, eigentlich nicht.«

»Wärst du nicht gewesen, würde ich mir jetzt in der Abteilung Süd Gefechte mit der Presse liefern.«

»Du warst der beste Mann für den Job. Du warst von Anfang an bei der Ermittlung dabei. Du weißt, was gelaufen ist, und ich bin sicher, du wirst dazu beitragen, dass die Einheit den Fall erfolgreich klären kann. Ich habe ihm nur den richtigen Tipp gegeben, das ist alles.«

»Warum hast du das gemacht? Nach dem, was passiert ist, dachte ich ... na ja ... weißt du ...«

»Dass ich dich für immer hassen und dir bei der ersten Gelegenheit eins auswischen würde?«

»So ungefähr. Ich sollte dich eigentlich besser kennen, nicht wahr?«

»Ja, solltest du. Wenn du es tätest, wären wir vielleicht noch zusammen.«

Tom nahm ihre Arme. »Das könnten wir immer noch.«

Sie zog sich zurück. »Nein, könnten wir nicht. Mir hat vielleicht nicht gefallen, was du mir im Garten gesagt hast, aber trotzdem war es die Wahrheit.«

Er ließ sie los, als er begriff, dass die Sache verloren war. Ihm ging der Gedanke durch den Kopf, ob sie seine Versetzung an diese Stelle vielleicht nur eingefädelt hatte, um ihn von Liz fern zu halten, in der Hoffnung, sie dadurch trennen zu können. Eine verschmähte Frau, dachte er. Aber Sam war wie keine andere Frau, der er je begegnet war, und er glaubte nicht, dass sie sich zu so billigen Intrigen herablassen würde.

Während sie weitergingen, wechselte er das Thema. »Glaubst du, dass Rochester Recht hat?«

»Was das Ausmaß der Mordserie angeht? Ja.«

»Bisher hat er nur Indizien.«

»Ich würde die Morde an Mary West und Strachan nicht als Indizien bezeichnen.«

»Ich meine die Verbindungen zwischen den Taten. Du

weißt schon, Amerika, Großbritannien, Europa. Kommt mir alles ein bisschen unwahrscheinlich vor.«

»Bei Unterweger war das auch so.«

»Das war ein Ausnahmefall.«

»Alle Serienmörder sind Ausnahmefälle.«

Tom überlegte einen Moment. »Wir haben genug Indizien, um damit ein Boot zum Kentern zu bringen, und ich glaube, mit der Zeit werden noch weitere auftauchen.«

»Zum Beispiel?«

»Charltons Codes, Faserspuren. Und vergiss nicht die Fischschuppe, die du an Mary Wests Leiche gefunden hast. Die Berichte vom FBI bringen uns vielleicht auch noch weiter.«

»Und möglicherweise spüren unsere Jungs in Blau ja auch etwas auf.«

»Die Bobbys? Man weiß nie – die haben schon öfter Glück gehabt. Aber verlass dich nicht zu sehr darauf.«

Plötzlich hörten sie Chief Inspector Lamberts drängende Stimme: »Dr. Ryan, Inspektor Adams, Sie werden sofort gebraucht! Man hat etwas gefunden.«

Die Fahrt durch Wiltshire nach Kent war ein Erlebnis. Normalerweise musste sich Sam, um einen Mordschauplatz zu erreichen, durch unwegsame Landschaften zu einem unmarkierten Punkt auf der Landkarte vorkämpfen. Diesmal jedoch wurde sie von Streifenwagen und Polizeimotorrädern eskortiert und sie selbst, Dr. Samantha Ryan, saß neben Commander Rochester auf dem Rücksitz eines zivilen Wagens wie ein Mitglied der Königsfamilie oder eine führende Regierungsbeamtin. Der Unterschied war allerdings, dass sich die Leute meistens freuten, wenn sie Mitglieder der Königsfamilie sahen, während Sam keineswegs sicher war, wie ihr Empfang am Tatort ausfallen würde.

Trotz aller Proteste hatten Doyle und Solheim zurückbleiben müssen. Keine Polizeieinheit hatte es gern, wenn sich Außenstehende in Verbrechen in ihrem Bezirk einmischten. Eine neue Einheit – wie spezialisiert sie auch sein mochte – von außerhalb, die die Ermittlungen übernahm, würde für die örtlichen Dienststellen schwer genug zu verdauen sein. Repräsentanten einer ausländischen Behörde, besonders des FBI, hätten nicht nur Widerspruch, sondern offenen Krieg hervorrufen können. Rochester wusste, dass dies eine einzigartige Gelegenheit war, das Home Office von der Notwendigkeit seiner Einheit zu überzeugen, und die wollte er sich nicht von ein paar FBI-Agenten verderben lassen.

Nicht nur die Reaktion der Polizei machte Sam Sorgen. Der für diese Gegend zuständige Gerichtspathologe, Dr. John Alexander, würde Sams Einmischung in seine Arbeit wohl kaum begrüßen. Vor einigen Jahren hatten sie in London zusammengearbeitet und sie wusste, dass er ein erstklassiger Pathologe war. Leider war er aber auch sehr selbstgefällig und ein ziemlicher Individualist, der Leute, die sich in seine Arbeit einmischten, überhaupt nicht leiden konnte. Sam hoffte inständig, dass sie sich nicht mit ihm würde auseinander setzen müssen, dass man einen der anderen Pathologen der Grafschaft herbeigerufen hatte; aber sie hatte das dumpfe Gefühl, dass es John sein würde.

Der Anblick eines silbernen Kampfflugzeuges, das niedrig über sie hinwegflog, verriet ihr, dass sie sich ihrem Ziel näherten. Wenige Minuten später erreichten sie den Polizeikordon, der von den Medienvertretern mit voller Ausrüstung und dem unvermeidlichen Gewirr von Gerüchten umlagert wurde. Den Journalisten war völlig klar, dass hier etwas Außergewöhnliches vor sich ging, und sie würden vor kaum etwas zurückschrecken, um herauszufinden, was es war. Die Tatsache, dass sie bereits da waren, deutete darauf hin, dass ihre Insider-Informanten sehr aufmerksam gewesen waren. Der Anblick des nahenden Konvois zog sofort eine Reaktion nach sich: Jede Kamera, jeder Scheinwerfer und jedes Mikrofon richtete sich auf die Autos. Sam war entsetzt über den Rummel und verdeckte zu Rochesters Erheiterung ihr Gesicht wie ein Hollywood-Sternchen, das mit dem Ehemann einer anderen Frau erwischt wird.

Langsam rollten die Autos durch die Reihen der Nachrichtenjäger und dann durch den Polizeikordon zum

Schauplatz des Geschehens. Schließlich hielten sie an und Rochester und Sam stiegen hinaus in die warme Nachmittagsluft. Sie wurden sofort von einem uniformierten Polizei-Superintendenten begrüßt und begannen sich mit ernster Miene zu unterhalten. Sam ließ ihren Blick über die Landschaft voller Felder und kleiner Wälder wandern. Sie wirkte bemerkenswert idyllisch für eines der am dichtesten bevölkerten Gebiete des Landes. Sie fragte sich, ob die Anwesenheit des Luftwaffenstützpunktes der Grund war, dass sie in diesem unverdorbenen Zustand geblieben war, und ob es so bleiben würde, wenn die Basis einmal nicht mehr da war.

Das Gewimmel der Polizei rund um den Schauplatz war nicht so hektisch wie sonst. Es war, als warteten alle darauf, dass etwas passieren würde. Plötzlich begriff Sam, dass sie tatsächlich auf etwas warteten, nämlich auf sie.

Rochester sagte: »Dr. Ryan, hier drüben.« Als sie zu ihm trat, sagte er: »Darf ich Ihnen Superintendent Clarkson vorstellen? Er wird während unseres Aufenthaltes hier unser Verbindungsmann sein.«

Auf Clarksons Gesicht war nicht der Anflug eines Lächelns zu bemerken, als sie sich die Hände schüttelten. Sein Gesicht war ernst, ja düster, und seine Stimme passte dazu. Zu Rochester sagte er: »Wenn Sie mir bitte folgen wollen, Sir, dann werde ich Sie zum Tatort führen.«

Als sie sich in Bewegung setzten, fragte Sam: »Gibt es irgendetwas, das Sie mir sagen können, bevor ich die Leiche untersuche?«

»Die Leichen.«

»Es ist mehr als eine?«

»Mindestens zwei, vielleicht noch mehr. Sie sind in einem der alten Verteidigungsbunker. Hier sind Dutzende solcher Bunker in den Wäldern und in der Landschaft verstreut. Sie wurden während des Kalten Krieges als erste Verteidigungslinie gegen eine etwaige Invasion der Russen erbaut. Die meisten werden inzwischen von Kindern als Höhlen benutzt und von Liebespärchen. Der Beamte, der ihn entdeckt hat, ist etwas mitgenommen. Angst vor der Dunkelheit, glaube ich.«

Sam erinnerte sich daran, wie sie selbst am Tatort des Mordes an Mary West die Nerven verloren hatte, und sie verspürte starkes Mitgefühl mit dem Polizisten. »Sind die anderen Bunker durchsucht worden?«

»Das tun wir zur Zeit. Das Problem ist, dass die Basis nach all den Jahren nicht mehr genau weiß, wo sie alle liegen. Ihre Position war bis vor einigen Jahren ein großes Geheimnis und dann waren sie auf einmal nicht mehr wichtig genug, um sie richtig zu kartieren.«

»Nun, irgendjemand scheint aber ziemlich genau zu wissen, wo sie sind.«

Clarkson war nicht wohl zumute bei der Art von Sams Fragen und sah Rochester Hilfe suchend an. Doch er ging leer aus.

»Wir glauben, dass eine der Leichen die von Susan Dench ist, einem zweiundzwanzigjährigen Mädchen aus der Gegend. Sie wurde vor ein paar Jahren von ihrer Familie als vermisst gemeldet. Offenbar ein ziemlich wildes Früchtchen; ging mit jedem ins Bett und wurde ein paar Mal bei Diebstählen erwischt. Es war nicht das erste Mal, dass sie vermisst wurde; meistens war sie mit irgendeinem Penner aus der Gegend durchgebrannt.«

Sam machte die Art wütend, wie er über Susan Dench sprach, so als wäre sie völlig wertlos, als wäre es ein todeswürdiges Verbrechen, jung und verantwortungslos zu sein. »Also haben Sie sie einfach abgeschrieben.«

Clarkson machte ein entsetztes Gesicht. »Abgeschrieben würde ich nicht sagen. Wir haben getan, was unter den Umständen möglich war.«

»Und was war das?«

»Befragungen von Haus zu Haus durchgeführt, Freunde und Familie vernommen, andere Dienststellen benachrichtigt.«

»Aber drei Jahre später schaffen Sie es plötzlich, sie innerhalb von vierundzwanzig Stunden zu finden, nur weil ein bisschen Druck dahinter gesetzt wird. Sagt Ihnen das etwas?«

Clarkson empörte sich. »Diese Suche war vom Home Office finanziert. Wir haben nicht die Mittel, um nach jeder frühreifen Göre zu suchen, die von den hellen Lichtern irgendeiner gottverlassenen Stadt dazu verleitet wird, von zu Hause auszureißen.«

Sam wusste, dass er vermutlich Recht hatte. Die Frage drängte sich auf, wie viele andere Vermisste aus Mangel an Geld nicht gefunden wurden. Der Gedanke deprimierte sie.

Dass John Alexander die erste Person war, die sie am Verteidigungsbunker sah, konnte ihre Laune auch nicht verbessern. Er stand an der Grube und blickte hinab in die Tiefe.

Sie beschloss, das Schlimmste gleich hinter sich zu bringen, und ging zu ihm hinüber. »John.«

Er blickte zu ihr auf und dann wieder hinab in die Grube. »Sam. Wir sind eine richtig wichtige Persönlichkeit geworden, was? Die wollten mich nicht einmal hineinlassen, bevor Sie eintreffen.«

»Tut mir Leid. Ich hatte aber nichts damit zu tun. Die Entscheidungen werden auf höherer Ebene getroffen.«

»Das hat mir Clarkson auch gesagt. Wie sind Sie denn in diese Sache hineingeraten?«

»Ich war zur falschen Zeit am falschen Ort.«

Bevor er noch etwas sagen konnte, kam ein kleiner untersetzter Mann im vorschriftsmäßigen weißen Overall auf sie zu und stellte sich vor.

»John Haze. Ich bin hier der Tatort-Manager. Willkommen. Sie werden auch so einen brauchen.«

Sam bedankte sich und begann den Overall überzustreifen.

Haze fuhr fort: »Ich würde gerne mit Ihnen hinuntergehen, wenn es Ihnen recht ist?«

Sam war froh, dass er so höflich war, zu fragen; vielleicht würde es doch nicht so viele Reibereien geben, wie sie befürchtet hatte. Sie lächelte ihn an und nickte. »War sonst noch jemand in dem Bunker?«

»Nur der plattfüßige Bobby, der hineingefallen ist. Und wir mussten für Beleuchtung sorgen. Es sieht ziemlich übel aus – kein Wunder, dass dem Burschen die Düse ging. Ansonsten habe ich niemandem Zutritt gewährt. Anweisung von oben. Ist irgendetwas Besonderes an der Sache?«

Sam lächelte wieder, antwortete jedoch nicht, sondern hob nur ihre Tasche auf und schlang sich den Riemen über die Schulter.

»Sagen Sie mir nichts«, sagte er resigniert. »Ich muss es nicht wissen.«

Er hielt die oberste Sprosse der Leiter fest, während Sam hinunter in die Grube stieg. Es war ein einsames, düsteres Fleckchen, wahrscheinlich ideal für ihren Killer. Der Tunnel vor ihr war inzwischen hell erleuchtet und sie konnte bis zu der Kammer an seinem Ende sehen. Er erinnerte sie an eine jener ägyptischen Grabstätten mit Gängen und geheimen Kammern. Sie hatte gehört, dass dramatische, grauenhafte Ereignisse manchmal eine beängstigende Atmosphäre in den Gebäuden hinterließen, in denen sie stattgefunden hatten. Dies war wohl einer dieser Orte, dachte sie. Sie verspürte einen deutlichen Widerwillen dagegen, durch diesen Tunnel zu gehen und sich dem zu stellen, was sich an seinem Ende befand, und sie war froh, dass sie es nicht allein tun musste.

Sobald Haze und Alexander ihr in die Grube gefolgt waren, ging sie voraus in den Tunnel und bewegte sich vorsichtig über den glitschigen Beton. Als sie sich der Kammer näherte, glaubte sie, in der Ferne einen unheimlichen Schrei zu hören. Erschrocken sah sie sich nach den anderen um. Sie schienen nichts gehört zu haben. Offenbar hatte sie es sich nur eingebildet.

Trotzdem war sie erleichtert, als sie die Kammer erreichte und keine Gespenster darin vorfand. Sie war groß; ungefähr dreieinhalb Meter hoch und neun Meter breit. An den Wänden hingen immer noch halb vermoderte Landkarten der Gegend. Doch was sie wie eine Salzsäule erstarren ließ, war ein riesiges Symbol an einer Wand. Es war schon sehr verblichen, doch sie erkannte es sofort: Ω.

In der Mitte des Raums stand ein großer Tisch, auf dem das Skelett eines menschlichen Wesens lag. Der Schädel war

Sam zugewandt, leicht zur Seite geneigt, der Unterkiefer zu einem breiten grausigen Lächeln geöffnet. Der Boden war mit Knochen übersät, offenbar das Werk von Tieren. Am Fuß einer der Wände lag ein Haufen säuberlich zusammengelegter Kleidung und am anderen Ende des Raums ein weiterer Schädel. Sie konnte nicht sagen, zu wie vielen Menschen diese Knochen gehörten, aber in einem war sie sich absolut sicher: Dies war eine seiner Mordkammern.

Sie registrierte, dass die anderen zu ihr in den Durchgang getreten waren. Ihr Schweigen verriet, dass sie ebenso entsetzt waren wie sie.

Entschlossen straffte Sam ihre Schultern und fragte Alexander: »Möchten Sie den Anfang machen?«

Ebenso taktvoll erwiderte er: »Nein, nein, das ist Ihre Show. Ich schaue einfach zu.«

Und wartest darauf, dass ich einen Fehler mache, dachte Sam sarkastisch. Sie zog ihren Kassettenrecorder aus der Tasche und begann zu diktieren. »Waldgebiet Alexander's Place, East Stratton. Schauplatz ist eine Kammer am Ende eines Tunnels, der sich von einer tiefen, aus dem Erdreich ausgehobenen Grube schräg nach unten erstreckt. Sie gilt als Teil eines äußeren Verteidigungsringes, der während des so genannten Kalten Krieges errichtet wurde, um den Luftwaffenstützpunkt zu schützen. Allerdings ist sie seit vielen Jahren nicht benutzt worden. Sie ist ungefähr dreieinhalb Meter hoch und« – sie sah sich noch einmal in dem Raum um – »neun Meter im Durchmesser. An den Wänden sind Landkarten der Umgebung angeheftet und an einer Wand befindet sich das Omega-Symbol, das auch am Tatort des Mordes an Mary West zu sehen war. An einer anderen Wand liegt ein Stapel Kleidungsstücke. In der Mitte des Raums steht ein Tisch, auf dem sich die unbekleideten Skelettüberreste eines menschlichen Körpers befinden. Beide Arme sind über dem Kopf mit einem Paar Handschellen gefesselt, das mit einem Seil an einem der Tischbeine befestigt ist. Das rechte Bein ist ebenfalls an eines der Tischbeine gefesselt, während das linke Bein fehlt.«

Sie hielt inne, ging hinüber an den Tisch und betrachtete das Skelett von oben bis unten, bevor sie sich den Schädel genauer ansah. »Ein roter Lappen ist tief in die Mundhöhle des Schädels gestopft und mit einem Stück Schnur fixiert.« Aus ihrer Tasche zog sie eine Pinzette, mit der sie den ausgetrockneten Lappen vorsichtig herauszog. Sie hielt ihn sich vors Gesicht und musterte ihn.

Alexander trat einen Schritt vor, um besser zu sehen. »Was mag das sein?«, fragte er.

»Sieht aus wie eine Unterhose, aber bei dem Zustand kann ich das nicht genau sagen. Gehörte wahrscheinlich der Toten.«

Alexander nickte und trat wieder zurück. Haze reichte Sam einen kleinen Beweismittelbeutel und sie steckte das Objekt hinein.

Dann setzte sie ihre Untersuchung des Skeletts fort. »Die Ischiaskerbe ist relativ breit. Dagegen sind der Supraorbital-Kamm und die Nackenleiste verhältnismäßig klein.«

»Was ist mit dem Becken?«, fragte Alexander.

»Das Becken«, fuhr sie fort, ohne sich durch die Unterbrechung aus der Ruhe bringen zu lassen, »ist breit und flach. Auf den ersten Blick erscheint das Skelett als das einer Frau, etwas über ein Meter fünfzig lang und um die zwanzig Jahre alt. Sie ist seit mehreren Jahren tot.«

Das war so ziemlich alles, was sie im Augenblick feststellen konnte. Alles Weitere würde bis zur Autopsie warten müssen.

Sie wandte sich an Haze, der still neben Alexander stand und darauf wartete, dass sie fertig würde. »Sie können die Leiche abtransportieren, wenn Sie so weit sind.«

»Ich würde den Raum gerne gründlich durchsuchen und fotografieren lassen, bevor ich irgendetwas verändere, Dr. Ryan.«

Sam ging zu dem zweiten Schädel und hockte sich daneben.

Haze trat zu ihr. »Herrje, der arme Yorick.«

Normalerweise wäre Sam über die Geschmacklosigkeit seiner Bemerkung empört gewesen, doch im Augenblick war sie dankbar dafür, dass er die düstere Atmosphäre etwas auflockerte. Sie untersuchte den Schädel. Sie war sicher, dass er von einer Frau stammte, aber auch hier musste die Autopsie alles Weitere ergeben.

Sie stand auf und wandte sich an Alexander. »Ist das Krankenhaus bereit für die Autopsie?«

»Alles fertig. Möchten Sie, dass ich Ihnen assistiere?«

»Wenn es Ihnen nichts ausmacht.«

»Ich verspreche, dass ich Ihnen nicht im Weg sein werde.«

Sam konnte verstehen, dass Alexander mehr als nur ein wenig brüskiert war, aber es gab nichts, was sie dagegen hätte tun können, und sie war verärgert über seinen Sarkasmus.

»Gut.«

Er war sichtlich verstimmt über die Bemerkung und Sam hoffte, dass sie ihn für eine Weile zum Schweigen gebracht hatte. Sie wandte sich den Wänden zu und begann jede der Landkarten genau zu untersuchen.

Haze beobachtete sie interessiert. »Ich glaube, es wäre ein Glücksfall, wenn Sie nach so langer Zeit noch Spuren finden würden, Doktor.«

»Ich suche nicht nach Spuren. Das ist Ihr Job.«

»Wonach denn?«

Sam sagte nichts und setzte ihre gründliche Betrachtung der Wände fort. Obwohl das Omega-Zeichen unübersehbar war, gab es keine Spur von dem alles entscheidenden Schriftstück, sodass sie ihre Aufmerksamkeit dem Kleiderstapel zuwandte. Sie hockte sich hin und untersuchte ihn. Es waren ein grünes Kleid mit floralem Muster, ein Paar hellbraune Nylonstrümpfe und eine kleine weiße Handtasche. Keine Schuhe. Sie suchte den Boden rund um den Stapel ab, aber sie waren nicht da. Dann öffnete sie vorsichtig die Handtasche und nahm sich den Inhalt vor. Er setzte sich so ziemlich genauso zusammen, wie sie es erwartet hatte: Make-up, ein Portemonnaie mit ein paar Pfund; das übliche Durcheinander, das in jeder Damenhandtasche zu finden ist. Darüber hinaus fand sie einen Briefumschlag mit der Absenderangabe des Sozialamtes. Der Poststempel war gerade noch lesbar. Adressiert war der Umschlag an Miss S. Dench.

Nachdem sie Rochester über ihre Feststellungen unterrichtet hatte, beschloss Sam, im Wald zu warten, bis die Überreste abtransportiert waren, bevor sie sich ins Krankenhaus begab. Hier gab es immerhin ein paar freundliche Gesichter und sie wusste nicht, was für ein Empfang sie in der hiesigen Leichenhalle erwartete, zumal Alexander schon vorausgefahren war.

Eine Behelfskantine war eingerichtet worden. Sie holte sich einen Becher Kaffee und nippte daran. Er schmeckte scheußlich, aber bei weitem nicht so scheußlich wie die Luft in dem Bunker, die sie immer noch in der Kehle schmecken konnte. In der Nähe stand eine niedrige Mauer, auf die sie sich setzte, um darüber nachzudenken, was sie gerade gesehen hatte.

Tom Adams gesellte sich zu ihr. »Es gibt noch nicht viel zu sagen, habe ich gehört.«

»Da hast du richtig gehört. Wir können nur hoffen, dass die Spurensicherung auf etwas Interessantes stößt. Wenn nicht, müssen wir unsere Schlüsse einfach auf die Umstände und Vermutungen stützen. Aber auf diese Weise löst ihr ja sowieso die Hälfte eurer Fälle, stimmt's?«

Er ging nicht auf die Frotzelei ein. »Wenn das die Opfer desselben Mörders sind, gibt es Großalarm.«

»Ich dachte, den hätten wir bereits.«

»Für Rochesters neue Einheit ist das nicht schlecht, besonders wenn er einen Erfolg verbuchen kann. Es gibt einen oder zwei Politiker, die mit der Idee nicht einverstanden sind und versucht haben, sich quer zu stellen. Das hier müsste sie davon überzeugen, dass der Aufwand sich lohnt.«

Sam lächelte grimmig. »Tolle Art, jemanden zu überzeugen, was?«

Adams zuckte die Achseln.

»Tom, ich möchte dich um einen kleinen Gefallen bitten.«

Er sah sie argwöhnisch an.

»Die Proben, die am Tatort gesammelt werden – ich möchte, dass sie nach Cambridge geschickt werden. Marcia soll einen Blick darauf werfen. Sie kennt den Fall bereits und ihr wird eher etwas Ungewöhnliches auffallen als irgendjemandem sonst.«

»Wir können Marcia auch herholen und für eine Weile ins Team aufnehmen.«

»Wäre auch nicht schlecht, aber ich möchte auf jeden Fall, dass sie sich die Sachen ansieht.«

Adams nickte. »Ich klemme mich dahinter.«

Plötzlich tauchte Haze zwischen den Bäumen auf und winkte Sam hektisch zu. Sie sprang von der Mauer herunter und rannte zu ihm, gefolgt von Adams. Haze war bereits auf dem halbem Weg zurück zum Bunker, als sie ihn einholte.

»Was ist los?«

»Ich glaube, wir haben das, wonach Sie vorhin gesucht haben. Sie wissen ja, ich erfahre nur das, was ich wissen muss.«

In der Grube lagen die schwarzen Leichensäcke und großen Kunststoffplanen, mit denen man die Überreste des Mädchens abtransportieren würde. Sie stiegen darüber hinweg und Haze ging rasch voraus in den Tunnel. Als er die Kammer erreichte, trat er an den Tisch und blieb daneben stehen. Sam und Tom eilten ihm nach.

Triumphierend sagte er: »Ich nehme an, das ist es, was Sie gesucht haben?«

Sie schauten hinab auf die Tischfläche, die inzwischen leer und abgewischt war. In der Platte befanden sich die eingeritzten Worte:

KRÜMM, UNZUCHT, DICH.
DER WILDE

Sam erkannte die Worte sofort. Sie wurden in *Schöne neue Welt* vom Wilden gesprochen, als er sich an das erinnerte, was Thersites sagte, als er sich mit Troilus und Odysseus die Verführungsszene zwischen Diomedes und Cressida anschaute. Es war der Moment, als Savage endlich zu dem Schluss kam, dass Lenina – wenn nicht gar alle Frauen – eine Hure war. Sam betrachtete die erbarmungswürdigen Überreste, die im Raum verstreut lagen. Plötzlich stand ihr ein anderes Zitat aus dem Buch deutlich vor Augen: »Schmerz war ein fesselnder Gräuel.«

11

Nachdem die Kammer geräumt war, machte sich Sam mit dem Rest des Teams auf den Weg zur hiesigen Leichenhalle. Die Überreste der Leichen waren in großen Plastiksäcken gesammelt worden. Haze war sicher, dass sie nahezu alles gefunden hatten, was zu finden war, obwohl die Suche nach winzigen Partikeln wie etwa Knochensplittern immer noch weiterging.

Sam hatte sich gerade für die Autopsie umgezogen, als es an die Tür klopfte.

»Herein.«

Ein junges lächelndes Gesicht erschien im Türspalt. »Tag. Dr. Ryan?«

»Schuldig.«

Das Lächeln wurde breiter. »Robert Young.«

Der Name kam Sam irgendwie bekannt vor, aber sie wusste nicht, wo sie ihn hintun sollte.

»Ich bin der Anthropologe.«

»Oh, tut mir Leid. Ich hatte keine Ahnung, dass einer hinzugezogen worden ist. Ich bin nicht die hiesige Pathologin, weshalb nicht alle Informationen bei mir ankommen.«

»Das habe ich gehört. Ihr Mr. Rochester scheint ja einige Leute ziemlich zurechtgestutzt zu haben.«

Sam lächelte ihn an. »Darin ist er gut.«

Während er sprach, dämmerte es ihr. Natürlich, *der* Robert Young. Er hatte sich einen Namen gemacht, als er an den Überresten der Romanows gearbeitet hatte, nachdem sie im Osten Russlands entdeckt worden waren. Es war weit gehend ihm zu verdanken, dass die Zarenfamilie identifiziert werden und die Todesursachen ermittelt werden konnten. Ohne seine Arbeit wäre das, was Gill und Ivanov später in Aldermaston bewerkstelligt hatten, nicht möglich gewesen.

Er war ein großer schlaksiger Bursche, dessen etwas ungepflegte Erscheinung sein mangelndes Interesse an Äußerlichkeiten verriet. Sam vermutete, dass seine Arbeit ihn nahezu vollständig in Beschlag nahm und ihm wenig Raum ließ, sich Gedanken über so triviale Dinge wie Kleidung zu machen. Sie freute sich darauf, mit ihm zusammenzuarbeiten.

Young sagte: »Man hat mich gebeten, was wir haben, in eine gewisse Ordnung zu bringen. Ich hoffe, meine Einmischung stört Sie nicht?«

»Solange es Sie nicht stört, dass ich im Hintergrund herumschleiche und einem Experten bei der Arbeit zusehe.«

Sichtlich geschmeichelt lachte Young kurz auf. »Nun, es wäre mir eine Ehre. Wollen wir tanzen?«

Sam nickte und gemeinsam gingen sie in die Leichenhalle.

Sie war zwar größer als die Leichenhalle im Park-Krankenhaus, aber weniger modern – sie sah aus wie ein Produkt der späten dreißiger Jahre. Fünf der mit weißem Emaille beschichteten Tische waren beleuchtet und auf jedem befand sich ein großer Plastiksack mit den Überresten, die in der Kammer gefunden worden waren, zusammen mit Skizzen, die genau zeigten, wo jeder Knochen gefunden worden war. Später würden auch Fotos eintreffen, aber fürs Erste schien Young mit den Zeichnungen zufrieden zu sein.

Er rief Haze zu sich und fragte, was sich in welchem Sack befand.

»In Sack eins und zwei haben wir die Überreste, die auf dem Tisch und in der unmittelbaren Umgebung gefunden wurden. Nummer vier und fünf enthalten den zweiten Schädel und die Bruchstücke, die in der Nähe lagen. Der letzte Sack enthält all die anderen Teile, die wir nicht sofort identifizieren konnten. Sie könnten von einer dritten Leiche stammen oder auch von den anderen beiden.« Er zuckte die Achseln. »Wer weiß?«

»Sind die Knochen etikettiert worden?«, fragte Young.

Haze bejahte. Jeder Knochen war mit einem Schild und einer Nummer versehen und seine Position war auf der Skizze verzeichnet worden.

»Dann fangen wir an.«

Der Fotograf von der Spurensicherung kam herüber. Young öffnete den ersten Sack. Jeder Knochen, den er herausholte und auf den Tisch legte, wurde fotografiert. Sam sah zu und wartete, während die Säcke sich nach und nach leerten.

Die Zuschauertribüne war gut besetzt. Sam sah nicht nur Rochester und Adams, sondern auch zwei ihr unbekannte, aber offenbar hochrangige uniformierte Beamte; dazu zwei Beamte in dunklen Anzügen. Natürlich war auch Alexander da, nicht so sehr, um sich die Prozedur anzuschauen, sondern um jede Bewegung von Sam mit kritischen Adleraugen zu beobachten.

Young brachte die Schädel zum Vorschein und platzierte sie auf den dazugehörigen Tischen. Als Erstes wurden Röntgenaufnahmen gemacht, um die Mundstruktur für die Identifizierung zu dokumentieren. Das menschliche Zahnmaterial erweist sich nach dem Tod als langlebiger als jedes andere Körpergewebe und Zahnfüllungen und Zahnersatz sind besonders widerstandsfähig gegen chemische und physische Degeneration. Die beinahe unendliche Zahl der verschiedenen Zahnmuster machte sie zu einem praktisch ebenso einzigartigen Kriterium der Identifizierung wie Fingerabdrücke.

Das Zusammensetzen der Skelette war wie ein riesiges dreidimensionales Puzzle. Die erste Leiche hatte Young ziemlich schnell komplett. Das war die, die im Bunker auf dem Tisch gelegen hatte. Ihre erhöhte Position hatte sie vor hungrigen Tieren bewahrt. Bis auf das fehlende linke Bein waren die Überreste weitgehend intakt.

Beim zweiten Skelett dauerte es länger. Abgesehen von dem Schädel war nur etwa die Hälfte davon gefunden worden. Das linke Bein war relativ vollständig, doch das rechte Bein, ein Teil der rechten Hüfte und der größte Teil der beiden Arme fehlten. Der einzige Trost war, dass die Überreste immerhin noch Ähnlichkeit mit einem menschlichen Skelett hatten. Bei der dritten Leiche war das nicht der Fall. Was von ihr übrig war, bedeckte kaum ein Drittel der Tischfläche. Sie bestand lediglich aus einer Sammlung von Schmutz und braunen Knochen, die etwa in der Anordnung ausgelegt wurden, in die sie vermutlich gehörten: Kein Schädel, nur ein Teil von einem Bein, ein Teil von einem Arm, Bruchstücke des Brustkorbes, ein dreißig Zentimeter langes Stück der Wirbelsäule und ein paar kleine Knochensplitter, die nicht einmal Young identifizieren konnte.

Auf einem anderen Tisch lagen noch weitere Knochenteile, die er nicht verwendet hatte. Sam nahm einen davon in die Hand.

»Was sind das für welche?«

»Tierknochen«, erwiderte Young. »Ich tippe auf ein Fuchspärchen. Wahrscheinlich im letzten Winter verendet. Das dürften unsere Hauptverdächtigen für das Zerstreuen der Knochen sein.«

Sam nickte und legte den Knochen wieder hin.

»Nun, das war's so ziemlich«, sagte er. »Mir sind die Teile ausgegangen.«

Sam betrachtete die Tische mit ihrer erbarmungswürdigen Last. Diese Frauen mussten Furchtbares erlebt haben – und dann so zu enden ... Bei dem Gedanken durchfuhr sie ein Schauder des Grauens.

Sie zwang sich, zur Sache zu kommen. »Also, was können Sie uns sagen?«

»Zwei weibliche Weiße, eine weibliche Schwarze. Alle um die zwanzig Jahre alt. Mit ein bisschen Glück müsste es uns problemlos gelingen, die ersten beiden zu identifizieren.«

»Wir haben bereits eine Identität für diejenige, die auf dem Tisch lag.«

»Gut, gut. Bei der dritten, fürchte ich, wird es schwierig. Wie Sie sehen, ist nicht viel davon übrig.«

Sam betrachtete die wenigen Knochen, die alles waren, was sie von dem dritten Mädchen gefunden hatten, und musste ihm zustimmen. »Wie wäre es mit einem DNS-Profil?«

»Solange die Knochen nicht zu stark kontaminiert sind. Aber selbst dann brauchen Sie einen Vergleichspunkt und ich glaube kaum, dass die Behörden bereit wären, die DNS mit den Eltern jedes jungen Mädchens zu vergleichen, das in den letzten Jahren als vermisst gemeldet wurde. Nicht sehr kosteneffektiv.«

Sie musste ihm wieder zustimmen.

»Sie sind alle erstochen worden, falls Ihnen das etwas weiterhilft«, fuhr er fort. »Schauen Sie sich die scharfkantigen Kerben an den Seiten des Brustkorbes an. Das deutet darauf hin, dass ein scharfes Instrument durch den Leib nach oben gerissen wurde und dabei über den Brustkorb kratzte. Alle drei Skelette weisen ähnliche Verletzungen auf.«

Sam betrachtete sie eingehend. Dabei fielen ihr noch andere Kerben am Brustkorb und an mehreren anderen Knochen auf. »Was ist das?«

Young musterte sie kurz. »Tierbisse. Ratten, Füchse und Dachse, vermute ich. Um sicherzugehen, brauche ich etwas mehr Zeit.«

»Wie lange, glauben Sie, sind sie schon tot?«

»Eher Jahre als Monate und ich glaube, sie wurden etwa zur gleichen Zeit getötet. Wenn Sie herausfinden können, wann die ersten beiden Mädchen als vermisst gemeldet wurden, hilft Ihnen das vielleicht, den Zeitraum einzugrenzen, in dem das dritte Mädchen gestorben ist. Ich weiß, es ist ein bisschen wenig, aber ich schätze, jede Kleinigkeit hilft.«

Sam nickte.

»Nun, das Weitere überlasse ich Ihnen. War nett, mit Ihnen zu arbeiten. Wir werden uns ja sicher bald sehen.«

Sam schüttelte ihm die Hand. »Sie haben die ganze Arbeit gemacht. Für mich gibt es kaum noch etwas zu tun. Vielen Dank.«

»Gern geschehen. Morgen geht mein Bericht an Sie auf die Post.«

Damit fegte Young aus dem Raum und überließ es Sam zu untersuchen, was von den drei jungen Menschenleben übrig geblieben war.

Die Besprechung mit Rochester nach der Autopsie war kurz und knapp. Sam konnte ihm nur wenig sagen, was er nicht bereits wusste, und das Wenige würde in ihrem Bericht enthalten sein. Er informierte sie, dass die beiden uniformierten Beamten, die sie auf der Tribüne gesehen hatte, der Chief Constable und der stellvertretende Chief Constable des Bezirks gewesen waren. Die beiden Männer in Zivil waren Beamte des Home Office, die vermutlich gekommen waren, um sich von der Notwendigkeit zu überzeugen, Rochesters neue Einheit offiziell in Dienst zu nehmen und ihm einen Platz in der Polizeigeschichte zu sichern.

Sie bat ihn, eine Liste geeigneter Gerichtspathologen aufzustellen. Da beinahe jede Polizeidienststelle im Land plötzlich ein ganz neues Interesse an ihren Vermisstenakten zeigte, stieg die Wahrscheinlichkeit, dass weitere Leichen gefunden wurden, und Sam wusste, dass sie nicht alles allein bewältigen konnte. Rochester schien eingesehen zu haben, dass es viel einfacher war, wenn jeweils der örtlich zuständige Pathologe die erste Autopsie durchführte und dann seinen Bericht Sam zuleitete. Sie wussten inzwischen genug über ihren Mörder, um seine Vorgehensweise ohne große Schwierigkeiten zu erkennen. So brauchten auch Pathologen wie Alexander keinen Anstoß mehr daran zu nehmen, dass Außenstehende in ihre Domäne eindrangen.

Sie war todmüde. Es schien eine Ewigkeit her zu sein, dass sie eine richtige Nacht durchgeschlafen hatte, und die hektischen Aktivitäten der letzten vierundzwanzig Stunden hatten sie sowohl emotional als auch körperlich ausgelaugt. Sie war nicht wie Rochester, der offenbar unendlich arbeiten und dennoch am Morgen frisch und wach aussehen konnte. Sie fühlte sich schmutzig und hatte Hunger. Alles, was sie wollte, war ein ausgiebiges heißes Bad, bis zum Rand gefüllt mit dem wohl duftendsten Schaumbad, das sie finden konnte, und einen Teller Sandwiches an der Seite. Rochester sorgte dafür, dass ein Streifenwagen sie nach Hause brachte, und auf der ganzen Heimfahrt träumte sie von diesem Bad. Er hatte versucht, sie zu überreden, im College zu wohnen, bis die Ermittlungen abgeschlossen sein würden, aber sie wollte nach Hause zu Shaw und allen vertrauten Dingen in ihrer Umgebung.

Als sie das Haus erreichten, sah sie zu ihrem Schrecken, dass offenbar überall die Lichter brannten. Sie wollte schon ihren Fahrer bitten zu warten, während sie hineinging und nachschaute, ob alles in Ordnung war, als ihr einfiel, dass Wyn inzwischen eingezogen war. Schlimmer noch, Sam hatte versprochen, ihr zu helfen, aber in der Aufregung hatte sie das völlig vergessen.

Sie lehnte sich für einen Moment gegen die Tür und raffte ihren Mut zusammen, um ihrer Schwester gegenüberzutreten. Schließlich steckte sie den Schlüssel ins Schloss, drehte ihn herum und stieß die Tür auf. Kaum war sie drinnen, bemerkte sie die Veränderung. Sie fühlte sich wie einer der sieben Zwerge, als sie in ihr sauberes und aufgeräumtes Häuschen zurückkehrten. Im Wohnzimmer waren die Veränderungen noch auffälliger. Es lagen keine Zeitungen auf dem Fußboden, der Kamin war gereinigt, das Feuer brannte und sogar ihr Schreibtisch war aufgeräumt. Ich werde nie wieder etwas finden, dachte Sam. Sie fuhr mit einem Finger über den Kaminsims: kein Staubkörnchen.

Die Küchentür ging auf und sie hörte ihre Schwester rufen: »Bist du das, Sam?«

»Das wollen wir doch hoffen«, rief sie zurück und ging in die Küche.

Wyn hatte gerade einen Korb Gemüse aus dem Garten geholt. Sie warf einen Blick auf Sam und sagte: »Du siehst müde aus. Wo hast du gesteckt?«

Sam ließ sich erschöpft auf einen Stuhl sinken. »In Kent. Tut mir Leid, dass ich nicht hier war, um dir beim Umzug zu helfen.«

»Schon in Ordnung. Die Männer von der Spedition waren sehr tüchtig. Ich habe ihnen gesagt, sie sollen dir die Rechnung schicken.«

»Herzlichen Dank.«

»Gern geschehen.«

Sam sah sich in der Küche um. Sie war so sauber und ordentlich wie noch nie zuvor.

Wyn legte das Gemüse in die Spüle. »Ich begreife nicht, wie jemand in solchen Verhältnissen leben kann.«

»Herzlichen Dank.«

»Gern geschehen. Hattest du mit diesen Leichen zu tun, die auf dem amerikanischen Luftwaffenstützpunkt gefunden worden sind?«

Sam nickte.

»Kein Wunder, dass du müde aussiehst. Es kam den ganzen Tag in den Nachrichten.«

»Tatsächlich? Na ja, überrascht mich nicht.«

»Wie viele Leichen waren es denn?«

»Drei.«

»Da haben wir's. Man sollte nicht alles glauben, was sie in den Nachrichten sagen. Da hieß es, es wären zwischen sechs und zwölf.«

Typisch, dachte Sam. Die taten alles, um Dinge aufzubauschen, nur um sich gegenseitig mit Sensationen überbieten zu können.

»Du siehst aus, als könntest du ein Bad und eine ordentliche Portion Schlaf gebrauchen.«

»Du hörst dich genau wie Mum an.«

»Gut. Auf sie hast du immer gehört – na ja, meistens.«

Sam erhob sich ächzend und machte sich auf den Weg zur Treppe. Auf halbem Weg nach oben rief sie zurück: »Könntest du mir vielleicht einen Teller Sandwiches machen?«

Wyn steckte den Kopf aus der Küchentür. »Ich glaube, du brauchst etwas Handfesteres. Geh und nimm dein Bad und wenn du wieder herunterkommst, ist alles fertig.«

Sam lächelte dankbar und schleppte sich weiter die Treppe empor.

Nachdem Sam gegessen hatte, luden sie das Geschirr im Spülbecken ab und gingen ins Wohnzimmer.

»Also, wo liegt denn nun das Problem?«, fragte Wyn. »Ich dachte, du liebst einen saftigen Mord.«

»Ist es so offensichtlich?«

Wyn nickte.

»Ich weiß, es hört sich blöd an, aber ich habe das Gefühl, dass da etwas abgrundtief Böses im Spiel ist.«

»Ich finde eigentlich, dass alle Morde etwas abgrundtief Böses an sich haben.«

»Stimmt, aber ich habe die Gegenwart des Bösen noch nie so deutlich gespürt. Man kann es förmlich mit Händen greifen.«

»Hör auf. Da kriegt man ja eine Gänsehaut.«

»Tut mir Leid.«

»Wenn du so unglücklich darüber bist, warum sagst du denen nicht, dass du nicht mehr daran arbeiten willst?«

Sam seufzte. »Wenn es nur so einfach wäre! Ich bin unglücklich darüber, aber ich will es trotzdem bis zum Ende durchziehen, wenn ich kann.«

»Würde ich nie im Leben tun, wenn ich solche Angst hätte wie du.«

»Würdest du doch. Du bist genauso neugierig wie ich.«

Wyn lächelte ihre Schwester liebevoll an. »Also, wenn du jetzt nicht ein bisschen Schlaf bekommst, wirst du bald an überhaupt nichts mehr arbeiten. Deine Augen sehen aus, als ob sie in Flammen stehen.«

Sam blinzelte. »Sie sind ein bisschen entzündet. Ich haue mich aufs Ohr.« Sie hievte sich auf die Beine und stapfte nach oben. Vom Treppenabsatz aus sagte sie: »Schön, dass du hier bist. Danke für alles. Wir werden es richtig schön zusammen haben.« Ihre letzten Worte gingen in einem gewaltigen Gähnen unter.

»Sag mir das in sechs Monaten noch mal«, murmelte Wyn leise, während sie zurück in die Küche ging, um abzuwaschen.

Sams Schlafzimmervorhänge wurden abrupt aufgerissen. Sie stöhnte protestierend und zog sich die Decke über den Kopf, um dem grellen Licht zu entfliehen, das ins Zimmer strömte. Doch Wyn machte die Fenster weit auf und zog ihr dann rücksichtslos die Decke vom Leib.

Sam griff nach den Bettüchern. »Ich bin nicht Ricky«,

beklagte sie sich. »Ich bin eine erwachsene Frau, die sehr gut selber weiß, wann sie aufstehen will.«

»Tatsächlich? Nun, da unten sind zwei Polizeibeamte, die dich sprechen wollen.«

Sam hatte das Gefühl, genug für ein ganzes Leben von Rochester und Adams gesehen zu haben, aber wenn sie den ganzen Weg hierher gekommen waren, musste es etwas Dringendes sein. Also wälzte sie sich widerwillig aus dem Bett. Auf ihrem Nachttisch stand eine Tasse Tee. Sie griff danach und nahm einen Schluck. Er war eiskalt.

Wyn hatte keinerlei Mitleid. »Er war heiß, als ich ihn dir vor einer halben Stunde gebracht habe.«

»Wie spät ist es?«

»Halb zwölf.«

»*Was?*«

Sam starrte ungläubig auf ihren Wecker.

»Ich setze den Kessel auf. Ich würde deine Gäste nicht zu lange warten lassen, wenn ich du wäre. Sie scheinen nicht gerade von der geduldigen Sorte zu sein.«

Sam ließ sich rücklings aufs Bett fallen und versuchte genügend Energie aufzubringen, um sich zu bewegen.

Als sie nach unten kam, reichte Wyn ihr einen großen Becher mit dampfendem Kaffee, bevor sie wieder in der Küche verschwand. Zu ihrer Überraschung wurde sie nicht von Rochester und Adams, sondern von Reid und Holmes erwartet.

Sie sah Reid an und hob ihren Becher. »Möchten Sie auch einen?«

»Nein, danke. Ihre Putzfrau hat uns bereits einen gemacht.«

Aus der Küche ertönte ein Ruf. »Schwester. Ich sehe nur so aus wie die Putzfrau.«

Reid war sichtlich hin- und hergerissen zwischen dem Wunsch, sich zu entschuldigen, und dem Widerstreben, quer durchs Haus zurückzurufen. Sam kostete sein Unbehagen aus und setzte sich auf ihren Lieblingsplatz auf dem Sofa, wo sich sofort Shaw zu ihr gesellte.

»Nun«, sagte sie, »was verschafft mir die Ehre Ihres unerwarteten Besuchs?«

»Die Morde in Kent. Wie ich höre, könnte ein Zusammenhang mit den beiden bestehen, die wir in Leeminghall hatten, und ich wollte Sie fragen, was Sie uns darüber sagen können.«

Sam streichelte Shaw. »Ich bin nicht sicher, ob ich dazu befugt bin.«

»Sie sind die Pathologin des Home Office, die mit dem Fall befasst ist, und ich bin der höchstrangige ermittelnde Beamte. Warum sollten Sie nicht befugt sein, mir zu sagen, was los ist?«

»Weil ich im Augenblick nicht für Sie arbeite, sondern für Commander Rochester in Cromwell Park und über ihn direkt fürs Home Office.«

»Das hier ist ein lokaler Mordfall, der schnell gelöst werden muss. Wem auch immer Sie im Moment zugeteilt sind, Sie sind immer noch verpflichtet, mich und mein Team über alle Fortschritte in diesem Fall auf dem Laufenden zu halten. Und eines sollten Sie auch bedenken: Irgendwann werden Sie wieder zu dieser Einheit zurückkehren.«

Sam spürte, wie der Ärger in ihr aufstieg. »Drohen Sie mir etwa?«

»Keineswegs. Ich mache Sie nur auf Ihre Situation aufmerksam.«

»Meine Situation ist mir ziemlich klar. Wenn Sie weitere Informationen über diesen Fall haben wollen, schlage ich vor, dass Sie sich an Commander Rochester oder Inspektor Adams wenden. Falls diese mich autorisieren, Informationen oder Berichte an Sie weiterzugeben, tue ich das. Andernfalls müssen Sie sich mit Ihren Beschwerden über die Art, wie diese Ermittlungen geführt werden, an das Home Office wenden und sehen, wie weit Sie damit kommen.«

Reid schlug einen versöhnlichen Ton an. »Hören Sie, wir sind alle Profis und müssen unsere Arbeit machen. Ich will ja nur eine ungefähre Vorstellung davon haben, was da vor sich geht, in der Hoffnung, dass wir dadurch mit unseren Ermittlungen hier vor Ort weiterkommen.«

Sam gab nicht nach. »Wie gesagt, wenden Sie sich an Commander Rochester. Ich bin sicher, er wird so hilfsbereit sein wie nur möglich.«

Es entstand eine Pause, während der Reid verdaute, was sie gesagt hatte. Er wusste sehr gut, wie Rochester über ihn dachte und dass nicht die geringste Chance bestand, dass er irgendetwas von Rochester erfahren würde.

Bevor er es noch einmal versuchen konnte, klingelte es an der Tür. Sam schob Shaw von ihrem Schoß, um an die Tür zu gehen, doch Wyn war schneller. »Schon gut, Ma'am, ich gehe schon.« Dabei zupfte sie an ihrer Stirnlocke.

Sam musste über den Sarkasmus ihrer Schwester lächeln, aber Reid und Holmes zuckten mit keiner Wimper. Gleich darauf kam sie mit Tom Adams auf den Fersen zurück ins Wohnzimmer und sagte überflüssigerweise: »Es ist Tom.«

Er schien ebenso überrascht zu sein, Reid und Holmes hier zu sehen, wie es Sam gewesen war. Reid stand auf und streckte ihm die Hand entgegen. »Tom.«

Trotz seiner tief verwurzelten Antipathie gegen Reid hielt Adams es für geraten, sich diplomatisch zu geben und die Hand zu ergreifen. »Superintendent«, sagte er knapp.

Zu Adams' eigenen privaten Grundsätzen gehörte es, niemals jemanden »Sir« zu nennen, den er nicht respektierte. Trotzdem achtete er darauf, hierarchische Umgangsformen nicht zu verletzen, und sprach daher solche Leute mit ihrem Rang an, wofür man ihm keinen Vorwurf machen konnte.

»Darf ich fragen, was Sie hierher führt, Superintendent?«

Reid war sichtlich verärgert über die Frage. »Dasselbe wollte ich Sie gerade fragen, aber ich habe bereits gehört, dass Ihre Beziehung zu Dr. Ryan nicht nur rein dienstlicher Natur ist.«

Adams fand, dass die Bemerkung keine Antwort verdiente. »Ich muss Sie noch einmal fragen, Superintendent, was Sie hierher führt.«

»Die Untersuchung der Morde, Inspektor.« Bei dem Wort »Inspektor« kräuselte sich seine Lippe verächtlich.

»Wie Sie sehr wohl wissen, müssen alle Anfragen bezüglich dieser Mordserie direkt an Commander Rochester gerichtet werden«, sagte Adams gleichmütig.

»Jetzt hören Sie mir mal zu«, fuhr Reid ihn wütend an, »Sie wissen ja wohl, wer ich bin. Ich bin Ihr Chef. Ich bin derjenige, dessen Stiefel Sie lecken, wenn ich es Ihnen sage. Sie haben mir nicht zu sagen, wo ich hingehen und mit wem ich reden soll. Ich sage es Ihnen!«

Tom war ungerührt. »Sie sagen mir nicht, was ich zu tun habe, und Sie werden es auch nie wieder tun.«

Einen Augenblick lang glaubte Sam, Reid würde explodieren. Sie schaltete sich rasch ein. »Vielleicht hat Inspektor Adams Ihnen nicht zu sagen, wohin Sie gehen und mit wem Sie reden sollen, aber solange Sie in meinem Haus sind, kann ich das sehr wohl tun. Wenn Sie also jetzt bitte gehen würden ...«

Reid starrte Adams an, der seinem Blick begegnete, ohne zu blinzeln, und wandte sich wieder an Sam. »Wir sehen uns noch.«

»Höchstwahrscheinlich.«

Kühl sagte Adams: »Ich werde Commander Rochester und dem Home Office über diesen Vorfall einen vollständigen Bericht erstatten.«

»Machen Sie doch verdammt noch mal, was Sie wollen.« Er nickte Holmes zu, die sich erhob und ihm aus dem Zimmer folgte.

Wyn hielt ihnen die Haustür auf. »Kommen Sie nicht zu bald wieder.« Dann knallte sie hinter ihnen die Tür zu und kehrte zu Adams und Sam ins Wohnzimmer zurück.

»Hast du ihm etwas gesagt?«, fragte er Sam.

»Natürlich nicht.«

»Tut mir Leid. Ich brauche nur im selben Zimmer zu sein wie dieser Mistkerl und schon bin ich wieder auf hundertachtzig.«

»Wirklich? Habe ich gar nicht gemerkt. Du warst beeindruckend kühl.«

Wyn fragte Adams: »Wie wär's mit einem Kaffee?«

»Nein, danke. Ich glaube, dazu reicht die Zeit nicht. Wir müssen zurück zum Chef.«

Während Wyn in die Küche ging, um ein paar Sandwiches als Mittagessen vorzubereiten, gab Sam ärgerlich zurück: »Müssen wir das? Nun, vorher habe ich aber noch ein paar eigene Pläne.«

Adams sah sie ungeduldig an und schaute dann auf seine Uhr. »Und zwar?«

»Ich habe eine Verabredung mit Marcia Evans im Labor.«

»Okay, wenn wir uns beeilen, kannst du unterwegs bei Marcia vorbei und wir kommen immer noch einigermaßen pünktlich nach Cromwell Park.«

Sam überlegte einen Moment. »Okay.« An der Tür kam ihr ein Gedanke und sie drehte sich zu ihm um. »Sind die drei Mädchen schon identifiziert?«

»Zwei von ihnen. Die eine war Susan Dench und die andere ein Mädchen namens Elizabeth Carr aus Ealing in London.«

»Das ist aber nicht in der Nähe irgendeines Luftwaffenstützpunktes, nicht wahr?«

»Sie war per Anhalter unterwegs zu Freunden in Suffolk. Der Mörder wird sie irgendwo unterwegs aufgelesen haben. Sie ist ungefähr drei Wochen nach Susan Dench verschwunden.«

»Was ist mit dem dritten Mädchen?«

Adams zuckte die Achseln. »Tausende von Möglichkeiten. Wenn sie nicht aus der Gegend stammte und von so weit her wie London gekommen ist, haben wir es mit einer Menge vermisster Mädchen zu tun.«

Sam wusste, dass das die traurige Wahrheit war. Es konnte lange dauern, sehr lange, bis sie herausfanden, wer sie war – falls sie es überhaupt je schafften. Seufzend sagte sie: »Ich brauche nur fünf Minuten.«

Adams sah sie skeptisch an und rief dann: »Wyn, ich glaube, ich habe doch noch Zeit für einen Kaffee.«

Sam warf ihm einen bösen Blick zu und verschwand die Treppe hinauf.

Während der Fahrt nach Scrivingdon machte sich Sam über den Stapel Schinken-Sandwiches her, den Wyn gemacht hatte – seit sie am Abend zuvor nach Hause gekommen war, hatte sie permanent Hunger gehabt. Selbstsüchtig hatte sie Adams keinen Bissen abgegeben und trotzdem fühlte sich ihr Magen immer noch leer an.

Als sie das Labor erreicht hatten, trafen sie Marcia in ihrer üblichen Haltung an, dicht über ein Mikroskop gebeugt. Von ihrer Ankunft nahm sie keine Notiz. Auch als Adams sich räusperte, regte sie sich nicht.

»Ich weiß, dass ihr da seid«, sagte sie. »Ich bin ja nicht taub. Aber wenn ich das hier jetzt nicht fertig mache, wird es noch tagelang liegen bleiben.«

Erst als sie fertig war und sich ein paar Notizen auf ihrem Block gemacht hatte, drehte sie sich zu ihnen um.

»Morgen, Sam. Ich hatte gehofft, du würdest zur Mittagszeit auftauchen und mich zum Essen einladen. Ich glaube, das bist du mir schuldig.« Sie nickte zu einem großen Haufen von Plastikbeuteln mit Beweismitteln hin.

»Tut mir Leid wegen der zusätzlichen Arbeit, aber mir ist niemand sonst eingefallen, dem ich das hätte anvertrauen wollen.«

Marcia lächelte sarkastisch. »Such dir neue Freunde. Weißt du was? Ich werde noch als Jungfrau sterben.«

Sam klappte in gespieltem Erstaunen den Unterkiefer herunter und Marcia grinste sie schelmisch an.

»Wie auch immer, das, was du wolltest, habe ich hier drüben.«

Sie führte sie zur anderen Seite des Büros hinüber. Dort hingen an zwei Haken zwei scheinbar identische Jacken.

Sie nahm eine davon ab. »Das hier ist die Jacke, die Strachan anhatte, als seine Leiche in dem Abwasserrohr gefunden wurde.«

Sam zuckte zusammen. »Erinnere mich nicht daran.«

»Das ist die Standard-Uniformjacke für Soldaten und Unteroffiziere der US Air Force.« Sie hängte sie wieder auf und nahm die zweite Jacke herunter. »Dies hier ist eine *Offiziersjacke* der US Air Force. Sieht zwar ganz ähnlich aus, ist aber nicht dasselbe. Ich habe sie aus dem Bestand des Quartiermeisters in Leeminghall.«

Sie legte die Jacke auf den nächsten Arbeitstisch und ging hinüber zu einem ihrer vielen Mikroskope. Nachdem sie die Brennweite eingestellt hatte, forderte sie Sam auf hindurchzusehen. Sam beugte sich über das Instrument. Sie sah eine dunkle verdrehte Faser.

»Die Faser, die du hier siehst«, sagte Marcia, »stammt von Strachans Jacke und ist eine typische Kunstfaser. Mit Hilfe der Spektrometrie und der Schicht-Chromatografie können wir die Farbstoffe analysieren, die bei dieser Faser verwendet wurden. Diejenigen, die wir in der Plastiktüte aus dem Schuppen gefunden haben, in dem Mary Wests Leiche entdeckt wurde, unterscheiden sich von den Proben, die wir von Strachans Jacke genommen haben.«

»Das wissen wir ja, denn wir können ohnehin davon ausgehen, dass Strachan Mary West nicht getötet hat.«

»Stimmt, aber ich benutze das hier ja auch nur als Vergleichspunkt.«

Sam sah sie erwartungsvoll an.

»Die Farbstoffe, die wir auf den Fasern in der Plastiktüte gefunden haben, sind militärischen Ursprungs, finden sich aber häufiger auf den Jacken der Offiziere, nicht auf denen der unteren Ränge.«

Adams fragte: »Dann glaubst du also, unser Mörder ist ein Offizier der Air Force?«

»Nein. Ich meine nur, dass die Fasern, die in der Plastiktüte gefunden wurden, von der Jacke eines Offiziers der amerikanischen Air Force stammen.«

Adams sah zu Sam hinüber. »Kein Wunder, dass Hammond so plötzlich verschwunden ist.«

»Ein bisschen voreilig, findest du nicht?«, sagte sie. »Ich bin sicher, es gibt in Leeminghall mehr als nur einen Offizier.«

»Aber nur einen, der auf der Flucht ist.«

»Entschuldigung, ich dachte, er wäre in die Staaten zurückgerufen worden. Dass er auf der Flucht ist, war mir nicht klar.«

Adams macht ein betont skeptisches Gesicht.

»Das ist ein großer Unterschied«, sagte sie. Sie konnte immer noch nicht glauben, dass Hammond eines Mordes fähig wäre, geschweige denn dieser brutalen, heimtückischen Mordserie. Sie fragte Marcia: »Was ist mit der gefärbten Faser, die du gefunden hast?«

Marcia zuckte die Achseln. »Wo die herkommt, weiß ich immer noch nicht genau.«

Als Sam sich von dem Mikroskop abwandte, fiel ihr Blick auf die Offiziersjacke, die auf dem Arbeitstisch lag. Sie starrte sie an. Irgendetwas war merkwürdig daran, aber sie kam nicht darauf, was es war. Sie versuchte sich die Jacke an einem der Männer vorzustellen. Natürlich! Das war es! An keiner der beiden Jacken befanden sich irgendwelche Medaillen und die amerikanischen Streitkräfte waren besonders stolz auf die vielen Auszeichnungen, die sie vergaben. Warum hatte sie das nicht früher bemerkt?

»Medaillen«, sagte sie. »Wo sind die Medaillen?« Sie lief quer durch das Labor, hob die beiden Uniformjacken hoch und deutete auf die Stellen, an denen normalerweise die Medaillenbänder angebracht wurden. »Seht ihr? Keine Medaillen. Daher kommt die unbekannte Faser. Sie stammt von einem Medaillenband.«

»Hat Hammond irgendwelche Medaillen?«

»Die ganze Brust voll – aber das gilt für die meisten Offiziere, die schon so lange im Dienst sind wie er.«

»Dann hängt wohl alles davon ab, zu welcher Medaille das Band gehört«, sagte Marcia.

Adams sah sie fragend an.

»Manche Medaillen sind sehr häufig und die meisten Offiziere haben sie. Andere sind seltener, sodass wir dadurch die Auswahl etwas eingrenzen könnten.«

»Wie lange brauchst du, um herauszufinden, von welchem Medaillenband die Faser stammt?«, fragte er.

»Sobald ich mir eine Liste der amerikanischen Medaillen und ihrer jeweiligen Farben beschaffen kann. Dürfte nicht allzu lange dauern. Ich mache mich gleich an die Arbeit.«

»Gut. Ich sehe inzwischen mal, ob ich Hammond aufspüren kann.«

Sam starrte ihn böse an, während sie das Labor verließen.

Die Fahrt von Cambridgeshire nach Cromwell Park war lang und verlief in fast völligem Schweigen. Als sie das Haupttor erreichten, hielt Adams den Wagen an und wandte sich an Sam.

»Warum bist du eigentlich so überzeugt davon, dass er unschuldig ist?«

Sam starrte stur geradeaus. »Warum bist du eigentlich so überzeugt davon, dass er schuldig ist? Ich dachte, das britische Gesetz ginge davon aus, dass jeder so lange unschuldig ist, bis seine Schuld erwiesen ist.«

»Ich glaube, wir haben bereits genug Beweismaterial.«

»Ich habe dir schon einmal gesagt, dass das alles nur Indizien sind.«

»Ach, hör auf, Sam. Wenn es jemand anderes wäre als Hammond, wärst du meiner Meinung.«

Wütend fuhr Sam zu ihm herum. »Das ist doch lächerlich! Ich glaube nicht, dass er schuldig ist, weil ich nicht glaube, dass wir genügend Beweise gegen ihn haben. Dein Problem, Tom, ist dein Polizistenblickwinkel. Du hast unter Druck entschieden, dass er schuldig ist, also akzeptierst du jedes kleine Indiz, das auf seine Schuld hindeuten könnte, wie unausgegoren es auch sein mag. Jedes Indiz, das in die andere Richtung deutet, ignorierst du. Und während ihr euch alle kräftig auf die Schultern klopft, geht der Mörder immer noch um und schlägt wahrscheinlich wieder zu!«

Sie wandte sich abrupt ab und verschränkte die Arme. Er wusste, dass es keinen Sinn hatte, die Auseinandersetzung fortzusetzen. Also ließ er den Wagen an und fuhr schweigend die Einfahrt entlang auf das Haus zu.

Als sie in Rochesters Büro kamen, warteten Doyle und Solheim bereits. Rochester kam herüber, um Sam zu begrüßen. Einen Moment lang dachte sie schon, er würde ihr einen Kuss geben, doch dann streckte er die Hand aus und sie ergriff sie.

»Wie ich höre, darf man gratulieren«, sagte er.

Sam starrte hinüber zu Adams, der sich am anderen Ende des Raums einen Platz suchte.

»Nun, ich glaube, dafür ist es noch ein wenig zu früh.«

»Vielleicht, aber die Fasern, und wenn wir Glück haben, auch das Medaillenband, werden die Beweislast gegen Hammond erheblich verstärken.«

Er bot Sam einen Stuhl an und kehrte zu seinem eigenen zurück. »Ich fürchte, unser Freund Professor Charlton war nicht ganz so erfolgreich wie Sie. Er konnte den Zetteln nichts entnehmen. Demnach scheint unser Mann nur ein Spinner zu sein.«

Doyle schüttelte entschieden den Kopf. »Er ist kein Spinner. Er weiß genau, was er tut, und es macht ihm Spaß, es zu tun.« Obwohl Doyle den Killer hasste, empfand er gleichzeitig einen merkwürdigen Respekt vor ihm. Wäre der Mörder nicht clever gewesen, so hätten sie ihn schon vor langer Zeit aufgespürt.

Rochester fuhr fort: »Ich glaube, was Sie auch interessieren dürfte, ist, dass Agent Solheim sich ein wenig um Hammonds Aufenthaltsorte während der Mordzeitpunkte gekümmert hat, und es scheint so ziemlich hinzukommen.«

Sam sah Catherine an. »So ziemlich?«

Catherine war weniger zuversichtlich als Rochester. »Ich arbeite noch daran, aber bei den Morden, die wir überprüft haben, scheint er ungefähr zur richtigen Zeit etwa am richtigen Ort gewesen zu sein.«

»›Ungefähr‹? ›Etwa‹? Was genau heißt das?«, fragte Sam. »Auf dem Stützpunkt, in der Nähe des Stützpunktes, in derselben Grafschaft, im selben Staat oder was? Mindestens eines der Mädchen, die wir in Kent gefunden haben, stammte nicht einmal aus der Gegend.«

Doyle antwortete: »Nahe genug dran, um den Tatort zu erreichen und die Morde zu begehen, aber weit genug weg, um sich nicht in Verdacht zu bringen.«

»Verstehe. Wenn die Fakten nicht zum Verbrechen passen, werden eben die Verbrechen den Fakten angepasst.«

»Wir sind ziemlich sicher, was ihn betrifft«, sagte Catherine.

Sam fuhr zu ihr herum. »Sie waren auch ›ziemlich sicher‹, was Cully betrifft.«

Rochester und Adams blickten überrascht auf. Der Oberst war schon vor einiger Zeit als Verdächtiger ausgeschlossen worden. Catherine dagegen wusste genau, worauf Sam anspielte, und ihre Verärgerung war nicht zu übersehen.

Sam ließ sich nicht bremsen. »Ich glaube, wir sind alle etwas zu voreilig mit unseren Schlüssen. Das ist alles pure Spekulation, die auf nichts als Vermutungen beruht.«

»Warum ist er dann abgehauen?«, fragte Adams.

»Wie gesagt, woher wissen wir denn, dass er abgehauen ist? Ich dachte, er wäre in die Staaten zurückgerufen worden.«

Rochester schüttelte den Kopf. »Das hat man uns gesagt, aber offenbar hat Hammond diese Geschichte selbst in Umlauf gesetzt. Die Air Force behauptet, nichts von einem derartigen Befehl zu wissen.«

Diese Offenbarung nahm Sam den Wind aus den Segeln. Sie lehnte sich entmutigt zurück.

Rochester fuhr fort: »Wir glauben auch, den Major in der Gegend von Georgia ausfindig gemacht zu haben, wahrscheinlich ganz in der Nähe von Atlanta, was, wenn ich es richtig verstehe« – er sah Sam viel sagend an – »sehr schön zu einigen der Faserspuren passt, die am Tatort und an der Leiche gefunden wurden.«

»Ja«, gab sie zu, »die Pollen und die Fischschuppe. Wie haben Sie ihn aufgespürt?«

Rochester deutete auf Doyle und Solheim. »Mit Hilfe unserer Freunde vom FBI. Sie fliegen in Kürze nach Atlanta und wollen morgen früh versuchen, ihn zu finden.«

»Viel Glück«, sagte Sam. »Ich wäre dankbar für eine Nachricht, falls Sie ihn dingfest machen können.«

Doyle warf Rochester einen rätselhaften Blick zu. Der Commander erwiderte: »Ich glaube nicht, dass Sie auf eine Nachricht darüber warten müssen. Wir hatten gehofft, dass Sie die beiden begleiten würden.«

Sie starrte ihn mit offenem Mund an.

Tom Adams war offensichtlich ebenso überrascht wie sie. »Halten Sie das für eine gute Idee, Sir?«

»Sicher, sonst hätte ich es nicht vorgeschlagen.«

»Sollte dann nicht einer von uns ebenfalls mitkommen?«

»Nein. Dies ist jetzt Sache der Amerikaner. Ich bin sicher, dass Dr. Ryan uns sehr gut repräsentieren wird. Allerdings hängt das wohl davon ab, wie Dr. Ryan über die Sache denkt.«

Das Letzte, was sie wollte, war, sich in eine FBI-Ermittlung hineinzudrängen. Es musste doch einen Weg geben, sich aus der Sache herauszuwinden. »Was sollte ich dabei nützen?«, fragte sie. »Das FBI hat doch sicher seine eigenen Leute, die mindestens so viel in die Ermittlung einbringen können wie ich.«

»Abgesehen von den Agenten Doyle und Solheim sind Sie näher an dieser Ermittlung dran als irgendjemand sonst. Ich« – er warf Doyle einen ironischen Blick zu – »*wir* sind der Ansicht, dass Ihre Kenntnis des Falles in Verbindung mit den Erkenntnissen des FBI diese Angelegenheit zu einem raschen Abschluss bringen könnte.«

Natürlich log er. Doyle wollte nicht einmal seine Partnerin Solheim dabei haben, geschweige denn irgendeinen neugierigen Schnüffler von der britischen Polizei – und zu allem Übel auch noch eine Frau. Dies war ein Trick von Rochester, um dafür zu sorgen, dass einer von seinen eigenen Leuten an den Ermittlungen beteiligt blieb, und er würde einen Widerspruch von ihr nicht hinnehmen.

Sie wandte sich an Doyle. »Werde ich die volle Unterstützung des FBI haben?«

Rochester antwortete, bevor Doyle dazu kam. »Mr. Bartoc hat mir versichert, dass alles getan werden wird, um sicherzustellen, dass Sie ein wichtiges Mitglied des Teams bleiben.«

Bartocs Name hatte die übliche Wirkung auf Doyle: Er nickte mit gespieltem Enthusiasmus, obwohl ihm sein Widerwille deutlich anzumerken war.

Sam überlegte, ob Tom ihr aus der Klemme helfen konnte. Sie war sicher, dass er nicht wollte, dass sie flog – jedenfalls nicht allein. Aber nein, sie konnte nicht noch mehr von ihm verlangen. Der Blick, den Rochester ihm zugeworfen hatte, als er sprach, zeigte deutlich, dass jeder weitere Protest seinerseits böse Folgen haben konnte – die Worte »Abteilung Süd« und »Reid« hatten förmlich hörbar in der Luft gehangen. Tom musste aus dem Spiel bleiben. Plötzlich fühlte sie sich sehr allein.

12

Die Maschine traf am frühen Nachmittag in Washington ein. Ein Wagen, der sie am Flughafen abholte, brachte sie in die Innenstadt. Doyle und Solheim setzten Sam in ihrem Hotel ab, damit sie auspacken und sich frisch machen konnte, während sie weiter nach Quantico eilten, um Bartoc und den anderen Mitarbeitern ihres Teams Bericht zu erstatten.

Sam war sehr beeindruckt von dem Hotel: Die fünf Sterne hatte es sich redlich verdient. Ihr Zimmer war luxuriös, groß und voll klimatisiert und auf einem Beistelltisch erwarteten sie Schnittblumen und ein Korb mit frischem Obst. Die Aussicht über Washington war herrlich und sie nahm sich ein wenig Zeit, um ein paar der berühmteren Wahrzeichen auszuspähen.

Am meisten jedoch sehnte sie sich nach einem Bad. Ihr Badezimmer hatte einen Whirlpool. So etwas hatte sie noch nie ausprobiert und sie war neugierig auf ihre erste Erfahrung damit – die Powerdusche würde sie sich fürs nächste Mal aufsparen. Dankbar glitt sie in das heiße Wasser und schaltete den Whirlpool ein. Die Blasen kitzelten auf ihrer Haut und massierten ihre erschöpften Muskeln, bis sie sich entspannten. Sie konnte ein Kichern nicht unterdrücken. Sie kam sich vor wie ein Teenager auf dem Weg zur ersten Verabredung. Trotz des düsteren Anlasses für ihre Reise glaubte sie, vielleicht sogar Spaß haben zu können, wenn es so weiterging wie bisher. Sie legte den Kopf auf den Wannenrand und ließ ihre Gedanken schweifen. Das Klingeln des Telefons riss sie aus ihren Träumen – natürlich gab es einen Zweitapparat im Badezimmer.

»Dr. Ryan.«

Die Anruferin war Solheim. »Ich weiß, Sie sind bestimmt müde, aber ich habe mich gefragt, ob Sie nicht Lust hätten, heute Abend mit mir zu essen? Ich lade Sie ein.«

Sam überlegte einen Moment. Erpicht darauf war sie nicht: Ein weiterer Versuch von Solheim, sich ihre Unterstützung gegen Doyle zu sichern, erschien ihr wenig verlockend. »Sonst gern, aber ich bin –«

»Hören Sie, ich weiß, was Sie denken«, unterbrach Solheim sie, »aber ich bin nicht darauf aus, Sie gegen Doyle auszuspielen. Ich dachte mir nur, ein freier Abend täte uns beiden gut. Haben Sie schon jemals Washington bei Nacht gesehen?«

»Bisher hatte ich noch nicht einmal Gelegenheit, es bei Tag zu sehen.«

»Bei Nacht ist es noch schöner. Da sieht man die ganzen Schmutzflecken nicht.«

Trotz ihrer Vorbehalte ließ Sam sich überreden und sagte zu.

»Gut. Also abgemacht. Ich hole Sie um acht Uhr ab. Machen Sie sich ein bisschen schick; das kleine Schwarze wäre sicher nicht verkehrt.«

Sam legte auf, leicht enttäuscht und verärgert über sich selbst, dass sie nicht den Mut gehabt hatte, nein zu sagen. Ihre Chance, sich zu entspannen, war dahin. Sie hievte sich aus dem Bad, hüllte sich in ein Handtuch und ließ sich auf einen Hocker sinken, zu lethargisch, um sich abzutrocknen. Washington mochte bei Nacht interessanter sein, dachte sie, aber sie hätte es trotzdem lieber bei Tag gesehen.

Glücklicherweise hatte sie ein kleines Schwarzes dabei. Sie zog es an und versuchte sich ein wenig in Stimmung für den Abend zu bringen, während sie sich schminkte. Als sie gerade ihre Schuhe anzog, rief die Rezeption an und teilte mit, Solheim sei da. Sam ging hinunter ins Foyer. Wie üblich sah Catherine umwerfend aus. Ihre Kleidung war nie übertrieben, aber sie trug sie auf eine ganz besondere Weise. Während sie dastand und wartete, wurde sie von mehreren Leuten, einschließlich des Portiers, unverhohlen bewundert. Sam kam sich klein, unbedeutend und schäbig vor. Warum in aller Welt hatte sie nur zugesagt?

Nach einer kurzen Fahrt trafen sie in einem kleinen Restaurant in der Nähe des Geschäftsviertels ein. Catherine war offensichtlich Stammgast und wurde herzlich begrüßt. Man führte sie zu einem abgeschiedenen Tisch im hinteren Bereich des Restaurants und reichte ihnen die Karte. Sie war in Französisch geschrieben. Sam las sie mit Interesse. Ob es an der Aufregung lag oder am Stress, wusste sie nicht genau, aber ihr Appetit schien gewaltig geworden zu sein.

Catherine schaute zu ihr herüber. »Wenn ich Ihnen helfen kann?«

Etwas beleidigt schaute Sam sie über den Rand der Karte an. »Nein danke, schon gut. Mein GCE-Französisch habe ich immerhin gemacht.«

»Wie bitte?«

»Ach, lassen wir das. Eine alte Schulprüfung.«

Sie bestellten und Catherine suchte den Wein aus. Nach dem ersten Glas begann Sam sich zu entspannen.

Unvermeidlicherweise begann Catherine über den Fall zu sprechen. »Sie glauben immer noch nicht, dass Hammond schuldig ist, stimmt's?«

Sam schüttelte den Kopf. »Nein. Ich weiß, manche Indizien deuten in diese Richtung, aber ich bin noch nicht überzeugt. Mein Instinkt, schätze ich.«

»Schade, dass Instinkt vor Gericht nichts wert ist. Aber um ehrlich zu sein, ich glaube auch nicht, dass er unser Mann ist.«

Das hatte Sam nicht erwartet. »In Rochesters Büro waren Sie doch noch so sicher?«

Catherine zuckte die Achseln. »Das war Doyle zuliebe. Er brauchte ein bisschen Solidarität.«

»Und wie kommen Sie zu Ihrer Ansicht? Auch Instinkt?«

»Sozusagen, ich habe mit ihm geschlafen.«

Sam wusste nicht recht, was sie mehr überraschte: die Tatsache, dass Catherine mit Hammond geschlafen hatte, oder die Offenheit, mit der sie darüber redete.

Gelassen fuhr Catherine fort: »Er war ein zärtlicher Liebhaber. Rücksichtsvoll, keine perversen Fantasien, kein Druck. Mein Genuss war ihm wichtiger als seiner. Das mag ich sehr an einem Mann.«

»Hört sich an, als hätte es Ihnen Spaß gemacht.«

»Das hat es. Haben Sie mit ihm geschlafen?«

Verdattert schüttelte Sam den Kopf. »Nein.«

Catherine lächelte sie an. »Interesse hatte er allemal. Ich dachte, das wäre der Grund, warum Sie sich so vor ihn stellen.«

Sam schüttelte den Kopf. »Selbst wenn ich mit ihm geschlafen und dann entdeckt hätte, dass er unser Mörder ist, hätte ich ihn ans Messer geliefert.«

»Peinlich.«

»Vielleicht, aber ich hätte es trotzdem getan.«

Der erste Gang kam und wurde ihnen mit großem Zeremoniell vorgesetzt.

Als der Kellner gegangen war, fragte Catherine: »Wer hat es denn Ihrer Meinung nach getan?«

»Keine Ahnung. Aber wie immer die Antwort lautet, ich glaube, wir werden ihn hier finden, nicht in England.«

Catherine nickte. »Das glaube ich auch.«

Eine Weile aßen sie schweigend. Dann fragte Catherine: »Hatten Sie irgendwelche Probleme mit den Ermittlungen?«

»Nein. Jedenfalls nichts Ungewöhnliches. Warum?«

»Etwa seit der sechsten Leiche hatten wir immer zwei ungebetene Besucher. Sie tauchten jedes Mal am Tatort auf und wir mussten alle Aussagen und Vernehmungsprotokolle an sie weitergeben. Doyle war deswegen stinksauer.«

»Das überrascht mich nicht. Wer waren die beiden?«

»Das hat man uns nie gesagt. Das Ganze lief über Bartoc und wir erfuhren nur, was wir unbedingt wissen mussten.«

»Und das mussten Sie nicht unbedingt wissen.«

Catherine nickte.

»Wir haben in England so ein ähnliches System. Was *glauben* Sie denn, wer die waren?«

»CIA, Abwehr der Air Force, State Department – vielleicht sogar eine andere Abteilung des FBI. Wer weiß? Die sind ja so sehr damit beschäftigt, untereinander um die Vorherrschaft zu kämpfen, dass sie es vielleicht auch alle zusammen waren.«

Sam nahm mit Erleichterung zur Kenntnis, dass es diese Art von Dummheit auf beiden Seiten des Atlantiks gab.

Mit angemessenem Zeremoniell wurden ihre leeren Teller entfernt und die Suppe serviert. Sam nahm einen Löffel voll. Sie war köstlich.

Catherine sah sie an. »Das Essen ist großartig, nicht wahr?«

Sam nickte zustimmend.

»Und jetzt erzählen Sie mir von sich und diesem Inspektor Adams. Ich weiß, dass Sie mit ihm geschlafen haben. Ich fand ihn wirklich süß.«

Nach dem Essen ließ Catherine ein Taxi kommen und sie machten sich auf den Weg, um die Sehenswürdigkeiten zu bewundern. Catherine hatte eine ziemlich weitläufige Definition von »Sehenswürdigkeiten«: Sie besuchten nicht nur die angestrahlten Denkmäler der Stadt, sondern auch eine der lautesten und wildesten Diskotheken, in denen Sam je gewesen war. Zuerst lehnte sie alle Einladungen zu Getränken oder zum Tanzen ab, doch dann spürte sie, dass sie unhöflich war, und zeigte sich zugänglicher. Zu ihrer Überraschung hatte sie sogar Spaß an der Sache. Die meisten Männer, mit denen sie tanzte, waren jünger als sie, aber das schien ihnen nichts auszumachen – genauso wenig wie ihr, nachdem sie mit Catherine beim Essen drei Flaschen Wein niedergemacht hatte.

Als sie in den frühen Morgenstunden todmüde in ihr Hotel zurückkehrte, warteten drei Nachrichten auf sie, zwei von Rochester und eine von Tom, der sie bat, ihn in seinem Büro in Cromwell Park zurückzurufen. Sie ging hinauf in ihr Zimmer und nahm noch schnell eine Dusche, bevor sie ins Bett kroch. Müde griff sie nach dem Telefon auf dem Nachttisch.

Tom meldete sich sofort. »Inspektor Adams.«

»Das hört sich aber formell an.«

»Ich bin ein sehr formeller Mensch.«

»Seit wann? Ich hatte schon fast damit gerechnet, dass deine neue Freundin sich melden würde.«

Adams ließ sich nicht aus der Reserve locken. »Ich habe keine neue Freundin.«

Sam war zu müde, um dieses Spiel weiterzuspielen. »Also, was gibt's? Es ist schon spät und ich bin müde.«

»Wo warst du denn?«

»Sightseeing mit Solheim.«

»Frauengespräche, was?«

»Wir haben uns unter anderem über dich unterhalten.«

»Über mich? Was ist denn so interessant an mir?«

»Sie wollte wissen, wie du so im Bett bist.«

Sams ungewohnte Offenheit verschlug ihm den Atem. »Was? Hast du getrunken?«

»Eine Menge. Aber das habe ich wohl verdient und du hast mir immer noch nicht gesagt, was du willst.«

»Ich wollte mich nur vergewissern, ob du gut angekommen bist und alles okay ist.«

»Mir geht es gut. Morgen geht es nach Quantico. Falls sich etwas ergibt, sage ich dir Bescheid. Da ist nur noch eine Sache ...«

»Was?«

»Hat irgendjemand versucht, sich in den Fall einzumischen?«

»Wer denn?«

»Ich hatte gehofft, du könntest mir das sagen. Solheim hat so etwas erwähnt.«

»Nicht dass ich wüsste. Wenn du willst, frage ich Rochester danach.«

Darauf war Sam nicht erpicht. Angesichts der Spielchen, die Rochester gerne spielte, konnte es gut sein, dass er selbst etwas damit zu tun hatte. »Nein, nicht nötig. War nur so ein Gedanke.«

»Okay. Na ja, dann lasse ich dich jetzt wohl lieber erst mal schlafen.«

»Ja, das wäre nicht schlecht.«

»Übrigens, was hast du denn gesagt?«

»Worüber?«

»Darüber, wie ich im Bett bin.«

»Nach den zehn Sekunden, die wir hatten, was glaubst du, was ich da sagen kann?«

Das Letzte, was Sam zu hören glaubte, bevor sie den Hörer auflegte, war, wie Tom vor Verblüffung und verletztem Stolz der Unterkiefer herunterklappte.

Marcia beschloss, Überstunden zu machen, um sich durch den dicken Wälzer zu quälen. *Orden, Abzeichen und Auszeichnungen der Streitkräfte der Vereinigten Staaten* war nicht gerade ihre Vorstellung einer guten Abendlektüre, aber ihr war klar, dass sie sich irgendwann hindurchbeißen musste. Allmählich wünschte sie sich, sie hätte die amerikanische Botschaft um Hilfe gebeten. Sie hatte es unterlassen, weil sie geglaubt hatte, allein schneller ans Ziel zu kommen, aber inzwischen bezweifelte sie das. Die Auslandsauszeichnungen, Medaillen für langjährige Dienste und gute Führung und Feldzugabzeichen hatte sie bereits hinter sich; jetzt kamen die Tapferkeitsmedaillen an die Reihe. Sie langweilte sich zu Tode und war dankbar, als ein Klopfen an der Tür des Labors sie unterbrach.

Michael Spender steckte den Kopf durch die Tür. »Ich glaube, wir sind die Letzten, die noch da sind«, sagte er. »Wie wär's mit etwas zu trinken?«

Er war ein Neuzugang im Labor, frisch von der Universität und offenbar mit einer großen Zukunft vor sich. Doch obwohl er ganz in seiner Arbeit aufging, war er interessant – und attraktiv obendrein. Marcia warf einen Blick auf das Buch. Es war das letzte Kapitel und das konnte bis zum nächsten Morgen warten. In der Zwischenzeit würde sie auskundschaften, was sich aus einem Drink zu zweit mit dem jungen Spender ergeben mochte.

Sie markierte ihre Seite, klappte das Buch zu und streifte ihren Laborkittel ab. »Die Runde geht auf dich?«

»Aber sicher doch. Solange es eine Cola ist.«

Marcia rauschte an ihm vorbei. »Mit einem dreistöckigen Rum drin.«

Michael Spender lächelte und folgte ihr.

Um zehn Uhr am nächsten Morgen fuhr ein Wagen vor, um Sam abzuholen. Sie fühlte sich nicht gerade frisch nach der vergangenen Nacht und hatte das Frühstück ausgelassen, da ihr der Appetit vollkommen vergangen war. Quantico lag weiter außerhalb von Washington, als sie gedacht hatte, und die Fahrt dauerte fast eine Stunde.

Quantico war ein beeindruckender Anblick. Es erinnerte Sam an eine der neuen Universitäten, die in Großbritannien derzeit aus dem Boden sprossen. Auf dem Parkplatz wurde sie von Catherine in Empfang genommen, die, wie sie neidisch registrierte, frisch wie eh und je aussah. Nachdem sich Sam an der Rezeption eingeschrieben hatte, wurden sie hinauf in Bartocs Büro eskortiert.

»Hat's Spaß gemacht heute Nacht?«, fragte Catherine.

»Sehr, aber ich glaube, ich hab's ein bisschen übertrieben.«

»Kann nicht schaden, hin und wieder zu übertreiben.«

Der Fahrstuhl erreichte die richtige Etage und Sam folgte Catherine einem mit dickem Teppichboden ausgelegten Korridor entlang. Bartocs Büro war geräumig und elegant, ganz anders als die Standardeinrichtung. An den Wänden hingen moderne Gemälde und moderne Skulpturen standen so platziert, dass das Licht möglichst günstig auf sie fiel. Das einzige Foto stand auf Bartocs Schreibtisch und zeigte seine Familie. Nicht ein einziges Polizeifoto oder Erinnerungsdokument war zu sehen. Bartoc selbst war Ende vierzig, hoch gewachsen, gebräunt und gut aussehend. Nur an den Rändern seines sonst pechschwarzen Haarschopfes waren graue Strähnen zu sehen. Er trug einen modernen dunkelgrünen Anzug – vermutlich Armani, dachte Sam – und hatte ein offenes Lächeln.

Bartoc kam durch den Raum auf sie zu. »Dr. Ryan! Ich habe schon so viel von Ihnen gehört, dass ich das Gefühl habe, Sie bereits zu kennen.«

Sam streckte ihm ihre Hand entgegen. »Ganz meinerseits.«

Als er näher kam, bemerkte Sam, dass die Sonnenbräune offenbar nicht echt war und dass er sich mindestens einmal hatte liften lassen. Allmählich fragte sie sich, was an ihm wohl noch alles falsch sein mochte.

Doyle war bereits da. Er stand auf und schüttelte Sam die Hand. Bartoc führte Sam zu einem Sessel, bevor er sich selbst wieder setzte.

»Wie Ed mir sagt, ist Hammond inzwischen ausfindig gemacht worden.«

»Mit Hilfe des Büros des örtlichen Sheriffs«, sagte Doyle.

»Gut. Er hält sich in Georgia auf, wie ich höre. Nicht gerade ein kleines Gebiet. Wie schätzen Sie die Chancen ein, ihn zu finden?«

Sam war auf die Frage vorbereitet. »Das hängt davon ab, ob wir die Pollen zurückverfolgen können, die wir an der Leiche von Mary West gefunden haben.«

»Das dürfte ziemlich schwierig sein, nicht wahr?«

»Eigentlich nicht. Sie sind selten und wachsen nur in bestimmten Sumpfgebieten. Mit einem DNS-Vergleich könnten wir sogar genau sagen, von welchem Baum die Pollen stammen.«

»Beeindruckend. Aber wie lange wird das dauern?«

Doyle sagte: »Ich habe einen Flug für heute Nachmittag gebucht, Sir. Ich dachte mir, je eher wir anfangen, desto besser.«

»Ein bisschen überhastet, finden Sie nicht, Ed? Ich hatte gehofft, Dr. Ryan, Ihnen noch unsere Hauptstadt ein wenig zeigen zu können, bevor Sie wieder abreisen.«

»Die habe ich schon gesehen. Agent Solheim hat mich gestern Abend herumgeführt. Eine bemerkenswerte Stadt.«

Doyle starrte Catherine finster an und sie schaute betreten auf den Boden. Sam erkannte, dass sie wieder einmal ins Fettnäpfchen getreten war.

»Zu schade«, sagte Bartoc. »Nun, vielleicht das nächste Mal. Ich bin sicher, Sie haben noch nicht alles gesehen.« Er wechselte das Thema. »Okay, wie kann ich Sie unterstützen?«

»Wenn Sie arrangieren könnten, dass die örtlichen Behörden mit uns zusammenarbeiten, wäre uns das eine Hilfe«, sagte Doyle.

Bartoc nickte.

Sam sagte: »Es gibt da unten einen Spezialisten für forensische Wissenschaft namens Samuel Clarke. Er ist so etwas wie ein Experte für die lokale Flora und Fauna. Ich nehme an, ein Besuch bei ihm würde sich auch lohnen.«

»Kein Problem. Glauben Sie, dass Sie Hammond finden werden?«

Catherine machte ein skeptisches Gesicht. Doyle war zuversichtlicher. »Wir finden ihn. Kein Staat ist so groß, dass er sich darin verstecken könnte.«

Bartoc lächelte ihn an. »Immer optimistisch, unser Ed.« Er schaute auf seine Uhr. »Nun, ich muss jetzt gehen – eine Besprechung auf dem Capitol Hill.«

Wie aufs Stichwort ging die Tür auf und Bartocs Sekretärin trat ein. Er musste einen geheimen Knopf haben, auf den er drückte, wenn es für seine Besucher Zeit war, zu gehen, dachte Sam.

Alle standen auf und wieder schüttelte Bartoc Sam die Hand. »Es war nett, Sie kennen zu lernen, wenn es auch nur ein kurzes Vergnügen war. Vergessen Sie nicht unsere Stadtbesichtigung, ja?«

»Bestimmt nicht«, sagte Sam. »Ich freue mich schon darauf.«

Er nickte und die kleine Gruppe wurde aus dem Raum eskortiert.

Sobald sich die Tür hinter ihnen geschlossen hatte, griff Bartoc nach dem Telefonhörer. »Verbinden Sie mich bitte mit Oberst Terrington im Pentagon.« Er legte auf und lehnte sich mit sorgenvoll gerunzelter Stirn auf seinem Sessel zurück.

Sam, Catherine und Doyle begaben sich einige Stockwerke tiefer in Doyles Büro.

»Wie geht es weiter?«, fragte Sam.

Doyle sah sie an. »Wir nehmen die Vier-Uhr-Maschine nach Atlanta. Ich habe Ihnen einen Wagen besorgt, der Sie zurück in Ihr Hotel und dann weiter zum Flughafen bringen wird. Je eher wir diese Sache zu Ende bringen, desto besser.«

Er zog eine Schublade auf, nahm eine automatische Pistole heraus und überprüfte das Magazin. »Es war ein langer beschwerlicher Weg, aber wir stehen kurz vor dem Ziel.« Er schob das Magazin zurück in den Griff der Waffe und steckte sie in ein Lederhalfter, das auf seinem Schreibtisch lag. Sam fragte sich, was er wohl tun würde, wenn er Hammond entdeckte, und plötzlich überkam sie die Sorge, Doyles Gerechtigkeitssinn könnte im Lauf seiner Pistole stecken.

Am folgenden Tag kam Marcia spät zur Arbeit. Der Abend mit dem Neuen hatte sich länger hingezogen, als sie gedacht hatte. Nichts war passiert – nun ja, fast nichts. Sie hatten nur in seiner Wohnung gesessen und sich unterhalten.

Das Seltsame war, dass sie sich nicht gelangweilt hatte. Normalerweise ließ nichts ihr Interesse an einem Mann schneller erlahmen als eine Unterhaltung über Arbeit und beruflichen Ehrgeiz, doch Michael war anders. Auch dass er sie nicht gleich anbaggerte, war ungewöhnlich. Geküsst hatte er sie erst, als sie gerade gehen wollte – und was für ein Kuss! Sie hatte nur mit Mühe der Versuchung widerstanden, ihn zurück in die Wohnung zu schieben und auf dem Teppich zu vernaschen. Aber sie hatte es nicht getan und war froh darüber.

Sie hatten sich für das kommende Wochenende miteinander verabredet, aber sie wusste nicht genau, ob sie es so lange aushalten würde, bis sie ihn wieder sah. Solche Gefühle hatte schon lange kein Mann mehr in ihr geweckt. Sie seufzte tief und wünschte sich, sie könnte mit Sam darüber reden. Sam war nie in der Nähe, wenn sie sie wirklich brauchte, dachte Marcia.

Sie blickte hinüber zu dem schweren Wälzer, der auf einer der Arbeitsflächen auf sie wartete. Nachdem sie ihre Jacke ausgezogen und den Kittel übergestreift hatte, griff sie danach und schlug das letzte Kapitel auf, das sich mit den Tapferkeitsmedaillen befasste. Sie betrachtete die erste Abbildung und las die Beschreibung dazu. Mit wachsender Erregung las sie sie ein zweites Mal. Die Farben in dem Buch stimmten haargenau mit denen der Seidenfäden überein, die in der Plastiktüte gefunden worden waren. Sie griff nach dem Telefon und fing an zu wählen.

Von Atlanta bekam Sam nicht viel zu sehen. Am Flughafen Hartsfield wurden sie von einem Wagen des Sheriff's Departments abgeholt und rasch aus der Stadt gebracht. Zu mehr als einem vagen Eindruck von großem Reichtum und großer Armut Seite an Seite reichte es nicht. Kein Wunder, dachte sie, dass die Verbrechensrate so hoch war.

Nach etwa einer Stunde waren sie draußen in der freien Landschaft und bogen in die Einfahrt des forensischen Labors von Johnson County ein. Es war kein großes Laboratorium, aber offenbar eines der viel beschäftigtsten im ganzen Staat. Sie wurden bereits erwartet und nachdem sie sich eingetragen hatten, wurden sie durch mehrere Flure zum Labor von Samuel Clarke geführt. Die Labors erinnerten Sam an Scrivingdon und Sam fühlte sich plötzlich wie zu Hause.

Clarke erwartete sie. »Dr. Ryan, nehme ich an.«

Sam lächelte ihn an. »Nennen Sie mich Sam.«

»In dem Fall dürfen Sie mich auch Sam nennen.«

»Nun, auch Sam, ich nehme an, Sie kennen die Agenten Doyle und Solheim aus Quantico?«

Er gab beiden die Hand. »Ihr Mr. Bartoc hat Sie bereits angekündigt und mich gebeten – oder angewiesen, besser gesagt –, Ihnen zu helfen. Ich glaube, ich weiß schon, wonach Sie suchen, und habe mir die Freiheit genommen, schon einmal ein paar Landkarten für Sie vorzubereiten.«

Er ging hinüber zu einem großen Tisch in der Mitte des Labors, auf dem eine riesige entrollte Landkarte lag, festgehalten von Glaskrügen mit Flüssigkeiten in unterschiedlichen Farben.

»Wie ich höre, haben Sie an der Leiche eines Ihrer Opfer Pollenkörner der *Myrica cerifera* gefunden.«

Sam nickte. »Können Sie die DNS herausziehen?«

»Sicher, aber das geht nicht über Nacht.«

»Wenn ich also eine Auswahl von Pollen dieser Pflanzen sammle, können Sie die DNS vergleichen, bis ich die Richtige habe?«

Er nickte. »Ein schönes Stück Arbeit.«

»Ich dachte, die wären selten.«

»Sind Sie auch, wenn Sie die ganzen USA betrachten. Hier in der Gegend sind sie es nicht.«

Ein Gefühl der Enttäuschung überkam Sam. »Da war auch noch eine Fischschuppe, wenn das hilft.«

Clarke nickte wieder. »Der Pfannenfisch; das hilft sogar sehr.«

»Pfannenfisch?«

»So wird er hier genannt. Die Kinder braten ihn oft in kleinen Pfannen. Ist allerdings kaum mehr als ein Bissen. Meistens wird er als Köder verwendet.«

»Zum Essen sind die doch zu schön«, protestierte Sam.

»Ja, es sind hübsche Dinger, nicht wahr?«

Doyle wurde ungeduldig. »Also, wo sollten wir am besten zu suchen anfangen?«

»Tut mir Leid. Nun, beide zusammen sind nur in drei Gegenden im ganzen Land anzutreffen und die befinden sich zum Glück alle hier.«

Er deutete auf ein Gebiet auf der Karte. »Die erste und meiner Meinung nach am wenigsten wahrscheinliche dürfte Stamp Creek sein. Allzu viele Wachsmyrten gibt es dort allerdings nicht und Pfannenfische noch weniger.«

Sam nickte.

»Ich sage nicht, dass Sie dort nicht zu suchen brauchen, aber ich glaube, es sollte der letzte Punkt auf Ihrer Liste sein. Vorher würde ich es am Blue Creek und am Soma Creek versuchen.«

»Soma Creek?«, warf Sam ein. »Wieso wird der so genannt?«

»Soviel ich weiß, hieß er schon immer so«, sagte er. »Aber ich wohne erst seit ein paar Jahren hier. Warum fragen Sie?«

»Soma war eine fiktive Droge in dem Buch *Schöne neue Welt*. Ein Sedativum und Euphorikum, das eingesetzt wurde, um die Massen zu kontrollieren – eine Art chemische Manipulation.«

»Gibt es ähnliche Verbindungen zwischen dem Buch und den anderen beiden Sümpfen?«, fragte Doyle.

Sam schüttelte den Kopf. »Nein, ich glaube nicht. Sieht aus, als hätten uns diese Zettel doch noch weitergeholfen.«

Doyle sah sie skeptisch an. »Das wissen wir noch nicht, aber ich würde sagen, fangen wir am besten am Soma Creek an.«

Alle nickten zustimmend.

»Ein ziemlich unwegsames Gelände«, sagte Clarke. »Ziemlich schwierig, dort Proben zu sammeln. Dafür findet man umso mehr.«

Doyle beschäftigte ein andere Gedanke. »Wohnen dort viele Leute?«

Clarke schüttelte den Kopf. »Niemand, soweit ich weiß. Es ist eine unwirtliche Gegend. Für Angler ziemlich unergiebig und das Wasser ist schwer zu befahren. Die Insekten sind auch ziemlich übel.«

»Könnte sich da draußen jemand verstecken?«

»Wenn er verrückt wäre.«

Doyle nickte. Sam sah ihn an. Offensichtlich hoffte er mehr zu finden als nur ein paar Sträucher.

»Ich würde einen Führer mitnehmen«, schlug Clarke vor. »Es ist nicht ungefährlich. Das Wasser ist tief und es gibt viele Schlingpflanzen und Treibsandstellen. Es sind schon etliche Leute hineingegangen und nie wieder herausgekommen. Ich schätze, man wird sie finden, wenn sie den Sumpf trockenlegen, um einen Golfplatz anzulegen.«

»Ist das geplant?«

»Keine Ahnung, aber ich bin sicher, irgendwann kommen sie auf die Idee. Alles andere haben sie ja schon so ziemlich kaputt gekriegt. Versuchen Sie es beim Sheriff. Wenn er Sie nicht selbst führen kann, findet er bestimmt jemanden, der es kann. Kostet Sie vielleicht ein paar Dollar, aber das lohnt sich.«

Sam bedankte sich bei ihm. »Wir sind mit den Proben wieder da, sobald wir können.«

»Gut. Ich werde alles bereit haben, wenn Sie kommen. Je schneller Sie die Samen besorgen, desto schneller kann ich an die Arbeit gehen. Vielleicht haben wir dann auch noch Zeit, uns über die Feinheiten von Samen und Pollenkörnern zu unterhalten.«

»Ich komme darauf zurück.« Sie schüttelte ihm die Hand und folgte Doyle und Solheim hinaus.

Marcia brauchte ein paar Stunden, um ein Exemplar des Medaillenbandes in die Hand zu bekommen. Nachdem sie es erfolglos bei der amerikanischen Botschaft und mehreren Stützpunkten der US Air Force versucht hatte, machte sie endlich in einem kleinen Militaria-Geschäft in der Nähe der Magdalenen-Brücke eine Ehrenmedaille des Kongresses ausfindig. Die Verhandlungen mit dem Besitzer – der schwor, es handele sich um das einzige Exemplar in England, und einen horrenden Preis dafür verlangte – gestalteten sich langwierig, aber schließlich wurden sie sich einig und sie ließ das Stück von einem Taxi abholen. Eine halbe Stunde später hatte sie es im Labor. Ein Vergleich des Bandes mit den Fasern, die in der Plastiktüte gefunden wurden, zeigte, dass sie identisch waren. Wieder griff Marcia nach dem Telefon und wählte.

Tom Adams ging gerade seine Verdächtigenkartei durch, als sein Telefon klingelte. »Inspektor Adams.« Die Stimme am anderen Ende klang hoch und erregt und sprach so schnell, dass er Schwierigkeiten hatte, die Worte zu verstehen. »Immer mit der Ruhe, Marcia, und dann noch mal ganz langsam von vorne.«

Er griff nach einem Stift, um sich Notizen zu machen. »Die Ehrenmedaille des Kongresses? Ich habe davon gehört. Das ist so etwa die amerikanische Version des Victoria-Kreuzes, nicht wahr? ... Verstehe ... Okay, Marcia. Gut gemacht.«

Langsam legte Tom den Hörer auf. Ja, dachte er, *ja*! Das war es, das war der entscheidende Durchbruch. Jetzt brauchte er nur noch ein paar zusätzliche Informationen. Er griff wieder zum Hörer, rief die amerikanische Botschaft an und ließ sich mit der Informationsbibliothek verbinden.

»Hallo. Mein Name ist Detective Inspector Tom Adams von der Kriminalpolizei in Cambridgeshire. Ich arbeite an einer gemeinsamen Ermittlung mit Ihrem FBI ... Ja, das ist richtig ... Ich wollte mich erkundigen, ob Sie vielleicht eine aktuelle Liste der aktiven Offiziere haben, denen die Ehrenmedaille des Kongresses verliehen worden ist ... Ja, ich warte gerne.«

Er lehnte sich auf seinem Stuhl zurück und drückte den Daumen. Wenige Augenblicke später war der Bibliothekar wieder am Apparat. Tom griff nach seinem Stift. »Ja, ich bin so weit.«

Der Bibliothekar begann die Namen vorzulesen. Die ersten drei sagten ihm nichts, doch den vierten erkannte er sofort. »Himmel, sind Sie sicher? Können Sie diesen Namen noch einmal wiederholen?«

Es gab keinen Zweifel.

Er knallte den Hörer auf die Gabel und rannte quer durch den Raum zu Rochesters Büro hinüber.

Soma Creek lag nur etwa eine halbe Stunde von Clarkes Labor entfernt. Unterwegs machten sie Halt, um Sheriff Mark Conack an Bord zu nehmen, der, nachdem er etwas von dem Fall gehört hatte, begierig war, sich an der Suche zu beteiligen.

Der Tag schritt voran und die Hitze wurde immer drückender. Sam war froh über die Klimaanlage des Wagens und fürchtete den Moment, in dem sie aussteigen und mit der Suche beginnen musste.

Der Moment kam nur zu bald. Sie bogen auf einen kleinen ungepflasterten Parkplatz am Rande des Sumpfes ein und stiegen hinaus in die feuchte Hitze eines der prächtigsten Sümpfe von Georgia, wo zwei kleine Holzboote sie erwarteten.

Doyle sah Solheim an. »Wenn Sie mit dem Sheriff fahren, nehme ich Dr. Ryan mit.«

Sie schüttelte den Kopf. »Nein, nehmen Sie den Sheriff mit. Ich fahre mit Dr. Ryan.«

Sie starrten einander an. Dies war eine klare Insubordination und beide wussten es. Im Moment war keine Zeit, darüber zu diskutieren, dachte Doyle, aber später würde er auf jeden Fall einen Bericht darüber einreichen. Vielleicht war das der ersehnte Vorwand, um sie loszuwerden.

»Okay«, sagte er, »dann nehmen Sie Dr. Ryan mit.«

Der Sheriff sagte trocken: »Also, wenn Sie dann fertig damit sind, sich um mich zu streiten, darf ich vorschlagen, dass die Damen den Westteil übernehmen und wir den Ostteil? Das soll keine Geringschätzung Ihrer Fähigkeiten sein, meine Damen; nur gilt die Westseite des Sumpfes als etwas gefährlicher als die Ostseite und ich kenne mich dort ein bisschen besser aus als Sie.«

Catherine sah ein, dass das vernünftig war, und stimmte zu.

»Sind Sie schon mal mit so einem Boot gefahren?«, fuhr der Sheriff fort.

Sam schüttelte den Kopf, aber Catherine nickte. »Ich weiß, wie man damit umgeht.«

»Gut. Fahren Sie langsam, lassen Sie sich Zeit. So übersehen Sie nichts und wenn Sie an ein Hindernis stoßen, entsteht nicht so viel Schaden.« Er kletterte in eines der Boote und machte sich an die Vorbereitungen zum Ablegen.

Doyle wandte sich an Solheim. »Sind Sie bewaffnet?«

Catherine zog ihr Revers zurück und zeigte ihm ihren 38er Smith & Wesson.

»Gut. Ich hoffe, Sie wissen, wie man damit umgeht.« Doyle wusste genau, dass sie sehr gut damit umgehen konnte, aber er konnte sich einen Seitenhieb nicht verkneifen. »Und falls Sie irgendetwas anderes als Sträucher finden sollten, kommen Sie hierher zurück und melden sich. Ist das klar?«

Catherine nickte.

Sam sah zu Doyle hinüber. »Sind Sie sicher, dass Sie wissen, wonach Sie suchen müssen?«

»Hammond?«

Sie schwieg empört.

»Ich weiß, wie die Büsche aussehen«, sagte er. »Ich bringe Ihnen Ihre Proben.«

»Denken Sie daran, so viele verschiedene Büsche, wie Sie finden können. Clarke sagte, dass es hier nicht allzu viele gibt; es dürfte also nicht lange dauern.«

Gelangweilt wandte Doyle sich ab und kletterte zu dem Sheriff ins Boot.

»Und vergessen Sie nicht zu notieren, welcher Busch es war und wo er steht.«

Doyle winkte. Der Sheriff ließ den Außenbordmotor an und sie begannen sich vom Ufer zu entfernen.

Catherine fing Sams Blick auf. »Na, dann an die Arbeit.«

Sie stiegen ins Boot und machten sich, Catherine am Steuer, auf den Weg ins Innere des Sumpfes.

Sie waren kaum außer Hörweite, als das Funkgerät im Wagen des Sheriffs knackend zum Leben erwachte. »Hier Zentrale. Wir haben eine dringende Nachricht für Dr. Ryan oder Agent Doyle. Bitte kommen.«

Die Zentrale versuchte es unermüdlich weiter, doch als sie endlich eine Antwort erhalten sollte, war es bereits zu spät.

Das kleine Boot schaukelte über das Wasser hinweg. Kaum hatten sie abgelegt, da schlossen sich die Baumwipfel über ihren Köpfen und sperrten das Licht aus und, was noch schlimmer war, die Feuchtigkeit ein. Dampf stieg von der Wasserfläche auf und hüllte die Bäume und Sträucher in Nebelschwaden von bizarrer, unheimlicher Gestalt. Von ihren Nasen und Ohren tropfte der Schweiß, als säßen sie in der Sauna. Schon nach Minuten klebte ihnen die Kleidung am Leib und Sam spürte, wie ihr das Atmen Mühe machte. Den schier unerträglichen Lärm hatte sie nicht erwartet und er ließ sie sich noch unbehaglicher fühlen. Tausende von Insekten und ein paar andere Tiere schienen in einem Wettstreit zu liegen, wer am lautesten auf sich aufmerksam machen konnte.

Sie hatten beschlossen, so viel wie möglich von der Sumpffläche mit dem Boot abzufahren, um so wenig wie möglich zu Fuß absuchen zu müssen. Ihr erster Halt war eine kleine Insel, deren Ufer dicht mit Büschen und Bäumen bestanden war. Catherine war geduldig und sogar hilfsbereit, während Sam unzählige Proben von den Wachsmyrtensträuchern nahm, um jede davon in einen Plastikbeutel zu stecken und die dazugehörige Pflanze mit einem kleinen weißen Etikett zu markieren. Nachdem sie Nummer und Fundort jeder Pflanze notiert hatte, fuhren sie weiter, tiefer in den Sumpf hinein.

Die Sonne sank immer tiefer und das Licht begann zu schwinden. Doyle winkte Sheriff Conack, das Boot zu wenden und den Rückweg anzutreten. Er hatte einige Proben gesammelt, aber sein Augenmerk mehr auf etwaige Hinweise gerichtet, dass jemand sich im Sumpf versteckte, als auf Pollenkörner. Gefunden hatte er keine. Clarke hatte Recht: Es war eine unwirtliche Umgebung. Doyle war nicht erpicht darauf, nach Einbruch der Dunkelheit noch hier zu sein.

Die Rückfahrt schien bemerkenswert schnell zu gehen und bald darauf kletterte Doyle die Böschung hinauf und stapfte auf seinen Wagen zu. Sheriff Conack sicherte das Boot und ging ihm nach. In diesem Moment begann es wieder in seinem Funkgerät zu knacken: »Zentrale an Sheriff Conack. Over.«

Conack griff nach dem Mikrofon. »Sheriff Conack. Schieß los, Billy.«

Als die Nachricht durchkam, weiteten sich Doyles Augen.

Catherine blickte hinauf durch das dichte Baumdach. Es wurde schon fast dunkel. Sie spähte durch das Dämmerlicht zu Sam hinüber, die gerade einen weiteren Strauch markierte.

»Ich glaube, wir sollten uns lieber auf den Rückweg machen«, sagte Catherine. »In einer Stunde ist es dunkel.«

Sam beendete ihre Arbeit und blickte über den Sumpf zurück. »Na gut, wir können das auch morgen noch zu Ende bringen. Ich glaube, ich habe genug für Clarke zusammen, damit er sich an die Arbeit machen kann.«

Als Catherine das Boot zu wenden begann, entdeckte Sam etwas, halb verdeckt von einer Baumgruppe. Sie winkte Catherine anzuhalten und deutete auf ihre Entdeckung. Auf einer überwucherten Insel stand eine einsame Holzbaracke. Bäume und Büsche wuchsen dicht um sie herum und rankten über die Wände, sodass sie fast perfekt getarnt war. An der Vorderseite befand sich ein kleiner Landesteg, von dem aus einige Stufen zum Eingang führten. Die beiden Frauen beobachteten die Hütte einen Moment lang, sahen aber kein Anzeichen dafür, dass jemand drinnen war. Wem immer sie gehörte, er war entweder nicht da oder verhielt sich mucksmäuschenstill.

»Sagte Clarke nicht, hier draußen gäbe es keine Behausungen?«, flüsterte Catherine.

»Doch, das hat er gesagt.«

Catherine griff unter ihre Jacke und zog ihre Waffe hervor. Sie überprüfte das Magazin und schob es dann mit einem Klicken zurück in den Griff.

Sam sah sie zweifelnd an. »Ich dachte, Doyle hätte gesagt, wir sollten uns am Parkplatz melden, wenn wir auf irgendetwas stoßen.«

»Und das tun wir auch, sobald wir uns das hier angeschaut haben.«

Bevor Sam sie aufhalten konnte, war Catherine aus dem Boot gestiegen und watete durch das brusttiefe Wasser. Ihre Waffe hielt sie hoch über den Kopf und ihr Blick war unverwandt auf die Hütte gerichtet. Zu Sams Erleichterung erreichte sie unbeschadet das Ufer und zog sich hoch auf den Landesteg. Dort drehte sie sich um und winkte Sam kurz zu, bevor sie die Stufen zu der Hütte hinaufging. Sam wagte kaum zu atmen.

Ein kurzes Geräusch, wie knackender Frost auf einem Hochspannungskabel, drang durch den Lärm der Insekten.

Sam blickte instinktiv nach oben, aber natürlich war nirgends ein Kabel zu sehen. Vermutlich gab es meilenweit keines. Sie schaute auf ihre Uhr. Es war erst ein paar Minuten her, seit Catherine die Hütte betreten hatte.

Sam war hin- und hergerissen. Sollte sie zum Parkplatz zurückkehren, wie Doyle es gewollt hatte, oder die kurze Strecke zur Insel hinüberschwimmen, um zu sehen, ob Catherine in Sicherheit war? Vermutlich war es das Klügste, zurückzufahren und Hilfe zu holen, aber was war, wenn ...? Sie brachte es nicht über sich, Catherine allein zurückzulassen. Vorsichtig, um nicht das leiseste Plätschern zu verursachen, ließ sie sich über den Bootsrand gleiten und begann zu schwimmen. Das Wasser war merkwürdig warm und zäh und übel riechend. Sam hatte das Gefühl, als ob sie durch Suppe schwamm. Sie hielt den Mund fest geschlossen und atmete tief durch die Nase.

Es schien eine Ewigkeit zu dauern, bis sie die Hütte erreichte. Endlich stemmte sie sich mühsam am Landesteg hoch. Einen Moment lang blieb sie liegen, um Atem zu schöpfen, und versuchte sich einzureden, dass sie vermutlich grundlos völlig nass geworden war. Dann rappelte sie sich auf und ging die Stufen hinauf. Obwohl sie so leise wie möglich auftrat, gab jede Stufe ein lautes Ächzen von sich. Wenn jemand in der Hütte war, konnte er sie nicht überhören.

Sam schlich an ein Fenster und spähte ins Innere. Die Hütte bestand aus einem einzigen großen Raum. An der gegenüberliegenden Wand befanden sich ein ungemachtes Bett, daneben ein Spind und ein großer, hölzerner Kleiderschrank. Hinter dem Bett hingen mehrere Regalbretter, auf denen große Glasbehälter standen. In den Behältern war irgendetwas, aber sie konnte nicht erkennen, was es war. In der Mitte des Raums stand ein großer Tisch. Darauf lag Catherine, alle viere von sich gestreckt. Sie war vollständig bekleidet und ihre Beine und Arme hingen über die Tischkanten herab. Von einer Bewegung war nichts zu sehen.

Ob sie nach Catherines Pistole suchen sollte? Nützen würde sie ihr vermutlich wenig – sie hatte noch nie eine Waffe abgefeuert und wusste kaum, mit welchem Ende sie zielen musste. Aber das würde Hammond ja nicht wissen. Hammond: Offensichtlich hatte ihr Unterbewusstsein bereits entschieden, wer der Mörder war, selbst wenn sich ihr Bewusstsein noch dagegen sperrte. Sie tastete sich zur Tür vor, schlüpfte hinein und sah sich nach möglichen Fluchtwegen um. Mit zwei Schritten war sie bei Catherine und griff nach ihrem Handgelenk. Sie fand den Puls, aber er war schwach. Sam suchte nach Kopfverletzungen, konnte aber nichts entdecken.

Sie schüttelte sie und flüsterte ihr ins Ohr: »Catherine. Catherine, wachen Sie auf. Wir müssen hier weg. Bitte, Catherine, wachen Sie auf.«

Während sie sich dicht über Catherine beugte, bemerkte sie eine leuchtend rote Strieme an ihrem Hals. Sie war fast identisch mit der, die sie bei Mary West entdeckt hatte, und erklärte das Geräusch, das sie zuvor gehört hatte. Wieder schüttelte sie Catherine, diesmal heftiger. Es kam keine Reaktion. Was sollte sie tun? Zurücklassen konnte sie Catherine nicht; das würde ihren sicheren Tod bedeuten, sobald Hammond zurückkehrte. Stark genug, um sie zu tragen, war sie auch nicht, und wenn sie blieb, waren sie beide in Gefahr. Vielleicht konnte sie durch einen Warnschuss wenigstens Doyle und den Sheriff herbeirufen.

Während sie nach Catherines Waffe suchte, öffnete sich plötzlich mit einem Ächzen die Schranktür. Verzweifelt blickte sich Sam nach irgendeinem Gegenstand um, mit dem sie sich verteidigen konnte, aber es gab nichts. Die Tür öffnete sich weiter, weiter … Voller Entsetzen starrte Sam darauf und wartete, dass der verborgene Insasse sich zeigen würde, aber es kam niemand heraus. Langsam, mit bis zum Hals klopfendem Herzen, ging sie zu dem Schrank.

Es war kein Angreifer darin. Im Innern stapelten sich bis zur halben Höhe Dutzende von Schuhpaaren. Sie waren von unterschiedlicher Farbe, Größe und Machart, aber es waren allesamt Damenschuhe.

Etwas weniger ängstlich wandte Sam ihre Aufmerksamkeit den Glasbehältern auf den Regalen hinter dem Bett zu.

Sie musterte sie eingehend. Jeder davon enthielt zwei Nieren. Auf dem Boden standen mehrere Krüge, die zu Sams Entsetzen leer, aber noch feucht waren. Wie viele ermordete Frauen die Schuhe und die Krüge repräsentierten, wusste Sam nicht, aber es mussten sehr viele sein.

Während sie überlegte, was sie als Nächstes tun sollte, hörte sie ein Knarren. Diesmal war es nicht der Schrank, sondern die Stufen draußen. Sie erkannte das Geräusch wieder. Rasch und lautlos huschte sie zum Fenster.

Hammond kam die Stufen herauf. In einer Hand hielt er etwas, das unter einem weißen Tuch verborgen war, in der anderen eine Pistole. Sam war es zuwider, Catherine zurückzulassen, aber sie hatte keine Wahl. Sie rannte zum gegenüberliegenden Fenster und sprang mit einem Satz hindurch. Im Fallen erhaschte sie noch einen Blick auf Hammond, wie er in den Raum stürmte und die Waffe genau auf sie richtete.

Sie landete schwer, aber der Boden war weich und abgesehen davon, dass ihr durch den Aufprall die Luft wegblieb, war sie in Ordnung. Wenigstens war es fester Boden und kein Wasser: Sie war nicht gerade Weltmeisterin im Schwimmen. Zum Nachdenken blieb ihr keine Zeit. Sie rappelte sich auf und fing an zu laufen.

Im Laufen hörte sie, wie Hammond hinter ihr herrief: »Halt! Sam, bleiben Sie stehen!«

Sam hatte keine Ahnung, in welche Richtung sie lief, und es war ihr auch egal. Alles, was sie wollte, war, so viel Abstand zwischen sich und Hammond zu bringen, wie sie nur konnte. Sie war noch nicht weit gekommen, als sie registrierte, dass Hammond hinter ihr herjagte. Er rief immer noch ihren Namen und es hörte sich mit jedem Mal näher an.

Durch die Zeitverschiebung und die kurze Nacht, die hinter ihr lag, ermüdete sie rasch. Sie stolperte einmal, zweimal und stürzte schließlich erschöpft zu Boden. Halb kriechend schleppte sie sich unter einen Wachsmyrtenstrauch – die Ironie der Situation ging ihr flüchtig durch den Kopf. Sobald sie sich versteckt hatte, blieb sie vollkommen still liegen. Hammond stürmte in ihre Richtung, blieb dann aber plötzlich stehen. Seine schlammigen Stiefel waren nur wenige Meter von ihrem Gesicht entfernt. Sie schloss die Augen, hielt den Atem an und wartete darauf, dass er sie entdeckte.

Dann hörte sie, wie seine Schritte sich entfernten. Sie öffnete den Mund und sog lautlos die Luft tief in die Lungen. Als sie sicher war, dass er weg war, kroch sie aus ihrem Versteck und begann zurück zur Hütte zu rennen. Ihr Plan war simpel: Catherine ins Wasser zerren, sie hinüber zum Boot ziehen und verschwinden. Sie hoffte nur, dass ihre Kräfte ausreichen würden und dass ihr wieder einfiel, wie der Motor des Bootes gestartet wurde.

Plötzlich schoss ein betäubender Schmerz durch ihren Arm und sie hörte eine Männerstimme sagen: »Krümm, Unzucht, dich.«

Ihr Körper zitterte, als der Stromschlag sie durchfuhr; dann brach sie zusammen. Zu ihrer Überraschung verlor sie nicht das Bewusstsein, sondern rollte nur über den Boden, hielt sich den Arm und schrie. Im Rollen schaffte sie es, nach oben zu sehen.

Sie sah nicht Bob Hammond, sondern General Arthur Wilmot Brown.

Er lächelte zu ihr herab. »Ich treffe nicht oft daneben, junge Dame. Normalerweise betäube ich meine Beute, bevor ich sie schlachte, aber wie es aussieht, haben Sie Pech. Tja, so ist das nun einmal.«

In seiner rechten Hand hatte er immer noch die Betäubungspistole, während die linke ein großes Jagdmesser mit gezahnter Klinge umklammerte. Er presste sein Knie fest auf Sams Brust, sodass sie sich nicht rühren konnte, während er langsam das Messer senkte.

Sam schrie und begann um ihr Leben zu flehen. »Töten Sie mich nicht! Bitte töten Sie mich nicht!«

Sie hätte nie geglaubt, dass sie je so um ihr Leben betteln würde. Bei anderen hatte sie es stets für Schwäche gehalten. Doch jetzt, wo ihr eigenes Leben bedroht war, wurde ihr klar, dass sie wie jeder andere auch alles tun oder sagen würde, um Zeit zu gewinnen, damit sie am Leben blieb.

Ein Schuss dröhnte und etwas schlug in einen dünnen Baum neben Browns Kopf ein. Im nächsten Moment war er aufgesprungen und rannte durch die Bäume auf die Hütte zu. Sam spürte, wie sie vom Boden hochgehoben wurde.

Es war Hammond. »Sind Sie okay?«, fragte er besorgt.

Sie fühlte sich überhaupt nicht okay, sondern der Ohnmacht nahe, aber sie rang sich ein zitterndes Nicken ab. »Es ist nur mein Arm. Er fühlt sich an, als hätte mich ein Pferd getreten.«

Hammond legte sie vorsichtig hin und trat zurück.

Sie blickte zu ihm auf. »Könnte mir vielleicht mal jemand sagen, was eigentlich los ist?«

»Ja, ich schätze, Sie haben eine Erklärung verdient ...«

Der Hilfeschrei eines Mannes hallte durch den Sumpf.

Hammond packte seine Waffe fester. »Bleiben Sie hier.«

Damit verschwand er in derselben Richtung wie Brown kurz zuvor. Sam sah sich um. Es war fast dunkel und die Büsche und Bäume sahen im Dämmerlicht unheimlich und bedrohlich aus. Hier bleiben? Auf keinen Fall, dachte Sam. Sie kam schwankend auf die Beine und folgte Hammond so schnell sie konnte.

Ein paar Hundert Meter weit kämpfte sie sich durch Büsche und dorniges Unterholz, bis sie plötzlich auf einer Lichtung stand. Hammond stand reglos da und sah zu, wie Brown, der bis zur Hüfte im Treibsand steckte, rasch tiefer einsank.

»Verdammte Scheiße, holen Sie mich hier raus!«, rief Brown verzweifelt. »Hören Sie mich, Major? Das ist ein Befehl! Holen Sie mich raus!« Sein Gesicht war bis zur Unkenntlichkeit verzerrt und seine Augen schienen tief in die Höhlen gesunken zu sein. »Hören Sie mich, Major? Holen Sie mich raus, verdammt noch mal!«

Hammond rührte sich nicht, sondern sah nur zu, wie Brown immer tiefer sank.

»Um Himmels willen, Major, lassen Sie mich nicht so verrecken. Tun Sie etwas!«

Was immer er getan hatte – Sam konnte nicht einfach dabeistehen und zusehen, wie er ertrank. Sie flehte Hammond an: »Helfen Sie ihm! Ziehen Sie ihn heraus!«

Hammond sagte nichts.

Der General kämpfte wild gegen den Sog an, aber es war hoffnungslos. »Hammond, Sie Mistkerl! Glauben Sie ja nicht, dass ich Ihnen das vergesse. Ich bringe Sie um, Sie, Ihre Familie, Ihre Freunde, sogar Ihre Huren!«

Er deutete auf Sam, die versuchte, mit ihrem unverletzten Arm einen langen Ast von einem Baum abzubrechen, um ihn Brown zuzuwerfen. Endlich hatte sie es geschafft. Der Schlamm stand Brown inzwischen bis zur Brust und seine Schreie wurden hysterischer. Hammond hinderte Sam nicht daran, den Ast hinüber zu Brown zu zerren, aber er half ihr auch nicht.

Als sie sich Brown näherte, begann er sich nach dem Ast auszustrecken. »Hier, du Hure, her damit!« Seine Stimme war zu einem schrillen Kreischen geworden. Als sie den Ast auf ihn zu schob, tauchten plötzlich hinter Hammond zwei Männer in Kampfanzügen aus den Büschen auf.

Sie blickten hinüber zu Sam. »Nehmen Sie ihr den Ast ab, Major«, sagte einer von ihnen.

Diesmal reagierte Hammond sofort. Er hob Sam vom Boden hoch und zog den Ast von Browns ausgestreckter Hand weg. Brown krallte verzweifelt danach, doch er erwischte nur noch die Blätter der äußersten Zweige.

Seine Hysterie verdoppelte sich. »Nein! Nein! Erschießen Sie mich, um Gottes willen! Lassen Sie mich nicht so verrecken!«

Einer der Männer nickte Hammond zu, der den Ast von sich schleuderte und Sam wieder auf die Beine stellte. Dann zog er seinen Fünfundvierziger aus dem Halfter und zielte sorgfältig. Doch bevor er abdrücken konnte, spürte er, wie sich der kalte Stahl eines Pistolenlaufs gegen seinen Kopf presste.

»Legen Sie die Waffe auf den Boden. Und versuchen Sie keine Dummheiten, sonst blase ich Ihnen den Schädel weg.«

Hammond erkannte Doyles Stimme sofort und wusste, dass er es ernst meinte. Er bückte sich und legte die Pistole auf den Boden. Einer der Männer in den Kampfanzügen tastete kaum merklich nach seiner Waffe.

Doyle hielt ihn sofort in Schach. »Das würde ich nicht tun, wenn ich Sie wäre.«

Doyle lächelte ihn an, bevor er seine Aufmerksamkeit Brown zuwandte. Der General bemühte sich verzweifelt, Mund und Nase freizuhalten, indem er den groben, braunen Schlamm ausspie und krampfhaft nach Atem rang. Doyle baute sich in seinem Blickfeld auf. Er wollte das Letzte sein, was der Mistkerl sah, bevor er starb – und lieber wollte er verdammt sein, als ihm einen leichten Tod zuzugestehen.

Brown verstummte für einen Moment und beäugte Doyle wie eine riesige Katze, die darauf wartet, ihre Beute anzuspringen. Doyle hatte ihn geschlagen und noch jetzt, im Augenblick seines Todes, verzehrte ihn die Wut über seine Niederlage. Mit einer letzten verzweifelten Anstrengung versuchte er sich aus dem Sumpf zu befreien, doch er steckte hoffnungslos fest. Mit einem Aufschrei der Wut verschwand er unter dem Schlamm. Ein paar Blasen stiegen auf; dann war alles wieder still, als wäre nie etwas geschehen.

Einer der Männer in den Kampfanzügen sah zu Doyle hinüber. »Dafür werden Sie Ihre Dienstmarke los.«

Doyle antwortete unbekümmert. »Das glaube ich kaum.«

Er hob Sam auf und trug sie hinauf zur Hütte.

Sie saßen in der Hütte und warteten auf das Eintreffen des Spurensicherungsteams – was einige Zeit dauern würde. Es war nicht gerade ein angenehmer Ort, um darin zu warten. Aber es war das einzige Obdach, das sie gefunden hatten, und da Catherine verletzt und Sam völlig erschöpft war, würden sie Hilfe brauchen, um wieder aus dem Sumpf herauszukommen. Der Sheriff und einer der beiden Unbekannten in den Kampfanzügen hatten sich erst vor etwa einer halben Stunde auf den Weg zu den Wagen gemacht, um über Funk Hilfe anzufordern.

Catherine hatten sie auf das Bett gelegt. Sie war wieder bei Bewusstsein, stand aber immer noch unter starkem Schock. Sam hatte für sie getan, was sie konnte, aber viel war es nicht. Catherine würde einige Zeit brauchen, um sich zu erholen. Sam saß auf der Bettkante, hielt ihre Hand und beobachtete sie.

Doyle kam durch den Raum zu ihnen herüber. »Wie geht es ihr?«

»Sie kommt schon wieder in Ordnung.«

»Blöde Kuh! Ich habe ihr gesagt, sie soll zurückkommen und sich melden. Aber sie ist ja so scharf darauf, überall Eindruck zu schinden, dass sie nicht mehr weiß, was gut für sie ist.«

Sams Zorn gewann die Oberhand über ihre Erschöpfung. »Wenn Sie sie ein bisschen mehr in die Ermittlungen einbezogen hätten, dann hätte sie es vielleicht nicht so nötig gehabt, ›Eindruck zu schinden‹!«

Doyle fuhr sich mit der Zunge über die Schneidezähne und dachte über Sams Worte nach. Sie hatte ja Recht, aber er war nicht sicher, dass er sich noch ändern konnte, selbst nach allem, was passiert war. Vielleicht war er schon zu festgefahren.

»Werden Sie einen Bericht einreichen?«, fragte Sam.

»Das werde ich wohl müssen.«

Sam wandte angewidert den Blick ab.

»Aber, sagen wir«, fuhr er fort, »ich werde die Wahrheit ein bisschen zurechtfeilen, sodass wir beide gut dabei wegkommen.«

Hammond rief vom Tisch herüber, wo er mit dem anderen Unbekannten saß. »Wie geht es ihr?«

»Was interessiert Sie das?«, fragte Sam wütend. »Sie und Ihre Freunde hätten uns beinahe alle umgebracht.«

Der Fremde schaltete sich ein. »Nein, das stimmt nicht ganz. In Wirklichkeit haben wir Ihr Leben gerettet.«

»Nun, wenn Sie uns sagen würden, was hier eigentlich gelaufen ist«, erwiderte Doyle wütend, »wären wir vielleicht eher geneigt, Ihnen zu glauben.«

Der Mann sah Hammond an und nickte. »Aber bedenken Sie, was immer heute in dieser Hütte gesagt wird, muss geheim bleiben. Ihr Leben hängt davon ab.«

Doyle funkelte ihn an. »Ist das eine Drohung?«

»Nein, Mr. Doyle, das ist ein Versprechen.« Der Mann hielt inne, um die Wirkung seiner Worte sinken zu lassen, und fuhr dann fort: »Vor einigen Jahren experimentierte die amerikanische Regierung in Vietnam mit mehreren neuen Chemikalien, von denen sie sich eine rasche Beendigung des Krieges erhoffte.«

»Sie meinen so etwas wie Agent Orange?«, unterbrach Doyle.

»So ähnlich. In diesem Fall handelte es sich um eine Substanz namens ZO23. Statt den Körper anzugreifen wie die meisten konventionellen Chemiewaffen, dringt diese in die Psyche ein und löst Furcht und Paranoia aus. Der Gedanke war, die Charlies damit zu besprühen, damit sie aufhörten, uns zu beschießen, und stattdessen ihre Waffen aufeinander richteten.«

»Das erklärt eine Menge«, sagte Sam. »Hat es funktioniert?«

»Es wurde nie gegen den Vietkong eingesetzt. Man führte lediglich an einer kleinen Gruppe von Freiwilligen eine Testreihe durch.«

Doyle lächelte sarkastisch. »Ich dachte, die erste Regel für einen Soldaten wäre, sich niemals freiwillig zu melden.«

»Zweifellos. Aber man versprach ihnen dafür eine Fahrkarte nach Hause und das hat sie wohl überzeugt.«

Sam unterbrach ihn erneut. »Wie viele Leute waren es?«

»Zwanzig. Sie wurden auf ein Testgelände gebracht, ungefähr vierzig Meilen von Saigon entfernt, und unter Kampfbedingungen besprüht. Dann brachte man sie zurück nach Saigon, um sie eingehend zu beobachten.«

Doyle ahnte bereits, was kam. »Und was passierte dann?«

»Was wir erwartet hatten. Angstzustände, Verfolgungswahn, extreme Gewaltausbrüche, Realitätsverlust.«

Sam fühlte sich zwischen Entsetzen und Faszination hin- und hergerissen. »Wie lange hielt dieser Zustand an?«

»Ungefähr eine Woche bis zehn Tage; so dachten wir zuerst. Doch nachdem man die Leute ausgemustert und zurück in die Staaten geschickt hatte, begannen einige von ihnen Nachwirkungen zu zeigen.«

»Und das Ergebnis ...?«

»Einer brachte seine Familie um, ein anderer tötete mehrere Nachbarn und einen Polizeibeamten. Einer ging sogar eines Tages zur Arbeit und tötete die gesamte Belegschaft der Druckerei, nachdem er sie zu einer Party eingeladen hatte.«

»Haben sie alle so reagiert?«

»Nicht alle, etwa die Hälfte. Aber wir konnten kein Risiko eingehen und deshalb haben wir sie alle interniert. Einer konnte entfliehen und lief für ein paar Tage Amok, aber jetzt ist er wieder unter Kontrolle.«

»Und diejenigen, die keine Reaktion zeigten?«, fragte Sam.

Der Mann sah sie an. »Ein weiterer Vorfall, ein cleverer Journalist, der den Zusammenhang hergestellt hätte, und wir wären alle ziemlich in der Patsche gewesen.«

»Aber was haben denn die Verwandten dieser Männer getan?«

»Nichts. Wir haben ihnen gesagt, sie wären tot, zahlten ihnen eine großzügige Abfindung und das Problem war einfach verschwunden.«

Doyle ging hinüber an den Tisch und setzte sich dem Mann gegenüber. »Bis Brown auftauchte?«

Der andere nickte. »Bis Brown auftauchte.«

»Wie ist er da hineingeraten?«

»Er war mit seiner Maschine in der Nähe des Gebietes abgestürzt und schlug sich gerade durch den Dschungel durch, als wir sprühten. Wir hatten keine Ahnung, dass er dort war.«

»Seit wann wussten Sie Bescheid?«

»Gewissheit hatten wir, nachdem das junge Mädchen in England ermordet worden war.«

»Sie hatten Recht mit dem Zettel, Sam«, warf Hammond ein. »Ich habe ihn weggenommen. Ich musste es tun.«

»Warum?«

»Ich erkannte die Handschrift wieder. Der alte Mistkerl hatte mir eine Karte geschickt, in der er sich für die Hangarparty bedankte, die ich für ihn veranstaltet hatte.«

»Die, auf der wir zusammen waren?«

Er nickte. »Es war dieselbe Handschrift.«

Sam war noch nicht zufrieden. »Und bis dahin hatten Sie keine Ahnung, dass er es war?«

Hammond schüttelte den Kopf.

»Warum haben Sie ihn dann nicht verhaftet, als Sie es wussten?«

Bevor Hammond antworten konnte, sagte der Fremde: »Weil wir ihn angewiesen haben, es nicht zu tun.«

»Und wer sind Sie, wenn ich fragen darf?«

»Das spielt keine Rolle. Aber wir konnten nicht zulassen, dass einer unserer höchsten Generäle wegen Mordes verhaftet wird.«

Doyle lachte. »Hätte nicht gut ausgesehen für das Pentagon, was?«

»So ungefähr.«

Doyle fuhr fort: »Und seit wann wussten Sie, dass er es war?«

»Noch nicht lange.«

»Bevor das englische Mädchen ermordet wurde?«

Der Fremde nickte. »Wir dachten, wir könnten ihn unter Kontrolle halten, bis wir ihn wieder zurück in den Staaten hätten.«

Sam traute ihren Ohren kaum. »Und was dann?«

»Wir hatten für ihn einen Platz in einem, sagen wir, sicheren Seniorenheim reserviert, aber er ist uns entwischt.«

»Sie sind wohl nicht besonders auf Draht, was?«

Er zuckte die Achseln. »So etwas kommt vor. Dann haben wir Major Hammond herbeordert. A, um ihn davon abzuhalten, peinliche Fragen zu stellen, und B, um das Schwein zu erwischen, bevor alles herauskam.«

Sam schüttelte ungläubig den Kopf. »Nun, jetzt dürfte es wohl todsicher herauskommen.«

»Das glaube ich nicht«, sagte der Mann. »Diese Hütte wird ausgeräumt und dann zerstört. General Arthur Wilmot Brown wird bei einem tragischen Unfall ums Leben gekommen sein und seinen verdienten Platz als amerikanischer Kriegsheld auf dem Friedhof von Arlington eingenommen haben.«

»Da dürften die britische Polizei und Rochester noch ein Wörtchen mitzureden haben.«

»Ihr Home Office und Commander Rochester sind informiert worden. Sie haben sich bereit erklärt, uns zu unterstützen.«

»Ihren Mund zu halten, meinen Sie.« Doyle stand auf und ging wieder hinüber ans Bett, um nach Catherine zu sehen.

Der Mann schwieg.

»Aber was ist mit der Autopsie, mit der Ermittlung?«, fragte Sam.

»Die ist hiermit beendet.«

»Und die Familien der Frauen, die er ermordet hat?«

Der Mann zuckte die Achseln. »Kriegsgefallene.«

Doyle kehrte an den Tisch zurück. »Und was ist, wenn wir beschließen, an die Öffentlichkeit zu gehen?«

»Das würde man nicht zulassen. Und wenn ich den Verdacht hätte, dass Sie das tun werden, würden Sie diese Hütte nicht mehr verlassen.«

»Kriegsgefallene?«

Der Mann nickte. Doyle wusste, dass es nichts mehr gab, was er tun konnte. Wenigstens hatten die Morde nun ein Ende.

Sam stand auf und starrte den Mann herausfordernd an. »Wie viele haben Sie noch übersehen?«

Er machte ein unsicheres Gesicht.

»Sie haben Brown übersehen. Wie viele noch?«

Der Mann zuckte die Achseln.

»Es könnte also noch mehrere andere Arthur Wilmot

Browns geben, die wahllos töten, ohne dass jemand weiß, was eigentlich los ist. Und deren Opfer sind wohl auch alle nur ›Kriegsgefallene‹. Aber wenn Sie sich vielleicht erinnern wollen, Mr. Großer Unbekannter, waren es keine Gase oder chemischen Waffen, die den Vietnam-Krieg beendet haben, sondern Menschen, und die haben etwas Besseres verdient als Sie.«

Der Mann lächelte unbeeindruckt. »Das haben sie ganz sicher, aber ich bin alles, was sie bekommen haben. Beängstigend, nicht?«

Es war ein kalter, grauer Novembertag in Cambridgeshire, als sie endlich das unbekannte Mädchen aus dem Bunker beerdigen konnten. Monatelang hatte die Polizei versucht, sie zu identifizieren, doch ohne Erfolg. Dutzende von Leuten hatten sich auf den Weg in die Leichenhalle gemacht, in der Hoffnung, in ihr ihre vermisste Tochter, Schwester oder Ehefrau wiederzuerkennen. Sie brauchten eigentlich nicht zu kommen, die meisten Details konnten auch über das Telefon geschildert werden – es war für sie eine Pilgerfahrt, eine Reise der Hoffnung; doch für sie alle endete sie mit einer Enttäuschung.

Sowohl die Polizei als auch Angehörige von anderen Vermissten waren bei der Beerdigung stark vertreten, fast so, als wäre sie eine Art »unbekannte Soldatin«, in der sie alle ihre vermisste Verwandte sehen konnten. Sam stand neben Tom Adams und hielt seine Hand, während der kleine Sarg im Boden versenkt wurde. Nachdem die letzten Worte der Liturgie gesprochen waren, warf jeder der Anwesenden eine Hand voll Erde auf den Sarg, bevor er sich abwandte. Die meisten waren tief bewegt von der Trauerfeier und ihren eigenen Erinnerungen.

Sam hatte für das Grab und für den Grabstein bezahlt, es erschien ihr richtig so. Sie hatte das Gefühl, das Mädchen im Stich gelassen zu haben, und wollte es irgendwie wieder gutmachen. Tom Adams spürte ihre düstere Stimmung, legte ihr den Arm um die Taille und zog sie sanft von dem Grab weg.

Als sie davongingen, dachte Sam an die Inschrift, die sie für den Grabstein ausgesucht hatte.

UNBEKANNT

Ein Schlummer ließ mich sorglos sein;
ich fürchtete mich nicht:
So unangreifbar durch die Zeit
erschien mir ihr Gesicht.

Nun regt kein Glied sich mehr an ihr;
sie hört und sieht nicht mehr;
sie dreht sich mit Gestein und Baum
im Erdenrund umher.

Sam hoffte, dass Wordsworths Zeilen die Leute veranlassen würden, stehen zu bleiben und für einen Moment an das kurze Leben dieses unbekannten Mädchens zu denken.

SERIE PIPER

Nigel McCrery

Denn grün ist der Tod

Gerichtsmedizinerin Dr. Samantha Ryan. Roman. Aus dem Englischen von Antje Görnig. 336 Seiten. SP 3423

In der Umgebung der alten Universitätsstadt Cambridge ereignen sich rätselhafte Mordfälle. Die Opfer werden alle auf ähnliche Weise erdrosselt aufgefunden. Ein umgedrehtes Kreuz, mit dem die Körper der Ermordeten versehen sind, läßt darauf schließen, daß die Fälle mit okkulten Ritualmorden in Verbindung stehen. Dr. Samantha Ryan, erfahrene Gerichtspathologin, ebenso scharfsinnig wie dickköpfig, ist mit der Untersuchung der Opfer betraut: Nur sie versteht die Sprache der stillen Zeugen, der Toten, die allein erzählen können, was mit ihnen geschehen ist. Gegen alle Widerstände forscht Samantha unerschrocken nach der Wahrheit, womit sie sich nicht nur Freunde macht.

Die Romane von Nigel McCrery sind die Grundlage der erfolgreichen Fernsehserie »Gerichtsmedizinerin Dr. Samantha Ryan«.

Christoph Spielberg

Die russische Spende

Roman. 318 Seiten. SP 3438

Berlin, ein warmer Sommerabend, Fußballeuropameisterschaft: Stationsarzt Dr. Felix Hoffmann will es sich gerade vor dem Fernseher gemütlich machen, da wird er zum Nachtdienst in die Klinik gerufen. Und um seine Laune vollends zu verderben, liefern die Sanitäter einen Notfall ein: seinen ehemaligen Patienten Mischa Tschenkow. Dr. Hoffmann kann nur doch den Totenschein ausstellen. Am nächsten Morgern ist der Totenschein verschwunden, und einige Tage später wird der Verwaltungsdirektor der Klinik erhängt aufgefunden ... Krankenhausfinanzierungsgesetz, Bettenabbau und Privatisierung der Krankenhäuser bilden den Hinergrund dieses spannenden Kriminalromans, in dem die Russen-Mafia mehr als nur ihre Finger im Spiel hat. Geschrieben von einem Insider, gibt diese spannende Skandalchronik Einblick in ein deutsches »House of God«.

Gemma O'Connor

Tödliche Lügen

Psychothriller. Aus dem Englischen von Inge Leipold. 479 Seiten. SP 3562

Es ist kaum drei Wochen her, daß Grace Heartfield ziemlich überraschend und brutal von ihrem Mann verlassen wurde. Dann findet sie einen amtlichen Brief im Briefkasten! Doch er hat nichts mit ihrem Mann zu tun, sondern kündigt eine Erbschaft an: Ihre Schwester sei gestorben – Grace wußte nichts von deren Existenz. Und wer ist der mysteriöse Holländer, der sich im Dubliner Kanal ertränkte? Grace reist nach Dublin und muß mehr und mehr erkennen, daß ein Gespinst aus Halbwahrheiten und Verschleierungen ihr Leben vergiftete, daß Angst und Terror ihre Kindheit bestimmten. Gemma O'Connor gelang ein psychologisch dichter Thriller, der in London und Dublin spielt, dessen Schauplatz aber gleichzeitig die Abgründe menschlichen Versagens sind.

»Ein Buch, das man nicht aus der Hand legt.«
Brigitte Dossier

Fallende Schatten

Psychothriller. Aus dem Englischen von Inge Leipold. 412 Seiten. SP 3563

»Das ist eine Geschichte, von der man nicht mehr loskommt. Eine Geschichte von Schuld und Sühne, von Ehrgeiz und Geldgier. Gemma O'Connor verdient eine Menge Punkte auf der nach oben offenen Krimi-Skala.«
Frankfurter Rundschau

Wer aber vergißt, was geschah

Psychothriller. Aus dem Englischen von Inge Leipold. 426 Seiten. SP 3564

Holy Retreat, ein Nonnenkloster hoch über einer Bucht bei Dublin, muß renoviert werden. Die verarmten Schwestern lassen sich deshalb dazu überreden, das Friedhofsgelände zu verkaufen. Die junge Rechtsanwältin Tess Callaway soll die heikle Angelegenheit abwickeln. Doch bei der Umbettungsaktion taucht plötzlich ein Sarg zuviel auf. Tess wittert skrupellose Machenschaften, Geldgier und Verrat. Sie beginnt, viele unangenehme Fragen zu stellen – und setzt eine Katastrophe in Gang.

Anne Holt

Das einzige Kind

Roman. Aus dem Norwegischen von Gabriele Haefs. 296 Seiten. SP 3079

Die »Frühlingssonne«, eine einstmals prachtvolle Villa am Rande von Oslo, ist heute ein Kinderheim, das seinen sieben kleinen Bewohnern ein beinahe idyllisches Zuhause bietet. Nur der zwölfjährige Olav kann sich an die vielen neuen Regeln nicht gewöhnen. Daheim bei seiner Mutter hat ihm niemand so leicht etwas verboten, nun darf er nicht einmal mehr seine geliebten Zuckerbrote essen. Denn in der »Frühlingssonne« hat Agnes Vestavik die Leitung, und sie kennt auch bei Olav kein Pardon. Doch eines Tages wird Agnes erstochen aufgefunden, und Olav ist spurlos verschwunden ... Mit großem psychologischem Einfühlungsvermögen erzählt Anne Holt die Geschichte eines zutiefst verunsicherten Kindes. Ein neuer fesselnder Kriminalroman mit der charismatischen und warmherzigen Hauptkommissarin Hanne Wilhelmsen.

Anne Holt, Berit Reiss-Andersen

Im Zeichen des Löwen

Roman. Aus dem Norwegischen von Gabriele Haefs. 416 Seiten. SP 3216

Die norwegische Ministerpräsidentin Brigitte Volter wird erschossen in ihrem Büro aufgefunden, und niemand kann sich ihren Tod erklären. Es fehlt ein Motiv, und auch die Indizien sprechen eine höchst unklare Sprache. Hauptkommissarin Hanne Wilhelmsen steht vor einem Rätsel. Einen der wenigen Anhaltspunkte bietet Benjamin Grinde, der letzte, der die Ministerpräsidentin lebend gesehen haben soll. Grinde ist Richter am Obersten Gericht und, wie sich herausstellt, ein Freund Brigitte Volters aus Kindertagen. Doch er nimmt sich das Leben. Im Spannungsfeld von Politik, Intrigen und Macht sieht Anne Holt die Menschen hinter den öffentlichen Figuren, und es gelingt ihr das überzeugende Porträt einer Frau, die mit den Dämonen ihrer Vergangenheit ringt.

»Die Autorin hat einen packenden Politthriller geschrieben, den man kaum aus der Hand legen mag. Ihre Hauptfigur ist eine starke Frau, die sich gerade von den Machos am allerwenigsten beeindrucken läßt.«
Brigitte

Thomas Perry

Die Hüterin der Spuren

Roman. Aus dem Amerikanischen von Fritz R. Glunk. 319 Seiten. SP 5683

Jane Whitefield ist eine Spezialistin in ihrem Beruf. Sie läßt Menschen verschwinden, indem sie ihnen neue Identitäten verschafft. Ein Grund dafür ist ihre Abstammung. Jane ist Halbindianerin und versteht sich darauf, Spuren zu verwischen und Finten zu legen, bis ein Mensch wie unauffindbar ist. Als eines Tages ein John Felker ihre Dienste erbittet, ein Buchhalter, der eine Menge gestohlenes Geld für sich abgezweigt hat, nimmt sie den Auftrag an. Sie schließt ihn auch erfolgreich ab. Doch dieser Auftrag hat Folgen: Zwei Tote im dichten Netz der falschen Fährten und dunklen Geheimnisse! Jane beginnt zu begreifen, daß sie selbst in die Irre geführt worden ist, und bietet alles auf, die rätselhaften Vorgänge aufzuklären.

Die Jagd der Schattenfrau

Roman. Aus dem Amerikanischen von Fritz R. Glunk. 443 Seiten. SP 5687

Jane Whitefield, die Meisterin im Verwischen von Spuren, hat während einer Magic-Show in Las Vegas die fintenreiche Flucht von Pete Hatcher arrangiert, Casinoangestellter im Spielerparadies, der Frauen liebt und zuviel weiß. Nun setzen seine Chefs ein skrupelloses Killerpärchen auf ihn an, und Jane muß ein neues Versteck suchen. Die Verfolgungsjagd geht bis hinauf in die Berge an der kanadischen Grenze, und Jane setzt all ihre Entschlußkraft und ihre Geistesgegenwart ein, um ihren Schützling lebend ans Ziel zu bringen. Doch nun ist Jane, die Schattenfrau, selbst im Visier der Killer … Thomas Perry zeichnet in seinen Jane-Whitefield-Romanen nicht nur unverwechselbare Charaktere – allen voran die Halbindianerin Jane, die am Rand der Legalität operiert, wenn sie Menschen zu einer neuen Existenz verhilft. Er versteht es auch, eine ungemein farbige Geschichte zu erzählen und atemlose Spannung zu erzeugen.

SERIE PIPER

Joseph R. Garber

Der Schacht

Roman. Aus dem Amerikanischen von Sonja Hauser und Christian Spiel. 367 Seiten. SP 2476

Jeden Morgen kurz vor 7.00 Uhr genießt Dave Elliot noch einmal die Stille seiner Chefsuite im 45. Stockwerk Midtown New York, bevor sein Arbeitstag beginnt. Aber dieser Tag ist anders als alle Tage zuvor: an diesem Tag versucht jeder, der Dave begegnet, ihn umzubringen. Sein Chef macht den Anfang, als er ihm mit durchgeladener Pistole und der festen Absicht, ihn zu erschießen, gegenübertritt. Und der 50stöckige Büro-Tower scheint zu wimmeln von Leuten, die nur eines wollen: Dave Elliots Leben. Er hat 24 Stunden Zeit, um herauszufinden, warum... Dave kämpft einen fast aussichtslosen Kampf gegen einen überlegenen Gegner, der alle Vorteile auf seiner Seite hat. In dieser Situation erwachen in ihm plötzlich wieder alle Instinkte und Überlebenstechniken, die er längst vergessen zu haben glaubt. So eskaliert die höllische Verfolgungsjagd durch die Fahrstuhlschächte, Treppenhäuser und über die Fassade des Wolkenkratzers in einen erbarmungslosen Schlagabtausch zwischen den Häschern auf der einen und dem Opfer auf der anderen Seite.

Eine perfekt inszenierte, wahnwitzige Verfolgungsjagd in einem Büro-Tower in Manhattan. Selten war die Einsamkeit eines Menschen, der gnadenlos in die Enge getrieben wird, so hautnah zu spüren.

»Die Jagd durch Fahrstuhlschächte und Treppenhäuser hat Joseph R. Garber so aufregend inszeniert, daß man am verblüffenden Schluß ganz atemlos ankommt.«

Bild am Sonntag

»Garber hat es glänzend verstanden, die atemberaubende Menschenjagd durch Fahrstuhlschächte und Treppenhäuser in eine dichte, treibende Sprache umzusetzen... Dem Leser wird hier wahrlich keine Atempause gegönnt, er vermag sich darum auch der Dramatik kaum zu entziehen.«

General-Anzeiger

Judith Lennox

Das Winterhaus

Roman. Aus dem Englischen von Mechtild Sandberg. 541 Seiten. SP 2962

Die drei jungen Freundinnen Robin, Maia und Helen schwören, sich ein Leben lang alles anzuvertrauen – aber das Schicksal läßt sie ganz unterschiedliche Wege gehen. In der Tradition von Margaret Mitchell erzählt Judith Lennox diese große englische Saga: Die bewegte erste Hälfte unseres Jahrhunderts bildet den Hintergrund für diese drei spannenden Frauenschicksale, die immer wieder in ein idyllisches Gartenhaus der Fenlands zurückführen.

Der Gartenpavillon der Familie Summerhayes – genannt das »Winterhaus« – ist ein Ort der Zuflucht für drei Freundinnen, die zwischen den Weltkriegen in der idyllischen Umgebung von Cambridge aufwachsen. Da ist die idealistische, kluge Robin, die in der nahegelegenen Universitätsstadt studieren soll. Da ist Maia, die schönste und ehrgeizigste der drei, auf der Suche nach einem reichen Mann, und da ist die stille Helen, die von ihrem scheinbar gutherzigen Vater, dem Vikar der Gemeinde, mehr als vereinnahmt wird. Die drei Mädchen schwören, sich ein Leben lang alles anzuvertrauen – aber das Schicksal läßt sie ganz unterschiedliche Wege einschlagen. Dramatisch, romantisch und voller Warmherzigkeit erzählt Judith Lennox, wie sich diese drei jungen Frauen in einer Welt behaupten lernen, die rauher und aufregender ist als das grüne Paradies der Kindheit.

»Judith Lennox' Winterhaus steht in bester Tradition des romantisch-realistischen Gesellschaftsromans.«
Brigitte

Tildas Geheimnis

Roman. Aus dem Englischen von Mechtild Sandberg. 552 Seiten. SP 3219

Susanne Mischke

Die Eisheilige

Roman. 294 Seiten. SP 3053

Sophie hat viele Talente. Sie ist begnadete Tierpräparatorin, und ihre umwerfenden Kleiderkreationen verwandeln selbst ihre farblosen Nachbarinnen in wahre Schönheiten. Und seit kürzlich dieser ungehobelte Malergeselle genau im richtigen Moment vom Gerüst gefallen ist, steht Sophie sogar auch noch im Ruf, den Tod unliebsamer Mitmenschen herbeiwünschen zu können. Kein Wunder, daß sie sich in der schwatzhaften Nachbarschaft plötzlich größter Beliebtheit erfreut! Nur der kauzige Rudolf ist von der neuesten Gabe seiner Frau nicht sonderlich angetan. Denn zum einen hätte er Sophie am liebsten nur für sich allein, und zum anderen ist er sich neuerdings seines Lebens nicht mehr ganz so sicher …

Der Mondscheinliebhaber

Roman. 255 Seiten. SP 2828

Das Leben ist zu kurz, um schlechten Sex zu haben, sagt sich die Malerin Valentine, als sich im ehelichen Schlafzimmer nichts Aufregendes mehr tut, und stöckelt hinüber zum neuen Nachbarn Ludwig: Philosoph, Gesundheitsapostel, arbeitsscheu und unzuverlässig, aber ausgestattet mit wunderbaren blauen Augen und einer göttlichen Figur. Klar, daß diese Liaison Valentines Gatte Frank nicht lange verborgen bleibt. Doch der widmet sich unverdrossen seiner Leidenschaft, kocht Ente mit Trüffel, Lamm in Kräuterkruste, Mousse au Chocolat. Plant er etwas? Bald lernt Valentine, daß der Mensch des Menschen Feind ist und die größte Bestie in einem selber steckt. Als plötzlich eine Leiche auf der Terrasse ihres Geliebten liegt, kommt nicht nur Valentines kreative Ader, sondern auch ihr Sinn fürs Praktische voll zur Geltung …

Jan Guillou

Coq Rouge

Ein Coq-Rouge-Thriller. Aus dem Schwedischen von Hans-Joachim Maass. 440 Seiten. SP 3370

»Clever mischt Guillou verbürgtes Insiderwissen und realistische Fiktion, und so ist ›Coq Rouge‹ ... zu einer kompakten Agentenreportage geworden, die es mit den Romanen eines John Le Carré aufnehmen kann.«
Stern

Der demokratische Terrorist

Ein Coq-Rouge-Thriller. Aus dem Schwedischen von Hans-Joachim Maass. 418 Seiten. SP 3371

»Die präzise Schilderung vom Hamburger Hafenstraßen- und Geheimdienstmilieu, die politische Auseinandersetzung im fiktiven Dialog mit Terroristen, deren Biographien echt sind, fasziniert. Das Ende schließlich schockiert.«
Neue Presse Hannover

Im Interesse der Nation

Ein Coq-Rouge-Thriller. Aus dem Schwedischen von Hans-Joachim Maass. 482 Seiten. SP 3372

»Was die Action-Romane von Guillou so faszinierend macht, ist die Mischung aus Sciencefiction und Insiderwissen.«
Abendzeitung

Feind des Feindes

Ein Coq-Rouge-Thriller. Aus dem Schwedischen von Hans-Joachim Maass. 436 Seiten. SP 3373

Ein hochbrisanter Thriller voller packender Action und mit überraschenden Wendungen.

Der ehrenwerte Mörder

Ein Coq-Rouge-Thriller. Aus dem Schwedischen von Hans-Joachim Maass. 480 Seiten. SP 3374

Unternehmen Vendetta

Ein Coq-Rouge-Thriller. Aus dem Schwedischen von Hans-Joachim Maass. 560 Seiten. SP 3375

Niemandsland

Ein Coq-Rouge-Thriller. Aus dem Schwedischen von Hans-Joachim Maass. 512 Seiten. SP 3376

Der einzige Sieg

Ein Coq-Rouge-Thriller. Aus dem Schwedischen von Hans-Joachim Maass. 600 Seiten. SP 3377

Im Namen Ihrer Majestät

Ein Coq-Rouge-Thriller. Aus dem Schwedischen von Hans-Joachim Maass. 576 Seiten. SP 3378